EDIÇÕES BESTBOLSO

O guardião

Dean Koontz é um dos escritores de suspense de maior sucesso nos Estados Unidos. Seus livros foram traduzidos para 38 idiomas, com milhares de exemplares vendidos. Norte-americano, nascido na Pensilvânia em 1945, o autor começou a escrever na década de 1960, quando conseguia alguma brecha nas aulas de inglês que ministrava numa escola secundária. Sua mulher propôs, então, que ficasse cinco anos sem trabalhar para se dedicar à escrita, e se esta resolução não desse resultado, ele desistiria da carreira de escritor. Seu primeiro livro foi publicado em 1968 e Koontz é com frequência comparado a Stephen King. *Odd Thomas, Os caminhos escuros do coração, Esconderijo, Lágrimas do dragão* e *No fundo dos seus olhos* são algumas de suas obras publicadas no Brasil.

DEAN KOONTZ

O GUARDIÃO

Tradução de
AULYDE SOARES RODRIGUES

Tradução do posfácio
MARIANA MENEZES NEUMANN

RIO DE JANEIRO – 2010

CIP-BRASIL. CATALOGAÇÃO-NA-FONTE
SINDICATO NACIONAL DOS EDITORES DE LIVROS, RJ

K86g
Koontz, Dean R. (Dean Ray), 1945-
O guardião / Dean Koontz; tradução de Aulyde Soares Rodrigues. – Rio de Janeiro: BestBolso, 2010.

Tradução de: Lightning
ISBN 978-85-7799-158-7

1. Ficção norte-americana. I. Rodrigues, Aulyde Soares, 1922-. II. Título.

10-1687

CDD: 813
CDU: 821.111(73)-3

O guardião, de autoria de Dean Koontz.
Título número 179 das Edições BestBolso.
Primeira edição impressa em agosto de 2010.
Texto revisado conforme o Acordo Ortográfico da Língua Portuguesa.

Título original norte-americano:
THE LIGHTNING

Copyright © 1988 by Nkui, Inc.
Copyright do posfácio © 2003 by Dean Koontz
Copyright da tradução © by Distribuidora Record de Serviços de Imprensa S.A.
Direitos de reprodução da tradução cedidos para Edições BestBolso, um selo da Editora Best Seller Ltda. Distribuidora Record de Serviços de Imprensa S. A. e Editora Best Seller Ltda são empresas do Grupo Editorial Record.

www.edicoesbestbolso.com.br

Design de capa: Tita Nigrí
Todos os direitos reservados. Proibida a reprodução, no todo ou em parte, sem autorização prévia por escrito da editora, sejam quais forem os meios empregados.

Direitos exclusivos de publicação em língua portuguesa para o Brasil em formato bolso adquiridos pelas Edições BestBolso um selo da Editora Best Seller Ltda. Rua Argentina 171 – 20921-380 – Rio de Janeiro, RJ – Tel.: 2585-2000 que se reserva a propriedade literária desta tradução.

Impresso no Brasil

ISBN 978-85-7799-158-7

*Para Greg e Joan Benford.
Às vezes penso que vocês são
as pessoas mais interessantes que conhecemos.
Então tomo duas aspirinas e me deito.
Mas a ideia persiste.*

*O choro do recém-nascido
se mistura ao lamento pelos mortos.*

– LUCRÉCIO

*Não tenho medo de morrer.
Só não quero estar lá quando acontecer.*

– WOODY ALLEN

Montanha-russa:
*1. Pequena via férrea(...) com declives e aclives íngremes
que produzem mergulhos repentinos e rápidos
nos passageiros à procura de emoção.*

– THE RANDOM HOUSE DICTIONARY

Parte I
Laura

*Ser profundamente amado por alguém
nos dá força;
amar alguém profundamente
nos dá coragem.*

– LAO-TSÉ

1
Luz de vela ao vento

I.

Quando Laura Shane nasceu, uma tempestade açoitava a noite, e durante muitos anos as pessoas se lembraram da singularidade do tempo naquele dia.

Quarta-feira, 12 de janeiro de 1955, um dia gélido, cinzento e sombrio. Ao cair da noite, espessos flocos de neve espiralavam do céu, e o povo de Denver se preparou para a tempestade de neve que vinha das montanhas Rochosas. Às 22 horas, o vento forte e gelado soprou do oeste, uivando nos vales, como um riso estridente descendo as encostas ásperas e cobertas de árvores. Os flocos de neve foram diminuindo até se tornarem finos como grãos de areia e com o mesmo som abrasivo da areia quando o vento os atirava contra as janelas do escritório coberto de livros do Dr. Paul Markwell.

Markwell, recostado na cadeira atrás de sua mesa, tomava um uísque para se aquecer. O frio persistente que o incomodava não era causado por uma corrente de ar, mas por uma algidez interna da mente e do coração.

Desde a morte do seu único filho, Lenny, de paralisia infantil, quatro anos antes, Markwell havia começado a beber excessivamente. Agora, mesmo estando de prontidão, para o caso de ocorrer alguma emergência no County Medical, apanhou a garrafa e serviu-se de mais uma dose de Chivas Regal.

Em 1955, um ano de grandes avanços científicos, as crianças estavam tomando a vacina Salk, e logo chegaria o dia em que nenhuma ficaria paralisada nem morreria de poliomielite. Mas Lenny contraíra a doença em 1951, um ano antes de Salk testar sua vacina. Os músculos respiratórios do menino se paralisaram também, e o caso se complicou com broncopneumonia. Lenny não teve a menor chance.

Das montanhas do oeste vinha um som abafado que ecoava na noite de inverno, mas, a princípio, Markwell não deu grande importância ao ruído, tão absorto estava em sua dor amarga, que às vezes o fazia ignorar o que acontecia à sua volta.

A fotografia de Lenny estava sobre a mesa. Mesmo depois de quatro anos o rosto sorridente do menino ainda o atormentava. Devia ter guardado a foto, mas ali estava ela, porque a autoflagelação era um modo de compensar a culpa.

Nenhum colega de Markwell sabia de seu problema com a bebida. Nunca parecia bêbado. Os erros que havia cometido com alguns pacientes eram resultantes de complicações que podiam surgir naturalmente e nunca atribuídos a descuido de sua parte. Mas ele sabia que eram *erros,* e a perda da autoestima o fazia beber ainda mais.

O ruído se repetiu. Dessa vez ele reconheceu o trovão, mas não deu grande importância.

O telefone tocou. Lento e quase insensível por causa da bebida, ele só atendeu no terceiro toque.

– Alô?

– Dr. Markwell? Henry Yamatta. – O residente do County Medical parecia nervoso. – Uma das nossas pacientes, Janet Shane, acaba de chegar com o marido. Está em trabalho de parto. Na verdade, a tempestade os atrasou, portanto o trabalho já estava bem adiantado quando chegou aqui.

Markwell continuou a beber enquanto ouvia. Então, notando satisfeito que sua voz não estava pastosa, perguntou:

– Está ainda no primeiro estágio?

– Está, mas as dores são intensas e estranhamente demoradas para esta fase do processo. Há sangue no muco vaginal ...

— Isso é previsível.

Yamatta disse, com impaciência:

— Não, não. Não é um quadro normal.

Quadro anormal e sangue no muco vaginal, eram sinais de que o parto estava iminente. Entretanto, Yamatta tinha dito que já estava bem adiantado. Markwell cometera um erro sugerindo que o residente se referia a um quadro normal.

Yamatta disse:

— Não é uma hemorragia, mas alguma coisa está errada. Retenção urinária, obstrução da pelve, doença sistêmica...

— Eu teria notado qualquer anomalia fisiológica que constituísse perigo para a gravidez — disse Markwell secamente. Mas sabia que podia *não* ter notado... se estivesse bêbado. — O Dr. Carlson está de serviço esta noite. Se alguma coisa acontecer antes da minha chegada, ele...

— Acabamos de receber quatro vítimas de acidente, duas seriamente feridas. Carlson está ocupado. Precisamos do senhor, Dr. Markwell.

— Estou indo. Vinte minutos.

Markwell desligou, terminou o uísque e tirou uma pastilha de hortelã do bolso. Desde que começara a beber em excesso, levava sempre balas de hortelã com ele. Enquanto desembrulhava a bala e a colocava na boca, deixou o escritório e atravessou o hall até o armário onde guardava os sobretudos.

Estava bêbado e ia fazer um parto e talvez cometer um grave erro, o que podia significar o fim da sua carreira, a destruição da sua reputação, mas não se importava. Na verdade, antecipava a catástrofe com uma ansiedade perversa.

Estava vestindo o sobretudo quando o estrondo do trovão atravessou a noite. Na casa, o som ecoou.

Franziu a testa e olhou pela janela ao lado da porta. A neve fina e seca espiralou contra o vidro, parou no ar, enquanto o vento tomava fôlego, e espiralou outra vez. Uma ou duas vezes havia ouvido trovões durante uma tempestade de neve, mas sempre no começo, sempre suaves e distantes, nada tão ameaçador como aquilo que ouvia agora.

O relâmpago cortou o céu novamente. A neve que caía tremeluziu sinistramente na luz inconstante, e a janela se transformou num espelho onde Markwell viu o próprio rosto abatido. O trovão que se seguiu foi o mais forte de todos.

Abriu a porta e espiou curioso a noite turbulenta. O vento forte atirava a neve para baixo do teto da varanda e a espalhava na parede da frente da casa. Um manto de neve fresca, de uns 4 ou 5 centímetros, cobria o gramado e os galhos dos pinheiros voltados para o vento.

O brilho intenso do relâmpago ofuscou Markwell. O trovão foi tão forte que parecia vir não só do céu, mas do solo também, como se céu e terra estivessem se abrindo, anunciando o Armagedom. Duas flechas de luz brilhante, longas e superpostas, cortaram a escuridão. De todo os lados, silhuetas fantasmagóricas saltavam e se contorciam, pulsando. As sombras das cercas, balaústres, árvores, arbustos sem folhas e luzes da rua apareceram tão distorcidas pelo clarão repentino que o mundo de Markwell adquiriu características de surrealismo: a luz sinistra iluminava objetos comuns dando-lhes formas mutantes, alterando-os estranhamente.

Desorientado pelo céu em chamas, pelo trovão, o vento e as cortinas brancas e ondulantes da tempestade, Markwell bruscamente *sentiu-se* bêbado pela primeira vez naquela noite. Imaginou quanto havia de realidade no bizarro fenômeno e quanto de alucinação alcoólica. Caminhou cuidadosamente pela varanda escorregadia até os degraus que levavam ao caminho coberto de neve na frente da casa e, apoiado numa das colunas da varanda, olhou para cima, para o céu que parecia despedaçado.

Uma sequência de relâmpagos fez com que o gramado e a rua parecessem saltar várias vezes como a cena em câmara lenta num projetor enguiçado. Toda a cor da noite foi apagada, deixando apenas o branco ofuscante do relâmpago, o céu sem estrelas, a neve cintilante, sombras trêmulas de um negro profundo.

Enquanto olhava com medo e reverência para o estranho espetáculo no céu, outra fenda denteada se abriu, violenta. A extremidade do raio quente à procura da terra tocou um poste de ferro da rua a 20 metros de distância e Markwell gritou de medo. No momento do contato, a noite se tornou incandescente e as placas de vidro que protegiam a lâmpada explodiram. O trovão vibrou nos dentes de Markwell; o chão da varanda tremeu. O ar frio cheirava agora a ozônio e ferro quente.

O silêncio, a quietude e a escuridão voltaram.

Markwell tinha engolido a bala de hortelã.

Vizinhos atônitos apareceram nas varandas em toda a rua. Ou talvez estivessem assistindo ao tumulto o tempo todo, e ele só os tivesse percebido agora, quando a calma relativa de uma tempestade de neve normal voltava. Alguns caminharam pesadamente na neve até o poste atingido, para verificar as avarias. A parte superior parecia completamente derretida. Comentavam em voz alta e se dirigiram a Markwell, mas ele não respondeu.

A terrível exibição não havia dissipado os efeitos da bebida. Com medo de que os vizinhos percebessem que estava bêbado, voltou a entrar na casa.

Além disso, não podia parar para conversar sobre o tempo, precisava atender uma mulher grávida, ajudá-la a dar à luz.

Procurando controlar-se, apanhou um cachecol de lã no armário e o enrolou no pescoço, com as pontas cruzadas no peito. Suas mãos tremiam, e os dedos estavam um pouco rígidos, mas conseguiu abotoar o sobretudo. Lutando contra uma vertigem, calçou as galochas.

Markwell estava certo de que aqueles relâmpagos absurdos tinham um significado especial para ele. Um sinal, uma premonição. Tolice. O uísque o confundia. Mas a sensação persistiu quando foi até a garagem, abriu a porta e tirou o carro, as correntes nos pneus moendo e retinindo suavemente sobre a neve.

Quando pôs o carro em ponto morto para descer e fechar a garagem, alguém bateu com força no vidro da janela. Sobressaltado, Markwell viu um homem inclinado ao lado do carro, olhando para ele.

O estranho tinha uns 35 anos. Seus traços eram firmes e regulares. Mesmo visto através do vidro meio embaçado, era um homem de boa aparência. Vestia uma jaqueta de marinheiro com a gola levantada. No ar gelado sua respiração se transformava em vapor, que saía das narinas, e, quando falou, as palavras saíram envoltas em sopros pálidos da respiração.

— Dr. Markwell.

Markwell abriu o vidro do carro.

— Sim?

— Dr. Paul Markwell?

— Sim, sim. Eu já disse. Mas não estou atendendo aqui esta noite e estou saindo para ver uma paciente no hospital.

O estranho tinha olhos muito azuis que lembraram a Markwell um céu claro de inverno refletido no gelo fino de um lago congelado. Eram impressionantes, belos, mas Markwell compreendeu imediatamente que eram os olhos de um homem perigoso.

Antes que o médico tivesse tempo de dar marcha a ré na direção de onde ele esperava que estivesse a rua, o homem de jaqueta enfiou um revólver pela janela.

— Não faça nenhuma bobagem.

Quando o cano da arma encostou na carne tenra sob seu queixo, Markwell descobriu, surpreso, que não queria morrer. Há tempos acalentava a ideia de que estava pronto para a morte. Agora, porém, em vez de ficar satisfeito com sua súbita vontade de continuar a viver, sentiu-se dominado pela culpa. Abraçar a vida era como trair o filho, ao qual podia se juntar somente pela morte.

— Apague as luzes do carro, doutor. Ótimo. Agora, desligue o motor.

Markwell tirou a chave da ignição.

– Quem é você?

– Isso não importa.

– Importa para mim. O que você quer? O que vai fazer comigo?

– Coopere e não vai sofrer nada. Mas se tentar fugir, eu estouro seus miolos, depois descarrego toda a arma em seu corpo, só para garantir. – A voz era suave, agradável mesmo, mas decidida. – Entregue as chaves.

Markwell passou as chaves pela janela do carro.

– Agora, saia daí.

Sentindo aos poucos que ficava sóbrio, Markwell saiu do carro. O vento cortante fustigou seu rosto. Apertou os olhos para evitar que a neve fina entrasse neles.

– Antes de fechar a porta, feche a janela. – O estranho se aproximou muito dele, anulando qualquer possibilidade de fuga. – Muito bem, ótimo. Agora, doutor, vamos até a garagem.

– Isso é loucura. O que...

– *Ande.*

O homem ficou ao lado de Markwell, segurando-o pelo braço esquerdo. Se alguém os visse de uma das casas vizinhas, a escuridão da noite e a neve que caía não deixariam que percebesse a arma.

Na garagem, seguindo as instruções do estranho, Markwell fechou a porta. As dobradiças frias e sem óleo chiaram com um ruído estridente.

– Se você quer dinheiro...

– Cale a boca e entre na casa.

– Escute, uma paciente está em trabalho de parto na cidade...

– Se não calar a boca, vou usar o cabo desta arma para arrebentar todos os seus dentes, e não vai mais *poder* falar.

Markwell acreditou. Dois metros de altura, cerca de 90 quilos, o homem era do tamanho de Markwell, mas era intimidador. O cabelo louro estava molhado de neve derretida, e com as gotículas escorrendo pela testa e pelas têmporas, ele parecia não ser humano, uma estátua de gelo num parque de diversões, no inverno. Markwell não tinha dúvida de que num confronto físico o estranho de jaqueta de marinheiro podia derrotar facilmente seus adversários, sobretudo um médico de meia-idade, bêbado e fora de forma.

BOB SHANE COMEÇAVA a ter uma sensação de claustrofobia na sala de espera da maternidade. O teto era baixo, de placas à prova de som, paredes verdes e uma única janela emoldurada pelo gelo fino. O ar estava quente demais. As seis cadeiras e duas mesas de centro enchiam demais o pequeno espaço. Teve vontade de empurrar as portas, sair para o corredor, correr para a outra extremidade do hospital, atravessar o saguão e sair para a noite fria, onde não havia cheiro de antissépticos nem de doença.

Mas ficou na sala de espera, para o caso de Jane precisar de sua companhia. Algo estava errado. Todo parto é doloroso, mas não aquelas contrações demoradas, agonizantes e brutais que Janet estava suportando havia tanto tempo. Os médicos não queriam admitir que tinham surgido graves complicações, mas estavam evidentemente preocupados.

Bob percebeu a origem da sua claustrofobia. Não era o medo de que as paredes se fechassem sobre ele. O que começava a se fechar à sua volta era a morte, talvez de sua mulher, talvez da criança ainda não nascida – talvez de ambas.

As portas se abriram e o Dr. Yamatta entrou na sala.

Bob se levantou, batendo com a perna na mesa de centro e espalhando revistas pelo chão.

– Como ela está, doutor?

– Na mesma. – Yamatta era baixo, magro, com rosto bondoso e olhos grandes e tristes. – O Dr. Markwell logo estará aqui.

– Não está esperando a chegada dele para fazer o que é preciso, está?

— Não, é claro que não. Ela está sendo bem cuidada. Só achei que ficaria mais tranquilo sabendo que seu médico está a caminho.
— Oh, bem, sim... obrigado. Escute, doutor, posso vê-la?
— Ainda não – disse Yamatta.
— Quando?
— Quando... ela estiver sofrendo menos.
— O que quer dizer com isso? Quando ela vai sofrer menos? Quando vai se livrar disso? – Imediatamente se arrependeu. – Eu... desculpe, doutor. É só que... estou com medo.
— Eu sei. Eu sei.

UMA PORTA INTERNA ligava a garagem de Markwell ao restante da casa. Atravessaram a cozinha e seguiram pelo corredor, acendendo as luzes no caminho. A neve derretida de suas botas fazia poças no chão.

O homem com a arma examinou a sala de jantar, a sala de estar, o escritório, o consultório, a sala de espera dos pacientes e então disse:

— Lá em cima.

No quarto de Markwell o estranho acendeu uma das lâmpadas. Afastou da penteadeira uma cadeira com assento bordado e colocou-a no meio do quarto.

— Doutor, por favor, tire as luvas, o sobretudo e o cachecol.

Markwell obedeceu, deixando cair no chão as peças que ia tirando. Por ordem do homem sentou-se na cadeira.

Deixando o revólver na cômoda, o estranho tirou uma corda grossa do bolso, e, de dentro do sobretudo, uma faca curta com lâmina larga, guardada numa bainha presa ao seu cinto. Cortou a corda em pedaços, evidentemente para amarrar Markwell na cadeira.

O médico olhou para o revólver sobre a cômoda, calculando a possibilidade de alcançá-lo antes que o homem o impedisse.

Então, seus olhos encontraram os do assaltante e ele percebeu que o plano era tão evidente para ele quanto o de uma criança.

O homem louro sorriu como se estivesse dizendo "Vá em frente, apanhe a arma."

Paul Markwell queria viver. Deixou que o intruso atasse seus pés e suas mãos na cadeira.

Os nós eram firmes mas não dolorosos, uma estranha preocupação do homem com sua vítima.

— Não quero amordaçá-lo. Você está bêbado, com um pano na boca, pode vomitar e morrer sufocado. Portanto, vou confiar em você até certo ponto. Mas, se gritar por socorro, eu o mato. Entendido?

— Sim.

Quando falava um pouco mais o homem tinha um sotaque, muito vago e leve, que Markwell não conseguia definir. Cortava o fim de algumas palavras e ocasionalmente sua voz tinha um som gutural pouco perceptível.

O estranho sentou na beirada da cama e pôs a mão sobre o telefone.

— Qual é o número do hospital?

Markwell piscou os olhos.

— Por quê?

— Diabo, perguntei o número. Se não me disser, prefiro fazê-lo falar à custa de pancada a procurar na lista.

Markwell deu o número.

— Quem está de plantão esta noite?

— Dr. Carlson. Herb Carlson.

— Ele é bom?

— O que quer dizer?

— É um médico melhor do que você... ou um bêbado também?

— Não sou bêbado. Eu tenho...

— Você é irresponsável, um farrapo alcoólatra cheio de autopiedade e sabe disso. Responda a minha pergunta, doutor. Posso confiar em Carlson?

Markwell sentiu a náusea, em parte causada pela bebida, mas também por reconhecer que o intruso dizia a verdade.

– É, Herb Carlson é bom. Um ótimo médico.

– Quem é a enfermeira-chefe esta noite?

Markwell pensou um momento.

– Ella Hanlow, acho. Não tenho certeza. Se não for Ella, é Virginia Keene.

O estranho telefonou para o hospital e disse que estava falando em nome do Dr. Markwell. Pediu para chamar Ella Hanlow.

Uma lufada de vento açoitou a casa, sacudindo uma janela, assobiando nos beirais, e Markwell se lembrou da tempestade. Olhando a neve que caía lá fora, sentiu uma outra lufada, esta de desorientação. Uma noite tão estranha – o relâmpago, o intruso inexplicável –, de repente tudo parecia irreal. Forçou as cordas que o prendiam à cadeira, certo de que eram fragmentos de um sonho alcoólico e que se romperiam como teias de aranha, mas não se romperam, e o esforço o deixou novamente tonto.

Ao telefone, o estranho disse:

– Enfermeira Hanlow? O Dr. Markwell não pode ir ao hospital esta noite. Uma das suas pacientes, Janet Shane, está tendo um parto difícil. Hummmm? Sim, é claro. Ele quer que o Dr. Carlson se encarregue do caso. Não, não, não vai ser possível. Não, não por causa do tempo. Ele está bêbado. Isso mesmo. Seria perigoso para a paciente. Não... está tão bêbado que não adianta falar com ele ao telefone. Desculpe. Ele tem bebido um bocado ultimamente, tem procurado esconder, mas esta noite está pior do que nunca. Hummmm? Sou um vizinho. Certo. Obrigado, enfermeira Hanlow. Até logo.

Markwell ficou furioso e ao mesmo tempo aliviado com a revelação de seu segredo.

– Seu cretino, você me arruinou.

– Não, doutor, você se arruinou. O ódio que sente por si mesmo está destruindo sua carreira. E afastou sua mulher.

O casamento não ia bem, é certo, mas podia ser salvo se Lenny tivesse vivido, e até mesmo depois da morte dele, se você não tivesse se afastado completamente de todos.

Markwell ficou atônito.

— Como você sabe o que se passava entre Anna e eu? E como sabe sobre Lenny? Nunca o vi antes. Como pode saber tanto a meu respeito?

Ignorando as perguntas, o homem ajeitou dois travesseiros contra a cabeceira da cama. Pôs as botas molhadas sobre o cobertor e se deitou.

— Não importa o que você sente, a morte do seu filho não foi culpa sua. Você é só um médico, não faz milagres. Mas perder Anna foi culpa sua. E no que você se transformou... um perigo para seus pacientes... é sua culpa também.

Markwell começou a objetar, depois com um suspiro deixou a cabeça pender para a frente até o queixo encostar no peito.

— Sabe qual é o seu problema, doutor?

— Suponho que possa me dizer.

— Seu problema é que nunca teve de lutar por coisa alguma, jamais conheceu a adversidade. Seu pai tinha uma situação financeira confortável e lhe deu tudo o que queria, você estudou nas melhores escolas. Teve sucesso em sua profissão, e nunca precisou de dinheiro. Assim, quando Lenny teve paralisia, você não soube como enfrentar a adversidade, não tinha prática. Não foi *vacinado*, portanto, estava sem nenhuma resistência, e entrou em desespero.

Markwell levantou a cabeça, piscou até clarear sua visão e disse:

— Não entendo.

— Com todo esse sofrimento, você aprendeu alguma coisa, Markwell, e se ficar sóbrio tempo suficiente para pensar com clareza, pode reencontrar o caminho. Ainda tem uma chance de se redimir.

– Talvez eu não queira me redimir.

– Pode ser verdade. Acho que tem medo de morrer, mas não sei se tem coragem suficiente para continuar vivendo.

O hálito do médico era azedo, com cheiro de hortelã e uísque. Sentia a boca seca e a língua inchada. Precisava de um drinque.

Num esforço vago testou as cordas que o prendiam. Finalmente, enjoado com o tom choroso da própria voz, mas incapaz de recuperar a dignidade, disse:

– O que você quer de mim?

– Quero evitar que vá ao hospital esta noite. Quero ter certeza de que não vai fazer o parto de Janet Shane. Hoje você é um açougueiro, um assassino em potencial e tem de ser detido desta vez.

Markwell passou a língua nos lábios secos.

– Ainda não sei quem é você.

– E nunca saberá, doutor. Nunca saberá.

BOB SHANE NUNCA sentira tanto medo. Continha as lágrimas, pois acreditava que, se demonstrasse abertamente o medo, tentaria o destino, provocando a morte de Janet e do bebê.

Inclinou-se para a frente na cadeira da sala de espera e rezou em silêncio: Senhor, Janet podia ter escolhido uma pessoa melhor do que eu. Ela é tão bonita e eu sou feio como um trapo velho. Não passo de um dono de armazém e minha loja na esquina nem está dando lucro, mas ela me ama. Senhor, ela é boa, honesta, humilde... não merece morrer. Talvez o Senhor queira levá-la porque é suficientemente boa para o céu. Mas eu ainda não sou, e preciso dela para me ajudar a ser melhor.

Uma das portas da sala foi aberta.

Bob ergueu a cabeça.

Os dois médicos, Carlson e Yamatta, entraram, com seus aventais verdes.

Bob ficou assustado e levantou lentamente da cadeira.

Os olhos de Yamatta estavam mais tristes do que nunca.

O Dr. Carlson era alto e forte e com um porte digno, mesmo com a roupa folgada de cirurgião.

— Sr. Shane... sinto muito. Eu sinto muito, mas sua mulher morreu no parto.

Bob ficou imóvel, como se a notícia terrível tivesse transformado seu corpo em pedra. Ouviu apenas parte do que Carlson dizia:

— ...grande obstrução uterina... uma dessas mulheres que não podem ter filhos. Não devia ter engravidado. Eu sinto muito... muito mesmo... tudo o que foi possível... forte hemorragia... mas o bebê...

A palavra bebê desfez a paralisia de Bob. Deu um passo hesitante na direção de Carlson.

— O que disse sobre o bebê?

— É uma menina — disse Carlson. — Uma menina forte e saudável.

Bob pensara que tudo estivesse perdido. Agora olhava para Carlson com a esperança de que uma parte de Janet não tivesse morrido e de que não ia ficar completamente só no mundo.

— É mesmo? Uma menina?

— Sim — disse Carlson. — Um bebê lindo. Nasceu com fartos cabelos castanho-escuros.

Bob olhou para Yamatta e disse:

— Meu bebê está vivo.

— Está — afirmou Yamatta. Seu sorriso comovido foi breve. — E deve agradecer ao Dr. Carlson. A Sra. Shane não tinha nenhuma chance. Em mãos menos experientes, o bebê teria morrido também.

Bob se voltou para Carlson, incrédulo ainda.

— O bebê está vivo e devemos agradecer por isso, não é mesmo?

Os médicos ficaram em silêncio, embaraçados. Então Yamatta pôs a mão no ombro de Shane, sentindo talvez que o contato pudesse servir de consolo.

Embora Shane fosse 10 centímetros mais alto e 20 quilos mais pesado do que o pequeno médico, ele se inclinou para Yamatta. Dominado pela dor, Bob chorou e Yamatta o abraçou.

O ESTRANHO FICOU mais uma hora com Markwell, mas não falou, nem para responder às perguntas do médico. Deitado na cama, olhava para o teto, tão absorto nos próprios pensamentos que quase não se movia.

Quando Markwell ficou sóbrio, uma terrível dor de cabeça começou a atormentá-lo. Como sempre, a ressaca era motivo para autopiedade maior do que a que o levara a beber.

Finalmente, o intruso consultou o relógio de pulso.

– Onze e meia. Vou agora. – Saiu da cama, se aproximou da cadeira e tirou a faca de dentro do sobretudo.

Markwell ficou tenso.

– Vou cortar um pouco as cordas, doutor. Se fizer um pouco de esforço durante meia hora, poderá se libertar. O tempo que preciso para sair daqui.

Quando o homem começou a cortar as cordas atrás da cadeira, a todo momento Markwell esperava sentir a faca entre suas costelas.

Mas em menos de um minuto o estranho terminou o serviço e foi até a porta do quarto.

– Tem uma chance para se redimir, doutor. Acho que é fraco demais para isso, mas espero estar enganado.

Então ele saiu.

Markwell lutou durante dez minutos para se libertar, ouvindo alguns ruídos ocasionais no andar térreo. Evidentemente o intruso procurava alguma coisa valiosa para roubar. Com todo seu ar misterioso, talvez não passasse de um ladrão com um estranho método.

Finalmente Markwell se libertou. Era meia-noite e vinte e cinco. Seus pulsos estavam feridos e sangravam.

Embora não ouvisse nenhum barulho havia meia hora, apanhou o revólver da gaveta e desceu a escada cautelosamente. Foi até o consultório esperando dar por falta de medicamentos; nenhum dos dois armários altos, com porta de vidro, haviam sido tocados.

Correu para a sala de trabalho, certo de que o cofre fora arrombado. Mas o encontrou intato.

Intrigado, voltou-se para sair e viu então garrafas vazias de uísque, gim, tequila e vodca na pia do bar. O intruso havia demorado apenas para localizar as bebidas e esvaziar as garrafas.

Um bilhete estava pregado no espelho do bar, uma mensagem em letras maiúsculas e claras:

SE NÃO DEIXAR DE BEBER, SE NÃO APRENDER A ACEITAR A MORTE DE LENNY, VAI PÔR UMA ARMA NA BOCA E EXPLODIR OS MIOLOS DENTRO DE UM ANO. NÃO É UMA PREDIÇÃO, É UM FATO.

Segurando o bilhete e a arma, Markwell olhou a sala vazia, como se o estranho ainda estivesse presente, invisível, um fantasma que podia aparecer e desaparecer a qualquer momento e quando quisesse.

– Quem é você? – perguntou. – Quem é você?

Só o vento na janela respondeu, e seu gemido sombrio não fazia sentido.

ÀS 11 HORAS DO DIA SEGUINTE, depois de providenciar o funeral de Janet, Bob Shane voltou ao hospital para ver a filha. Vestiu o avental de algodão, pôs o gorro e a máscara, lavou as mãos sob a supervisão da enfermeira e entrou no berçário, onde gentilmente tirou Laura do berço.

Havia mais nove recém-nascidos no berçário. Todos bonitinhos, de um modo ou de outro, mas Bob sabia que não estava sendo parcial em seu julgamento. Laura Jean era a mais bonita. Embora os anjos fossem sempre representados com olhos azuis e cabelos louros e os de Laura fossem castanhos, ela parecia sem dúvida um anjo. Ela não chorou durante os dez minutos em que esteve nos braços do pai; piscou os olhos, entrecerrou-os, girou-os de um lado para o outro, bocejou. Parecia também pensativa, como se soubesse que não tinha mãe e estava sozinha, com o pai, num mundo frio e difícil.

Uma das paredes era uma grande janela pela qual os parentes podiam ver os bebês. Cinco pessoas estavam ali. Quatro delas sorriam, apontavam e faziam caretas para os bebês.

A quinta pessoa, um homem louro, com jaqueta de marinheiro, estava parada com as mãos nos bolsos. Não sorria, não apontava, não fazia caretas. Olhava fixamente para Laura.

Depois de alguns minutos, vendo que o homem não desviava os olhos, Bob ficou preocupado. Tinha boa aparência, era até mesmo bonito, mas com uma expressão séria, algo que não podia ser definido e que fez Bob pensar que o homem havia visto e feito coisas terríveis.

Pensou nas horríveis histórias de sequestros, dos jornais, de bebês vendidos no mercado negro. Procurou convencer-se de que estava ficando paranoico, imaginando perigos inexistentes porque, tendo perdido Janet, temia agora perder a filha também. Porém, quanto mais o homem louro observava Laura, mais crescia a preocupação de Bob.

Percebendo essa preocupação, o homem ergueu os olhos. Eram olhos extremamente brilhantes e intensos. O medo de Bob cresceu. Apertou mais a filha contra o peito, como se o estranho pudesse quebrar o vidro do berçário e se apossar dela. Pensou em chamar uma das enfermeiras e sugerir que falasse com o homem, procurasse saber algo sobre ele.

Então, o estranho sorriu. O sorriso largo, caloroso e genuíno transformou seu rosto. Não parecia sinistro agora, mas amistoso. Piscou um olho para Bob e moveu os lábios para dizer, através do vidro: "Linda."

Bob sentiu desaparecer a tensão, lembrou que seu sorriso não podia ser visto, por causa da máscara, e agradeceu com um gesto da cabeça.

O estranho olhou para Laura mais uma vez, piscou novamente para Bob e se afastou da janela.

MAIS TARDE, DEPOIS que Bob foi para casa, um homem alto com roupas escuras se aproximou da janela do berçário. Seu nome era Kokoschka. Observou os bebês; então desviou a vista e observou o próprio reflexo no vidro. Tinha o rosto largo, chato, com traços marcados e lábios tão finos e secos que pareciam feitos de osso. Uma cicatriz de 5 centímetros, certamente feita por uma lâmina, marcava sua face esquerda. Os olhos escuros eram saltados, como duas esferas de cerâmica pintadas, como os de um tubarão cruzando as sombrias rotas no fundo do mar. Notou com agrado o contraste do próprio rosto com os rostinhos dos bebês do outro lado do vidro; sorriu, uma expressão rara no seu rosto, mas o sorriso não tinha calor e o fazia parecer mais ameaçador.

Outra vez olhou para além do próprio reflexo. Não foi difícil encontrar Laura Shane entre os bebês enrolados nas mantas, pois os sobrenomes estavam escritos em cada berço.

Por que tanto interesse em você, Laura?, pensou ele. Por que sua vida é tão importante? Por que tanto dispêndio de energia para garantir sua vinda ao mundo sã e salva? Devo matá-la agora e acabar com os planos do traidor?

Ele seria capaz de matá-la sem nenhum remorso. Já matara crianças antes, embora nenhuma tão nova quanto Laura. Nenhum crime era terrível, se ajudasse a causa à qual devotava sua vida.

O bebê dormia. Uma vez ou outra movia os lábios e o rostinho se contraía, talvez sonhando com o útero, sentindo saudades.

Finalmente ele resolveu não matá-la. Não ainda.

— Posso eliminar você mais tarde, pequenina — murmurou ele —, quando souber que papel você representa nos planos do traidor. *Então* posso matá-la.

Kokoschka se afastou da janela. Sabia que não veria mais a menina durante oito anos.

II.

No sul da Califórnia, raramente chove na primavera, no verão e no outono. A verdadeira estação das chuvas geralmente começa em dezembro e termina em março. Mas naquele sábado, 2 de abril de 1963, o céu estava encoberto e era alta a umidade relativa do ar. Abrindo a porta do seu pequeno armazém em Santa Ana, Bob Shane calculou que havia possibilidade de uma última pancada de chuva da estação.

Os fícus no quintal da casa, no outro lado da rua, e a tamareira da esquina estavam imóveis no ar parado e pareciam curvados ao peso da tempestade iminente.

Ao lado da caixa registradora, o rádio estava ligado com volume baixo. Os Beach Boys cantavam seu novo sucesso, *Surfin'U.S.A.* Considerando o tempo, a canção era tão apropriada quanto *White Christmas* em julho.

Bob consultou o relógio: 15h15.

Às 15h30 estaria chovendo, pensou ele, e chovendo muito.

A parte da manhã fora boa para os negócios, mas à tarde o movimento diminuiu. Naquele momento não havia nenhum cliente.

O armazém, dirigido pela família, começava a sentir a competição das cadeias de mercado como o 7-Eleven. Bob pretendia fazer de sua loja uma casa de frios variados, alimentos mais frescos, mas estava adiando essa medida porque significava muito mais trabalho.

Se a tempestade iminente fosse violenta, venderia pouco no resto daquela tarde. Talvez fechasse mais cedo e levasse Laura ao cinema.

Voltando-se para dentro do armazém, ele disse:

— Acho melhor apanhar o barco, meu bem.

Laura estava absorta no trabalho, ajoelhada ao lado da caixa registradora. Bob havia tirado quatro caixas de sopa enlatada do depósito e Laura agora se encarregava da arrumação. Tinha só 8 anos, mas era uma menina responsável e gostava de ajudar o pai no armazém. Depois de marcar o preço certo em cada lata, arrumava-as nas prateleiras, lembrando-se de trocar a mercadoria de lugar, colocando as latas novas atrás das mais antigas.

Ela ergueu a cabeça com relutância.

— Barco? Que barco?

— Lá em cima, no apartamento. O barco, no armário. Pelo que eu estou vendo no céu, acho que vamos precisar dele para sair mais tarde.

— Seu bobo — disse ela. — Não temos nenhum barco no armário.

Bob foi para trás do balcão.

— Um belo barquinho azul.

— É mesmo? Em qual armário?

Bob começou a dependurar pacotes de Slim Jims no mostruário de metal, ao lado dos pacotes de biscoitos.

— No armário da biblioteca, é claro.

— Não temos biblioteca.

— Não? Ora, está bem, agora que você falou, lembrei que o barco não está na biblioteca. Está no armário do quarto do sapo.

Laura riu.

— Que sapo?

– Ora, não vai me dizer que não sabe nada sobre o sapo?
Com um largo sorriso, Laura balançou a cabeça.

– A partir de hoje estamos alugando um quarto para um refinado e importante sapo inglês; um sapo cavalheiro, que está aqui a serviço da rainha.

O relâmpago cintilou e o trovão estourou no céu de abril. No rádio, a estática juntou-se ao "Rhythm of the Rain", cantado pelos Cascades.

Laura não deu atenção à tempestade. Não tinha medo de muitas coisas que assustavam as outras crianças. Tinha tanta autoconfiança e tanto controle que às vezes parecia uma mulher idosa fingindo ser criança.

– Por que a rainha ia querer que um sapo tratasse dos seus negócios?

– Sapos são ótimos negociantes – disse ele, abrindo um dos pacotes de Slim Jims e mordendo um pedaço. Desde a morte de Janet e de sua mudança para a Califórnia, com a nova vida, Bob engordara 25 quilos. Nunca fora um homem bonito. Agora, com 38 anos, era um homem gordo, que dificilmente atrairia a atenção das mulheres. Também não era um grande sucesso na vida; ninguém fica rico com um pequeno armazém de esquina. Mas Bob não se importava. Tinha Laura, era um bom pai e ela o amava de todo o coração, como ele também a amava, portanto, o que o resto do mundo pensava dele não tinha importância.

– Sim, sapos são grandes negociantes. E a família deste sapo serve à rainha há centenas de anos. Na verdade, ele foi sagrado cavaleiro. Sir Thomas Sapo.

O relâmpago cortou o céu, mais claro do que antes. O trovão foi também mais forte.

Terminando de arrumar as prateleiras, Laura se levantou, limpando as mãos no avental que usava sobre a camiseta e a calça jeans. Era uma bela menina; com os cabelos castanhos e olhos grandes da mesma cor, lembrava muito a mãe.

— E quanto o Sir Sapo paga de aluguel?
— Seis *pence* por semana.
— Está no quarto perto do meu?
— Está. No quarto do armário onde está o barco.
Laura riu outra vez.
— Bom, espero que ele não ronque.
— Ele disse o mesmo de você.

Um Buick velho e enferrujado parou na frente do armazém e, quando o motorista abriu a porta do carro, um terceiro relâmpago abriu uma brecha no céu cada vez mais escuro. O dia estava envolto numa luz difusa que parecia escorrer pelas ruas, espalhando-se como lava sobre o Buick estacionado e os carros que passavam. O trovão sacudiu o prédio, como se o céu tempestuoso estivesse refletido na terra, precipitando um terremoto.

— Puxa! — exclamou Laura, aproximando-se da janela sem demonstrar medo.

Ainda não chovia, mas o vento oeste soprava forte, levando folhas e lixo na sua corrida.

O homem que desceu do decrépito Buick azul olhava atônito para o céu.

Relâmpagos seguidos cortavam o céu cheio de nuvens, fragmentavam o ar, refletindo-se incandescentes nas janelas e nos cromados dos automóveis, seguidos de trovões que castigavam o dia com seus punhos.

Os relâmpagos impressionaram Bob e ele disse para Laura:
— Querida, afaste-se da janela. — A menina correu então até o pai atrás do balcão e o abraçou, mais para confortá-lo do que por medo.

O homem do Buick correu para dentro do armazém. Olhando para o céu enfurecido, disse:
— Viu aquilo, homem? Puxa vida!

O trovão se afastou. Voltou o silêncio.

Começou a chover; grossos pingos bateram primeiro nas janelas sem muita força, e veio depois a cortina espessa e cegante que encobriu o mundo lá fora, além do pequeno armazém.

O homem sorriu.

— Belo espetáculo, não é mesmo?

Bob ia responder, mas depois de ver o rosto do homem ficou calado, sentindo a proximidade do perigo, como um animal da floresta sente o predador. O homem usava botas de cano médio, calças jeans sujas e uma jaqueta manchada sobre a camiseta branca. O cabelo despenteado pelo vento era oleoso e a barba por fazer emprestava um tom azulado ao rosto. Os olhos eram congestionados e vermelhos. Um viciado. Aproximando-se do balcão, tirou um revólver de dentro da jaqueta, o que não surpreendeu Bob.

— Me dá o que você tem aí na caixa, seu cretino.

— Certo.

— Trate de andar depressa.

— Tudo bem, vá com calma.

O homem umedeceu com a língua os lábios pálidos e rachados.

— Não comece a fazer cera comigo, seu cretino.

— Tudo bem, tudo bem. Vai ter o que quer — disse Bob, tentando se colocar na frente de Laura.

— Deixe a garota onde eu possa ver! Quero *vê-la*. Agora, já, tire-a de trás de você!

— Certo, não esquenta.

O homem estava tenso e rígido como o esgar de um morto e seu corpo tremia visivelmente.

— Onde eu possa ver. E não toque em nada, só na caixa registradora, não pegue nenhuma arma, senão estouro os seus miolos.

— Não tenho arma — garantiu Bob.

Olhou para as janelas, para a chuva, esperando que nenhum cliente entrasse naquele momento. O homem parecia tão descontrolado que poderia atirar em quem entrasse de repente.

Laura tentou outra vez se esconder atrás do pai, mas o homem disse:

— Ei! Não se mexa!

— Ela tem só 8 anos — comentou Bob.

— É uma cadela. São todas umas cadelas ordinárias, pequenas ou grandes. — A voz estridente era entrecortada. O homem parecia mais assustado do que Bob, o que era apavorante.

Embora atento ao homem e ao revólver, Bob ouvia Skeeter Davis no rádio cantando "The End of the World" o que parecia sinistramente profético. Com a superstição compreensível num homem que enfrenta uma arma, desejou ardentemente que a canção terminasse antes de, com sua magia, precipitar o fim de seu mundo e o de Laura.

— Aqui está o dinheiro todo. Pode levar.

O homem guardou o dinheiro no bolso da jaqueta e disse:

— Você tem um quarto de depósito nos fundos?

— Por quê?

O assaltante jogou no chão parte da mercadoria que estava sobre o balcão. Aproximou mais a arma de Bob.

— Seu cretino, você tem um depósito, eu sei. Vamos para lá.

Bob sentiu a boca seca.

— Olhe, pegue o dinheiro e vá embora. Já tem o que quer. Vá embora. Por favor.

Com um largo sorriso, mais confiante agora que estava com o dinheiro e encorajado pelo medo evidente de Bob, mas trêmulo ainda, o homem disse:

— Não tenha medo, não vou matar ninguém. Sou um amante, não um assassino. Só quero um pouquinho daquela cadelinha, depois vou embora.

Bob lamentou então não ter uma arma. Laura se agarrava a ele, confiando em sua ajuda, e ele não podia fazer nada para salvá-la. A caminho do depósito, podia tentar tirar a arma do assaltante. Estava gordo demais, fora de forma. Sem movimentos rápidos, com certeza levaria um tiro, e o imundo filho da mãe levaria Laura para o quarto dos fundos para fazer o que quisesse com ela.

— Mexa-se — disse o homem. — *Agora!*

Ouviram um tiro, Laura gritou e Bob a puxou para ele, protegendo-a, mas o alvo foi o assaltante. A bala atingiu sua têmpora esquerda e ele caiu sobre a mercadoria espalhada no chão, morto instantaneamente, sem tempo para apertar o gatilho da arma que empunhava.

Atordoado, Bob olhou para a direita e viu um homem alto e louro com uma arma na mão. Evidentemente havia entrado pela porta de serviço, nos fundos, atravessando em silêncio o quarto de depósito. Atirou no assaltante sem nenhum aviso. Olhava para o homem morto com expressão fria, indiferente, como um matador experiente.

— Graças a Deus — disse Bob. — Um policial.

— Não sou da polícia.

Vestia calça esporte cinzenta, camisa branca e paletó cinza-escuro sob o qual era visível o coldre a tiracolo.

Bob, confuso, imaginou se não seria outro assaltante, pronto para continuar de onde o primeiro havia tão violentamente sido interrompido.

O estranho ergueu os olhos azuis, intensos e diretos.

Bob teve certeza de já tê-lo visto antes, mas não lembrava quando nem onde.

O estranho olhou para Laura.

— Você está bem, querida?

— Estou — disse ela, sempre agarrada ao pai.

Um cheiro forte de urina vinha do corpo, no chão.

O estranho atravessou o armazém, passando sobre o corpo, e trancou a porta da frente. Abaixou a persiana interna. Olhou preocupado para as vitrines pelas quais a chuva escorria, distorcendo a tarde tempestuosa lá fora.

— Não podemos cobrir aquelas vitrines. Vamos torcer para que ninguém olhe para dentro.

— O que vai fazer conosco? — perguntou Bob.

— Eu? Nada. Não sou como aquele infeliz. Não quero nada de vocês. Fechei a porta para resolvermos o que você vai dizer à polícia. Precisamos combinar tudo, antes que alguém entre e veja o corpo.

— Por que preciso inventar uma história?

Abaixando-se perto do corpo, o estranho retirou da jaqueta um molho de chaves e o dinheiro de Bob. Disse então:

— Tudo bem, você vai dizer que eram dois assaltantes. Este aqui queria Laura, mas o outro não gostou da ideia de violentar uma garotinha, só queria ir embora. Então discutiram, se enfureceram, o outro matou este miserável e foi embora com o dinheiro. É capaz de fazer com que acreditem nisso?

Bob mal podia acreditar que ele e Laura iam ser poupados. Segurava ainda a filha contra o corpo.

— Eu... não entendo. Você não estava com ele. Não vai ter problemas por matar um assaltante... afinal, ele ia nos matar. Por que não contamos a verdade?

O homem se aproximou de Bob e devolveu o dinheiro.

— E qual é a verdade?

— Bem... você chegou por acaso e viu o que estava acontecendo...

— Não cheguei por acaso, Bob. Tenho vigiado você e Laura. — Guardando o revólver no coldre, sob o paletó, olhou para Laura, que o observava espantada. O homem sorriu e murmurou: — Anjo da guarda.

Mas Bob não acreditava em anjos da guarda:

— Nos vigiando? De onde, por quanto tempo? Por quê?

Com um tom de urgência na voz e um sotaque vago e indefinido, que Bob notou pela primeira vez, ele disse:

— Não posso responder. — Olhou rapidamente para as vitrines lavadas pela chuva. — E não posso ser interrogado pela polícia. Portanto, deve contar a história que inventei.

— De onde eu o conheço? — perguntou Bob.

— Não me conhece.

— Mas tenho certeza de tê-lo visto antes.

— Não viu. Não precisa saber. Agora, pelo amor de Deus, esconda esse dinheiro e deixe a caixa vazia; vai parecer estranho que o segundo homem tivesse saído sem levar o que vieram buscar. Vou deixar o Buick em algum lugar longe daqui, assim pode dar uma descrição do carro. Se quiser, dê também minha descrição. Não tem importância.

O trovão estourou barulhento lá fora, mas longo e distante, não mais com a fúria do começo da tempestade.

O ar úmido ficou mais pesado quando o cheiro ácido do sangue se misturou com o de urina.

Nauseado, apoiando-se no balcão mas sem largar Laura, Bob disse:

— Por que não posso simplesmente contar como você interrompeu o assalto, matou o cara e, para fugir à publicidade, foi embora?

O estranho ergueu a voz impaciente:

— Um homem armado entra por acaso no meio de um assalto e resolve bancar o herói? Os tiras não vão acreditar numa história dessas.

— Foi o que aconteceu...

— Mas não vão acreditar! Olhe, vão pensar que foi você quem matou o homem. Como você não tem arma, pelo menos não uma arma registrada, vão pensar em porte ilegal, que você se desfez dela depois de atirar neste cara e inventou uma história maluca sobre um justiceiro do tipo Zorro, que chegou de repente e salvou sua pele.

— Sou um comerciante respeitável, com boa reputação.

Uma tristeza estranha, uma sombra quase sinistra, surgiu nos olhos do estranho.

— Bob, você é um bom homem... mas um tanto ingênuo, às vezes.

— O que você...

O estranho ergueu a mão interrompendo-o.

– Em certas situações, a reputação de um homem pode não valer muita coisa. Existe muita gente boa e compassiva capaz de dar o benefício da dúvida, mas existem alguns, uma minoria venenosa, sempre ávidos para ver a desgraça e a ruína dos outros. – Sua voz era agora um murmúrio e, embora olhasse para Bob, parecia ver outros lugares, outras pessoas. – A inveja, Bob. A inveja os devora. Se você tivesse dinheiro, eles o invejariam por isso. Mas como não tem, eles invejam sua filha tão boa, inteligente e amorosa. Eles o invejam por ser feliz. Por *não* invejá-los. Uma das grandes desgraças da humanidade é que algumas pessoas não se sentem felizes com o que têm, mas precisam ver a desgraça dos outros.

Bob não podia refutar a acusação de ingenuidade e sabia que o homem tinha razão. Estremeceu.

Depois de um momento de silêncio, a expressão sombria do estranho novamente deu lugar à urgência.

– E quando os tiras resolverem que você está mentindo sobre o justiceiro que o salvou, vão começar a imaginar que talvez o viciado não estivesse aqui para roubar, que talvez você o conhecesse, que tinha alguma coisa contra ele, ou até mesmo que *planejou* tudo para matá-lo, fazendo com que parecesse um assalto. É assim que os tiras pensam, Bob. Mesmo que não consigam provar sua culpa, vão tentar com tanto afinco que sua vida vai ser um inferno. Quer sujeitar Laura a tudo isso?

– Não.

– Então faça as coisas a meu modo.

Bob fez um gesto afirmativo.

– Está certo. A seu modo. Mas quem é você?

– Isso não importa. Além do mais, não temos tempo. – Aproximou-se de Laura, atrás do balcão. – Entendeu o que eu disse ao seu pai? Se a polícia perguntar a você o que aconteceu...

– Você estava com aquele homem – disse ela, apontando na direção do corpo.

– Certo.

– Você era amigo dele, mas então começaram a discutir por minha causa, só que não sei por quê, pois não fiz nada de errado...

– Não importa por quê, meu bem – disse o estranho.

Laura balançou a cabeça afirmativamente.

– E então, você atirou nele e fugiu com todo o dinheiro no seu carro e fiquei muito assustada.

O homem olhou para Bob.

– Oito anos, hein?

– Ela é uma menina inteligente.

– Mesmo assim, será melhor que os policiais não a interroguem muito.

– Não vou deixar.

– Se me fizerem muitas perguntas, começo a chorar e chorar até desistirem.

O estranho sorriu. Olhou para Laura com tanto carinho que Bob ficou preocupado. Não era a expressão do pervertido que queria levá-la para o quarto dos fundos; era terna e afetuosa. Tocou de leve o rosto dela. Lágrimas apareceram nos seus olhos. O homem piscou rapidamente.

– Bob, guarde o dinheiro. Lembre-se, eu fugi com ele.

Bob percebeu que estava com o maço de notas ainda na mão. Enfiou no bolso da calça, disfarçando o volume com o avental.

O homem destrancou a porta e levantou a persiana.

– Tome conta dela, Bob. Ela é especial.

Então saiu rapidamente debaixo de chuva, deixando a porta aberta, e entrou no Buick. Os pneus cantaram quando ele partiu.

O rádio estava ligado, mas só agora Bob voltava a ouvi-lo, desde "The End of the World", antes de o estranho atirar no viciado. Shelley Fabares estava cantando "Johnny Angel".

De repente, ouviu a chuva outra vez, não apenas como uma música de fundo tamborilada e sibilante, mas real, batendo com fúria nas vidraças e no telhado do apartamento sobre o armazém. Embora o vento entrasse pela porta aberta, o cheiro de sangue e urina parecia mais forte e real, como se, só agora, saindo do transe de terror, Bob compreendesse quanto sua preciosa Laura estivera perto da morte. Tomou-a nos braços, levantando-a do chão num abraço apertado, repetindo o nome da filha, acariciando seus cabelos. Encostou o rosto no pescoço dela, sentindo o frescor doce da pele jovem, o pulsar da artéria, agradecendo a Deus por ela estar viva.

— Eu te amo, Laura.

— Eu também te amo, papai. Amo você por causa de Sir Thomas Sapo e por mais uma porção de coisas. Mas agora temos de chamar a polícia.

— Sim, é claro — disse ele, soltando-a do abraço com relutância.

Os olhos de Bob estavam cheios de lágrimas. Em seu nervosismo, não sabia sequer onde estava o telefone.

Laura tirou o fone do gancho e o deu para o pai.

— Eu posso telefonar, papai. O número está aqui no telefone. Quer que eu chame a polícia?

— Não. Eu chamo, meu bem.

Piscando para esconder as lágrimas, Bob segurou o fone e sentou na banqueta ao lado da caixa registradora.

Laura pôs a mão no braço do pai, como se entendesse que ele precisava de coragem.

Janet era uma mulher emocionalmente forte, mas a força e o autocontrole de Laura eram excepcionais para sua idade. Bob Shane não sabia de quem os havia herdado. Talvez o fato de não ter mãe desse a ela mais autoconfiança.

— Papai? — disse Laura, batendo no telefone com a ponta do dedo. — A polícia, lembra?

– Sim, sim – disse Bob, controlando a náusea provocada pelo cheiro de morte que envolvia o armazém. Ligou para o número de emergência da polícia.

KOKOSCHKA, SENTADO NO carro no outro lado da rua, na frente do armazém de Bob, passou os dedos pela cicatriz do rosto, com ar pensativo.

Não chovia mais. A polícia já havia partido. O asfalto escuro, apesar das luzes da rua e dos luminosos, parecia absorver toda a luz.

Kokoschka chegara ao mesmo tempo que Stefan, o homem louro, o traidor de olhos azuis. Ouviu o tiro e viu Stefan fugir no carro do homem morto. Quando a polícia chegou, juntou-se aos curiosos para se informar sobre o que havia acontecido.

Evidentemente percebeu o absurdo da história de Bob Shane, afirmando que Stefan era um dos assaltantes. Stefan era o guardião voluntário de Bob e Laura e, sem dúvida, mentira para ocultar sua verdadeira identidade.

Mais uma vez Laura fora salva.

Mas por quê?

Kokoschka tentava imaginar o papel da menina nos planos do traidor, mas não tinha ideia. Sabia que de nada adiantaria interrogar a garota, pois era pequena demais para saber alguma coisa. O motivo daquela proteção era um mistério, tanto para ela quanto para Kokoschka.

Estava certo de que Bob não sabia de nada. Obviamente, Stefan estava interessado na menina, não no pai, portanto este não precisava saber quem ele era, nem quais as suas intenções.

Finalmente, Kokoschka foi até o restaurante a alguns quarteirões do armazém, jantou e voltou, quando a noite já ia adiantada. Estacionou o carro numa rua transversal sob os galhos frondosos de uma palmeira. O armazém estava às escuras, mas havia luz nas janelas do apartamento no segundo andar.

Tirou o revólver do bolso da capa de chuva. Era um Colt-Agent .38 de cano curto, compacto, mas potente. Kokoschka gostava de armas bem desenhadas e benfeitas e especialmente da sensação daquele revólver em sua mão: era a própria morte sob uma capa de aço.

Kokoschka podia cortar os fios telefônicos dos Shane, arrombar a porta, matar a menina e o pai e fugir antes que a polícia aparecesse, alertada pelos tiros. Tinha talento e afinidade para aquele tipo de trabalho.

Mas se os matasse sem saber *por quê*, sem saber o papel que desempenhavam nos planos de Stefan, podia descobrir mais tarde que a eliminação dos dois fora um erro. Precisava saber a intenção de Stefan, antes de agir.

Relutantemente guardou o revólver no bolso.

III.

No ar parado da noite, a chuva caía perpendicular sobre a cidade, com gotas enormes e pesadas. Tamborilava barulhenta no telhado e no para-brisa do pequeno carro negro.

À 1 hora daquela terça-feira, no fim de março, as ruas varridas pela chuva, alagadas em alguns cruzamentos, estavam desertas, a não ser por alguns veículos militares. Stefan seguiu por um caminho indireto até o instituto, para evitar os postos de controle, mas temia encontrar alguma patrulha em missão de reconhecimento. Seus papéis estavam em ordem e tinha uma licença especial da segurança que o isentava do toque de recolher. Mesmo assim, preferia não se submeter à inspeção da polícia militar. Não podia arriscar uma revista no carro, pois a mala no banco de trás continha fios de cobre, detonadores e explosivos plásticos, para cujo transporte não tinha autorização.

Porque sua respiração embaçava o para-brisa, porque a chuva obscurecia sinistramente a cidade, porque os limpadores de para-brisa estavam gastos e porque os faróis encobertos iluminavam um campo limitado de visão, quase não viu a rua estreita, calçada de pedras, que levava aos fundos do instituto. Freou e virou a direção rapidamente. O carro entrou na rua estremecendo e cantando os pneus, derrapando levemente sobre as pedras.

Estacionou no escuro, perto da entrada dos fundos, saiu do carro e apanhou a mala no banco traseiro. O instituto ficava num prédio velho de quatro andares com janelas fechadas com tábuas. O prédio parecia ameaçador, embora não sugerisse a ideia de segredos importantes, capazes de mudar o mundo. A porta de metal tinha dobradiças invisíveis e era pintada de preto. Stefan apertou o botão, ouviu a campainha lá dentro e esperou nervosamente que alguém atendesse.

Estava com botas de borracha e uma jaqueta de couro com a gola levantada, mas sem chapéu nem guarda-chuva. A chuva gelada grudava seus cabelos na cabeça e escorria para dentro da camisa.

Tremendo de frio, olhou pela janelinha ao lado da porta. Tinha 10 centímetros de largura e 30 de altura, e o vidro era opaco por fora, espelhado do lado de dentro.

Stefan ouviu pacientemente a chuva batendo no teto do carro, nas poças d'água da rua, entrando barulhenta nos bueiros. Com um chiado frio, castigava as folhas das árvores na calçada.

Uma luz foi acesa acima da porta. A lâmpada, dentro de um cone de metal, lançou sua luz amarelada e forte diretamente sobre Stefan.

Ele sorriu para a janela de observação, para o guarda que não podia ver.

A luz foi apagada, as fechaduras, trancas e a porta foram abertas. Stefan conhecia o guarda, Viktor, um homem forte, de mais ou menos 50 anos, cabelos grisalhos curtos e óculos com aros de aço. Tinha um temperamento mais agradável do que aparentava e, na verdade, se preocupava muito com o bem-estar dos amigos e conhecidos.

— Senhor, o que está fazendo aqui a esta hora, com esta chuva?

— Não conseguia dormir.

— Tempo horrível. Entre, entre! Vai apanhar um resfriado, na certa.

— Fiquei preocupado com um trabalho que não terminei e achei que seria melhor vir até aqui e acabar logo.

— Vai morrer antes do tempo de tanto trabalhar, senhor. Pode estar certo.

Stefan entrou na sala de espera e, enquanto o guarda trancava a porta, tentou lembrar alguma particularidade da vida de Viktor.

— A julgar pela sua aparência, acho que sua mulher ainda faz aquelas tortas maravilhosas de que você me falou.

Viktor riu baixinho e bateu na barriga.

— Juro que ela foi contratada pelo diabo para me fazer pecar, especialmente para me conduzir ao pecado da gula. O que é isso, senhor? Uma mala? Vai se mudar para cá?

Enxugando o rosto com uma das mãos, Stefan disse:

— Material de pesquisa. Levei para casa há algumas semanas para trabalhar à noite.

— O senhor não tem vida particular?

— De 15 em 15 dias, tenho vinte minutos, às quintas-feiras.

Viktor estalou a língua em desaprovação. Aproximou-se da mesa que ocupava um terço do espaço da saleta, apanhou o telefone e falou com o outro guarda da noite, que ficava na saleta da frente do prédio. Quando alguém entrava depois do expediente, o guarda sempre avisava ao companheiro, em parte para evitar alarmes falsos que podiam provocar a morte acidental de um visitante inocente.

Com a água da roupa pingando na passadeira gasta, Stefan foi até a porta interna, apanhando um molho de chaves no bolso. Como a outra porta, essa também era de aço com dobradiças embutidas. Só podia ser aberta com duas chaves usadas ao mesmo tempo – uma do funcionário autorizado, a outra do guarda em serviço. O trabalho realizado no instituto era tão extraordinário e secreto que nem o guarda da noite tinha acesso aos laboratórios e salas de arquivos.

Viktor desligou o telefone.

– Quanto tempo vai demorar, senhor?

– Umas duas horas. Alguém está trabalhando esta noite?

– Não. O senhor é o único mártir. E ninguém gosta muito de mártires, senhor. Vai se matar de tanto trabalhar, pode estar certo, e para quê? Quem se importa?

– Eliot disse: "Santos e mártires reinam do túmulo."

– Eliot? É um poeta ou coisa assim?

– T. S. Eliot, sim, um poeta.

– "Santos e mártires reinam do túmulo"? Não sei nada sobre esse cara. Não me parece um poeta que tenha *aprovação*. Parece subversivo.

Viktor riu com gosto, aparentemente se divertindo com a ideia ridícula de que o amigo tão dedicado pudesse ser um traidor. Juntos abriram a porta interna.

Stefan arrastou a mala com explosivos para o corredor do prédio e acendeu as luzes.

– Se vai fazer desse trabalho no meio da noite um hábito – disse Viktor –, posso trazer uma das tortas da minha mulher para lhe dar energia.

– Obrigado, Viktor, mas espero não fazer disto um hábito.

O guarda puxou a porta de aço. A fechadura trancou automaticamente.

Sozinho no corredor, Stefan pensou, não pela primeira vez, que tinha sorte por ter aquela aparência: louro, com traços fortes, olhos azuis. Sua aparência explicava em parte o fato de poder entrar no instituto levando explosivos sem ser revistado. Nada era obscuro nele, dissimulado ou suspeito; era o homem ideal, de sorriso angelical, e sua devoção ao país jamais seria questionada por homens como Viktor, homens cuja obediência cega ao Estado e cujo patriotismo sentimental os impediam de pensar claramente sobre muitas coisas. Uma porção de coisas.

Tomou o elevador para o terceiro andar e foi diretamente ao seu escritório, onde acendeu uma luminária de mesa. Depois de tirar as botas de borracha e a jaqueta de couro, pegou uma pasta do arquivo e arrumou seu conteúdo sobre a mesa, para dar a impressão de que estava trabalhando. Se por acaso outro funcionário resolvesse aparecer no meio da noite, não devia suspeitar de nada.

Levando a mala e uma lanterna que tirou do bolso da jaqueta, subiu a escada até o sótão. À luz da lanterna viu as vigas enormes com um ou outro prego aparente. O assoalho era de madeira, mas o sótão não era usado como depósito e estava vazio, com uma camada fina de poeira e teias de aranha. O espaço sob o telhado inclinado permitia que ficasse de pé no centro mas não nas outras partes do sótão.

Tão perto do telhado, o barulho da chuva era forte e constante como um grupamento de bombardeiros passando sobre o prédio. A imagem foi provocada talvez pelo fato de Stefan pensar que esse seria sem dúvida o destino daquela cidade.

Abriu a mala. Trabalhando com a rapidez e a eficiência de um técnico de demolição, colocou os explosivos nos lugares determinados e ajustou a carga a fim de que a explosão se desse para baixo e para dentro. A finalidade não era apenas explodir o telhado, mas pulverizar os andares do meio do prédio, fazendo com que as pesadas vigas caíssem sobre o resto, aumentando a destruição. Colocou os explosivos entre as vigas e nos cantos da longa sala e alguns sob as tábuas do assoalho.

Lá fora, a tempestade amainou por algum tempo. Porém, logo a seguir, o trovão rompeu pela noite e a chuva recomeçou, mais forte do que antes. O vento também chegou dessa vez, assobiando na rua e gemendo sob os beirais; sua voz estranha e profunda parecia ameaçar e lamentar a cidade.

Gelado, ali no sótão sem aquecimento, Stefan trabalhou com mãos cada vez mais trêmulas. Embora estivesse tremendo de frio, o suor brotava de todos os seus poros.

Colocou um detonador em cada carga e estendeu os fios até o canto norte do sótão. Trançou-os, formando um único fio, que passou pelo tubo de ventilação que ia até o porão.

As cargas e o fio não seriam notados se alguém abrisse a porta para uma avaliação rápida do sótão. Mas, com um exame mais acurado, ou se o espaço fosse usado para depósito, sem dúvida seriam descobertos.

Era essencial que ninguém entrasse no sótão nas próximas 24 horas. Não era pedir muito, considerando que ele fora o único visitante do lugar nos últimos meses.

Na noite seguinte voltaria com outra mala para colocar cargas de explosivo no porão. O único meio de garantir a completa destruição do prédio era fazê-lo explodir de cima para baixo e de baixo para cima. Só assim reduziria tudo o que ele continha a lascas, poeira e restos inúteis. Depois da explosão e do incêndio, não sobraria nada para prosseguir a perigosa pesquisa que estava sendo feita.

A grande quantidade de explosivos, mesmo colocada cuidadosamente, causaria danos às estruturas que ladeavam o edifício, e Stefan temia que pessoas inocentes viessem a morrer. Mas isso não podia ser evitado. Não ousava usar menor quantidade de explosivos porque, se não fossem destruídos todos os arquivos, todas as cópias, o projeto poderia ser reiniciado rapidamente. Aquilo precisava ser destruído agora. A esperança de toda a humanidade dependia disso. Se pessoas inocentes fossem sacrificadas, ele teria de viver com essa culpa.

Terminou o trabalho no sótão alguns minutos depois das 3 horas.

Voltou ao escritório no terceiro andar e ficou algum tempo sentado à mesa. Não queria sair antes que seus cabelos molhados de suor estivessem secos e ele pudesse parar de tremer, pois Viktor podia notar.

Fechou os olhos e viu mentalmente a imagem de Laura. Sempre conseguia se acalmar pensando nela. O simples fato de Laura existir dava-lhe paz e coragem.

IV.

Os amigos de Bob Shane não queriam que Laura assistisse ao enterro do pai. Achavam que uma menina de 12 anos devia ser poupada desse sofrimento. Mas ela insistiu e, como queria com tanto ardor se despedir do pai, ninguém conseguiu impedir.

Aquela quinta-feira, 24 de julho de 1967, foi o pior dia de sua vida, mais triste do que a terça-feira anterior, o dia da morte do pai. Parte do choque tinha se dissipado e Laura não sentia mais como se estivesse anestesiada; suas emoções estavam mais perto da superfície e eram controladas com maior facilidade. Começava a compreender a imensidão daquela perda.

Escolheu um vestido azul-escuro, porque não tinha nenhum preto. Calçou sapatos pretos e meias azul-escuras. Achou que as meias curtas a faziam parecer muito infantil, frívola. Mas como jamais usara meias compridas, não julgou conveniente usar pela primeira vez naquela ocasião. Esperava que o pai estivesse olhando lá do céu durante a cerimônia e queria que a visse como sempre a vira antes. Se a visse com meias compridas, uma criança procurando parecer adulta, podia ficar embaraçado por ela.

Na casa funerária sentou-se na primeira fila, entre Cora Lance, dona de um salão de beleza que ficava a um quarteirão do armazém de Shane, e Anita Passadopolis, que havia trabalhado com Bob nas obras de caridade da igreja presbiteriana de Santo André. Ambas tinham mais de 50 anos, eram mulheres do tipo maternal e procuravam dar a Laura uma sensação de segurança, observando-a preocupadas.

Não precisavam se preocupar. Laura não ia chorar, não ia ficar histérica, não ia arrancar os cabelos. Ela compreendia a morte. Todos tinham de morrer. Pessoas, cães, gatos, passarinhos, flores, todos morriam. Até as árvores antigas morriam, cedo ou tarde, embora vivessem trinta vezes mais do que as pessoas, o que não parecia justo. Por outro lado, viver milhares de anos como árvores devia ser muito pior do que viver apenas 42 como um ser humano feliz. Seu pai tinha 42 anos quando seu coração falhou – um ataque repentino – e era pouca idade para morrer. Mas assim era o mundo, e de nada adiantava chorar. Laura se orgulhava da própria sensatez.

Além disso, a morte não significava o fim da pessoa. Na verdade, era apenas o começo. Outra vida melhor vinha então. Sabia que era verdade, porque seu pai havia lhe dito, e seu pai nunca mentia. Ele era o homem mais sincero, o melhor, o mais carinhoso de todos.

Quando o sacerdote se aproximou do lado esquerdo do caixão, para dar início à cerimônia, Cora Lance abraçou Laura.

– Você está bem, querida?

– Estou. Estou bem – respondeu ela, sem olhar para Cora. Não ousava olhar para ninguém, por isso começou a observar com interesse as coisas inanimadas.

Era a primeira vez que entrava numa casa funerária e não gostou. O tapete cor de vinho era espesso demais. As cortinas e as cadeiras eram também cor de vinho, com um fino acabamento dourado, e as lâmpadas tinham cúpulas cor de vinho, de modo que todas as salas pareciam ter sido decoradas por alguém que era obcecado por aquela cor. Que a usava como um fetiche.

"Fetiche" era uma palavra nova para ela e, como fazia com todas as palavras novas, Laura a usava demais, mas nesse caso estava empregada corretamente.

No mês anterior, quando ouviu pela primeira vez a palavra "sequestrar", com o sentido de "isolar, pôr de lado", Laura começou a usá-la com frequência, até o pai inventar variações absurdas para o termo: "Ei, como vai minha pequena sequestradora esta manhã?", dizia ele, ou então, "batatas fritas têm muita saída agora, por isso vamos colocá-las na primeira fila, perto da caixa, porque no canto elas ficam um tanto sequestradas". Ele gostava de fazê-la rir, como quando contava as histórias de Sir Tommy Sapo, o anfíbio britânico que ele havia inventado quando Laura tinha 8 anos e cuja biografia cômica ele aperfeiçoava a cada dia. De certo modo, seu pai era mais criança do que ela, e Laura o amava por isso.

O lábio inferior da menina tremeu. Ela o mordeu. Com força. Se chorasse, estaria duvidando do que o pai sempre dizia sobre a outra vida, a vida melhor. Chorar seria confirmar sua morte, para sempre, para toda a eternidade, *finito*.

Laura queria estar sequestrada em seu quarto sobre o armazém, na cama, a cabeça coberta. A ideia era tão tentadora que imaginou quanto seria fácil para ela fazer de seu próprio sequestro um fetiche.

DA CASA FUNERÁRIA foram para o cemitério.

Não havia lajes. Os túmulos eram marcados por placas de bronze sobre bases de mármore enterradas no solo. O gramado verde, com imensos loureiros indianos e pequenas magnólias, parecia um parque, um lugar para brincar, correr e rir – se não fosse pelo túmulo aberto sobre o qual estava suspenso o caixão de Bob Shane.

Na noite anterior Laura havia acordado duas vezes com o som do trovão distante e, semiadormecida, julgara ver a luz do relâmpago na janela, mas se tempestades tinha havido na escuridão da noite, agora não existia nenhum sinal delas. O dia estava azul, sem nuvens.

Laura ficou entre Cora e Anita, que a tocavam dizendo palavras carinhosas de consolo, mas nada do que diziam a consolava. O frio úmido se apossava dela cada vez mais a cada palavra da prece final, até ter a impressão de estar despida no inverno ártico, e não à sombra de uma árvore naquele dia quente, naquela manhã de julho com o ar parado.

Foi ativado o suporte do caixão. O corpo de Bob Shane desceu para a terra.

Incapaz de olhar a descida lenta do caixão, quase sem poder respirar, Laura se virou, se livrou das mãos carinhosas das duas mulheres e deu alguns passos pelo cemitério. Estava fria como mármore; precisava sair da sombra. Parou assim que sentiu o calor do sol morno na sua pele, mas que não fez passar seus arrepios.

Laura olhou para a colina longa e suave durante um minuto mais ou menos antes de avistar o homem, de pé, na outra extremidade do cemitério, na sombra de uma moita de loureiros. Ele estava com calça esporte clara e camisa branca que parecia levemente luminosa, como um fantasma que houvesse trocado sua ronda noturna pela luz do sol. O homem a observava e às outras pessoas presentes. Daquela distância, Laura não podia ver o rosto dele, mas percebeu que era alto, forte e louro – e estranhamente familiar.

O homem a intrigou, Laura não sabia por quê. Como que levada por um impulso, desceu a colina, passando entre os túmulos. Quanto mais se aproximava do homem louro, mais se acentuava a impressão de que o conhecia. A princípio ele não reagiu à aproximação dela, mas Laura tinha certeza de que a observava atentamente; sentia o peso de seu olhar.

Cora e Anita a chamaram, mas Laura as ignorou. Tomada por uma excitação inexplicável, Laura apressou o passo, agora a uns três metros do estranho.

O homem recuou para a sombra das árvores.

Temendo que ele se partisse antes que pudesse ver seu rosto, e sem saber por que isso era importante, Laura correu. As solas dos sapatos novos estavam escorregadias e por várias vezes quase caiu. Viu a relva amassada no lugar em que o homem tinha estado, portanto não era um fantasma.

Laura viu um movimento esquivo entre as árvores, o branco espectral da camisa dele. Correu naquela direção. Pouca relva crescia sob os loureiros, por causa da falta da luz do sol. Mas raízes expostas e sombras traiçoeiras surgiam por toda parte. Laura tropeçou, se apoiou no tronco de uma árvore, recuperou o equilíbrio e ergueu os olhos – para descobrir que o homem tinha desaparecido.

Os galhos entrelaçados das poucas árvores do pequeno bosque deixavam passar finas faixas douradas de luz, como se o tecido do céu estivesse se desfiando sobre a terra. Laura correu, entrecerrando os olhos na sombra. Várias vezes teve a impressão de avistar o homem, mas era sempre um movimento ilusório, efeito de luz ou de sua imaginação. Quando uma brisa soprou, teve certeza de ouvir passos furtivos sobre as folhas caídas, mas quando correu na direção do som, não conseguiu descobrir de onde vinha.

Depois de alguns minutos, Laura saiu do bosque para uma estrada que servia outra parte do imenso cemitério. Havia carros estacionados cintilando ao sol e, a uns 100 metros, viu um grupo de pessoas ao lado de um túmulo.

Laura parou ao lado do caminho, ofegante, perguntando a si mesma para onde o homem teria ido e por que tivera aquele impulso de correr atrás dele.

O sol escaldante, a parada da brisa leve e a volta ao silêncio completo do cemitério, tudo isso a perturbou. O sol parecia passar por ela como se seu corpo fosse transparente, e Laura se sentia leve, quase sem peso e um tanto tonta. Era como se estivesse num sonho, flutuando sobre uma paisagem irreal.

Vou desmaiar, pensou.

Apoiou a mão no para-lama dianteiro de um carro e cerrou os dentes com força, lutando para não perder a consciência.

Laura tinha apenas 12 anos, mas nem sempre agia como uma criança, e jamais *se sentia* como uma criança – até aquele momento, no cemitério, quando de repente se sentiu muito mais nova, fraca e desamparada.

Um Ford bege se aproximou lentamente, diminuindo ainda mais a marcha quando passou por ela. O homem de camisa branca o dirigia.

Assim que o viu, Laura compreendeu por que ele parecia familiar. Quatro anos antes. O assalto. Seu anjo da guarda. Laura tinha apenas 8 anos, mas jamais esqueceria aquele rosto.

O homem passou por ela muito devagar, observando-a atentamente. Estavam muito próximos um do outro.

Na janela do carro cada detalhe do rosto bonito aparecia tão claro quanto naquela noite terrível no armazém. Os mesmos olhos azuis brilhantes e penetrantes. Quando encontraram os dela, Laura estremeceu.

O homem não disse nada, não sorriu, mas a observou atentamente, como se quisesse fixar cada detalhe de seu rosto. Olhava para Laura como quem olha para uma jarra com água depois de atravessar o deserto. Seu silêncio e os olhos fixos assustaram a menina, mas ao mesmo tempo comunicavam uma inexplicável sensação de segurança.

O carro continuou lentamente. Laura gritou:

– Espere!

Correu para o Ford. O estranho acelerou e se afastou, deixando-a ali sozinha no sol, e então uma voz de homem disse atrás dela:

– Laura?

Ela se voltou, mas a princípio não o viu. O homem disse seu nome outra vez, baixinho, e Laura então o viu a uns 3 metros, no começo do pequeno bosque, de pé na sombra de um loureiro indiano. Estava com calça preta e camisa da mesma cor e parecia deslocado naquele dia cheio de sol.

Curiosa, intrigada, imaginando se aquele homem tinha algo a ver com seu anjo da guarda, Laura caminhou para ele. Chegou a dois passos do estranho, antes de perceber que a desarmonia entre ele e o dia claro não era motivada apenas pela roupa; a escuridão do inverno era parte integrante da sua pessoa; era como se o frio viesse de dentro dele, como se fosse uma criatura das regiões polares ou das cavernas, das montanhas cobertas de neve.

Laura parou a menos de um metro dele.

O homem não disse uma palavra, mas olhou para ela atentamente com uma expressão intrigada.

Laura viu a cicatriz no lado esquerdo do rosto do estranho.

– Por que você? – perguntou o homem das regiões geladas, dando um passo para a frente com o braço estendido.

Laura recuou, trêmula, assustada demais para gritar.

Do meio das árvores, Cora Lance chamou:

– Laura? Você está bem, Laura?

O estranho, ouvindo a voz tão próxima, deu meia-volta e desapareceu rapidamente entre as árvores, como se não fosse real, mas apenas um pedaço da escuridão que tivesse criado vida de repente.

Cinco dias após o funeral, na terça-feira, 29 de julho, Laura estava de volta a seu quarto sobre o armazém, pela primeira vez em uma semana. Fazia as malas e se despedia do que fora seu lar desde que se conhecia por gente.

Parou para descansar, sentada na cama desfeita, procurando lembrar quanto fora feliz e tranquila naquele quarto até pouco tempo. Havia uma centena de livros em brochura, a maioria histórias de cães e cavalos, na estante, num dos cantos. Cinquenta miniaturas de cães e gatos – em vidro, bronze, porcelana, cerâmica – enchiam as prateleiras acima da cabeceira da cama.

Laura não tinha bichos de verdade, porque o código sanitário não permitia que fossem criados num apartamento sobre um armazém. Esperava algum dia ter um cão. Talvez um cavalo. Mais importante ainda, queria ser veterinária para curar animais feridos e doentes.

Seu pai dizia que ela podia ser o que quisesse: veterinária, advogada, estrela de cinema, qualquer coisa. "Pode ser pastora de alces, se quiser, ou bailarina com pernas de pau. Nada pode impedi-la."

Laura sorriu, lembrando como o pai havia imitado uma bailarina com pernas de pau. Mas lembrou também que ele se fora e foi invadida por um imenso vazio.

Tirou as roupas do armário, dobrou-as cuidadosamente e guardou tudo nas duas grandes malas. Tinha também uma mala maior, onde arrumou os livros favoritos, alguns jogos e um ursinho de pelúcia.

Cora e Tom Lane inventariavam o resto do pequeno apartamento e a loja no térreo. Laura ia ficar com eles, embora não estivesse decidido se era um arranjo provisório ou permanente.

Preocupada com a incerteza do futuro, Laura voltou a fazer as malas. Abriu a gaveta da mesa de cabeceira e ficou imóvel olhando para as botas minúsculas, o pequeno guarda-chuva e o cachecol de 10 centímetros que seu pai havia comprado para provar a existência de Sir Tommy Sapo no quarto que ele alugava.

Um amigo de Bob que trabalhava com couro havia feito as botas largas nas pontas para acomodar os pés do sapo. O guarda-chuva era de uma loja de miniaturas e o cachecol ele mesmo havia feito, com grande trabalho, colocando franja nas pontas. Quando Laura fez 9 anos, ao voltar da escola, encontrou as botas e o guarda-chuva perto da porta e o cachecol dependurado no porta-casacos do hall. "Shhh", murmurou seu pai dramaticamente. "Sir Tommy acaba de chegar de uma árdua viagem ao Equador a serviço da rainha – ela tem uma mina de diamantes lá, você sabe – e ele está exausto. Tenho certeza de que vai dormir durante *dias*. Porém, me pediu que transmitisse seus votos de feliz aniversário e deixou um presente lá atrás, no quintal." O presente era uma bicicleta.

Agora, olhando para aqueles três objetos na gaveta, Laura compreendeu que seu pai não havia morrido sozinho. Tinham partido Sir Tommy Sapo, todos os personagens criados por ele e as fantasias tolas mas maravilhosas com que o pai a distraía. As botas largas nas pontas, o guarda-chuva e o pequeno cachecol pareciam adoráveis e patéticos; Laura quase podia acreditar que Sir Tommy fora real e que agora estava num mundo melhor. Deixou escapar um soluço doloroso. Atirou-se na cama e escondeu o rosto no travesseiro, abafando os soluços. Pela primeira vez, desde a morte do pai, deixou que a dor a dominasse.

Não queria viver sem ele, mas precisava não só viver, como prosperar, porque cada dia de sua vida seria um tributo a ele. Mesmo sendo tão jovem, compreendia que, vivendo bem e sendo uma boa pessoa, teria seu pai vivo através dela.

Mas ia ser difícil enfrentar o futuro com otimismo e sentir-se feliz. Sabia agora que a vida era assustadoramente sujeita a tragédias e a mudanças, azul e quente num momento, fria e tempestuosa no outro, e nunca se sabe quando o relâmpago vai atingir alguém que amamos. Nada dura para sempre. A vida é uma vela acesa ao vento. Uma dura lição para tão pouca idade, uma lição que a fez sentir-se velha, muito velha, uma anciã.

Quando cessou a torrente de lágrimas, Laura retomou o controle, pois não queria que os Lane soubessem que estivera chorando. Se o mundo era duro, cruel e imprevisível, não parecia prudente demonstrar fraqueza.

Embrulhou cuidadosamente as botas, o guarda-chuva e o cachecol em uma toalha de papel e os guardou na mala maior.

Depois de esvaziar as estantes, foi até sua escrivaninha e encontrou no mata-borrão uma mensagem escrita com letra clara, elegante, quase como se fosse datilografada.

Querida Laura,

Algumas coisas têm de acontecer e ninguém pode evitar. Nem mesmo seu guardião especial. Anime-se por saber que seu pai a amava de todo o coração, com um amor que poucas pessoas têm a felicidade de receber. Embora você pense que jamais voltará a ser feliz, está enganada. A felicidade vai chegar para você. Não é uma promessa vazia. É um fato.

Não tinha assinatura, mas Laura sabia de quem era: do homem que estava no cemitério, que a havia observado de dentro do carro, que alguns anos antes havia impedido que ela e o pai fossem mortos. Ninguém mais se intitulava seu guardião especial. Laura estremeceu, não de medo, mas por causa da estranheza e do mistério que a enchia de curiosidade e espanto.

Foi rapidamente até a janela e abriu a cortina leve do centro, esperando vê-lo na rua, mas não havia ninguém.

O homem de roupa escura também não estava lá, mas Laura não esperava vê-lo. Estava quase convencida de que ele nada tinha a ver com seu guardião, que estava no cemitério por outros motivos. Ele sabia seu nome... mas talvez tivesse ouvido quando Cora a chamou antes, do topo da pequena colina. Laura podia afastá-lo de sua mente, porque não desejava que fizesse parte de sua vida, ao passo que desejava ardentemente um guardião especial.

Leu o bilhete de novo.

Embora não soubesse quem era o homem louro, nem por que se interessava por ela, Laura se sentiu segura com aquele bilhete. Nem sempre é necessário compreender, desde que se possa *acreditar*.

V.

Na noite seguinte, depois de ter colocado os explosivos no sótão do instituto, Stefan voltou com a mesma mala, dizendo que estava com insônia outra vez. Prevendo a visita depois da meia-noite, Viktor levara metade de uma torta feita por sua mulher.

Stefan comeu alguns pedaços da torta enquanto colocava os explosivos. O porão enorme era dividido em duas partes, e, ao contrário do sótão, era usado diariamente pelos empregados. Precisava esconder as cargas com muito cuidado.

A primeira câmara continha arquivos de pesquisas e duas longas mesas de carvalho. Os arquivos tinham 2 metros de altura e estavam encostados nas paredes. Stefan colocou os explosivos na parte superior, empurrando-os um pouco para trás, contra a parede, onde nem o funcionário mais alto poderia ver.

Estendeu os fios entre os arquivos, fazendo um furo na parede que separava uma sala da outra, para continuar a linha de detonação. Abriu o buraco num lugar pouco visível, e só se percebiam alguns centímetros de fio de cada lado da divisória.

A segunda sala era usada como depósito de material de laboratório e de escritório, além das gaiolas dos animais – vários *hamsters,* alguns ratos brancos, dois cães, um macaco muito agitado numa jaula grande com três barras internas para o animal se balançar – que haviam participado das experiências de laboratório e sobrevivido a elas. Embora não tivessem mais nenhuma utilidade, eram mantidos vivos para observação, caso apresentassem problemas médicos imprevistos, ao longo prazo, relacionados com as experiências.

Stefan colocou as cargas atrás das pilhas de material e estendeu os fios até o duto de ventilação, no qual havia colocado os fios do sótão. Enquanto trabalhava, percebia a atenção dos animais, como se soubessem que tinham menos de 24 horas de vida. Stefan foi assaltado por um sentimento de culpa, a culpa que não havia sentido quando pensou na possibilidade das vítimas humanas, nos homens que trabalhavam no instituto, talvez porque os animais eram inocentes e os homens, não.

Às 4 horas, terminou o trabalho no porão e no escritório, no terceiro andar. Antes de sair, foi até o laboratório principal no andar térreo e observou o portão por alguns minutos.

O portão.

As dezenas de painéis, medidores e gráficos no maquinário de apoio do portão cintilavam suavemente com seu colorido alaranjado, amarelo ou verde, pois a energia nunca era desligada. Era uma peça cilíndrica, com 3,5 metros de comprimento e 2 metros de diâmetro, quase invisível à luz fraca; a parte externa de aço inoxidável refletia a luz das máquinas que ocupavam três paredes da sala.

Stefan havia usado várias vezes o portão, mas ainda se admirava com seu funcionamento – não apenas por ser uma magnífica descoberta científica, mas por seu potencial maléfico ilimitado. Não era o portão do inferno, mas, nas mãos das pessoas erradas, podia vir a ser. E sem dúvida estava nas mãos das pessoas erradas.

Depois de agradecer a Viktor a torta, dizendo que tinha comido toda – embora, na verdade, tivesse dado boa parte para os animais –, Stefan voltou para seu apartamento.

Pela segunda noite consecutiva a tempestade chegou violenta. A chuva vinha com o vento forte de noroeste. A água espumava na entrada dos bueiros, cantava nos telhados e enchia as ruas e, como a cidade estava quase toda às escuras, as poças d'água pareciam lagos de óleo. Apenas alguns militares estavam fora de casa, todos com capas de chuva negras e brilhantes que os faziam parecer criaturas de um livro de Bram Stoker.

Stefan foi diretamente para casa, sem nenhum esforço para evitar os postos de controle da polícia. Seus papéis estavam em ordem a autorização que o liberava do toque de recolher estava em dia e agora não transportava explosivos ilegais.

No apartamento, ajustou o despertador do grande relógio de cabeceira e adormeceu quase imediatamente. Precisava muito de descanso porque na tarde seguinte ia haver duas jornadas árduas e muita morte. Se não estivesse completamente alerta, podia se encontrar no lado errado da trajetória de uma bala.

Sonhou com Laura, o que, para ele, era um bom presságio.

2
A chama permanente

I.

Laura Shane, dos 12 aos 17 anos, foi como uma planta levada pelo vento nos desertos da Califórnia, parando para descansar aqui e ali brevemente e outra vez arrancada e carregada, logo que o vento se erguia.

Não tinha parentes e não podia ficar com os melhores amigos de seu pai, os Lance. Tom tinha 62 anos e Cora, 57. Estavam casados havia 35 anos e não tinham filhos. A ideia de criar uma menina os apavorava.

Laura compreendia, e não os culpava. Em agosto, quando deixou a casa dos Lance na companhia de uma mulher da Agência para o Bem-Estar das Crianças de Orange County, Laura beijou Cora e Tom e garantiu a eles que ia ficar bem. Afastando-se no carro da assistente social, acenou alegremente, esperando que eles se sentissem absolvidos.

Absolvidos. A palavra era uma aquisição recente. Absolvido: livre das consequências dos próprios atos; liberto ou liberado de algum dever, obrigação ou responsabilidade. Gostaria de se absolver da obrigação de seguir seu caminho no mundo sem a orientação de um pai amoroso, de se absolver da responsabilidade de viver e levar adiante sua lembrança.

Da casa dos Lance foi levada para um abrigo infantil – O Lar McIlroy –, uma velha e dilapidada mansão vitoriana de 27 quartos, construída por um magnata nos tempos em que os agricultores de Orange County prosperaram. Mais tarde foi convertida em internato para abrigar as crianças órfãs, provisoriamente, entre uma família adotiva e outra.

Era uma instituição diferente de todas sobre as quais Laura havia lido nas histórias. Para começar, não tinha freiras bondosas com hábitos negros flutuantes.

E havia Willy Sheener.

Laura o viu logo que chegou, quando a Sra. Bowmaine mostrava o quarto que ela ia compartilhar com as gêmeas Ackerson e uma menina chamada Tammy. Sheener estava varrendo o hall de azulejos.

Ele era forte, magro, pálido, sardento, tinha mais ou menos 30 anos, cabelos vermelhos e olhos verdes. Sorria e assobiava baixinho enquanto trabalhava.

– Como vai a senhora esta manhã, Sra. Bowmaine?

– Otimamente, Willy. – Era evidente que ela gostava de Sheener. – Esta é Laura Shane, nova aqui. Laura, este é o Sr. Sheener.

Sheener olhou para Laura com uma intensidade arrepiante. Quando conseguiu falar, sua voz saiu arrastada:

– Hã... seja bem-vinda a McIlroy.

Acompanhando a assistente social, Laura olhou para trás, para Sheener. Ele levou a mão à virilha e começou a se acariciar lentamente.

Laura não olhou mais para o homem.

Mais tarde, quando estava desfazendo as malas, procurando fazer com que sua parte do quarto no terceiro andar se parecesse o máximo possível com sua casa, voltou-se e viu Sheener na porta. Laura estava sozinha, pois as outras crianças brincavam no pátio ou na sala de jogos. O sorriso dele não era o mesmo com que tinha cumprimentado a Sra. Bowmaine. Era frio e predatório. A luz de uma das duas pequenas janelas se refletia em seus olhos, fazendo-os parecer prateados e não verdes, como os olhos opacos de um morto.

Laura tentou falar, mas não conseguiu. Recuou até encostar na parede ao lado da cama.

O homem ficou com os braços ao longo do corpo, imóvel, os punhos fechados.

O Lar McIlroy não tinha ar-condicionado. As janelas estavam abertas, mas o quarto estava extremamente quente. Porém, Laura só começou a transpirar depois de ver Willy Sheener. Agora sua camiseta estava molhada.

Lá fora as crianças gritavam e riam. Estavam tão perto mas pareciam tão distantes.

A respiração áspera e ofegante de Sheener parecia cada vez mais alta, aos poucos abafando as vozes das crianças.

Durante um longo tempo nenhum dos dois se moveu nem falou. Então, bruscamente ele deu meia-volta e foi embora.

Com as pernas bambas, inundada de suor, Laura sentou-se na beirada da cama. O colchão velho afundou e as molas estalaram sob ela.

Enquanto seu coração voltava ao normal, observou o quarto com uma sensação de desespero. Nos quatro cantos havia camas estreitas de ferro com colchas gastas de chenile e travesseiros encaroçados. Cada uma tinha uma mesa de cabeceira com tampo de fórmica e uma luminária de metal. A cômoda arranhada tinha oito gavetas, duas para cada ocupante do quarto. Havia também dois armários, e a metade de um deles lhe pertencia. As cortinas eram antigas e desbotadas e pendiam moles e sujas dos varões enferrujados. A casa toda era embolorada e sinistra; pairava no ar um cheiro desagradável; e Willy Sheener vagava pelos corredores e pelos quartos como um espírito maligno à espera da lua cheia para participar dos rituais sangrentos que ela inspirava.

NAQUELA NOITE, DEPOIS do jantar, as gêmeas Ackerson convidaram Laura para sentar no tapete do quarto, com a porta fechada, e trocar segredos.

A outra menina – uma loura estranha, quieta e frágil, chamada Tammy – não se interessou pela brincadeira. Encostada nos travesseiros, lia um livro, roendo as unhas continuamente, como um ratinho.

Laura gostou imediatamente de Thelma e Ruth Ackerson. Tinham feito 12 anos recentemente e eram apenas alguns meses mais novas do que Laura. Eram bastante sabidas para a idade. Ficaram órfãs aos 9 anos e havia quase três estavam no abrigo. Era difícil encontrar pais adotivos para crianças naquela idade, principalmente quando se tratava de gêmeas que insistiam em ficar juntas.

Eram idênticas e nada bonitas: cabelos castanhos sem brilho, olhos míopes da mesma cor, rostos largos, queixos redondos, bocas grandes. O que lhes faltava em beleza abundava em inteligência, boa disposição e bom gênio.

Ruth estava de pijama azul com debrum verde nos punhos e na gola e chinelos azuis, o cabelo preso em um rabo de cavalo. O pijama de Thelma era cor de cereja e os chinelos, amarelos peludos e com botões que imitavam olhos. Seu cabelo estava solto.

O calor insuportável havia melhorado com o cair da noite. Estavam a menos de 20 quilômetros do Pacífico e a brisa marinha refrescava o ar. Agora, com as janelas abertas, o vento suave agitava as cortinas e circulava pelo quarto.

– O verão aqui é uma chatice – disse Ruth, quando sentaram no chão. – Não podemos sair da propriedade e o espaço não é suficiente. E no verão todas as pessoas caridosas estão ocupadas demais com férias e viagens para pensar em nós.

– Mas o Natal é ótimo – retrucou Thelma.

– Novembro e dezembro são formidáveis – acrescentou Ruth.

– É isso – disse Thelma. – As festas são boas porque as pessoas caridosas começam a se sentir culpadas por terem tanto e nós, os pobres, termos tão pouco e usarmos jornais e caixas de papelão para nos aquecermos e comermos a mesma sopa de aveia do ano passado. Então mandam cestos de guloseimas, nos levam para fazer compras e ao cinema, mas nunca para ver filmes *bons*.

– Ora, de alguns eu gosto – disse Ruth.

— O tipo de filme em que ninguém nunca é exterminado. E *nunca* um bom namoro. Nunca nos levam para ver um filme onde o cara põe a mão no peito da garota. Sempre filmes para famílias. Chatos, chatos, chatos.

— Tem de perdoar minha irmã — Ruth disse para Laura. — Ela pensa que está na puberdade...

— Eu *estou* na puberdade! Sinto meu vigor em crescimento — declarou Thelma, levantando o braço magro acima da cabeça.

— A falta de orientação dos pais — disse Ruth — está fazendo efeito agora. Thelma não se adaptou à orfandade.

— Tem de perdoar minha irmã — pediu Thelma. — Ela resolveu pular a puberdade e passar diretamente da infância para a senilidade.

— O que me dizem de Willy Sheener? — Laura perguntou.

As meninas trocaram um olhar significativo e falaram com perfeita sincronia, sem perder um segundo sequer entre as duas opiniões.

— Ah, um homem perturbado — disse Ruth.

— Ele é um lixo — opinou Thelma.

— Precisa de terapia — declarou Ruth.

— Não, o que precisa é de uma boa pancada na cabeça com um taco de beisebol, uma só não, 12 ou mais e, depois, ficar preso pelo resto da vida — disse Thelma.

Laura contou a atitude de Sheener na porta do quarto.

— Ele não disse nada? — perguntou Ruth. — É sinistro. Geralmente ele diz "você é uma garota muito bonita", ou...

— ...oferece balas — completou Thelma com uma careta. — Pode *imaginar*? Balas! Que vulgar! É como se tivesse aprendido a ser um safado lendo aqueles panfletos da polícia que orientam crianças contra os pedófilos.

— Nada de balas — disse Laura estremecendo ao lembrar os olhos prateados de Sheener e sua respiração ofegante e áspera.

Thelma se inclinou para a frente e disse em voz muito baixa:

— Parece que o Enguia Branca perdeu a fala, ficou excitado demais para *pensar* nas coisas que costuma dizer.

— Enguia Branca?

— Sheener — disse Ruth — ou apenas Enguia.

— Pálido e escorregadio como é — acrescentou Thelma —, o apelido é perfeito. Aposto que o Enguia tem uma queda especial por você. Quero dizer, garota, você é linda.

— Nada disso — respondeu Laura.

— Está brincando? — perguntou Ruth. — Esse cabelo castanho, esses olhos imensos.

Laura corou e começou a protestar mas Thelma disse:

— Escute, Shane, a Dupla Deslumbrante... Ruth e *moi*... não suporta falsa modéstia e nem gabolice. Somos do tipo direto. Conhecemos nossas forças e nos orgulhamos delas. Deus sabe que nenhuma de nós duas vai ser Miss América, mas somos inteligentes, muito inteligentes, e não negamos isso. E você é maravilhosa, portanto, pare de se fazer de tímida.

— Minha irmã às vezes é direta demais e muito explícita — disse Ruth, se desculpando.

— E *minha* irmã — debochou Thelma — está ensaiando para o papel de Melanie em ...*E o vento levou*. — Com sotaque sulino carregado e exagerada bondade na voz, continuou: — Oh, Scarlett não quer fazer mal a ninguém. Scarlett é uma moça adorável, de verdade. Rhett tem um coração tão bom também, e até os ianques são adoráveis, mesmo os que saquearam Tara, queimaram nossas plantações e fizeram botas com a pele das nossas crianças.

Laura começou a rir antes de Thelma terminar.

— Portanto, pare de se fazer de mocinha modesta, Shane! Você é linda.

— Certo, certo. Sei que sou... bonitinha.

— Garota, quando o Enguia Branca viu você, deu um curto-circuito na cabeça dele.

– Isso mesmo – disse Ruth –, você o deixou tonto. Por isso ele nem conseguiu lembrar de oferecer as balas que sempre leva nos bolsos.

– Balas! – exclamou Thelma. – Saquinhos de caramelos, biscoitos!

– Laura, tenha muito cuidado – avisou Ruth. – Ele é um homem doente...

– Ele é uma lagartixa! – protestou Thelma. – Um rato de esgoto!

Do outro lado do quarto, Tammy disse com voz suave:

– Ele não é tão mau assim.

A menina loura era tão quieta, tão magra e sem graça, sempre uma sombra no cenário de fundo, que Laura havia esquecido dela. Tammy deixou o livro que lia e se sentou na cama dobrando as pernas contra o peito e segurando-as com os braços. Tinha 10 anos, dois a menos do que suas companheiras de quarto, e era pequena para a idade. Com a camisola branca e meias, Tammy era mais uma aparição do que uma pessoa real.

– Ele nunca machucaria ninguém – disse hesitante, como se o fato de dar sua opinião sobre Sheener, sobre qualquer pessoa ou qualquer coisa, fosse como andar numa corda bamba sem a rede protetora embaixo.

– Ele machucaria qualquer um se tivesse oportunidade – disse Ruth.

– Ele é só... – Tammy mordeu os lábios. – Ele é... muito só.

– Não, meu bem – disse Thelma –, ele não é muito só. É tão apaixonado por si mesmo que jamais fica sozinho.

Tammy desviou os olhos, levantou, calçou o chinelo e murmurou:

– Está quase na hora de dormir.

Tirou seus objetos de toalete da mesa de cabeceira e saiu do quarto fechando a porta, dirigindo-se para um dos banheiros no fim do corredor.

— Ela aceita as balas — explicou Ruth.

Uma onda gelada de repulsa invadiu Laura.

— Ah, não.

— Sim, ela aceita — disse Thelma. — Não porque quer as balas. Ela é... confusa. Precisa do tipo de aprovação que o Enguia pode dar.

— Mas por quê? — perguntou Laura.

Ruth e Thelma trocaram olhares, como se estivessem debatendo um assunto e chegando a uma decisão em um ou dois segundos, sem nenhuma palavra. Com um suspiro, Ruth explicou:

— Bem, você compreende, Tammy precisa desse tipo de aprovação porque... o pai a ensinou a precisar disso.

Laura ficou chocada.

— O *próprio* pai?

— Nem todas as crianças em McIlroy são órfãs — disse Thelma. — Algumas estão aqui porque os pais cometeram crimes e estão na prisão. Outras sofreram agressão por parte dos pais, física ou... sexual.

O ar que entrava pela janela provavelmente havia esfriado um pouco desde o começo da conversa, mas para Laura era como se de repente um vento misterioso de outono tivesse saltado os meses do ano, infiltrando-se na noite de verão.

— Mas Tammy na verdade não *gosta* disso, gosta? — Laura quis saber.

— Acho que não — disse Ruth. — Mas ela é...

— ...compelida — terminou Thelma. — Não pode evitar. É uma deformação.

Ficaram caladas, pensando no impensável, e finalmente Laura disse:

— É estranho... e tão triste. Não podemos acabar com isso? Não podemos contar para a Sra. Bowmaine ou outra assistente social o que Sheener faz?

— Não ia adiantar — respondeu Thelma. — O Enguia vai negar tudo e Tammy também, e não temos nenhuma prova.

— Mas se ela não for a única, talvez uma das outras...

Ruth balançou a cabeça.

— Quase todas já foram para lares provisórios ou voltaram para casa. As duas ou três que ainda estão aqui... bem, são como Tammy ou morrem de medo do Enguia, não teriam coragem de acusá-lo.

— Além disso — disse Thelma —, os adultos não querem saber, não querem tratar desse assunto. Má publicidade para a casa. E vão parecer idiotas por terem permitido que isso acontecesse bem debaixo do seu nariz sem que tivessem percebido. Além do mais, quem acredita em crianças? — Thelma imitou a Sra. Bowmaine com tanta perfeição que Laura reconheceu imediatamente a voz da assistente social. — Oh, minha querida, elas são horríveis, umas criaturinhas extremamente mentirosas. Barulhentas, briguentas, uns animaizinhos incômodos, capazes de destruir a ótima reputação do Sr. Sheener só para se divertirem. Se ao menos pudessem ser drogadas, dependuradas em cabides na parede e alimentadas por via intravenosa, o sistema seria muito mais eficiente, minha cara, e muito melhor para elas também.

— Então o Enguia estaria livre — disse Ruth —, ia voltar ao trabalho e encontrar meios de nos fazer pagar pela denúncia. Já aconteceu antes com outro pedófilo que trabalhava aqui, um cara que chamávamos de Fogel, a Doninha. Pobre Denny Jenkins...

— Denny denunciou Fogel, a Doninha; contou para a Sra. Bowmaine que ele havia abusado dele e de mais dois garotos. Fogel foi suspenso. Mas os outros dois garotos não confirmaram a história de Denny. Tinham medo da Doninha... mas tinham também aquela necessidade doentia de aprovação. Quando Bowmaine e os outros interrogaram Denny...

— Eles praticamente o atacaram com perguntas capciosas, tentando confundir o garoto. Ele ficou confuso, caiu em contradição e eles disseram que estava inventando tudo – completou Ruth, furiosa.

– E a Doninha voltou ao trabalho – disse Thelma.

– Ele não teve pressa – continuou Ruth – e então descobriu meios para atormentar a vida de Denny. Perseguiu o garoto incessantemente até que um dia... Denny começou a gritar e não parou mais. O médico teve de dar uma injeção nele. Depois o levaram embora. Emocionalmente perturbado, disseram. – Ruth estava quase chorando. – Nunca mais o vimos.

Thelma pôs a mão no ombro da irmã e disse para Laura:

– Ruth gostava de Denny. Ele era um bom menino. Pequeno, tímido, um doce... não teve nenhuma chance. Por isso precisamos ser duras com o Enguia Branca. Não podemos deixar que perceba que temos medo. Se ele tentar alguma coisa, grite. E dê um pontapé no meio das pernas dele.

Tammy voltou do banheiro. Sem olhar para as outras meninas, tirou o chinelo e se deitou sob as cobertas.

Embora chocada com a ideia de Tammy com Sheener, Laura olhou para a frágil garota loura com mais simpatia do que repulsa. Nada podia ser mais patético do que a menina tão pequena, solitária e derrotada na cama estreita e afundada no meio.

Naquela noite Laura sonhou com Sheener. Tinha cabeça humana mas o corpo de uma enguia branca e, sempre que Laura corria, ele escorregava para ela, passando por debaixo das portas fechadas e de outros obstáculos.

II.

Revoltado com o que acabara de ver, Stefan voltou do laboratório do instituto para seu escritório no terceiro andar. Sentou-se à mesa com a cabeça nas mãos, tremendo de horror, fúria e medo.

O miserável de cabelos vermelhos, Willy Sheener, ia violentar Laura repetidamente, espancá-la quase até a morte, deixando-a tão traumatizada que a menina jamais voltaria ao normal.

Não era uma possibilidade; ia acontecer, se Stefan não evitasse. Ele havia *visto* o triste resultado: o rosto machucado de Laura, a boca cortada. Os olhos eram impressionantes, sem expressão, semimortos, olhos de uma criança incapaz de sentir alegria ou de ter alguma esperança.

A chuva fria batia nas janelas do escritório e o som vazio parecia ecoar dentro dele, como se as coisas terríveis que havia visto tivessem incinerado seu corpo, deixando apenas uma concha vazia.

Ele havia salvado Laura do viciado no armazém do pai, mas ali estava outro pedófilo. Uma das coisas que Stefan havia aprendido no instituto era que mudar o destino nem sempre é fácil. Era uma luta contra um padrão que estava determinado. Talvez o fato de ser violentada e psicologicamente destruída fosse uma parte tão imutável da vida de Laura que ele não seria capaz de evitar que acontecesse, mais cedo ou mais tarde. Talvez não pudesse salvá-la de Willy Sheener, ou, se conseguisse, outro igual a ele entraria na vida da menina. Mas tinha de tentar.

Aqueles olhos semimortos, privados para sempre de alegria...

III.

Setenta e seis crianças estavam abrigadas no Lar McIlroy, todas com 12 anos ou menos; quando completavam 13 anos, eram transferidas para Caswell Hall, em Anaheim. Como o refeitório com as paredes forradas de carvalho comportava apenas quarenta, as refeições eram servidas em dois turnos. Laura estava no segundo turno, com as gêmeas Ackerson.

Na fila, entre Thelma e Ruth, na sua primeira manhã na casa, Laura viu que Willy Sheener era um dos quatro empregados que serviam a comida. Estava encarregado do leite e servia pãezinhos doces com uma pinça de cozinha.

Enquanto Laura seguia lentamente na fila, o Enguia passava mais tempo olhando para ela do que para as crianças que servia.

– Não deixe que ele a intimide – murmurou Thelma.

Laura tentou encontrar os olhos de Sheener, enfrentando-o corajosamente. Mas era sempre a primeira a desviar o olhar.

Quando chegou na frente dele, o homem disse:

– Bom dia, Laura. – Colocou na bandeja dela um pãozinho especial que havia reservado para a menina. Era duas vezes maior do que os outros, com maior número de cerejas e cobertura de creme.

NA QUINTA-FEIRA, o terceiro dia de Laura no Lar McIlroy, ela foi convocada para uma sessão de "como estamos nos adaptando", com a Sra. Bowmaine, no escritório do primeiro andar. Etta Bowmaine era uma mulher forte que usava uma coleção de vestidos estampados que a enfeiavam. Falava com chavões e lugares-comuns, naquele tom de falsidade melosa tão bem imitada por Thelma, e fez uma porção de perguntas para as quais na verdade não queria respostas sinceras. Laura mentiu, dizendo que estava muito feliz no Lar McIlroy, e as mentiras agradaram extremamente a Sra. Bowmaine.

Voltando para seu quarto no terceiro andar, encontrou o Enguia na escada da ala norte. Quando chegou ao segundo andar, ela o viu no lance seguinte da escada, limpando o corrimão de madeira. Um vidro de lustra-móveis estava aberto no degrau ao lado dele.

Laura parou com o coração disparado, pois sabia que ele estava à sua espera. O homem devia saber que ela fora chamada ao escritório da Sra. Bowmaine e imaginou que usaria a escada mais próxima para o quarto.

Não havia mais ninguém por perto. A qualquer instante podia aparecer uma criança ou um funcionário da casa, mas no momento estavam sozinhos.

O primeiro impulso de Laura foi voltar e usar a escada da ala sul, mas lembrou o que Thelma tinha dito sobre não se intimidar e sobre aquele tipo de pessoa só abusar dos fracos. Laura pensou que a melhor coisa seria passar por ele sem uma palavra, mas seus pés pareciam pregados no degrau; não conseguia se mexer.

Olhando para ela, lá de cima, o Enguia sorriu. Era um sorriso horrível. Sua pele era muito branca e os lábios não tinham cor, mas os dentes tortos eram amarelos com manchas marrons, como a casca de uma banana madura. Sob o cabelo despenteado cor de cobre, o rosto era o de um palhaço – não o tipo de palhaço que se vê no circo, mas o que aparece pelas ruas no Halloween, o tipo que carrega uma serra elétrica, e não uma garrafa de refrigerante.

– Você é uma garota bonita, Laura.

Laura tentou mandá-lo para o inferno, mas não conseguia dizer uma palavra.

– Gostaria de ser seu amigo – disse ele.

Finalmente ela encontrou forças para continuar subindo na direção dele.

O sorriso do homem ficou mais largo, talvez por pensar que ela correspondia à oferta de amizade. Enfiou a mão no bolso da calça cáqui e tirou dois biscoitos com creme.

Laura lembrou a descrição feita por Thelma dos truques estúpidos e sem imaginação do Enguia e de repente o homem não lhe pareceu tão assustador. Oferecendo biscoitos, com aquele sorriso malicioso, Sheener era uma figura ridícula, uma caricatura do mal, e Laura teria dado risadas se não soubesse o que ele havia feito a Tammy e a outras meninas. Embora sem conseguir achar aquilo divertido, a aparência e os modos do homem lhe deram coragem para passar por ele rapidamente.

Quando Sheener compreendeu que ela não ia aceitar os biscoitos nem responder à oferta de amizade, pôs a mão no ombro da menina para fazê-la parar.

Laura, furiosa, segurou a mão de Willy e a afastou.

– Nunca toque em mim, seu lagartixa.

Laura subiu rapidamente a escada, lutando contra a vontade de correr. Se corresse, ele ia saber que ainda estava com medo. O homem não devia ver nenhuma fraqueza na sua atitude, pois isso o encorajaria a continuar o assédio.

Quando faltavam dois degraus para o próximo patamar, Laura imaginou que tinha vencido, impressionando-o com sua força. Então ouviu um ruído inconfundível de um zíper que se abria. Atrás dela, em voz murmurada, ele disse:

– Olhe, Laura, veja isto. Veja o que tenho para você. – Havia um tom demente e odioso em sua voz. – Olhe, olhe o que está na minha mão agora, Laura.

Ela não olhou para trás.

Laura chegou ao patamar e começou a subir o outro lance de escada, pensando: "Não há motivo para correr; não se *atreva* a correr, não corra, não corra."

Lá embaixo, o Enguia disse:

– Olhe o grande doce que tenho na minha mão agora, Laura. É muito maior do que aqueles outros.

No terceiro andar, Laura correu diretamente para o banheiro, onde lavou as mãos esfregando-as vigorosamente. Sentia-se suja por ter tocado a mão de Willy para tirá-la de seu ombro.

Mais tarde, quando ela e as gêmeas sentaram-se no chão do quarto para a reunião habitual, Thelma riu às gargalhadas quando Laura contou o modo com que Willy a convidara a "olhar para o grande doce que tinha na mão". Ela disse:

– Ele é gozado, não é? Onde será que arranja essas frases? Por acaso a editora Doubleday publica o *Livro dos convites clássicos dos pedófilos,* ou coisa assim?

– O caso – retrucou Ruth com ar preocupado – é que ele não se calou quando Laura o enfrentou. Acho que não vai desistir dela como desiste das outras que o enfrentam.

Naquela noite, Laura teve muita dificuldade para dormir. Pensou no seu guardião especial, imaginando se ele ia aparecer miraculosamente como antes e livrá-la de Willy Sheener. De algum modo, tinha a impressão de não poder contar com ele dessa vez.

Durante os dez dias seguintes, os últimos de agosto, o Enguia perseguiu Laura com a regularidade da Lua seguindo a Terra. Quando ela ia com as gêmeas jogar cartas ou monopólio na sala de jogos, Sheener logo aparecia e começava a lavar os vidros das janelas, polir os móveis ou consertar os suportes das cortinas, mas na verdade sua atenção estava sempre fixa em Laura. Se as meninas se refugiavam num canto do pátio, atrás da casa, para conversar ou brincar de alguma coisa, Sheener aparecia, descobrindo alguma planta que precisava ser podada ou fertilizada. E, embora o terceiro andar fosse só para meninas, era aberto das 10 horas às 16 horas nos dias de semana aos funcionários homens que trabalhavam na casa, portanto Laura não podia fugir para o quarto nesse horário.

Porém, pior do que a constante perseguição era o crescente, evidente e assustador interesse doentio do homem por Laura, a necessidade revelada pelo olhar cada vez mais intenso e pelo cheiro ácido de suor que emanava dele quando ficava alguns minutos na mesma sala que ela.

Laura, Ruth e Thelma tentavam se convencer de que o fato de o homem não ter agido ainda era prova de que a ameaça diminuía, de que ele reconhecia que Laura não era uma presa possível. Mas no íntimo sabiam que estavam apenas alimentando uma esperança. Numa tarde de sábado, no fim de agosto, porém, tiveram de enfrentar toda a real extensão do perigo quando entraram no quarto e encontraram Tammy destruindo os livros de Laura num acesso de ciúme doentio.

Os cinquenta livros em brochura – os favoritos de Laura escolhidos no apartamento sobre o ficavam – ficavam embaixo da cama dela. Tammy os havia levado para o centro do quarto e, em sua fúria, já destruíra dois terços da coleção.

Laura ficou chocada demais para agir, mas Ruth e Thelma seguraram Tammy e a afastaram dos livros.

Aquela destruição mortificou Laura profundamente, pois, além de serem seus livros favoritos, comprados pelo pai, um elo entre a menina e Bob, eram um de seus poucos pertences. O pouco que possuía, Laura compreendeu, era como uma defesa contra as piores crueldades da vida.

Tammy perdera o interesse pelos livros, agora que o verdadeiro objeto da sua ira estava presente.

– Eu odeio você! Eu odeio você! – O rosto pálido e magro parecia vivo pela primeira vez desde que Laura a conhecia, corado e distorcido pela emoção. As olheiras escuras não tinham desaparecido, mas agora não a faziam parecer fraca ou derrotada, e sim selvagem, violenta. – Eu odeio você, Laura, odeio você!

– Tammy, meu bem – disse Thelma, lutando para conter a menina –, Laura nunca fez nada a você.

Ofegante, mas deixando de lutar para se livrar de Ruth e Thelma, Tammy gritou para Laura:

– Ele só fala em você, não se interessa mais por mim, só por você, não para de falar em você. Por que você teve de vir para cá? Eu odeio você!

Não precisaram perguntar a quem ela se referia. O Enguia.

– Ele não me quer mais. Ninguém me quer agora, ele só me usa para se aproximar de você. Laura, Laura, Laura. Quer que eu a atraia para um lugar onde esteja seguro, mas não vou fazer isso, não vou fazer isso! Porque quando ele tiver você, eu não terei ninguém. Ninguém.

O rosto da menina estava extremamente vermelho. Pior do que a raiva era o desespero que a torturava.

Laura correu para fora do quarto, pelo corredor, na direção do banheiro. Atordoada, com nojo e medo, ajoelhou nos ladrilhos amarelos quebrados em frente a um dos vasos e vomitou. Depois foi até um dos lavatórios, enxaguou a boca várias vezes e lavou o rosto com água fria. Quando ergueu os olhos para o espelho, as lágrimas finalmente chegaram.

Não chorava pela própria solidão, nem de medo, chorava por Tammy. O mundo era um lugar incrivelmente cruel onde a vida de uma garota de 10 anos podia ser desvalorizada a ponto de só ter como aprovação as palavras de um homem demente que abusava dela, e sua única possessão, a única da qual podia se orgulhar, ser o aspecto sexual imaturo do próprio corpo magro de pré-adolescente.

Laura compreendeu que a situação de Tammy era infinitamente pior que a sua. Mesmo sem seus livros, tinha boas lembranças de um pai amoroso, bom e dedicado, que Tammy não tinha. Se tirassem dela as poucas coisas que possuía, Laura podia manter sua mente intata, mas Tammy estava psicologicamente perturbada, talvez sem possibilidade de recuperação.

IV.

Sheener morava em um bangalô numa rua tranquila de Santa Ana. Era um daqueles bairros criados depois da Segunda Guerra: casas pequenas e limpas com interessantes detalhes arquitetônicos. Naquele verão de 1967, os vários tipos de fícus haviam chegado à maturidade, estendendo seus ramos protetores sobre as casas; a de Sheener era também rodeada de azaleias, eugênias e hibiscos vermelhos.

Quase à meia-noite Stefan abriu a porta dos fundos da casa com um cartão de plástico e entrou. Enquanto examinava o bangalô, ia acendendo as luzes, sem se preocupar em fechar as cortinas.

A cozinha estava imaculadamente limpa. Os balcões de fórmica azul brilhavam. As peças cromadas, a torneira da pia e as armações de metal das cadeiras cintilavam, sem a menor marca de mãos humanas.

Ele abriu a geladeira, sem saber o que ia encontrar. Talvez alguma indicação do comportamento anormal de Sheener; uma antiga vítima, assassinada e congelada para conservar a lembrança da paixão doentia? Nada tão dramático. Entretanto, era óbvia a obsessão do homem por limpeza: toda a comida estava guardada em vasilhas de plástico.

A única coisa diferente no conteúdo da geladeira e dos armários era a quantidade de doces: sorvete, biscoitos, bolos, balas, tortas, rosquinhas, até biscoitos de cachorro. Havia também grande variedade de alimentos instantâneos, como espaguete com molho, latas de sopas de vegetais com macarrão em forma dos personagens de quadrinhos. A despensa de Sheener parecia ter sido arrumada por uma criança, sem a supervisão de um adulto.

Stefan moveu-se para dentro da casa.

V.

O confronto provocado pelos livros rasgados foi o bastante para esgotar as forças de Tammy. Ela não disse mais nada sobre Sheener e parecia não sentir nenhuma animosidade contra Laura. Cada dia mais introspectiva, não olhava diretamente para ninguém e andava sempre de cabeça baixa; sua voz ficou mais suave.

Laura não sabia ao certo o que era mais enervante – a ameaça diária do Enguia ou ver a personalidade já tão fraca de Tammy diminuir aos poucos, chegando a um estado de quase catatonia. Mas na quinta-feira, 31 de agosto, esses dois fatores sinistros foram retirados dos ombros de Laura quando ficou sabendo que seria transferida para um lar adotivo em Costa Mesa no dia seguinte, sexta-feira.

Entretanto, sentia deixar as gêmeas Ackerson. Embora as conhecesse havia pouco tempo, a amizade formada em circunstâncias extremas se solidifica com maior rapidez e parece mais duradoura do que outras, feitas em situações diferentes.

Naquela noite, quando as três estavam sentadas no chão do quarto, Thelma disse:

— Shane, se ficar com uma família boa, um lar feliz, procure se acomodar e *aproveite*. Se for um bom lugar, esqueça de nós, faça novos amigos, continue sua vida. *Mas* as lendárias irmãs Ackerson... Ruth e *moi*... já passamos por essa experiência três vezes, todas péssimas, portanto, deve saber que, se for parar com uma família *podre,* não precisa ficar

Ruth acrescentou:

— É só chorar bastante e fazer com que todo mundo saiba que está infeliz. Se não puder chorar, finja.

— Fique emburrada – aconselhou Thelma. – Faça tudo errado. Quebre um prato acidentalmente. Procure incomodar os outros.

Laura ficou surpresa:

— Vocês fizeram tudo isso para voltar para McIlroy?

— Isso e mais ainda – disse Ruth.

— Mas não se sentiam mal, quebrando as coisas dos outros?

— Foi mais difícil para Ruth do que para mim – respondeu Thelma. – Posso ser bastante má, mas Ruth é a reencarnação de uma freira boazinha do século XIV cujo nome ainda não descobrimos.

JÁ NO PRIMEIRO DIA Laura descobriu que não queria ficar com a família Teagel, mas tentou, por achar que devia ser melhor do que voltar a McIlroy.

A vida real era apenas uma enevoada tela de fundo para Flora Teagel, que só se interessava por palavras cruzadas. Passava os dias e parte das noites à mesa da sua cozinha amarela, enrolada num cardigã, fizesse frio ou calor, debruçada sobre as revistas de palavras cruzadas, uma após a outra, com uma dedicação espantosa e idiota.

Geralmente só falava com Laura para dar a lista do que a menina devia fazer ou para pedir ajuda com alguma palavra mais complicada. Quando Laura estava lavando os pratos, ela às vezes dizia, por exemplo:

– Qual é a palavra de seis letras para gato?

A resposta de Laura era sempre a mesma:

– Não sei.

– Não sei, não sei, não sei – dizia a Sra. Teagel. – Você não sabe nada, menina. Não está prestando atenção às aulas na escola? Não se preocupa com a linguagem, com as palavras?

Laura era fascinada por palavras. Para ela, eram coisas belas, cada uma um pó ou uma poção mágica que podia ser combinada com outras para criar encantamentos de grande força. Mas para Flora Teagel, palavras eram fichas de um jogo, usadas para encher os quadrados vazios das palavras cruzadas, grupos incômodos que a frustravam.

O marido de Flora, Mike, era motorista de caminhão, atarracado e com cara de bebê. Quando estava em casa, à noite, passava o tempo todo lendo o *National Enquirer* e publicações semelhantes, absorvendo fatos duvidosos de reportagens sobre contatos estranhos e adoração do demônio por estrelas do cinema. Seu gosto pelo que chamava de "notícias exóticas" seria inofensivo se ele fosse tão desligado quanto a mulher, mas geralmente surpreendia Laura, quando ela estava fazendo o serviço de casa ou nos raros momentos em que tinha tempo para os deveres da escola e insistia em ler em voz alta para ela os artigos mais bizarros.

Laura achava aquelas histórias idiotas, sem objetivo, sem lógica, mas não podia dizer isso a ele, pois Teagel não ficava zangado se dissesse que os jornais que lia eram um lixo: o homem olhava para ela com ar de pena e depois, com uma paciência irritante, um ar de quem sabe tudo, começava a explicar o funcionamento do mundo. Detalhadamente. Repetidamente.

– Laura, você tem muito para aprender. Os figurões que mandam nas coisas em Washington sabem tudo sobre alienígenas e os segredos de Atlântida...

Embora fossem completamente diferentes, Flora e Mike compartilhavam a mesma crença: o objetivo de abrigar uma criança órfã era ter empregada de graça. Laura devia limpar, lavar, passar e cozinhar.

Hazel, a única filha deles, era dois anos mais velha do que Laura e extremamente mimada. Jamais cozinhava, lavava os pratos, a roupa ou limpava a casa. Com 14 anos, mantinha as unhas das mãos e dos pés impecavelmente tratadas e pintadas. Se fossem deduzidas da sua idade as horas que passava na frente do espelho, Hazel teria 5 anos.

– No dia de cuidar da roupa – explicou para Laura logo no primeiro dia – você passa as *minhas* primeiro. E tenha sempre cuidado de guardar tudo no guarda-roupa de acordo com as cores.

Já li este livro, já vi este filme, pensou Laura. Puxa vida, me deram o papel principal na *Gata Borralheira*.

– Eu vou ser uma grande estrela de cinema ou modelo – disse Hazel. – Portanto, meu rosto, minhas mãos e meu corpo são meu futuro. Precisam ser protegidos.

Quando a Sra. Ince, a assistente social esquelética com cara de coelho encarregada do caso de Laura, fizesse sua visita à casa dos Teagel na manhã de sábado, 16 de setembro, Laura pretendia pedir para voltar ao Lar McIlroy. A ameaça representada por Willy Sheener parecia um problema menor do que a vida com os Teagel.

A Sra. Ince chegou na data marcada e encontrou Flora lavando os pratos pela primeira vez em duas semanas. Laura estava sentada à mesa da cozinha, aparentemente resolvendo palavras cruzadas, colocadas em suas mãos quando a campainha tocou.

Na entrevista particular com Laura, em seu quarto, a Sra. Ince se recusou a acreditar no que a menina contou sobre o trabalho pesado que tinha de fazer.

— Mas, minha querida, o Sr. e a Sra. Teagel são pais adotivos exemplares. Você não parece esgotada de tanto trabalhar. Até engordou um pouco.

— Eu não os acusei de me fazer passar fome — disse Laura. — Mas nunca tenho tempo para os deveres da escola. Todas as noites vou me deitar exausta...

— Além disso — interrompeu a Sra. Ince —, os pais adotivos não só recebem as crianças como também as *criam*, o que significa que ensinam boas maneiras e comportamento, bons valores e hábitos de trabalho.

A Sra. Ince não podia ajudá-la.

Laura recorreu ao plano das irmãs Ackerson para se livrar da família indesejável. Começou a fazer mal a limpeza da casa. Quando acabava de lavar, os pratos estavam manchados e sujos. Ela *fazia* rugas nas roupas de Hazel.

Por causa da destruição de parte da sua coleção de livros, Laura havia adquirido um profundo respeito pela propriedade alheia, e não podia quebrar pratos ou outra coisa qualquer dos Teagel, mas substituiu essa parte do plano por pouco-caso e falta de respeito. Certa vez, Flora perguntou qual seria a palavra de seis letras que significava "uma espécie de boi", e Laura disse: "Teagel." Quando Mike começou a contar uma história de discos voadores, que tinha lido no *Enquirer*, Laura o interrompeu para contar a história de homens mutantes subterrâneos que viviam secretamente no supermercado local. Sugeriu a Hazel que sua grande entrada no mundo teatral devia ser como substituta de Ernest Borgnine.

— Você é igualzinha a ele, Hazel. Eles *na certa* vão te dar o papel!

Esse atrevimento provocou uma surra. Mike, com suas mãos grandes e calosas, não precisava de nenhum outro instrumento. Deu palmadas no lugar certo, mas Laura negou a ele o prazer de suas lágrimas. Observando da porta da cozinha, Flora disse:

— Mike, chega. Não deixe marcas.

Ele parou com relutância, quando a mulher segurou sua mão.

Naquela noite Laura teve dificuldade para dormir. Pela primeira vez fizera uso de seu amor pelas palavras, do poder da linguagem, para um efeito desejado, e as reações dos Teagel eram prova de que sabia como usar esse poder. Mais excitante ainda era a ideia, nova demais para ser completamente compreendida, de que podia não só se defender com palavras, como também abrir caminho no mundo por meio delas, talvez até mesmo como escritora dos livros de que tanto gostava. Com o pai falara em ser médica, bailarina, veterinária, mas era apenas conversa. Nenhum desses sonhos a entusiasmava tanto quanto a perspectiva de ser escritora.

Na manhã seguinte, quando desceu para a cozinha e encontrou os três Teagel tomando café, Laura disse:

— Ei, Mike, acabo de descobrir um polvo inteligente de Marte que mora no vaso do banheiro.

— O que foi que você disse? — perguntou Mike.

Laura sorriu e respondeu:

— Notícias exóticas.

Dois dias depois Laura voltou para McIlroy.

VI.

A sala de estar e a sala íntima de Willy Sheener pareciam pertencer a um homem comum. Stefan não sabia ao certo o que esperava encontrar. Evidência de loucura, talvez, mas não aquela ordem impecável.

Um dos quartos estava vazio e o outro era sem dúvida estranho. A única cama era um colchão estreito no chão. A roupa de cama era de criança, com desenhos coloridos de coelhinhos. A mesa de cabeceira e a penteadeira eram feitas para criança, pintadas de azul, com desenhos de animais nos lados e nas gavetas: girafas, coelhos, esquilos. Sheener tinha uma coleção de livros infantis, animais empalhados e brinquedos para crianças de 6 ou 7 anos.

A princípio Stefan pensou que o quarto era usado para seduzir as crianças da vizinhança, acreditando que Sheener era suficientemente perturbado para procurar suas vítimas perto de onde morava, onde o risco era maior. Mas não havia outra cama na casa, e o armário e as gavetas da cômoda estavam cheios de roupas de homem adulto. Nas paredes viu várias fotografias emolduradas do mesmo garoto de cabelo vermelho, quando era bebê, com 7 ou 8 anos – o rosto era sem dúvida o de Sheener. Pouco a pouco Stefan compreendeu que a decoração fora escolhida somente para agradar ao próprio Sheener. Era ali que o homem dormia. Evidentemente, quando ia para a cama, voltava para o mundo da sua infância, encontrando naquela regressão sinistra a paz desesperadamente desejada.

De pé no meio daquele quarto estranho, Stefan sentiu tristeza e repulsa. Aparentemente, Sheener molestava crianças não apenas pelo prazer sexual, mas para absorver a infância de suas vítimas, para voltar a ser criança. Através da perversão, mergulhava não tanto na imoralidade doentia, mas na inocência perdida. Era patético e desprezível, não preparado para os desafios da vida adulta, no entanto, mesmo assim perigoso.

Stefan estremeceu.

VII.

A cama de Laura no quarto das gêmeas estava ocupada por outra garota. Laura ficou num quarto pequeno com duas camas, na ala norte do terceiro andar, perto da escada. Sua companheira era Eloise Fischer, que tinha 9 anos, rabo de cavalo, sardas e um rosto sério demais para a idade.

– Quando crescer vou ser contadora – disse para Laura. – Gosto muito de números e consigo sempre o resultado previsto nas contas. Não existem surpresas com números; não são como as pessoas.

Os pais de Eloise cumpriam pena por tráfico de drogas e ela estava no McIlroy esperando a decisão do tribunal sobre sua custódia.

Logo que acabou de desfazer as malas, Laura foi ao quarto das gêmeas. Entrou de repente, exclamando:

– "Mim" está livre! "Mim" está livre!

Tammy e a outra garota olharam para ela sem compreender, mas Ruth e Thelma correram para abraçá-la. Era como estar voltando para casa, para uma família de verdade.

– A família adotiva não gostou de você? –, perguntou Ruth.

– Ah, ah! – exclamou Thelma. – Você usou o plano Ackerson!

– Não, eu assassinei todos eles enquanto dormiam.

– Isso também funciona – concordou Thelma.

A garota nova, Rebecca Bogner, tinha uns 11 anos. Evidentemente não se dava bem com as gêmeas. Ouvindo Laura e as meninas Ackerson, ela dizia sempre "vocês são esquisitas" e "esquisitas demais" e "puxa, que gente esquisita", com um ar de superioridade e com tanto desprezo que envenenava o ambiente com a eficiência de uma bomba nuclear.

Laura e as gêmeas foram para um canto do pátio onde podiam compartilhar as novidades das últimas cinco semanas sem os comentários desdenhosos de Rebecca. Estavam no começo de outubro e os dias eram quentes ainda, só esfriando um pouco depois das 17 horas. Estavam agasalhadas e sentaram nos galhos mais baixos do parquinho abandonado naquela hora, porque as crianças mais novas estavam tomando banho, preparando-se para o jantar.

Estavam no pátio havia apenas cinco minutos quando Willy Sheener apareceu com um cortador de grama elétrico.

Começou a trabalhar numa cerca viva a uns 10 metros das meninas, mas sua atenção estava toda em Laura.

No jantar, ele estava no seu posto, servindo leite e pedaços de torta de cereja. Guardou o maior pedaço para Laura.

NA SEGUNDA-FEIRA Laura entrou para a escola onde as outras meninas já estudavam havia quatro semanas. Ruth e Thelma assistiam a duas aulas com ela, o que facilitava seu entrosamento, mas logo Laura foi lembrada de que a principal característica da vida de uma órfã é a instabilidade.

Terça-feira à tarde, quando Laura voltou da escola, a Sra. Bowmaine a fez parar no corredor.

— Laura, posso falar com você no meu escritório?

A Sra. Bowmaine estava com um vestido estampado em tons de púrpura, que fazia um contraste gritante com as cortinas e o papel de parede do escritório, em tons de rosa e pêssego. Laura sentou-se numa cadeira cor-de-rosa. A Sra. Bowmaine ficou de pé ao lado da mesa, com intenção de falar rapidamente com Laura. Era uma mulher sempre em movimento, apressada.

— Eloise Fischer nos deixou hoje — disse ela.

— Quem ganhou a custódia? — perguntou Laura. — Ela gosta da avó.

— Foi a avó — confirmou a Sra. Bowmaine.

Ótimo para Eloise. Laura esperava que a futura contadora de trancinhas e sardas encontrasse algo mais em que confiar além dos números.

— Agora você está sem companheira de quarto — disse a Sra. Bowmaine rapidamente — e não temos nenhuma cama vaga, portanto não podemos instalar você com...

— Posso fazer uma sugestão?

A Sra. Bowmaine franziu as sobrancelhas com impaciência e consultou o relógio de pulso.

Laura disse:

— Ruth e Thelma são minhas melhores amigas e suas companheiras de quarto são Tammy Hinsen e Rebecca Bogner. Mas acho que Tammy e Rebecca não se dão muito bem com Ruth e Thelma, assim...

— Queremos que vocês aprendam a conviver com pessoas diferentes. Ficar sempre com garotas de quem você gosta e já conhece não ajuda a construir seu caráter. Seja como for, o caso é que só posso providenciar isso amanhã. Estou muito ocupada hoje. Portanto quero saber se posso confiar em você deixando-a sozinha esta noite em seu quarto.

— Confiar em mim? — perguntou Laura, confusa.

— Diga a verdade, menina. Posso confiar em você, deixando-a sozinha por uma noite?

Laura não sabia que problema a assistente social previa ao deixar uma menina dormir sozinha num quarto da instituição. Talvez pensasse que Laura ia se entrincheirar no quarto e seria preciso chamar a polícia para arrombar a porta, usar gás lacrimogênio e arrastá-la lá de dentro acorrentada.

Laura sentiu-se tão insultada quanto confusa.

— É claro, está tudo bem. Não sou criança. Vou ficar muito bem.

— Está certo... está certo. Vai dormir sozinha esta noite, mas amanhã faremos outros planos.

Laura saiu do escritório colorido para os corredores tristonhos e, enquanto subia para o terceiro andar, pensou de repente: *o Enguia Branca!* Sheener ia saber que estava sozinha. Ele sabia de tudo que acontecia no McIlroy, e tinha as chaves, portanto podia voltar à noite. O quarto de Laura ficava perto da escada da ala norte, assim ele podia passar diretamente da escada para dentro e dominá-la em segundos. Podia deixá-la desacordada com uma pancada na cabeça ou usar alguma droga e enfiá-la num saco. Podia trancar sua vítima num porão e ninguém ia saber o que tinha acontecido com ela.

No segundo andar, Laura deu meia-volta e desceu a escada de dois em dois degraus, voltando para o escritório da Sra. Bowmaine, mas quando chegou ao hall de entrada, quase se chocou com o Enguia. O homem carregava uma vassoura de pano e um carrinho com torcedor e o balde cheio de água que cheirava a pinho.

Sheener abriu um largo sorriso. Talvez fosse imaginação, mas Laura ficou certa de que ele já sabia que ela ia dormir sozinha naquela noite.

Devia ter passado por ele, continuando a seguir para o escritório da Sra. Bowmaine para pedir uma mudança de acomodação para a noite. Não podia acusar Sheener, do contrário acabaria como Denny Jenkins – desacreditada pelo pessoal da casa, atormentada pelo perseguidor – mas podia ter encontrado uma desculpa plausível para o pedido.

Laura pensou também em derrubar Sheener com um empurrão, jogando-o dentro do balde, dizendo que ela era mais corajosa do que ele, avisando para que não se metesse com ela. Mas Sheener era diferente dos Teagel. Mike, Flora e Hazel eram mesquinhos e ignorantes, mas relativamente sãos. O Enguia era insano, e nunca se podia saber como ia reagir a um ataque daquele tipo.

Vendo a menina hesitar, Sheener alargou o sorriso, mostrando os dentes amarelos.

Seu rosto ficou levemente corado e Laura compreendeu que aquilo significava desejo; ficou nauseada.

Afastou-se dele, sem correr, até subir a escada e sair do campo de visão do homem. Então, voou para o quarto das gêmeas.

– Você dorme aqui esta noite – disse Ruth.

– É claro – confirmou Thelma. – Fica no seu quarto até terminar a verificação da noite e depois vem para cá.

Do canto onde fazia o dever de matemática, Rebecca Bogner disse:

– Temos só quatro camas.

— Eu durmo no chão – disse Laura.

— É contra o regulamento – observou Rebecca.

Thelma brandiu o punho fechado para ela.

— Está certo, tudo bem – concordou Rebecca. – Eu não disse que não queria que ela ficasse. Só lembrei que é contra o regulamento.

Laura esperava que Tammy fizesse alguma objeção, mas a menina, deitada sobre as cobertas, olhando para o teto, parecia absorta nos próprios pensamentos e desinteressada dos planos das outras.

NO REFEITÓRIO COM lambris de carvalho, tentando comer o jantar não comestível composto de costeletas de porco, purê gelatinoso de batatas e vagem dura como couro – e sob o olhar atento do Enguia –, Thelma disse:

— Quanto à pergunta de Bowmaine, se podia confiar em você... ela tem medo que você tente o suicídio.

Laura não podia acreditar.

— Já aconteceu aqui – disse Ruth com tristeza. – Por isso eles amontoam pelo menos duas de nós, mesmo nos quartos muito pequenos. Ficar sozinha por muito tempo... é uma das coisas que parece provocar esse impulso.

— Não deixam que Ruth e eu durmamos num dos quartos menores porque, como somos gêmeas idênticas, acham que somos, na verdade, uma única pessoa. Acreditam que, assim que estivermos sozinhas, vamos nos enforcar.

— Isso é ridículo – disse Laura.

— É claro – concordou Thelma. – Enforcamento não é dramático o suficiente. As espantosas irmãs Ackerson, Ruth e *moi*, têm uma queda para o drama. Certamente íamos preferir o haraquiri, com facas roubadas da cozinha, ou podíamos conseguir uma serra elétrica manual...

As conversas no refeitório eram conduzidas em voz baixa porque monitores adultos controlavam a refeição das crianças.

A conselheira residente do terceiro andar, Srta. Keist, passou pela mesa de Laura e das gêmeas, e Thelma cochichou:

– Gestapo.

Quando a conselheira se afastou, Ruth disse:

– A Sra. Bowmaine é bem-intencionada, só que não é boa para esse trabalho. Se tivesse se interessado em conhecer você, Laura, não ia pensar que seria capaz de cometer suicídio. Você é uma sobrevivente.

Empurrando a comida horrível de um lado para o outro no prato, Thelma disse:

– Uma vez pegaram Tammy Hinsen no banheiro com um pacote de lâminas, tentando arranjar coragem para cortar os pulsos.

De repente Laura percebeu todo o misto de humor e tragédia, de absurdo e realismo que formava o padrão da vida no McIlroy. Num momento estavam brincando e rindo; logo depois discutiam as tendências suicidas de garotas que conheciam. Percebeu que era uma compreensão da vida além da sua idade e resolveu anotar essas novas observações no caderno em que tinha começado recentemente a escrever.

Ruth conseguiu engolir toda a comida do prato. Disse:

– Um mês depois do incidente com as lâminas, fizeram uma revista de surpresa nos quartos, procurando objetos perigosos. Encontraram fósforos e uma lata de fluido para isqueiro entre as coisas de Tammy. Ela pretendia ir para o chuveiro, derramar o fluido no corpo e acender um fósforo.

– Ah, meu Deus! – Laura pensou na garotinha loura e magra, de rosto pálido e olheiras escuras. Era como se o plano fosse apenas o desejo de acelerar a chama lenta que havia tanto tempo a consumia de dentro para fora.

– Eles a mandaram para terapia intensiva durante meses – disse Ruth.

– Quando voltou – explicou Thelma –, os adultos comentavam quanto tinha melhorado, mas para mim e para Ruth, Tammy parece a mesma.

DEZ MINUTOS DEPOIS da verificação feita nos quartos pela Srta. Keist, Laura saiu da cama. O corredor deserto do terceiro andar estava iluminado apenas por três lâmpadas fracas de segurança. De pijama, carregando o travesseiro e o cobertor, correu descalça para o quarto das gêmeas.

Só a lâmpada ao lado da cama de Ruth estava acesa. Ela sussurrou:

— Laura, você dorme na minha cama. Já arrumei um lugar para mim no chão.

— Pois então desarrume e volte para a cama — disse Laura.

Dobrou o cobertor várias vezes e o colocou no chão perto da cama de Ruth. Depois deitou com seu travesseiro.

Rebecca Bogner disse:

— Nós todas vamos arranjar encrenca por causa disto.

— O que acha que podem fazer? — perguntou Ruth. — Amarrar a gente no pátio dos fundos, passar mel e nos deixar para as formigas?

Tammy estava dormindo, ou fingindo que dormia.

Ruth apagou a luz e elas se acomodaram no escuro.

A porta se abriu e a luz central do quarto foi acesa. Com um roupão vermelho e uma expressão furiosa, a Srta. Keist entrou.

— Muito bem! Laura, o que está fazendo aqui?

Rebecca Bogner gemeu:

— Eu disse que ia dar encrenca.

— Volte já para seu quarto, mocinha.

A rapidez do aparecimento da Srta. Keist era suspeita, e Laura olhou para Tammy Hinsen. A garota loura não estava mais fingindo que dormia. Apoiada num cotovelo, sorria. Evidentemente tinha resolvido ajudar o Enguia, talvez na esperança de recuperar o lugar de favorita.

A Srta. Keist acompanhou Laura até o quarto dela. Laura deitou na cama e a encarregada a observou por um momento.

— Está quente. Vou abrir a janela. — Voltou para perto da cama e olhou para a menina com ar pensativo. — Quer me contar alguma coisa? O que há de errado?

Laura pensou em contar tudo a respeito do Enguia. Mas, e se a Srta. Keist tentasse surpreender o homem e ele não aparecesse? Laura nunca mais poderia acusá-lo, porque teria um *histórico* de acusação falsa; ninguém ia acreditar. E então, mesmo que Sheener a violentasse, nada mais poderia fazer.

– Não, está tudo bem – disse ela.

– Thelma é segura demais para a idade, tão cheia de falsa maturidade. Se você fizer outra vez a bobagem de violar os regulamentos só para uma noite de conversa com suas amigas, escolha alguém que valha o risco.

– Sim, senhora – concordou Laura, só para se livrar da mulher, já arrependida de ter acreditado por um momento na real preocupação da conselheira.

Depois que a Srta. Keist saiu, Laura não fugiu do quarto. Ficou deitada no escuro, certa de que haveria outra verificação dentro de meia hora. Sem dúvida o Enguia não ia aparecer antes da meia-noite, e eram só 22 horas; portanto, entre a próxima visita da Srta. Keist e a chegada de Sheener, teria muito tempo para procurar um lugar seguro.

Longe, muito longe, o trovão ribombou na noite. Laura sentou na cama. Seu guardião! Jogou para longe as cobertas e foi até a janela. Não viu nenhum relâmpago. O ribombo distante emudeceu. Talvez não fosse trovão. Esperou uns dez minutos, mas nada aconteceu. Desapontada, voltou para a cama.

Logo depois das 22h30, alguém girou a maçaneta da porta. Laura fechou os olhos, abriu a boca, fingiu que estava dormindo.

Um vulto entrou mansamente no quarto e parou ao lado da cama.

Laura respirou lenta e ritmadamente, mas seu coração estava disparado.

Era Sheener. Laura *sabia* que era ele. Ah, Deus, tinha esquecido que o homem era louco, imprevisível e agora ali estava ele, muito antes do que ela esperava, e devia estar preparando a seringa com a droga. Ia pôr Laura dentro de um saco e levá-la para longe como um Papai Noel insano que roubava crianças em vez de deixar presentes.

Ouviu o tique-taque do relógio. A brisa fresca balançou as cortinas.

Finalmente o vulto se afastou. A porta se fechou.

Era a Srta. Keist.

Tremendo violentamente, Laura levantou e vestiu o roupão. Dobrou o cobertor e saiu com ele no braço, sem chinelo, porque descalça não faria tanto barulho.

Não podia voltar ao quarto das gêmeas. Foi para a escada da ala norte, abriu a porta cautelosamente e entrou no patamar pouco iluminado. Aguçou o ouvido para ver se percebia os passos do Enguia lá embaixo. Desceu com medo de encontrar Sheener, mas chegou a salvo ao andar térreo.

Tremendo de frio, com os pés descalços nas lajotas geladas, se refugiou na sala de jogos. Não acendeu as luzes, guiando-se pela luz fantasmagórica das lâmpadas da rua que entrava pela janela desenhando contornos prateados nos móveis. Passou pelas cadeiras e pela mesa de jogo e arrumou o cobertor no chão atrás do sofá.

Dormiu agitada, acordando repetidamente de pesadelos. A velha casa era cheia de ruídos sinistros à noite: o estalar do assoalho no andar de cima, o ruído surdo do encanamento antigo.

VIII.

Stefan apagou todas as luzes e esperou no quarto mobiliado para uma criança. Às 3h30 ouviu Sheener chegando. Silenciosamente se colocou atrás da porta do quarto. Sheener entrou, acendeu a luz e foi direto para o colchão estreito. Fez um som estranho enquanto atravessava o quarto, um misto de suspiro e ganido de animal que escapa do mundo hostil para a segurança da sua toca.

Stefan fechou a porta, e Sheener voltou-se rapidamente, chocado com a invasão do seu ninho.

– Quem... quem é você? Que diabo está fazendo aqui?

Dentro do Chevrolet estacionado no outro lado da rua, Kokoschka viu Stefan sair da casa de Willy Sheener. Esperou dez minutos, saiu do carro, deu uma volta na casa, encontrou a porta dos fundos aberta e entrou cautelosamente.

Encontrou Sheener num quarto de criança, espancado e ainda coberto de sangue. O cheiro de urina enchia o ar, pois o homem tinha perdido o controle da bexiga.

Algum dia, pensou Kokoschka com sombria determinação e sadismo, vou machucar Stefan mais do que isto. Ele e aquela maldita garota. Assim que souber a parte que ela desempenha nos planos de Stefan e por que ele está pulando décadas para reformular sua vida, vou fazer com que ambos sofram o tipo de dor que ninguém conhece deste lado do inferno.

Saiu da casa de Sheener. Lá fora, olhou por um momento para o céu estrelado e depois voltou para o instituto.

IX.

Logo depois do nascer do dia, quando a casa toda ainda dormia mas o perigo já tinha passado, Laura voltou para o terceiro andar. Tudo em seu quarto estava como havia deixado. Nenhum sinal de intruso.

Exausta, com os olhos ardendo, pensou se não teria dado muito crédito ao Enguia, acreditando que teria coragem para procurá-la no quarto. Sentiu-se um tanto tola.

Arrumou a cama – uma tarefa que todas as crianças do McIlroy tinham de desempenhar – e, quando levantou o travesseiro, parou petrificada com o que viu. Uma única bala.

Naquele dia o Enguia Branca não foi trabalhar. Passara a noite toda preparando-se para raptar Laura e sem dúvida precisava dormir.

— Como é que um homem desses pode dormir? — disse Ruth. — Quero dizer, será que a consciência não tira o sono dele?

— Ruthie — disse Thelma —, ele não tem consciência.

— Todo o mundo tem, até as piores pessoas. Deus nos fez assim.

— Shane — disse Thelma —, prepare-se para me ajudar num exorcismo. Nossa Ruth está outra vez possuída pelo espírito idiota da freira.

A Sra. Bowmaine, em uma demonstração inusitada de compaixão, mudou Tammy e Rebecca para outro quarto, permitindo que Laura ficasse com as gêmeas. Provisoriamente uma cama ficaria vazia no quarto das três amigas.

— Vai ser a cama de Paul MacCartney — disse Thelma, enquanto a irmã ajudava Laura a se instalar. — Sempre que os Beatles estiverem na cidade, Paul pode usar essa cama. E eu posso usar Paul!

— Às vezes você me deixa embaraçada — disse Ruth.

— Ora, só estou expressando um saudável desejo sexual.

— Thelma, você só tem 12 anos! — disse Ruth com impaciência.

— Depois vêm os 13. A qualquer momento vou ficar menstruada. Vamos acordar de manhã com tanto sangue no quarto que vai parecer um massacre.

— *Thelma!*

Sheener não foi trabalhar na sexta-feira também. Seus dias de folga naquela semana eram sexta e sábado, assim, no sábado à noite Laura e as gêmeas comentaram que talvez ele não voltasse, que tinha sido atropelado por um caminhão ou contraído beribéri.

Mas no domingo Sheener estava servindo o café da manhã. Tinha os olhos roxos, a orelha direita envolta em curativo e perdera dois dentes da frente.

— Talvez tenha *mesmo* sido atropelado por um caminhão — murmurou Ruth, na fila do café.

Outras crianças comentavam os ferimentos de Sheener, algumas rindo divertidas. Mas todas o temiam, desprezavam ou evitavam, e ninguém falou diretamente com ele sobre seu estado.

Laura, Ruth e Thelma ficaram em silêncio quando chegou a vez de serem servidas. Quanto mais perto chegavam, mais Sheener parecia machucado. O roxo dos olhos não era recente, devia ter alguns dias, mas o rosto ainda estava horrivelmente marcado e inchado; sem dúvida, alguns dias antes não teria podido sequer abrir os olhos. O lábio partido parecia em carne viva. O rosto, onde não estava arranhado ou roxo, tinha uma cor cinzenta, em lugar da palidez de sempre. Era uma imagem ridícula com o cabelo cor de cobre — um palhaço de circo depois de um tombo desajeitado.

Não olhava para as crianças que servia, mantendo os olhos no leite e nos doces. Quando chegou a vez de Laura, Sheener ficou tenso, mas não ergueu os olhos.

Laura e as gêmeas sentaram-se de modo a poder observar o Enguia, uma coisa em que não teriam pensado uma hora antes. Mas agora ele parecia menos ameaçador, mais um objeto de curiosidade. Em vez de evitá-lo, passaram o dia acompanhando-o no seu trabalho, disfarçando, como se só por coincidência estivessem sempre no mesmo lugar que ele, observando-o. Aos poucos notaram que Sheener sentia intensamente a presença de Laura, mas evitava olhar para ela. Olhava para as outras crianças, parou na sala de jogos para falar suavemente com Tammy Hinsen, mas parecia tão temeroso de olhar para Laura quanto de pôr o dedo numa tomada elétrica.

No fim daquela manhã, Ruth disse:

— Laura, ele está com medo de você.

— Macacos me mordam se não está — disse Thelma. — Foi você quem bateu nele, Shane. Não contou para a gente que é boa no caratê?

— *É estranho, não é? Por que ele está com medo de mim?*

Mas ela sabia. Seu guardião especial. Embora tivesse pensado que teria de enfrentar Sheener sozinha, seu guardião havia se encarregado outra vez, avisando Sheener para ficar longe dela.

Laura não sabia por que relutava em falar sobre seu guardião com as gêmeas. Elas eram suas melhores amigas. Confiava nas duas. Porém, sentia que o assunto do guardião devia continuar como segredo, o pouco que sabia era sagrado, e não tinha direito de falar sobre ele com outras pessoas, reduzindo o sagrado a mero comentário.

Nas duas semanas seguintes, as escoriações no rosto do Enguia desapareceram e, sem o curativo na orelha, ficaram visíveis os pontos que evitaram que a perdesse. Sheener continuou a manter distância de Laura. Quando a servia, no refeitório, não guardava mais o melhor pedaço para ela e evitava encontrar os olhos da menina.

Entretanto, vez ou outra ela o surpreendia observando-a da extremidade oposta da sala. O homem desviava os olhos verdes malignos, mas havia neles algo pior do que o desejo doentio de antes: raiva. Obviamente ele a culpava pelo espancamento sofrido.

Na sexta-feira, 27 de outubro, a Sra. Bowmaine informou a Laura que ela seria transferida para outra casa de família, no dia seguinte. Um casal em Newport Beach, Sr. e Sra. Dockweiler, que nunca haviam adotado uma criança e estavam ansiosos para ficar com Laura.

— Tenho certeza de que será uma situação mais harmoniosa – disse a Sra. Bowmaine. – Espero que não se repita o problema que teve com os Teagel.

Naquela noite, no quarto, Laura e as gêmeas tentaram discutir sem sentimentalismo a próxima separação, como haviam discutido sua ida para a casa dos Teagel. Mas a amizade agora estava mais forte e Ruth e Thelma falavam de Laura como se fosse sua irmã. Certa vez Thelma chegou a dizer: "As espantosas irmãs Ackerson, Ruth, Laura e *moi*" e Laura sentia-se agora mais desejada, mais amada, mais *viva* do que nunca, desde a morte do pai, três meses antes.

— Eu adoro vocês — disse Laura.
— Ah, Laura — Ruth se desmanchou em lágrimas.
Thelma franziu a testa.
— Você vai voltar logo. Esses Dockweiler devem ser uma gente horrível. Vão fazer você dormir na garagem.
— Espero que sim — disse Laura.
— Vão bater em você com canos de borracha...
— Isso será ótimo.

DESSA VEZ o relâmpago que atingiu a vida de Laura foi um relâmpago *bom*, ou pelo menos assim pareceu, no começo.

Os Dockweiler moravam numa casa enorme no bairro elegante de Newport Beach. Laura tinha um quarto com vista para o mar, decorado em vários tons de marrom e bege.

Quando mostrou o quarto para Laura, Carl Dockweiler disse:

— Não sabíamos quais eram suas cores favoritas, por isso o deixamos assim, mas podemos pintar tudo de novo, da cor que você quiser.

Carl Dockweiler tinha uns 40 anos, era grande como um urso, forte, rosto largo e curtido de sol, que faria lembrar John Wayne se Wayne tivesse uma expressão mais alegre.

— Talvez uma menina da sua idade prefira um quarto cor-de-rosa.

— Ah, não, gosto dele assim! — disse Laura.

Ainda um tanto chocada com a opulência inesperada, foi até a janela e olhou para a maravilhosa vista do porto de Newport, onde os iates balançavam na água dourada de sol.

Nina Dockweiler se aproximou e pôs a mão no ombro da menina. Era uma mulher bonita de cabelos escuros e olhos cor de violeta, um rosto de boneca de porcelana.

— Laura, sua ficha diz que você gosta de livros, mas não sabíamos de que tipo, portanto vamos até a livraria para escolher o que quiser.

Na Livraria Waldenbooks Laura escolheu cinco brochuras e os Dockweiler insistiram para que comprasse mais, mas ela sentia-se culpada por gastar o dinheiro deles. Carl e Nina percorreram as estantes retirando livros e lendo para ela as informações das orelhas e contracapas, juntando aos cinco escolhidos todos aqueles pelos quais ela demonstrara algum interesse. Em determinado momento, Carl estava de quatro na seção de adolescentes, lendo os títulos na estante mais baixa.

— Ei, tem um aqui sobre cães. Gosta de histórias de animais? Aqui está uma história de espionagem! — Ele era uma figura! Laura riu.

Quando saíram da loja, tinham comprado cem livros, um *caminhão* de livros.

O primeiro jantar deles foi numa pizzaria, onde Nina exibiu um talento surpreendente. Como um mágico, tirou um *pepperoni* da orelha de Laura e o fez desaparecer.

— Formidável — disse Laura. — Onde aprendeu?

— Eu tinha uma firma de decoração de interiores, mas tive de desistir dela há alguns anos. Motivos de saúde. Era um trabalho muito estressante. Mas eu não estava acostumada a ficar em casa sem fazer nada e então comecei a fazer tudo aquilo com que sonhava e não tinha tempo antes. Como aprender a fazer mágica.

— Motivos de saúde? — perguntou Laura.

A segurança era um tapete traiçoeiro que estava sempre sendo puxado de sob seus pés e agora estava prestes a ser puxado outra vez.

O medo de Laura foi tão evidente que Carl Dockweiler disse:
— Não se preocupe. Nina nasceu com um coração preguiçoso, um defeito congênito, mas pode viver tanto quanto eu ou você se evitar tensão excessiva.

— Não pode operar? — perguntou Laura, devolvendo ao prato o pedaço de pizza que ia levar à boca, sentindo desaparecer todo o apetite.

— A cirurgia cardiovascular tem progredido muito — disse Nina. — Em um ou dois anos, talvez. Mas, meu bem, não precisa se preocupar. Eu sou cuidadosa, especialmente agora com uma filha para mimar!

— Nós queríamos muito ter filhos — disse Carl —, mas não pudemos. Quando resolvemos adotar, descobrimos o problema cardíaco de Nina e as agências de adoção não quiseram nos aprovar.

— Mas somos qualificados como pais provisórios — disse Nina. — Portanto, se você quiser, pode ficar para sempre conosco, como se fosse legalmente adotada.

Naquela noite, no quarto espaçoso com vista para o mar — agora uma vasta extensão escura, quase assustadora —, Laura disse a si mesma que não devia se apegar demais aos Dockweiler, pois o problema cardíaco de Nina anulava qualquer possibilidade de segurança real.

No dia seguinte, domingo, eles a levaram para comprar roupas e teriam gastado uma fortuna se Laura não pedisse para parar com as compras. Com o Mercedes cheio de roupas novas, foram ver uma comédia de Peter Sellers e depois jantaram hambúrgueres numa lanchonete onde os milk-shakes eram imensos.

Regando as batatas fritas com catchup, Laura disse:
— Vocês têm sorte por terem ficado comigo e não com outra criança.

Carl ergueu uma sobrancelha:
— É mesmo?

– Bem, vocês são bons, bons *demais*... e muito mais vulneráveis do que imaginam. Qualquer criança percebe essa vulnerabilidade e pode tirar vantagem. Impiedosamente. Mas podem ficar descansados comigo. Nunca vou me aproveitar de vocês e nunca vão se arrepender de me acolher.

Olharam para ela atônitos.

Finalmente, Carl olhou para Nina e disse:

– Eles nos enganaram. Ela não tem 12 anos. Deram uma anã para nós.

Naquela noite, na cama, enquanto o sono não vinha, Laura repetiu sua ladainha de autoproteção:

– Não goste demais deles, não goste demais deles... – Mas já gostava imensamente.

OS DOCKWEILER A matricularam em uma escola onde os professores eram mais exigentes do que nos colégios públicos que Laura havia frequentado, mas ela gostou da mudança e acompanhou bem a classe. Lentamente começou a fazer amizades. Sentia falta de Thelma e Ruth, mas se consolava com a certeza de que ficariam felizes sabendo que ela estava satisfeita.

Laura começou a acreditar que podia confiar no futuro e podia ousar *ser* feliz. Afinal, tinha um guardião especial, não tinha? Talvez até mesmo um anjo da guarda. E qualquer garota abençoada com um anjo da guarda era destinada ao amor, à felicidade e à segurança.

Mas, será que um anjo da guarda daria um tiro na cabeça de alguém? Espancaria alguém cruelmente? Não importava. Tinha um belo guardião, anjo ou não, pais provisórios que a amavam e não podia recusar a felicidade tão prodigamente oferecida.

Na terça-feira, 5 de dezembro, Nina tinha hora marcada com seu cardiologista, assim não havia ninguém em casa quando Laura voltou da escola, naquela tarde. Entrou com sua chave e deixou os livros escolares na mesa Luís XIV no hall, perto da escada.

A enorme sala de estar era decorada em tons de creme, pêssego e verde-pálido, um ambiente aconchegante, apesar do tamanho. Laura foi até a janela, e olhando para a linda vista pensou como seria bom se Ruth e Thelma pudessem compartilhar tudo aquilo – e de repente pareceu a coisa mais natural a possibilidade de tê-las ali com ela.

Por que não? Carl e Nina gostavam de crianças. Tinham amor suficiente para uma casa cheia delas, para milhares de crianças.

– Shane – disse ela, em voz alta –, você é um gênio.

Foi até a cozinha e preparou um lanche. Um copo de leite, um croissant de chocolate esquentado no forno e uma maçã. Enquanto fazia isso imaginava um meio de falar sobre as gêmeas com os Dockweiler. O plano parecia tão natural que, quando Laura abriu com o ombro a porta da cozinha que dava para a sala de jantar, já havia imaginado uma variedade de argumentos, todos convincentes.

O Enguia a esperava na sala de jantar. Agarrou Laura e a atirou contra a parede com tanta força que a menina perdeu o fôlego. A maçã e o croissant de chocolate voaram do prato, que caiu da mão dela. Ele derrubou o copo de leite de sua outra mão, jogando-o contra a mesa. O vidro se partiu ruidosamente. Sheener puxou Laura para ele e a atirou novamente contra a parede. Uma dor aguda queimou as costas da menina, sua visão ficou embaçada, sentiu que não podia desmaiar e tentou com afinco manter a consciência, embora a dor fosse lancinante, a respiração, difícil e ela estivesse atordoada pelas pancadas.

Onde estava seu guardião? Onde?

Sheener encostou o rosto no dela e o terror ativou os sentidos de Laura, fazendo-a notar os menores detalhes daquele rosto insano, ainda com as marcas da sutura na orelha, os cravos nojentos em volta do nariz, as marcas de acne na pele oleosa. Os olhos verdes eram estranhos demais para parecerem humanos, olhos ferozes e animalescos.

Seu guardião ia arrancar o Enguia de cima dela a qualquer momento. Ia agarrar o monstro e matá-lo. A qualquer momento.

– Eu peguei você – disse ele com voz esganiçada de louco. – Agora você é minha e vai me dizer quem era aquele filho da puta, o homem que me espancou. Vou estourar a cabeça dele.

Segurava Laura pelos braços, seus dedos pareciam penetrar a carne dela. Ergueu-a do chão, até a altura dos seus olhos, e a prendeu contra a parede. Os pés da menina dançavam no ar.

– Quem é o sacana? – Sheener era forte demais para seu tamanho. Afastou Laura da parede e jogou-a contra ela outra vez, mantendo o rosto da menina na altura do seu. – Diga, meu bem, ou arranco *sua* orelha.

A qualquer momento agora. A qualquer momento.

As costas de Laura latejavam, mas agora conseguiu respirar, embora o que inalou fosse ácido e nojento.

– Responda, meu bem.

Laura pensou que podia morrer enquanto esperava a chegada do seu guardião.

Deu um pontapé na virilha de Sheener. Um golpe perfeito. O homem com as pernas abertas, não acostumado a meninas que reagiam contra sua força, não esperava aquele ataque. Arregalou os olhos – por um instante até pareceram olhos humanos – e emitiu um som surdo de agonia. Largou Laura, que caiu no chão. Sheener recuou cambaleando, perdeu o equilíbrio e caiu sobre a mesa de jantar, o corpo dobrado deslizando para o tapete chinês.

Quase imobilizada de dor, de choque e de medo, Laura não conseguiu ficar de pé. Suas pernas pareciam feitas de trapos. Completamente flácidas. Então se arraste. Podia se arrastar.

Para longe dele. Freneticamente. Na direção do arco da sala de jantar. Esperando ser capaz de ficar de pé quando chegasse à sala de estar. Sheener agarrou o tornozelo esquerdo dela. Ela tentou se libertar dando pontapés. Não adiantou. Suas pernas estavam fracas demais. Sheener continuou segurando. Dedos gelados. Um gelo de morte. O homem guinchou asperamente. Sinistro. Laura apoiou a mão no leite derramado sobre o tapete. Viu os pedaços de vidro. A parte superior do copo estava quebrada, mas a base ficara intata, como uma coroa de pontas cortantes. Gotas de leite se grudavam nela. Ainda ofegante, semiparalisada de dor. Sheener segurou o outro seu tornozelo. Movendo uma mão depois da outra em sua perna foi se aproximando dela. Continuava a guinchar. Como um passarinho ferido. Ia se atirar em cima dela. Prendê-la com seu peso. Laura segurou o fundo do copo quebrado. Cortou o polegar. Nem sentiu. Sheener largou os tornozelos da menina para agarrar suas coxas. Laura contorceu o corpo, de costas no chão. Como se *ela* fosse a enguia. Estendeu o braço com o fundo cortante do copo para ele, não para feri-lo, mas para fazer com que se afastasse. Mas o homem estava no impulso de se atirar sobre ela e as três pontas de vidro o atingiram no pescoço. Sheener tentou arrancar de si a estranha arma. Girou-a em desespero. As pontas cortaram sua carne. Engasgado, ofegante, ele a prendeu contra o chão com o peso de seu corpo. O sangue jorrava do nariz dele. Laura se contorceu. Ele a agarrou, com um dos joelhos apertados contra o quadril da menina. Aproximou a boca do pescoço dela, mordeu, apenas marcando a pele de Laura. Se ela deixasse, da próxima vez a mordida seria mais profunda. Ela procurou se libertar. A respiração assobiava e roncava na garganta ferida do homem. Laura saiu de baixo dele. Ele a segurou. Ela o chutou. Suas pernas estavam mais fortes agora. O pontapé atingiu o alvo. Laura se arrastou na direção da sala de estar. Segurou o batente do arco de entrada. Ficou de pé. Olhou para trás. O Enguia estava também de pé, segurando uma cadeira com o braço erguido como se fosse um taco. Ele jogou a cadeira. Laura desviou o corpo. A cadeira bateu no batente do arco com um rugido de trovão. Ela cambaleou até a sala de estar, caminhando para o hall, até a porta, para a fuga. Ele atirou a cadeira. Atingiu o ombro de Laura. A menina caiu. Rolou no chão.

Olhou para cima. Sheener estava de pé a seu lado e segurou seu braço esquerdo. Laura sentiu que perdia as forças. As trevas pulsavam nos limites da sua visão. Ele segurou o outro braço. Estava perdida. Estaria se o vidro no pescoço do homem não tivesse alcançado mais uma artéria. O sangue *jorrou* de repente do nariz dele. Sheener caiu em cima de Laura, um peso enorme e terrível, morto.

Laura não podia se mover, mal conseguia respirar e lutava para não perder a consciência. Acima do som sinistro dos seus soluços, ouviu uma porta se abrindo. Passos.

– Laura? Cheguei – era a voz de Nina, clara e alegre a princípio, depois cheia de horror. – Laura? Ah, meu Deus, *Laura!*

Laura lutou para tirar o homem morto de cima dela, mas só teve forças para livrar a metade do corpo, o bastante para ver Nina no arco que dava para o hall.

Por um momento, Nina ficou paralisada de horror. Olhou para sua sala em tons de creme, pêssego e verde-pálido, a decoração elegante tingida agora de vermelho. Então, os olhos cor de violeta voltaram-se para Laura e ela saiu do transe.

– Laura. Ah, meu Deus, Laura.

Deu três passos para a frente, parou e dobrou o corpo, abraçando-se como se tivesse sido ferida no estômago. Emitiu um som estranho: "Uh, uh, uh, uh." Tentou endireitar o corpo. Seu rosto se crispou. Não conseguiu ficar ereta e finalmente desmoronou, sem fazer nenhum som.

Não podia acontecer assim. Não era justo!

Novas forças, nascidas do pânico e de seu amor por Nina, reanimaram Laura. Libertou-se do corpo de Sheener e se arrastou rapidamente para a mulher.

Nina estava imóvel, os belos olhos abertos, sem ver nada.

Laura pôs a mão suja de sangue no pescoço de Nina, procurando uma pulsação. Pensou ter sentido alguma coisa. Fraca, irregular, mas uma pulsação.

Tirou a almofada de uma cadeira e colocou-a sob a cabeça de Nina, depois correu para a cozinha onde estavam os números dos telefones da polícia e dos bombeiros. Com voz trêmula comunicou o ataque cardíaco de Nina e deu o endereço.

Quando desligou, Laura tinha certeza de que tudo ia dar certo, porque já perdera o pai de ataque cardíaco e seria absurdo perder agora sua mãe adotiva. A vida tem momentos absurdos, mas a *própria* vida não é absurda. Era estranha, difícil, miraculosa, preciosa, tênue, misteriosa, mas não completamente absurda. Assim, Nina ia viver, porque sua morte não teria sentido.

Assustada ainda, mas sentindo-se melhor, Laura voltou para a sala e se ajoelhou ao lado da mãe adotiva, abraçando-a.

Newport Beach tinha serviços de emergência de primeira classe. A ambulância chegou três ou quatro minutos depois do telefonema de Laura; os dois médicos eram eficientes e estavam bem equipados. Depois de alguns minutos, porém, confirmaram que Nina estava morta, desde o momento em que sofreu o infarto evidentemente.

X.

Uma semana depois da volta de Laura para McIlroy, quando faltavam oito dias para o Natal, a Sra. Bowmaine determinou que Tammy Hinsen voltasse para o quarto das gêmeas. Numa conversa particular excepcional com Laura, Ruth e Thelma, ela explicou o motivo.

— Sei que dizem que Tammy não é feliz na companhia vocês, mas ela parece sentir-se melhor com vocês do que em qualquer outro lugar. Experimentamos vários quartos, mas as outras crianças não a toleram. Não sei o que faz com que todos a evitem, mas suas companheiras de quarto geralmente acabam por usá-la como saco de pancadas.

De volta ao quarto, antes da chegada de Tammy, Thelma sentou no chão na posição de ioga, as pernas cruzadas, os calcanhares encostados nos quadris. Começara a se interessar pela ioga quando os Beatles recomendaram a meditação oriental, e dizia que quando afinal conhecesse Paul McCartney (que era seu destino, sem dúvida nenhuma) "seria bom termos alguma coisa em comum, o que teremos se eu puder falar com segurança sobre essa tal de ioga".

Naquela noite, em vez de meditar, ela disse:

— O que aquela vaca teria feito se eu dissesse: "Sra. Bowmaine, as crianças não gostam de Tammy porque ela deixava que o Enguia brincasse com ela e o ajudava a se aproximar de outras garotas vulneráveis. Na opinião de todas, ela é a inimiga." O que a bovina Bowmaine teria dito se eu atirasse *isso* na cara dela?

— Ia chamar você de mentirosa e suja — disse Laura, deixando-se cair na cama curva no centro.

— É claro. Depois ia mandar me cozinhar para o almoço. Não acha incrível o tamanho daquela mulher? Fica maior a cada semana. Uma pessoa tão grande é perigosa, um animal faminto capaz de devorar qualquer criança com ossos e tudo, como se estivesse tomando um sorvete.

Ao lado da janela, olhando para o pátio atrás da casa, Ruth disse:

— Não é justo o modo como as outras crianças tratam Tammy.

— A vida não é justa — disse Laura.

— Também não é moleza — observou Thelma. — Puxa, Shane, não venha com filosofia, se quer ser banal. Sabe que odeio banalidades tanto quanto ligar o rádio e ouvir Bobbie Gentry cantando *Ode to Billy Joe*.

Uma hora depois, quando Tammy chegou, Laura ficou tensa. Ela matara Sheener e Tammy era tão dependente dele. Esperava que a menina estivesse revoltada e furiosa, mas Tammy a cumprimentou com um sorriso tímido, comovente e sincero.

Depois de dois dias, perceberam que Tammy encarava a perda do Enguia com mágoa perversa, mas também com alívio. A fúria que havia demonstrado quando rasgara os livros de Laura estava esgotada. Ela era outra vez a garotinha sem graça, magra e sem cor que, em seu primeiro dia no McIlroy, Laura havia comparado a uma aparição, a ponto de dissolver-se em ectoplasma e desaparecer completamente com a primeira brisa.

DEPOIS DA MORTE do Enguia e de Nina Dockweiler, Laura passou a se tratar com o psicoterapeuta Dr. Boone, em entrevistas de meia hora, às terças e sábados, dias em que ele visitava McIlroy. Boone não compreendia como Laura pudera absorver o choque do ataque de Sheener e da morte de Nina sem nenhum dano psicológico. Ficara intrigado com as discussões articuladas da menina sobre seus sentimentos e o vocabulário adulto com que descrevia suas reações aos acontecimentos de Newport Beach. Tendo perdido a mãe, depois o pai, enfrentado várias crises e muito terror — mas, acima de tudo, beneficiada pelo maravilhoso amor do seu pai –, ela era resistente como uma esponja, absorvendo o que a vida lhe apresentava. Entretanto, embora pudesse falar sobre Sheener friamente e sobre Nina com afeição e tristeza, para o psiquiatra, aquela adaptação era apenas aparente, não real.

— Então, você sonha com Willy Sheener? — perguntou ele, sentado ao lado de Laura no sofá do pequeno consultório reservado para aquelas sessões, no McIlroy.

— Sonhei com ele só duas vezes. Pesadelos, é claro. Mas todas as crianças têm pesadelos.

— Sonha com Nina também. São pesadelos?

— Ah, não! São belos sonhos.

O médico ficou surpreso.

— Quando pensa em Nina, fica triste?

— Fico. Mas também... lembro como foi bom fazer compras com ela, experimentar vestidos e suéteres. Lembro de seu sorriso, de sua risada.

— E culpa? Sente culpa pelo que aconteceu a Nina?

— Não. Talvez Nina não tivesse morrido se eu não fosse morar com eles, atraindo Sheener, mas não posso me sentir culpada por isso. Tentei ser uma boa filha adotiva, e eles pareciam felizes comigo. O que aconteceu foi que a vida jogou uma grande massa de pastelão em cima de nós e isso não foi por minha culpa; nunca se pode ver a massa de pastelão quando é atirada. Não adianta fazer palhaçadas quando ela está chegando.

— Pastelão? — perguntou ele, atônito. — Você vê a vida como uma comédia de pastelão? Como os Três Patetas?

— Em parte.

— Então a vida não passa de uma piada?

— Não. A vida é uma coisa séria *e* uma piada ao mesmo tempo.

— Como assim?

— Se o senhor não sabe — disse Laura —, talvez eu deva fazer as perguntas aqui.

Laura encheu várias páginas de seu caderno com observações sobre o Dr. Will Boone. Entretanto, não escreveu nenhuma linha sobre seu guardião desconhecido. Procurava também não pensar nele. O guardião havia falhado. Laura chegara a confiar nele; seus esforços heroicos a seu favor fizeram com que se sentisse *especial,* e esse sentimento a ajudara a enfrentar a vida depois da morte do pai. Agora, sentia-se tola por ter contado com alguém mais, além dela mesma, para a sobrevivência.

Guardava ainda o bilhete que ele deixara em sua mesa, depois do enterro do pai, mas já não o relia. E com o passar do tempo, a intervenção do guardião ia se transformando em fantasia, como a de Papai Noel, que devia ser superada com a idade.

NA TARDE DO dia de Natal, voltaram para o quarto com os presentes das instituições de caridade e de benfeitores. Começaram a cantar músicas de Natal e se surpreenderam quando Tammy se juntou ao coro, com sua voz baixa e hesitante.

Nas duas semanas seguintes, Tammy deixou de roer as unhas. Estava um pouco mais acessível, e parecia mais calma, mais satisfeita.

– Sem nenhum pervertido por perto para molestá-la – disse Thelma –, talvez ela gradualmente comece a se sentir limpa outra vez.

SEXTA-FEIRA, 12 DE janeiro de 1968. Laura completava 13 anos, mas não comemorou o aniversário. Não via nenhuma alegria na ocasião.

Na segunda-feira foi transferida para Caswell Hall, uma instituição para crianças mais velhas, em Anaheim, a 7 quilômetros de McIlroy.

Ruth e Thelma a ajudaram a levar a bagagem até o hall. Laura nunca imaginou que fosse sentir tanto aquela partida de McIlroy.

– Em maio estaremos com você – garantiu Thelma. – Fazemos 13 anos no dia 2 de maio e então vamos sair daqui. Ficaremos juntas outra vez.

Quando a assistente social de Caswell chegou, Laura não estava nem um pouco disposta a acompanhá-la. Mas foi.

CASWELL HALL ERA um antigo ginásio transformado em dormitórios, salas de recreação e escritórios para as assistentes sociais. A atmosfera era mais institucional do que no McIlroy.

Era também mais perigoso, porque as crianças eram mais velhas e muitas, delinquentes juvenis. Maconha e anfetaminas podiam ser obtidas, e brigas entre garotos – até mesmo entre garotas – eram comuns. Havia grupos como em McIlroy, mas em Caswell alguns deles eram perigosos, com estrutura e função muito semelhantes às de gangues de rua. O roubo era comum.

Depois de algumas semanas, Laura compreendeu que havia dois tipos de sobreviventes: aqueles que, como ela própria, possuíam a força necessária, por terem sido amados intensamente no passado; e aqueles que, nunca tendo sido amados, aprendiam a vencer por meio do ódio, da suspeita e das parcas recompensas da vingança. Desprezavam a necessidade de sentimentos humanitários e, ao mesmo tempo, invejavam os que os possuíam.

Laura vivia com cautela em Caswell, mas sem permitir que o medo a abatesse. Os valentões eram assustadores, mas também patéticos com suas atitudes e rituais de violência, até mesmo ridículos. Não encontrou ninguém como as gêmeas Ackerson para compartilhar seu humor negro, por isso enchia com ele seus cadernos. Naqueles monólogos bem escritos, Laura se voltava para si mesma, enquanto esperava que as gêmeas completassem 13 anos; foi um período intensamente rico em autodescoberta e compreensão do mundo tragicômico no qual vivia.

No sábado, 30 de março, Laura estava lendo no quarto, em Caswell, quando ouviu uma de suas companheiras de quarto – uma garota chamada Fran Wickert, que vivia se queixando – conversando com outra menina no corredor sobre um incêndio no qual algumas crianças haviam morrido. Laura ouvia sem interesse até escutar a palavra "McIlroy".

Um arrepio percorreu seu corpo, gelando seu coração e entorpecendo suas mãos. Deixou cair o livro e correu até o corredor, assustando as duas meninas.

– Quando? Quando foi esse incêndio?

– Ontem – disse Fran.

– Quantas crianças mo... morreram?

– Não muitas, duas, eu acho, talvez só uma, mas disseram que dava para sentir o cheiro de carne queimada. Foi a coisa mais horrível...

Avançando para Fran, Laura perguntou:

– Os nomes dessas meninas?

– Ei, me larga.

– Diga os nomes.

– Não sei nenhum nome. Cristo, o que há com você?

Laura não se lembrava de ter largado Fran e saído para a rua, mas de repente estava na Katella Avenue, a vários quarteirões de Caswell Hall. Katella era uma rua comercial e em alguns trechos não havia calçada, por isso Laura correu pelo acostamento, para o leste, com o tráfego zumbindo à sua direita. Caswell ficava a 7 quilômetros de McIlroy e Laura não conhecia bem o caminho, mas, confiando no instinto, correu até ficar exausta, depois, quando não podia mais correr, continuou andando.

O mais certo teria sido procurar um dos conselheiros de Caswell e perguntar os nomes das vítimas do incêndio em McIlroy. Mas Laura tinha a estranha impressão de que o destino das gêmeas Ackerson dependia de sua capacidade de fazer a difícil viagem até McIlroy, que se perguntasse por elas por telefone iam dizer que estavam mortas, mas que infligindo a si mesma aquele sacrifício da jornada de 7 quilômetros ela as encontraria sãs e salvas. Era apenas uma esperança, mas Laura se entregou a ela.

A noite chegou. O céu de fim de março se encheu de luz vermelha e púrpura embaçada, e os contornos das nuvens esparsas pareciam em chamas quando Laura avistou o Lar McIlroy. Viu com alívio que a frente da velha casa estava intata.

Encharcada de suor, tremendo de exaustão e com uma terrível dor de cabeça, Laura não diminuiu o passo quando viu a casa sem marcas de fogo. Passou por seis crianças no corredor do andar térreo e mais três na escada, e duas delas a reconheceram. Mas não parou para perguntar sobre o incêndio. Precisava *ver*.

No último lance da escada sentiu cheiro de queimado, o cheiro acre e de alcatrão; o cheiro ácido de fumaça. Quando passou pela porta no fim da escada viu que as duas janelas nas extremidades do corredor do terceiro andar estavam abertas e ventiladores elétricos haviam sido instalados no meio, para espalhar o ar viciado.

A porta do quarto das gêmeas tinha um batente novo, sem pintura e uma porta também nova, mas a parede estava chamuscada e manchada de fuligem. Um cartaz feito à mão avisava do perigo. Como todas as portas de McIlroy, aquela não tinha fechadura, e Laura, ignorando o aviso, a abriu e entrou para ver o que temia: destruição.

As lâmpadas do corredor e a fraca luz que vinha de fora não iluminavam bem o quarto, mas Laura viu que os restos dos móveis queimados tinham sido retirados; tudo estava vazio e repleto do fantasma malcheiroso do fogo. O assoalho, embora parecesse firme, estava manchado de fuligem e chamuscado. As portas do armário eram apenas cinzas com alguns pedaços de madeira queimada presos às dobradiças parcialmente derretidas. As duas janelas tinham explodido ou quebrado com a força das chamas e estavam provisoriamente protegidas com pedaços de plástico grudados nas paredes. Felizmente para as outras crianças do McIlroy, o fogo fora para cima, atingindo o teto. Olhou para o sótão da casa, onde vigas maciças eram vagamente visíveis no escuro. Ao que parecia, as chamas foram dominadas antes de atravessar o telhado, pois ela não via o céu.

Laura respirava com dificuldade, ruidosamente, não só por causa da jornada de Caswell até ali, mas também porque um torniquete de pânico apertava dolorosamente seu coração. E a cada inspiração inalava o ar amargo com gosto nauseante de carbono.

Desde o momento em que soube da notícia em Caswell, Laura adivinhou o motivo do fogo, embora sem querer admitir que sabia. Tammy Hinsen fora apanhada certa vez com uma lata de fluido para isqueiro e fósforos que pretendia usar para incendiar o próprio corpo. Quando soube daquela ideia de autoimolação, Laura compreendeu que Tammy pensava seriamente no assunto, porque era o modo *certo* de suicídio para ela, uma exteriorização da chama interna que a consumia fazia anos.

Por favor, meu Deus, faça com que Tammy estivesse sozinha no quarto, por favor.

Sufocada com o cheiro e o sabor da destruição, Laura saiu do quarto até o corredor do terceiro andar.

– Laura?

Ergueu os olhos e viu Rebecca Bogner. Com a respiração entrecortada e áspera, trêmula e difícil, Laura conseguiu dizer os nomes:

– Ruth... Thelma?

A expressão sombria de Rebecca destruiu a possibilidade de as gêmeas terem escapado ilesas, mas Laura repetiu os nomes preciosos, ouvindo na própria voz uma súplica patética.

– Lá – disse Rebecca, apontando para o lado norte do corredor. – O penúltimo quarto à esquerda.

Com um ímpeto de esperança, Laura correu para o quarto indicado. Três camas estavam vazias, mas na quarta, revelada pela luz da lâmpada de cabeceira, uma menina estava deitada, voltada para a parede.

– Ruth? Thelma?

A garota levantou lentamente da cama – uma das gêmeas, ilesa. Usava um vestido cinzento amarrotado e velho, o cabelo estava em desalinho, o rosto inchado, os olhos cheios de lágrimas. Deu um passo para Laura, mas parou. O esforço era demais.

Laura correu para ela e a abraçou.

Com a cabeça no ombro de Laura, o rosto contra o pescoço da amiga, ela disse com voz torturada:

— Ah, queria que tivesse sido eu, Shane. Se tinha de ser uma de nós, por que não eu?

Até aquele momento, Laura pensava que era Ruth.

Recusando-se a aceitar aquele horror, Laura disse:

— Onde está Ruthie?

— Foi embora, Ruthie foi embora. Pensei que você soubesse... minha Ruthie está morta.

Laura sentiu que alguma coisa se partia no seu íntimo. Uma dor tão grande que impossibilitava as lágrimas; estava paralisada, amortecida.

Durante um tempo enorme ficaram abraçadas. O crepúsculo se transformou em noite. Sentaram na beirada da cama.

Duas meninas apareceram na porta. Evidentemente compartilhavam o quarto com Thelma, mas Laura fez sinal para que saíssem.

Olhando para o chão, Thelma disse:

— Acordei com os gritos, aqueles gritos horríveis... e uma luz tão brilhante que feria meus olhos. Então compreendi que o quarto estava em chamas. *Tammy* estava em chamas. Ardendo como uma tocha. Contorcendo-se na cama, queimando, gritando...

Laura passou o braço pelos ombros dela e esperou.

— ...o fogo saltou do corpo de Tammy, subiu pela parede sibilando, a cama dela estava em chamas, o fogo se espalhava pelo assoalho, o tapete em chamas...

Laura lembrou de Tammy cantando com elas no Natal e de como parecia mais calma a cada dia, como se gradualmente estivesse encontrando a paz interior. Agora era evidente que essa paz se baseava na decisão de dar um fim a seu tormento.

— A cama de Tammy ficava mais perto da porta, a porta estava em chamas, então quebrei a janela ao meu lado. Chamei Ruth, ela... ela disse que estava indo, havia muita fumaça, eu não podia ver nada e então Heather Dorning, que estava na sua antiga cama, chegou à janela e eu a ajudei a sair. A fumaça saía pela janela e consegui ver alguma coisa. Ruth tentava jogar seu cobertor sobre Tammy para abafar as chamas, mas o cobertor pegou fogo também e vi Ruth... Ruth... em chamas...

Lá fora a última luz púrpura se dissolveu na escuridão.

As sombras se adensaram nos cantos do quarto.

O cheiro persistente de queimado pareceu ficar mais forte.

— ...e eu ia correr para ela, eu estava indo, mas então o fogo *explodiu*, estava em todo o quarto e a fumaça era tão negra e espessa que não consegui mais ver Ruth, não vi mais nada... então ouvi as sirenes, altas e próximas, e tentei me convencer de que chegariam a tempo de ajudar Ruth, o que era uma mentira, uma mentira na qual eu queria acreditar e... eu a deixei lá, Shane. Ah, meu Deus, saí pela janela e deixei Ruthie em chamas, queimando...

— Não podia fazer mais nada — disse Laura.

— Eu deixei Ruthie queimando.

— Você não podia fazer nada.

— Deixei Ruthie.

— Não adiantava você morrer também.

— Deixei Ruthie queimando.

EM MAIO, QUANDO completou 13 anos, Thelma foi transferida para Caswell e ficou no quarto de Laura. As assistentes sociais concordaram, porque Thelma estava sofrendo de depressão e não respondia ao tratamento. Talvez encontrasse a ajuda de que precisava na companhia de Laura.

Durante meses Laura se desesperou tentando ajudar a amiga. À noite, Thelma era torturada por sonhos e durante o dia consumia-se em autorrecriminação. Finalmente, o tempo a curou, embora o ferimento em sua alma jamais tivesse fechado. Seu senso de humor reapareceu gradualmente, com um espírito mais fino do que nunca, mas havia nela uma nova melancolia.

Laura e Thelma compartilharam um quarto em Caswell por cinco anos, até saírem da custódia do Estado para a vida por conta própria. Compartilharam muitas alegrias durante aqueles anos. A vida era boa outra vez, mas não a mesma que conheceram antes do incêndio.

XI.

No laboratório principal do instituto, o objeto dominante era o portão através do qual era possível passar para outros tempos. Era um aparelho enorme em forma de barril, com 3,5 metros de comprimento e 2,5 metros de diâmetro, a parte externa de aço polido e a interna de cobre polido. A base eram blocos de cobre que o mantinham a 40 centímetros do solo. Grossos cabos elétricos estavam ligados a ele e, dentro do barril, correntes estranhas faziam o ar cintilar como se fosse água.

Kokoschka voltou no tempo, sua figura materializando-se dentro do enorme cilindro. Fizera várias viagens naquele dia, seguindo Stefan até tempos e lugares distantes, e finalmente descobriu por que o traidor tinha o obsessão de reformular a vida de Laura Shane. Apressou-se em direção à boca do portão e desceu até o laboratório, onde dois cientistas e três de seus homens o esperavam.

— A garota nada tem a ver com os planos do miserável contra o governo, nada a ver com suas tentativas para destruir o projeto de viagem no tempo — disse Kokoschka. — É um assunto inteiramente à parte, uma cruzada pessoal dele.

— Então agora sabemos tudo que ele fez e por quê — disse um dos cientistas. — E você pode eliminá-lo.

– Certo – concordou Kokoschka, atravessando a sala até o principal painel de programa. – Agora que descobrimos os segredos do traidor, podemos matá-lo.

Sentou-se em frente ao painel de programação, a fim de ajustar o portão para outra viagem no tempo, onde poderia surpreender o traidor, e resolveu matar Laura também. Seria um trabalho fácil, que podia fazer sozinho, pois teria o elemento surpresa a seu favor; preferia trabalhar sozinho sempre que possível; não gostava de compartilhar seus prazeres. Laura Shane não constituía ameaça ao governo nem aos seus planos para reformular o futuro do mundo, mas ele a mataria primeiro, na frente de Stefan, somente para aumentar o sofrimento do traidor, antes de matá-lo. Além disso, Kokoschka gostava de matar.

3
Uma luz na escuridão

I.

No dia 12 de janeiro de 1977, quando completou 22 anos, Laura Shane recebeu um sapo pelo correio. A caixa onde estava o animal não tinha endereço do remetente e nenhum bilhete ou carta. Ela a abriu sobre a mesa ao lado da janela da sala de estar de seu apartamento, e a luz clara do sol daquele inverno pouco rigoroso cintilou na encantadora estatueta. O sapo de cerâmica tinha 5 centímetros de altura e estava sobre uma folha de lírio aquático. Usava cartola e segurava uma bengala.

Duas semanas antes, a revista literária do campus havia publicado "Epopeia anfíbia", um conto de Laura sobre uma menina cujo pai inventava histórias de um sapo imaginário,

Sir Tommy da Inglaterra. Só Laura sabia quanto havia de real naquele trabalho de ficção, mas evidentemente alguém adivinhara, porque o sapo sorridente de cartola estava acondicionado com extremo cuidado, enrolado em algodão e amarrado com uma fita vermelha, depois enrolado em papel de seda dentro da caixa branca simples, protegida por bolas de algodão, e essa caixa estava num ninho de papel picado, dentro de outra, maior. Ninguém teria tanto trabalho para proteger uma estatueta de 5 dólares a não ser que o remetente soubesse de seu profundo envolvimento emocional com a "Epopeia anfíbia".

Para poder pagar o aluguel, Laura compartilhava o apartamento fora do campus com outras duas estudantes, Meg Falcone e Julie Ishimina, e a princípio pensou que o sapo fosse presente de uma delas. Mas era pouco provável, pois Laura não tinha intimidade com as jovens. As três estavam sempre ocupadas com os estudos e com os próprios interesses e moravam juntas apenas desde setembro do ano anterior. Elas afirmaram que nada sabiam sobre o presente e pareciam sinceras.

Imaginou se o Dr. Matlin, o consultor da revista da universidade, teria mandado a estatueta. Desde seu segundo ano na faculdade, quando fez o curso de redação criativa do Dr. Matlin, ele a encorajava a usar seu talento e aperfeiçoar sua técnica de escritora. O Dr. Matlin gostou muito do seu pequeno conto, portanto, talvez tivesse mandado o sapo para dizer "muito bem". Mas por que a falta de endereço do remetente e nenhuma nota, nenhum cartão? Por que o segredo? Não, isso não combinava com o Dr. Matlin.

Laura tinha alguns amigos na universidade, mas nenhum muito íntimo, porque não tinha muito tempo para fazer ou manter grandes amizades. Usava todas as horas do dia não destinadas ao sono e à alimentação com o estudo, o trabalho e o tempo que passava escrevendo. Não podia imaginar quem teria tanto trabalho para mandar o sapo anonimamente.

Um mistério.

No dia seguinte, sua primeira aula era às 8 horas e a última, às 14 horas. Laura voltou para seu Chevrolet de nove anos de uso, no estacionamento do campus, às 15h45, abriu a porta, entrou no carro – e viu outro sapo sobre o painel.

Tinha 5 centímetros de altura e 4 de comprimento. Também de cerâmica verde-esmeralda, estava reclinado, a cabeça apoiada numa das mãos, e sorria sonhadoramente.

Laura tinha certeza de ter trancado a porta do carro e realmente a encontrara trancada. O enigmático doador de sapos dera-se o trabalho de abrir o Chevrolet sem ter a chave – um celuloide ou arame enfiado por cima do vidro até a tranca interna – para deixar o sapo de modo espetacular.

Em casa, Laura pôs o sapo reclinado ao lado do outro de cartola e bengala, em sua mesa de cabeceira. Ficou lendo na cama até a hora de dormir. De vez em quando sua atenção fugia do livro para as pequenas figuras de cerâmica.

Na manhã seguinte, quando saiu do apartamento, encontrou uma caixinha no lado de fora da porta. Dentro dela havia outro sapo meticulosamente acondicionado. Era de peltre e estava sentado num tronco da árvore, tocando um banjo.

O mistério aumentava.

DURANTE O VERÃO Laura trabalhava em horário integral como garçonete no Hamburger Hamlet, em Costa Mesa, mas durante as aulas tinha tanto trabalho na universidade que só podia trabalhar três noites por semana. O Hamlet era uma lanchonete de boa qualidade, servia boa comida a preço moderado, num ambiente relativamente elegante – vigas de madeira no teto, muitos lambris nas paredes, grandes poltronas confortáveis – e os clientes pareciam sempre mais satisfeitos do que nos outros lugares em que já havia trabalhado.

Mesmo que a atmosfera fosse simples e os clientes grosseiros, Laura não abandonaria aquele emprego. Precisava do dinheiro. Quatro anos antes, quando completara 18 anos, soube que seu pai tinha feito um seguro formado pelos bens liquidados depois de sua morte, e esse seguro não podia ser usado pelo Estado para pagar sua estada no McIlroy e em Caswell. Com 18 anos, adquirira o direito de fazer uso do dinheiro, o gastava para viver e para as despesas com os estudos. Seu pai não era rico; deixara somente 12 mil dólares, mesmo depois de seis anos de juros acumulados, o que mal dava para quatro anos de aluguel, comida, roupas e anuidade na universidade, portanto dependia do salário de garçonete para compensar a diferença.

Na noite de domingo, 16 de janeiro, estava trabalhando no Hamlet quando o dono da casa conduziu um casal idoso a uma das mesas servidas por Laura. Pediram duas Michelobs enquanto liam o cardápio. Alguns minutos mais tarde, quando Laura voltou com a cerveja, viu um sapo de cerâmica sobre a mesa. Quase deixou cair a bandeja. Olhou para o homem, para a mulher, e viu que sorriam para ela, mas não *diziam* nada. Laura perguntou:

— *Vocês* mandaram aqueles sapos para mim? Mas eu nem os conheço... conheço?

— Ah, você tem outros deste? – perguntou o homem.

— Este é o quarto. Não trouxeram para mim, trouxeram? Mas não estava aqui há poucos minutos. Quem o deixou na mesa?

O homem piscou para a mulher e ela disse para Laura:

— Você tem um admirador secreto, querida.

— Quem?

— Um rapaz sentado naquela mesa – disse o homem apontando para as mesas servidas pela garçonete Amy Heppleman. A mesa estava vazia; o ajudante acabava de tirar os pratos usados. – Logo que você foi apanhar nossas cervejas, ele veio até aqui e perguntou se podia deixar isto para você.

Era um sapo de Natal, vestido de Papai Noel, sem barba e com um saco de brinquedos nos ombros.

– Não sabe quem é ele? – perguntou a mulher.

– Não. Como ele é?

– Alto – disse o homem. – Muito alto e moreno. Cabelos castanhos.

– Olhos também castanhos – completou a mulher. – Com voz suave.

Segurando o sapo e olhando para ele, Laura disse:

– Há alguma coisa estranha nisto tudo... uma coisa que me assusta.

– Assusta? – disse a mulher. – Mas é só um rapaz interessado em você, querida.

– Será mesmo? – perguntou Laura.

Procurou Amy no balcão das saladas e pediu uma descrição mais detalhada do homem.

– Ele comeu uma omelete de cogumelos, torrada de pão integral e tomou uma Coca-Cola – disse Amy, enchendo uma vasilha com salada verde, que tirava com uma pinça de aço inoxidável. – Você não o viu ali sentado?

– Não notei.

– Um cara alto. De calça jeans. Camisa xadrez azul. Cabelo bem curto, mas bonitinho, se você gosta do tipo. Não falou muito. Parecia um pouco tímido.

– Pagou com cartão de crédito?

– Não. Dinheiro.

– Droga – resmungou Laura.

Levou o sapo Papai Noel para casa e o colocou ao lado dos outros três.

Na manhã seguinte, segunda-feira, quando saiu do apartamento, encontrou outra caixa branca no degrau da entrada. Abriu-a com relutância. Continha um sapo de vidro.

À tarde, quando Laura voltou da universidade, Julie Ishimina estava sentada à mesa da cozinha, lendo o jornal e tomando café.

– Você ganhou outro – disse ela, apontando para uma caixa que estava na bancada da cozinha. – Veio pelo correio.

Laura rasgou o papel que embrulhava caprichosamente a caixa. Eram dois sapos – um saleiro e um pimenteiro.

Laura pôs os dois ao lado dos outros em sua mesa de cabeceira e ficou sentada na cama durante muito tempo, observando com a testa franzida o crescimento da coleção.

ÀS 17 HORAS daquela tarde, Laura telefonou para Thelma Ackerson em Los Angeles e contou sobre os presentes.

Thelma, sem nenhum seguro para sustentá-la, nem tinha pensado em universidade, mas como disse, não era nenhuma tragédia, porque não estava interessada em instrução. Assim que terminou o ginásio foi diretamente para Los Angeles, com intenção de ingressar no teatro como comediante.

Quase todas as noites, das 18 às 2 horas, percorria os clubes de comédia – o Improv, o Comedy Store, e todos os outros do mesmo tipo – procurando um papel não remunerado de cinco minutos no palco, fazendo contatos (ou esperando fazer), competindo com uma multidão de jovens comediantes na corrida para o reconhecimento.

Durante o dia trabalhava para pagar o aluguel, passando de um emprego para outro, alguns bastante estranhos. Entre outras coisas, tinha usado uma fantasia de galinha para cantar e servir mesas numa sinistra pizzaria e fora substituta numa passeata de protesto dos membros da Cooperativa dos Escritores do Oeste, que eram obrigados pelo sindicato a comparecer à passeata, mas preferiam pagar alguém para carregar os cartazes e assinar seus nomes na lista do sindicato.

Embora estivessem a noventa minutos de distância, Laura e Thelma só se encontravam duas ou três vezes por ano, geralmente para um longo almoço ou jantar, porque tinham pouco tempo livre. Mas, por maior que fosse o intervalo entre as visitas, sentiam-se sempre à vontade uma com a outra e compartilhavam os pensamentos e as experiências mais íntimas.

— O elo McIlroy-Caswell — disse Thelma certa vez — é mais forte do que o elo entre irmãos, mais forte do que o compromisso com a Máfia, mais forte do que o elo entre Fred Flintstone e Barney Rubble, e estes dois são *unidos*.

Agora, depois de ouvir a história de Laura, Thelma disse:

— Qual é o seu problema, Shane? Para mim parece que um cara tímido e alto está apaixonado por você. Muitas mulheres adoram isso.

— Mas será que é isso? Um entusiasmo inocente?

— O que mais seria?

— Não sei. Mas é que... me assusta.

— Assusta? Esses sapos são umas coisinhas bonitas, não são? Nenhum tem uma cara ameaçadora, certo? Nenhum está brandindo uma faca ensanguentada. Ou uma pequena serra elétrica de cerâmica?

— Não.

— Ele não mandou nenhum sapo *decapitado*, mandou?

— Não, mas...

— Shane, estes últimos anos foram calmos, embora sua vida tenha sido agitada antes. É normal você pensar que esse cara seja o irmão de Charles Manson. Mas tenho quase certeza de que é exatamente o que parece... um cara que a admira de longe, talvez um pouco tímido, com uma boa porção de romantismo. Como vai sua vida sexual?

— Não tenho nenhuma — disse Laura.

— Por que não? Você não é virgem. Teve aquele cara no ano passado...

— Bem, você sabe que não deu certo.

— Ninguém mais desde então?

— Não. O que você está pensando... que sou promíscua?

— Puxa vida! Garota, dois namorados em 22 anos não é promiscuidade, nem pela definição do Papa. Relaxe um pouco.

Deixe de se preocupar tanto. Deixe a correnteza levar você. Este agora pode ser seu príncipe encantado.

— Bem... talvez eu faça isso. Acho que tem razão.

— Mas, Shane?

— O que é?

— Só para dar sorte, acho melhor andar com uma Magnum .357.

— Muito engraçada.

— Ser engraçada é a minha profissão.

Nos três dias seguintes Laura recebeu mais três sapos e no dia 22 de manhã, segunda-feira, continuava confusa, zangada e assustada.

Sem dúvida, nenhum admirador seria tão persistente numa brincadeira. Cada sapo recebido parecia um ato de desprezo, e não de homenagem. Havia uma sugestão obsessiva naquela inexorabilidade.

Laura passou grande parte da noite de sexta-feira sentada ao lado da grande janela da sala, no escuro. Através das cortinas meio abertas, ela via a varanda coberta do prédio e a área na frente da sua porta. Se ele viesse durante a noite, pretendia surpreendê-lo. Às 3h30 ninguém tinha aparecido, e ela cochilou. Quando acordou, não viu nenhuma caixa no degrau de entrada.

Depois do banho e de um rápido café da manhã, Laura desceu para os fundos do prédio, onde guardava o carro numa vaga coberta. Pretendia ir à biblioteca fazer um trabalho de pesquisa e o dia estava bom para ficar num ambiente fechado. O céu cinzento de inverno anunciava tempestade como um mau presságio — uma sensação que se intensificou quando Laura encontrou outra caixa no painel do seu Chevrolet trancado. Sentiu vontade de gritar de frustração.

Sentada no carro, abriu a caixa. As outras estatuetas eram de pouco valor, não mais de 10 ou 15 dólares, algumas talvez de

3 dólares, mas esta última era uma bela miniatura em porcelana que devia ter custado uns 50 dólares, no mínimo. Mas Laura estava mais interessada na caixa do que na estatueta. Não era simples como as outras, mas trazia o nome de uma loja de presentes – Collectibles – na galeria da South Coast Plaza.

Laura foi diretamente para o centro comercial e chegou 15 minutos antes de a loja abrir. Esperou num banco do passeio e foi a primeira a entrar quando as portas se abriram.

– Sim, trabalhamos com essa mercadoria – disse a dona da loja, uma mulher pequena de cabelos grisalhos chamada Eugenia Farvor, depois de ouvir a explicação sucinta de Laura e de examinar a estatueta de porcelana. – E, na verdade, eu mesma vendi esta, ontem, para um jovem.

– Sabe o nome dele?

– Sinto muito, não sei.

– Como é ele?

– Lembro bem dele por causa do tamanho. Muito alto. Quase dois metros, calculo. Ombros muito largos. Muito bem-vestido. Um terno cinzento risca de giz, gravata com listras azuis e cinzentas. Admirei mesmo o terno, e ele disse que não era fácil encontrar roupas daquele tamanho.

– Pagou em dinheiro?

– Ummmm... não, acho que usou um cartão de crédito.

– Será que a senhora ainda tem o comprovante?

– Tenho sim, geralmente levamos um ou dois dias para organizar os comprovantes para depósito.

A Sra. Farvor conduziu Laura pelas vitrines repletas de objetos de porcelana Lalique e cristal Waterford, pratos Wedgwood, estatuetas Hummel e outras mercadorias caras, até o escritório nos fundos da loja. Então, aparentemente, hesitou em revelar a identidade do cliente.

– Se as intenções dele são inocentes, se for apenas um admirador, e devo dizer, não me pareceu nada assustador; ao contrário, um homem muito agradável, então vou estragar tudo. Com certeza tem um plano para se revelar a você.

Laura tentou convencer a mulher e conquistar sua simpatia. Não se lembrava de ter falado com tanta eloquência e sentimento antes; geralmente não era muito boa em expressar o que sentia; fazia isso melhor escrevendo. Lágrimas autênticas reforçaram sua insistência, surpreendendo-a mais do que a Eugenia Farvor.

No comprovante do cartão de crédito ela obteve o nome do homem – Daniel Packard – e o número de seu telefone. Saiu da loja e foi a uma cabine telefônica onde consultou a lista. Havia dois Daniel Packard, e o do número que havia obtido morava na Newport Avenue, em North Tustin.

Quando voltou ao estacionamento do centro comercial, uma garoa gelada começava a cair. Laura levantou a gola do casaco, mas estava sem chapéu e sem guarda-chuva. Chegou ao carro com o cabelo molhado e tremendo de frio. Sentiu frio durante todo o caminho de Costa Mesa a North Tustin.

Calculou que provavelmente ele estaria em casa. Se era estudante, não tinha aula no sábado. Se trabalhasse no horário normal, das 9 às 17 horas, provavelmente não estaria também no escritório. E o tempo não estava bom para os passeios habituais de fim de semana dos californianos amantes do ar livre.

O endereço era um complexo de prédios tipo espanhol de dois andares, oito ao todo, no meio de um jardim. Por alguns minutos, Laura foi rapidamente de um prédio ao outro, pelas passagens sinuosas sob palmeiras, de cujas folhas a chuva pingava, e outras árvores, procurando o apartamento que queria. Quando o encontrou, no primeiro andar, no canto de um dos prédios, o mais distante da rua, estava coma cabeça completamente molhada. Sentia um frio incrível. O desconforto diminuía o medo e aguçava a raiva, portanto, tocou a campainha sem hesitar.

Evidentemente o homem não tinha olhado pelo visor da porta, porque quando viu Laura ficou paralisado de espanto. Era uns cinco anos mais velho do que ela, muito alto, 1,90 metro, mais ou menos 120 quilos, só de músculos. Estava com calça jeans e uma camiseta azul-pálida suja de graxa e de outra substância oleosa; os braços fortes pareciam formidáveis. A barba por fazer desenhava uma sombra escura no rosto sujo também de graxa e as mãos estavam negras.

Laura recuou ficando fora do alcance dele e disse simplesmente:

– Por quê?

– Porque... – Ele passou o peso do corpo de um pé para o outro, parecendo grande demais para a porta. – Porque...

– Estou esperando.

Passou uma das mãos sujas de graxa no cabelo curto sem se preocupar com o que estava fazendo. Desviou os olhos, olhando para o pátio castigado pela chuva:

– Como... como descobriu?

– Isso não importa. O que importa é que não o conheço, nunca o vi antes, mas tenho um zoológico de sapos que você mandou para mim. Você chega no meio da noite e deixa as caixas nos degraus de entrada, arromba meu carro para deixá-las no painel, e isso está acontecendo há *semanas*, portanto, não acha que está na hora de me dizer do que se trata?

Sem olhar para ela, o homem corou e disse:

– Bem, é claro, mas eu não... não estava... não achei que estava na hora.

– Estava na hora há mais de uma semana!

– Ummmmmm.

Olhando para as mãos sujas de graxa, ele disse em voz baixa:

– Bem, você compreende...

– Sim?

– Eu te amo.

Laura olhou incrédula para ele. Finalmente seus olhos se encontraram. Ela disse:

– Você me *ama*? Mas nem me conhece. Como pode amar uma pessoa que não conhece?

Ele desviou os olhos, passou a mão suja outra vez pelo cabelo e deu de ombros:

– Não sei, mas aconteceu, e eu... bem... ummmm, sinto que, você compreende, sinto que tenho de passar o resto da minha vida com você.

Com a água fria da chuva escorrendo do cabelo pelo pescoço e pelas costas, sabendo que não iria mais à biblioteca – como podia se concentrar depois daquela cena maluca? –, e desapontada porque seu admirador era um idiota sujo, suado e desajeitado, Laura disse:

– Escute, Sr. Packard, não quero mais que me mande sapos.

– Mas, você compreende, eu quero mandar.

– Mas eu não quero receber. E amanhã vou devolver pelo correio os que mandou. Não, hoje. Vou devolver hoje.

Outra vez seus olhos se encontraram, ele piscou surpreso e disse:

– Pensei que gostasse de sapos.

Cada vez mais furiosa, Laura disse:

– Eu *gosto* de sapos. Adoro sapos. Acho que são as coisas mais engraçadinhas do mundo. Neste momento chego a querer *ser* um sapo, mas não quero os *seus* sapos. Compreendeu?

– Ummmmm.

– Não me perturbe, Packard. Talvez algumas mulheres gostem de seu romantismo pesado e sinistro e de seu charme de macho suado, mas não sou uma delas e sei me proteger, não pense que não sei. Sou muito mais corajosa do que pareço e já lidei com gente pior do que você.

Laura deu meia-volta e saiu da varanda para a chuva, voltou para o carro e para Irvine. Tremeu durante todo o caminho, não só por estar molhada e com frio, mas porque estava furiosa. A ousadia daquele homem!

No apartamento, Laura tirou a roupa molhada, vestiu um roupão acolchoado e fez um café para se aquecer.

Acabava de tomar o primeiro gole de café quando o telefone tocou. Atendeu na cozinha. Era Packard.

Falando rapidamente, ofegante, ele disse:

– Por favor, não desligue, você tem razão, sou muito ruim com essas coisas, um idiota, mas me dê um minuto para explicar, eu estava consertando a lavadora de louças quando você chegou, por isso estava tão sujo, cheio de graxa e suado, tive de tirar a máquina de debaixo da pia, o senhorio teria mandado consertar, mas a burocracia leva mais de uma semana e eu sou bom nessas coisas, posso consertar qualquer eletrodoméstico, estava chovendo, não tinha nada para fazer, então pensei que eu mesmo poderia consertar, nunca podia imaginar que você ia aparecer. Meu nome é Daniel Packard, mas você já sabe, tenho 28 anos, estive no Exército até 1973, me formei na Universidade da Califórnia, em Irvine, em comércio, há três anos, trabalho como corretor agora, mas estou fazendo alguns cursos noturnos na universidade, foi assim que li sua história sobre o sapo na revista literária do campus, achei formidável, adorei, uma grande história, de verdade, então fui à biblioteca e procurei nos números anteriores tudo que você já escreveu. E li tudo, e *quase* tudo era bom, muito bom. Não tudo, mas quase. Eu me apaixonei por você então, pela pessoa que eu conhecia daquelas histórias, porque suas histórias são tão bonitas e tão reais. Uma noite eu estava na biblioteca lendo uma das suas histórias, eles não emprestam os números antigos da revista, estão todos encadernados e presos nas mesas e a gente tem de ler na biblioteca... e uma bibliotecária passou por mim, viu o que eu estava lendo e perguntou se eu gostava, eu disse que sim e ela falou: "Bem, a autora está bem ali, se quer dizer a ela que gosta do que escreve...", e lá estava você a três mesas da minha com uma pilha de livros, fazendo pesquisa, de testa franzida, tomando notas, e você estava linda. Sabe, tinha certeza de que você era linda *interiormente* por causa das suas histórias que são lindas, o sentimento nelas é lindo, mas nunca me ocorreu que podia ser linda também *por fora,* e não consegui me aproximar porque sempre fui tímido e desajeitado com mulheres bonitas, talvez porque minha mãe era bonita mas fria e distante, e agora acho que todas as mulheres bonitas vão me rejeitar também... um pouco de análise de amador... mas sem dúvida teria sido mais fácil para mim se você fosse feia, ou pelo menos não tão bonita. Por causa da sua história, pensei em usar os sapos, imaginei aquela brincadeira de admirador secreto para tentar deixar você enternecida, e pretendia me revelar depois do terceiro ou quarto sapo, é verdade, mas continuei a adiar porque não queria ser rejeitado, eu acho, e sabia que a coisa estava ficando esquisita, sapo e mais sapo e mais sapo, mas não podia parar nem esquecer você. É isso. Nunca tive intenção de magoar você, nem assustar, será que me perdoa? Espero que perdoe.

Finalmente ele parou, exausto.

— Bem — disse Laura.

— Então, vai sair comigo? — perguntou ele.

Surpresa com a própria resposta, Laura respondeu:

— Vou.

— Jantar e cinema?

— Está bem.

— Esta noite? Eu te apanho às 18 horas?

— Tudo bem.

Laura desligou e ficou por alguns momentos olhando para o telefone. Finalmente, disse em voz alta:

— Shane, está biruta? — E depois: — Mas ele disse que minhas histórias são tão bonitas e tão reais.

Foi para o quarto e examinou a coleção de sapos.

— Num momento ele é silencioso e desarticulado, no outro fala pelos cotovelos. Pode ser um assassino psicopata, Shane. —

Depois de algum tempo disse: – É, pode ser, mas é também um ótimo crítico literário.

Como Packard havia sugerido jantar e cinema, Laura vestiu uma saia cinzenta, blusa branca e suéter marrom, mas ele apareceu com um terno azul-escuro, camisa branca com punhos de abotoadura, gravata azul de seda com prendedor de corrente, lenço de seda no bolso superior do paletó e sapatos pretos com furinhos no bico, muito brilhantes, como se fosse à abertura da temporada na ópera. Levava um guarda-chuva e a conduziu até o carro com uma das mãos sob o braço direito de Laura, num gesto tão solene e cuidadoso como se ela fosse se dissolver se uma gota de chuva a atingisse, ou se desmanchar em pedaços se escorregasse no chão molhado.

Considerando a diferença nos trajes e a diferença de tamanho entre os dois – Laura era 30 centímetros mais baixa do que ele, com 57,5 quilos, menos da metade de seu peso –, ela se sentia quase como se estivesse saindo com seu pai ou com um irmão mais velho. Laura não era do tipo miúdo, mas de braços dados com ele e sob o guarda-chuva, sentia-se definitivamente minúscula.

No carro ele ficou calado outra vez, com o pretexto de prestar a atenção à direção, com aquele tempo. Foram a um pequeno restaurante italiano em Costa Mesa, onde Laura havia feito boas refeições no passado. Sentaram e receberam os cardápios, mas antes mesmo de a garçonete perguntar se queriam beber alguma coisa, Daniel disse:

– Isto não serve. Está tudo errado, vamos procurar outro lugar.

Surpresa, Laura perguntou:

– Mas por quê? Está ótimo. A comida é muito boa.

– Não, de verdade, está tudo errado. Não tem atmosfera, nem estilo, não quero que pense que... – e agora estava falando rapidamente, como no telefone, corando também – hã, bem, não serve, não é próprio para nosso primeiro encontro, quero que seja especial – levantou da cadeira – hã, acho que conheço o lugar certo, desculpe, moça – disse para a jovem garçonete atônita. – Espero que não a tenhamos incomodado – puxou a cadeira de Laura, ajudou-a a se levantar. – Conheço o lugar certo, você vai gostar, nunca comi lá mas ouvi dizer que é muito bom, excelente. – Alguns clientes olhavam para eles, por isso Laura resolveu não protestar. – É perto, uns dois quarteirões daqui.

Voltaram para o carro, e depois de dois quarteirões estacionaram na frente de um restaurante de aparência despretensiosa, num shopping.

A essa altura Laura já o conhecia bastante para saber que o senso de cortesia de Packard exigia que esperasse até ele abrir a porta do carro, mas quando foi aberta, viu que Daniel estava com os pés numa poça d'água.

– Ah, seus sapatos! – ela disse.

– Vão secar. Tome, segure o guarda-chuva que eu a carrego.

Completamente atônita, Laura deixou que ele a tirasse do carro e carregasse para a calçada como se não pesasse mais que um travesseiro de penas. Depois, sem guarda-chuva, Daniel voltou chapinhando para o carro e fechou a porta.

O restaurante francês tinha menos atmosfera do que o italiano. Foram conduzidos a uma mesa de canto, perto da cozinha, e os sapatos de Daniel chiaram durante toda a travessia da sala.

– Você vai pegar uma pneumonia – disse Laura, quando sentaram e pediram dois Dry Sacks com gelo.

– Não tem perigo. Sou imune a doenças. Nunca fico doente. Uma vez, em Nam, durante a ação, me separei da minha unidade e, quando finalmente descobri o caminho de volta, estava encharcado, mas nem sequer espirrei.

Enquanto tomavam os aperitivos, consultaram o cardápio e fizeram os pedidos. Daniel parecia menos tenso, e provou que tinha uma conversa coerente, agradável, até mesmo divertida. Mas quando serviram as entradas – salmão com molho de endro para ela, escalopes com massa para ele –, ficou evidente que a comida era terrível, embora os preços fossem duas vezes mais altos que os do restaurante italiano. Um prato após o outro, crescia o embaraço de Daniel, e sua habilidade para manter a conversa caiu drasticamente. Laura disse que estava tudo delicioso, esforçando-se para não deixar nada no prato, mas não adiantou; Daniel não se deixou enganar.

O serviço da cozinha e das mesas era lento demais. Quando Daniel pagou a conta e a levou de volta ao carro – carregando-a sobre a poça d'água outra vez, como se Laura fosse uma menina – estavam com meia hora de atraso para o cinema.

– Tudo bem – disse ela – podemos entrar no meio e ficar para a outra sessão.

– Não, não. É horrível ver um filme assim. Estraga tudo. Eu queria que esta noite fosse perfeita.

– Relaxe – sugeriu Laura. – Estou me divertindo.

Ele olhou para ela com ar incrédulo. Laura sorriu, ele sorriu também, mas tristemente.

– Se não quiser ir ao cinema agora, está bem. Onde resolver ir está bem para mim.

Ele fez um gesto afirmativo, ligou o motor e só depois de alguns quilômetros Laura percebeu que estavam indo para a casa dela.

Enquanto andavam do carro até a porta do prédio, ele se desculpou pela noite fracassada, e Laura afirmou repetidamente que nem por um momento ficara desapontada. No apartamento, assim que ela pôs a chave na fechadura, Daniel deu meia-volta e desceu a escada, sem pedir um beijo de despedida e sem dar tempo a ela de convidá-lo para entrar.

Laura olhou para baixo e o viu descendo, e então uma lufada de vento virou o guarda-chuva de Daniel do avesso. Ele lutou para desvirar, quase perdendo o equilíbrio. Quando chegou à calçada, finalmente conseguiu – e o vento imediatamente virou de novo o guarda-chuva. Furioso, ele o atirou sobre uns arbustos e olhou para cima, para Laura. A essa altura, estava encharcado da cabeça aos pés e, à luz fraca da rua, Laura viu que o terno estava perdido. Daniel era um homem grande, com a força de dois touros, mas facilmente vencido por pequenas coisas – poças d'água, uma lufada de vento – e havia algo de engraçado nisso. Laura sabia que não era certo rir dele, que não deveria *ousar* rir, mas não resistiu.

– Você é bonita demais, Laura Shane! – gritou ele da calçada. -- Que Deus me ajude, você é bonita demais. – Então, desapareceu na noite.

Achando que não era direito rir, mas rindo assim mesmo, Laura entrou no apartamento e vestiu o pijama. Eram apenas 20h40.

Daniel era completamente maluco ou o homem mais adorável que ela havia conhecido desde seu pai.

Às 21h30 o telefone tocou.

– Será que você vai sair de novo comigo algum dia? – disse Daniel.

– Pensei que nunca ia telefonar.

– Vai sair comigo?

– É claro.

– Jantar e cinema?

– Parece ótimo.

– Não vamos voltar àquele restaurante francês horrível. Sinto muito, sinto mesmo.

– Não me importa aonde vamos – disse Laura –, mas quando estivermos sentados no restaurante, prometa que *vamos* ficar lá.

– Sou teimoso com certas coisas. E como já disse... me atrapalho todo com mulheres bonitas.

— Sua mãe.
— Isso mesmo. Me rejeitou. Rejeitou meu pai. Nunca senti nenhum calor da parte dela. Ela nos abandonou quando eu tinha 11 anos.
— Deve ter sido doloroso.
— Você é mais bonita do que ela, e me faz morrer de medo.
— É muito lisonjeiro.
— Bem, desculpe, a intenção foi elogiar mesmo. O caso é que, bonita como você é, não tem nem a *metade* da beleza do que escreve; e isso me assusta mais ainda. Por que o que um gênio como você pode achar num cara como eu, exceto graça, talvez?
— Só uma pergunta, Daniel.
— Danny.
— Só uma pergunta, Danny. Que tipo de corretor da bolsa você é? É bom?
— Primeira classe – respondeu com orgulho tão sincero que Laura teve certeza de que dizia a verdade. – Meus clientes confiam em mim, e tenho uma boa carteira que há três anos vem tendo um desempenho melhor que o do mercado geral. Como analista de ações, corretor e conselheiro de investimento, jamais dei ao vento a oportunidade de virar do avesso meu guarda-chuva.

II.

Na tarde seguinte à colocação dos explosivos no porão do instituto, Stefan fez o que esperava que fosse sua penúltima viagem pela Estrada do Relâmpago. Era uma jornada ilícita, no dia 10 de janeiro de 1988, que não constava do programa oficial, e conduzida sem o conhecimento de seus colegas.

A neve caía suavemente nas montanhas de San Bernardino quando ele chegou, mas Stefan estava prevenido, com botas de borracha, luvas de couro e japona forrada, da Marinha. Abrigou-se sob um bosque denso de pinheiros, para esperar que passassem os relâmpagos.

Verificou o relógio de pulso à luz bruxuleante do céu e admirou-se por ser tão tarde. Tinha menos de quarenta minutos para chegar até Laura, antes que a matassem. Se chegasse tarde demais, não haveria uma segunda chance.

Com os últimos clarões brancos cortando o céu encoberto, o trovão ainda ecoando no ar dos picos distantes e das cordilheiras, Stefan saiu do abrigo das árvores e desceu por um campo inclinado onde a neve acumulada por tempestades anteriores chegava até os joelhos. Havia uma camada de gelo sobre a neve, que ele quebrava com cada passo, caminhando pesadamente como se estivesse dentro d'água. Caiu duas vezes e a neve entrou pela parte superior das suas botas. O vento forte o castigava como se tivesse consciência e quisesse destruí-lo. Quando chegou ao fim do campo e subiu pela neve empilhada até a estrada estadual de duas pistas que levava a Arrowhead e, na outra direção, a Big Bear, sua roupa estava coberta de neve gelada, os pés quase congelados, e ele tinha perdido mais de cinco minutos.

A estrada recentemente limpa estava livre, a não ser por tênues serpentes brancas de gelo que deslizavam sobre o asfalto, levadas pelo vento. Mas o ritmo da tempestade começava a aumentar. Os flocos eram muito menores e caíam duas vezes mais rápido do que alguns minutos antes. Logo a estrada se tornaria perigosa.

Viu uma placa ao lado da estrada – LAGO ARROWHEAD 1,5 QUILÔMETRO – e ficou chocado ao perceber que estava mais longe de Laura do que pensava.

Entrecerrando os olhos contra o vento, voltado para o norte, viu o tremular da luz elétrica na tarde sombria e cinzenta: um prédio de um andar e carros estacionados a uns 10 metros, à direita. Caminhou imediatamente naquela direção, com a cabeça abaixada para se proteger dos dentes gelados do vento.

Precisava encontrar um carro. Laura tinha menos de meia hora de vida e estava a 20 quilômetros de distância.

III.

Cinco meses depois daquele primeiro encontro, no sábado, 16 de julho de 1977, seis semanas depois de sua formatura na UCI, Laura se casou com Danny Packard no civil, perante um juiz. Os únicos convidados, que serviram de testemunhas, foram o pai de Danny, Sam Packard, e Thelma Ackerson.

Sam era um homem bonito, de cabelos prateados, com mais ou menos 1,60 metro de altura, e parecia um anão perto do filho. Durante a breve cerimônia ele chorou e Daniel, virando várias vezes, perguntava: "Está tudo bem, papai?" Sam fazia que sim com a cabeça, assoava o nariz e mandava continuar a cerimônia, mas logo depois estava chorando outra vez e Danny perguntando se ele estava bem, e Sam assoava o nariz, como se estivesse imitando o chamado de amor dos gansos. O juiz disse:

— Meu filho, as lágrimas de seu pai são de alegria, portanto, se pudermos continuar... tenho mais três casamentos para realizar.

Mesmo que o pai do noivo não estivesse tão emocionado, e mesmo que o noivo não fosse um gigante com coração de cordeiro, aquele casamento teria sido memorável por causa de Thelma. Seu cabelo tinha um corte estranho, arrepiado na frente num pompom pintado de roxo. Em pleno verão – e ainda por cima num casamento – usava sapatos de salto alto, calça justa negra e uma blusa também negra, rasgada – rasgada de propósito, é claro, cuidadosamente – presa na cintura por um pedaço de corrente de aço. Usava maquiagem exagerada nos olhos, roxa também, batom muito vermelho e um brinco que parecia um anzol.

Depois da cerimônia, enquanto Danny conversava com o pai, Thelma levou Laura para um canto do saguão e explicou sua aparência:

— Chama-se punk. É a última moda na Grã-Bretanha. Ninguém está usando ainda por aqui. Na verdade quase ninguém está usando também na Inglaterra, mas dentro de poucos anos, todo o mundo vai se vestir assim. É formidável para as minhas apresentações. Pareço esquisita, e as pessoas começam a rir logo que entro no palco. É bom também para *mim*. Quero dizer, vamos falar a verdade, Shane, eu não estou propriamente desabrochando com a idade. Droga, se feiura fosse doença e tivesse um órgão beneficente, eu seria a modelo do pôster. Mas as duas coisas formidáveis com o estilo punk são: primeiro, a gente se esconde sob a maquiagem e o cabelo, e ninguém pode ver quanto somos feios –; e segundo, que diabo, a gente tem mesmo de parecer esquisita. Meu Deus, Shane, Danny é um cara grande mesmo. Você me falou tanto dele no telefone, mas nunca me disse que era tão imenso. Vestido com um traje de Godzilla, solto em Nova York, podem fazer com ele um daqueles filmes sem precisar de cenários em miniatura. Então, você o ama, certo?

— Eu o *adoro* – disse Laura. – É tão delicado... talvez por causa da violência que viu e da qual tomou parte no Vietnã, ou talvez porque sempre foi assim. Ele é um doce, Thelma, e atencioso, e acha que sou uma das melhores escritoras que já leu.

— E quando ele começou a mandar os sapos, você pensou que era um psicopata.

— Um pequeno erro de julgamento.

Dois policiais uniformizados passaram por elas, conduzindo um jovem de barba com algemas. O prisioneiro olhou Thelma de alto a baixo quando passou e disse:

— Ei, mama, vamos dar uma voltinha!

— Ah, o charme Ackerson – disse Thelma para Laura. – Você consegue um cara que é um misto de deus grego, ursinho de pelúcia e Bennett Cerf, e eu consigo propostas indecorosas da escória da sociedade. Mas pensando bem, nem isso eu consigo, portanto, talvez minha hora não tenha chegado ainda.

— Você se subestima, Thelma. Sempre fez isso. Algum cara muito especial vai descobrir o tesouro que você é...

— Charles Manson, quando for libertado sob condicional.

— Não. Algum dia vai ser tão feliz quanto estou agora. Eu sei. É o destino, Thelma.

— Nossa, Shane, você virou uma otimista fanática! E o relâmpago? Todas aquelas conversas sérias, sentadas no chão do quarto em Caswell... lembra? Concluímos que a vida não passa de uma comédia absurda, uma vez ou outra interrompida por relâmpagos ou tragédias, para dar equilíbrio, para que a comédia pastelão pareça mais engraçada.

— Talvez o raio tenha atingido minha vida pela última vez — disse Laura.

Thelma olhou para ela atentamente.

— Puxa! Eu conheço você, Shane, e tenho certeza de que sabe o grande risco emocional que está correndo, só por *desejar* tanta felicidade. Espero que esteja certa, garota, e aposto que está. E que não vai haver mais relâmpagos para você.

— Obrigada, Thelma.

— E acho que seu Danny é um amor, uma joia. Mas vou dizer uma coisa que deve valer muito mais que minha opinião: Ruth também teria gostado dele; Ruthie o teria achado perfeito.

Abraçaram-se e por um momento eram meninas outra vez, desafiadoras mas vulneráveis, repletas de confiança, coragem e de terror do destino que havia moldado suas adolescências compartilhadas.

NO DIA 24 de julho, domingo, quando voltaram da lua de mel de uma semana em Santa Bárbara, foram fazer compras e depois prepararam o jantar — salada, pão, almôndegas e espaguete — no apartamento em Tustin. Laura havia se mudado para o apartamento dele poucos dias antes do casamento. Haviam planejado ficar ali por dois anos, talvez três. (Falavam do futuro com tanta frequência e tão detalhadamente que agora viam as duas palavras – O Plano – com letras maiúsculas, como se estivessem se referindo a um manual cósmico criado com seu casamento, no qual podiam confiar para um quadro exato de seus destinos como marido e mulher.) Assim, depois de dois anos, talvez três, poderiam dar entrada numa casa sem usar a carteira particular de ações que Danny estava formando e então mudariam dali.

Jantaram na pequena mesa no canto da cozinha, de onde avistavam as palmeiras-reais no pátio, à luz dourada do fim de tarde e conversaram sobre a parte principal do Plano, que consistia em Danny arcar com as despesas, enquanto Laura ficava em casa para escrever seu primeiro livro.

– Quando você for incrivelmente rica e famosa – disse ele, enrolando o espaguete no garfo –, deixo meu trabalho e me dedico apenas a controlar seu dinheiro.

– E se eu nunca for rica nem famosa?

– Vai ser.

– Se nem conseguir publicar meu livro?

– Então eu me divorcio.

Laura jogou um pedaço de pão no marido.

– Seu animal.

– Megera.

– Quer mais almôndegas?

– Não, se for jogar em cima de mim.

– Minha raiva já passou. Faço almôndegas muito boas, não faço?

– Ótimas – concordou ele.

– Merece uma comemoração, não acha, o fato de você ter uma mulher que faz almôndegas deliciosas?

– Definitivamente merece uma comemoração.

– Pois então vamos fazer amor.

– No meio do jantar? – perguntou Danny.

— Não, na cama — Laura empurrou a cadeira e se levantou. — Venha. Podemos requentar o jantar depois.

Naquele primeiro ano fizeram amor frequentemente, e em sua intimidade Laura encontrou mais do que satisfação sexual, algo muito além do que esperava. Estar com Danny, senti-lo dentro dela, era uma sensação de união tão perfeita que às vezes era como se fossem uma só pessoa — um corpo e uma mente, um espírito, um sonho. Laura o amava sem restrições, mas aquela sensação de unidade era mais do que amor, ou pelo menos era diferente de amor. No primeiro Natal que passaram juntos, compreendeu que pela primeira vez em muito tempo sentia que pertencia a alguma coisa, uma sensação de família; pois aquele era seu marido e ela sua mulher, e, algum dia, dessa união, nasceriam filhos — depois de dois ou três anos, de acordo com o Plano — e no abrigo da família havia uma paz que não se encontrava em nenhum outro lugar.

Ela pensou que trabalhar e viver numa felicidade contínua, em harmonia e segurança, talvez conduzisse à letargia mental, que seu trabalho de escritora iria sofrer com tanta felicidade, que precisava de uma vida de altos e baixos, com dias infelizes para manter o nível do trabalho. Mas a ideia de que o artista precisa sofrer para produzir era um conceito dos jovens e inexperientes. Quanto mais feliz estava, melhor ela escrevia.

Seis semanas antes do primeiro aniversário de casamento, Laura terminou o livro *Noites de Jericó* e enviou uma cópia a um agente literário em Nova York, Spencer Keene, que havia respondido favoravelmente à sua carta, um mês antes. Duas semanas depois, Keene telefonou, dizendo que agenciaria o livro, esperava uma boa e rápida venda e achava que Laura tinha um esplêndido futuro como escritora. Com uma rapidez que espantou o próprio Keene, o livro foi comprado pela primeira editora que procurou, a Viking, por um adiantamento modesto, mas bastante respeitável, de 15 mil dólares, e o contrato foi assinado na sexta-feira, 14 de julho de 1978, dois dias antes do aniversário de casamento de Danny e Laura.

IV.

O lugar que ele havia visto a distância da estrada era um restaurante e taverna à sombra de imensos pinheiros. As árvores tinham 60 metros de altura, ornadas com conjuntos de cones de 12 centímetros, com a casca dos troncos finamente desenhada e alguns galhos curvados ao peso da neve das tempestades anteriores. O restaurante era feito de troncos de árvores e tão protegido pela vegetação, em três lados, que o telhado tinha mais agulhas de pinheiro do que neve. Os vidros das janelas estavam opacos pelo vapor ou pela geada e a luz que vinha de dentro se difundia suavemente através da fina camada sobre o vidro.

No estacionamento na frente do restaurante havia dois jipes, duas pickups e um Thunderbird. Certificando-se de que não podia ser visto, Stefan se aproximou de um dos jipes, abriu a porta que não estava trancada e entrou no carro.

Tirou a Walther PPK/S .380 do coldre que usava por dentro da jaqueta e a colocou no banco ao seu lado.

Estava com os pés doloridos de frio e queria parar e tirar a neve das botas. Mas tinha chegado tarde, depois do horário planejado, e não queria perder nem um minuto. Embora gelados e doloridos, os pés não estavam congelados, portanto não corria perigo.

A chave não estava na ignição. Stefan empurrou o banco do carro para trás, localizou os fios da partida sob o painel e fez a ligação direta rapidamente.

Stefan ergueu a cabeça do painel no momento em que o dono do jipe, com um terrível bafo de cerveja, abria a porta do carro:

– Ei, que diabo está fazendo, cara?

Não havia mais ninguém no estacionamento coberto de neve.

Laura estaria morta dentro de 25 minutos.

O dono do jipe estendeu o braço e Stefan deixou que ele o puxasse do banco, apanhando o revólver ao mesmo tempo, quase se entregando às mãos do homem, usando o impulso para jogar o adversário para trás no chão escorregadio. Caíram. Quando tocaram o solo, Stefan estava por cima e encostou o cano da arma sob o queixo do dono do carro.

– Pelo amor de Deus, não me mate!

– Vamos levantar agora. Cuidado, nada de movimentos bruscos.

Ficaram de pé e Stefan se colocou atrás do homem, segurou o revólver pelo cano e, com uma coronhada violenta, deixou o homem inconsciente no chão coberto de neve.

Stefan olhou para a taverna. Ninguém havia saído.

Não ouvia ruído de carros na estrada, mas o vento uivante podia abafar o barulho dos motores.

A neve começou a cair com maior intensidade. Stefan guardou revólver no bolso da jaqueta e arrastou o homem desacordado até carro mais próximo, o Thunderbird. A porta estava aberta. Pôs o homem no banco traseiro, fechou a porta e correu para o jipe.

O motor tinha morrido. Stefan refez a ligação direta.

Quando saiu do estacionamento para a estrada, o vento sibilava na janela do carro. A neve ficou mais densa, neve de tempestade e nuvens da neve acumulada na véspera se erguiam do solo espiralando em colunas cintilantes. Os pinheiros gigantescos envoltos em sombras balançavam ao sabor do tempo.

Laura tinha pouco mais de vinte minutos de vida.

V.

Comemoraram o contrato para a publicação de *Noites de Jericó* e a harmonia extraordinária do primeiro ano de casamento no lugar preferido deles – a Disneylândia. O céu estava azul e sem nuvens, o ar, seco e quente. Praticamente alheios à multidão, andaram nos Piratas do Caribe, tiraram fotografias com Mickey Mouse, rodaram doidamente nas xícaras de chá do Chapeleiro Maluco, caricaturistas fizeram seus retratos, comeram cachorros-quentes, tomaram sorvete e comeram bananas geladas cobertas com chocolate enfiadas em palitos, e à noite dançaram ao som da banda Dixieland em New Orleans Square.

A magia do parque parecia maior ao cair da noite, e viajaram no barco a vapor de Mark Twain dando três voltas na ilha de Tom Sawyer, os dois no convés superior, olhando para a água, abraçados. Danny disse:

— Sabe por que gostamos tanto deste lugar? Porque é o mundo ainda não poluído *pelo* mundo. Como o nosso casamento.

Mais tarde, tomando sundaes de morango no Carvation Pavilion, sob árvores enfeitadas com lâmpadas de Natal, Laura disse:

-- Quinze mil dólares por um ano de trabalho... não é exatamente uma fortuna.

-- Também não é salário de escravo. – Danny empurrou a taça do sundae para o lado e segurou as mãos de Laura sobre a mesa.

— O dinheiro vai chegar porque você é brilhante, mas não é o dinheiro que me interessa. O importante é você ter algo especial para compartilhar. Não. Não é bem isso. Não se trata apenas de você *ter* algo especial, você *é* algo especial. Eu compreendo, de certo modo, mas não sei explicar. Sei que aquilo que você *é*, quando compartilhado, levará esperança e alegria a muita gente, em muitos lugares, como traz tudo isso para mim, aqui, ao seu lado.

Procurando conter as lágrimas, Laura disse:

— Eu te amo.

Noites de Jericó foi publicado dez meses depois, em maio de 1979. Danny insistiu para que Laura usasse seu nome de solteira, porque sabia que durante todos os anos difíceis em McIlroy e Caswell Hall ela conseguira sobreviver porque queria crescer e fazer alguma coisa para oferecer ao pai e talvez também à mãe que não havia conhecido. O livro vendeu poucos exemplares, não foi escolhido por nenhum clube literário e a Viking concedeu licença para sua publicação em brochura por um pequeno adiantamento.

— Não faz mal — disse Danny. — Tudo vai chegar na hora certa. Tudo. Por causa do que você *é*.

Laura estava no meio do segundo livro, *Shadrach*. Trabalhando dez horas por dia, seis dias por semana, terminou em julho.

Numa sexta-feira enviou uma cópia para Spencer Keene em Nova York e deu o original para Danny. Ele foi o primeiro a ler o livro. Saiu mais cedo do trabalho e começou a ler às 13 horas de sexta-feira, na sua cadeira da sala de estar. Passou para o quarto, dormiu apenas quatro horas e, às 10 horas de sábado, estava outra vez na sala, tendo lido dois terços do manuscrito. Não fez nenhum comentário. Nem uma palavra.

— Só quando terminar de ler. Não seria justo com você analisar e reagir antes de ler todo o livro, antes de compreender toda a trama. E não seria justo comigo mesmo porque, se começássemos a discutir, você poderia me contar a parte que ainda não li.

Laura o observava para ver se franzia a testa, se sorria, atenta a qualquer reação, e quando Danny reagia, ela imaginava se seria a reação *certa*. Às 10h30 de sábado Laura não aguentava mais ficar no apartamento e foi de carro até South Costa Plaza, entrou em várias livrarias, almoçou, embora não estivesse com fome, foi até Westminster Mall e olhou as vitrines, tomou iogurte, foi até o Orange Mall, entrou em algumas lojas, comprou um pedaço de bolo de chocolate, comeu a metade. "Shane", disse para si mesma, "vá para casa, senão na hora do jantar vai estar do tamanho de Orson Welles."

Quando estacionou na garagem do prédio, viu que o carro de Danny não estava na vaga. Entrou no apartamento, chamou por ele mas não obteve resposta.

O manuscrito de *Shadrach* estava na mesa da cozinha.

Laura procurou um bilhete. Não encontrou.

– Ah, meu Deus – disse ela.

O livro era péssimo. Uma droga. Era nojento. Uma porcaria. O pobre Danny tinha saído para tomar uma cerveja e arranjar coragem para dizer que ela devia fazer um curso de encanadora enquanto ainda era jovem para começar uma nova carreira.

Laura sentiu vontade de vomitar. Correu para o banheiro, mas a náusea passou. Lavou o rosto com água fria.

O livro era uma porcaria.

Muito bem, teria de viver com aquilo. Para ela *Shadrach* era muito bom, melhor do que *Noites de Jericó*, muito melhor, mas evidentemente estava errada. Pois então ia escrever outro.

Foi até a cozinha e abriu uma garrafa de refrigerante. Tinha tomado dois goles quando Danny chegou com uma caixa embrulhada em papel de presente do tamanho certo para conter uma bola de basquete. Pôs a caixa na mesa ao lado do manuscrito, olhou solenemente para Laura e disse:

– Para você.

Ignorando a caixa, Laura pediu:

– Diga o que achou.

– Abra o presente primeiro.

– Ah, meu Deus, é tão ruim assim? Tão ruim que precisa amaciar o golpe com um presente? Diga. Eu aguento. Espere! Deixe-me sentar. – Puxou a cadeira e sentou pesadamente. – Acerte seu melhor golpe, grandalhão. Sou uma sobrevivente.

– Você tem uma tendência exagerada para o drama, Laura.

– O que está dizendo? O livro é melodramático?

– Não o livro. Pelo menos neste momento. Quer, pelo amor de Deus, parar de bancar a jovem artista arrasada e abrir seu presente?

– Tudo bem, tudo bem, se tenho de abrir o presente antes de ouvir o que tem a dizer, então eu abro o maldito presente.

Com a caixa no colo – era pesada – desamarrou a fita enquanto Danny se sentava na frente dela, observando.

A caixa era de uma loja de artigos caros, mas Laura não estava preparada para o que havia dentro dela: uma enorme e maravilhosa tigela de Lalique; branca, exceto pelas alças verde-claras de cristal opaco, cada uma formada por dois sapos saltando, quatro sapos ao todo.

Laura ergueu os olhos arregalados.

– Danny, nunca vi nada igual. É a coisa mais linda que já vi.
– Gostou, então?
– Meu Deus, quanto custou?
– Três mil.
– Danny, não podemos gastar isso!
– Ah, podemos, sim.
– Não podemos, não. Só porque escrevi um livro péssimo e quer me fazer sentir melhor...
– Você não escreveu nenhum livro péssimo. Escreveu um livro que merece um sapo. Um livro *quatro sapos* numa escala de um a quatro, sendo quatro o melhor. Podemos comprar essa vasilha exatamente porque você escreveu *Shadrach*. Este livro é lindo, Laura, infinitamente melhor do que o primeiro, e é lindo porque é você. O livro é o que *você* é, e ele cintila.

No seu entusiasmo e na pressa para abraçar Danny, Laura quase deixou cair a tigela de 3 mil dólares.

VI.

A estrada agora estava recoberta por uma camada de neve recente. O jipe com tração nas quatro rodas era equipado com correntes nos pneus, assim Stefan conseguiu fazer a viagem em bom tempo.

Mas não suficiente.

Calculou que a taverna onde roubara o carro estava a uns 20 quilômetros da casa dos Packard, que ficava numa transversal da estrada 330, alguns quilômetros ao sul de Big Bear. As estradas na montanha eram estreitas, sinuosas, cheias de subidas e descidas. A neve que caíra prejudicava a visibilidade, e sua velocidade média não ia além de 65 quilômetros por hora. Não podia ir mais depressa, ou com menos cuidado, pois não seria de nenhuma utilidade para Laura, Danny e Chris se perdesse o controle do jipe, despencando no precipício. Entretanto, naquela velocidade, chegaria à casa dez minutos depois de terem partido.

Sua intenção fora fazer com que ficassem em casa até passar o perigo, mas esse plano não era mais viável.

O céu de janeiro parecia ter descido tanto sob o peso da tempestade que não ultrapassava a altura das fileiras de árvores contínuas que flanqueavam a estrada. O vento sacudia as árvores e martelava o jipe. A neve grudava nos limpadores de parabrisa transformando-se em gelo. Stefan ligou o descongelador e se inclinou sobre a direção, tentando enxergar melhor.

Quando consultou novamente o relógio, viu que tinha menos de 15 minutos. Laura, Danny e Chris estariam entrando em seu Chevrolet. Talvez já estivessem saindo.

Teria de interceptá-los na estrada, a poucos segundos da Morte.

Tentou aumentar um pouco a velocidade sem abrir demais nas curvas.

VII.

Cinco semanas depois de ter ganhado a tigela de Lalique de Danny, no dia 15 de agosto de 1979, alguns minutos depois do meio-dia, Laura estava na cozinha, esquentando uma lata de sopa para o almoço quando recebeu um telefonema de Spencer Keene, seu agente literário em Nova York. A Viking estava oferecendo cem mil por *Shadrach*.

— *Dólares?* — perguntou ela.

— É claro — disse Spencer. — O que pensou que fosse? Rublos russos? O que ia comprar com eles... um chapéu, talvez?

— Ah, meu Deus — Laura teve de se encostar na bancada da cozinha porque de repente suas pernas ficaram bambas.

Spencer disse:

— Laura, meu bem, é você quem decide, mas a não ser que estejam dispostos a deixar que os cem sejam o lance mínimo num leilão, quero que considere a possibilidade de rejeitar essa oferta.

— Rejeitar cem mil dólares? — perguntou ela incrédula.

— Quero enviar o manuscrito para umas seis ou oito editoras, marcar uma data para leilão e ver o que acontece. Acho que *sei*, Laura, todos vão adorar o livro tanto quanto eu adorei. Por outro lado, talvez não. É uma decisão difícil, e você precisa pensar por algum tempo antes de responder.

Assim que Spencer desligou, Laura telefonou para o escritório de Danny e contou o que o agente tinha dito.

Danny disse:

— Se não fizerem da oferta o lance mínimo para leilão, não aceite.

— Mas Danny, podemos fazer isso? Quero dizer, meu carro tem 11 anos e está caindo aos pedaços. O seu tem quase quatro anos...

— Escute, o que eu disse sobre o livro? Não disse que ele é *você*, um reflexo do que você é?

— Você é um amor, mas...

— Não aceite. Escute, Laura. Está pensando que rejeitar cem mil é como cuspir no rosto dos deuses da sorte; é como convidar aquele relâmpago de que me falou. Mas você *mereceu*, e o destino não vai tirar isso de suas mãos.

Laura telefonou para Spencer Keene e comunicou sua decisão.

Agitada, nervosa, já sentindo a perda dos cem mil dólares, Laura voltou para a sala de trabalho, sentou na frente da máquina e ficou olhando por algum tempo para a história inacabada até sentir o cheiro da sopa que estava no fogo. Correu para a cozinha e viu que metade dela tinha se evaporado; o macarrão queimado grudara no fundo da panela.

Às 14h10 – 17h10 em Nova York –, Spencer telefonou novamente para dizer que a Viking tinha concordado em fazer dos cem mil o lance mínimo para leilão.

– Agora, o mínimo que vai ganhar com *Shadrach* são cem mil dólares. Acho que vou marcar o leilão para 26 de setembro. Vai ser um grande leilão, Laura. Tenho certeza.

Laura passou o resto da tarde tentando se entusiasmar, mas não conseguiu se livrar da ansiedade. *Shadrach* já era um sucesso, independentemente do que pudesse acontecer no leilão. Não tinha nenhum motivo para ficar ansiosa, mas também não conseguia se livrar daquela sensação.

Naquela noite Danny chegou com uma garrafa de champanhe, um buquê de rosas e uma caixa de chocolates Godiva. Sentaram no sofá comendo chocolate e falando sobre o futuro, que parecia perfeitamente brilhante; mas a ansiedade não abandonava Laura.

Finalmente ela disse:

– Não quero chocolate, champanhe, rosas nem cem mil dólares. Quero você. Leve-me para a cama.

Fizeram amor por um longo tempo. O sol de inverno aos poucos desapareceu das janelas e a noite chegou antes que os dois se separassem com relutância. Deitado ao lado dela, no escuro, Danny beijou ternamente os seios, o pescoço, os olhos e finalmente os lábios de Laura. A ansiedade finalmente a deixou. Não foi a satisfação sexual que expulsou seus temores. A intimidade, a entrega total e a sensação de esperanças, sonhos e destinos compartilhados eram o verdadeiro remédio; a grande e boa sensação de *família* que compartilhava com ele era o talismã que realmente afastava a fria má sorte.

Na quarta-feira, 26 de setembro, Danny não foi ao escritório, para esperar com Laura as notícias de Nova York.

Às 7h30 – 10h30 em Nova York –, Spencer Keene telefonou para dizer que a Random House havia feito o primeiro lance acima do mínimo.

– Cento e vinte e cinco mil e foi só o primeiro.

Duas horas mais tarde, ele voltou a telefonar.

– Todos saíram para almoçar, portanto estamos descansando. Neste momento, já chegamos a 350 mil e seis editoras estão ainda fazendo seus lances.

– Trezentos e cinquenta mil? – repetiu Laura.

Danny, que estava lavando a louça, deixou cair um prato.

Laura desligou e olhou para Danny. Ele disse com um largo sorriso:

– É impressão minha, ou esse é o livro que você pensou que fosse uma porcaria?

Quatro horas e meia mais tarde, quando estavam sentados à mesa da cozinha aparentemente concentrados num jogo de cartas, a falta de atenção traída pela incapacidade dos dois de manter uma contagem lógica de pontos, Spencer Keene telefonou. Danny ficou ao lado de Laura ouvindo o que ela dizia.

Spencer disse:

– Está sentada, meu bem?

– Estou pronta, Spencer. Não preciso de uma cadeira. Pode dizer.

– Terminou. Simon and Schuster. Um milhão e duzentos e vinte e cinco mil dólares.

Trêmula de emoção, Laura conversou por dez minutos com Spencer e, quando desligou, não tinha a mínima noção do que tinham falado depois de ele dizer o preço. Danny a observava esperando, e Laura compreendeu que ele não sabia o que tinha acontecido. Disse o nome da editora e a quantia.

Por um momento se entreolharam em silêncio, e então ela disse:

— Acho que agora podemos ter um filho.

VIII.

Stefan chegou ao alto de uma colina e olhou para os 800 metros de estrada coberta de neve onde o acidente ia acontecer. À esquerda, além da pista que ia para o sul, a encosta arborizada descia íngreme até o asfalto. À direita, a pista para o norte tinha uma acostamento plano com mais ou menos 1,5 metro de largura, e além dele a encosta da montanha descia para um profundo precipício. Não havia grades de proteção naquele lugar perigoso.

No fundo da encosta a estrada virava para a esquerda e desaparecia de vista. Entre aquela curva e o topo de colina que ele acabava de subir, as duas pistas estavam desertas.

Segundo seu relógio, Laura estaria morta em um minuto. Dois minutos, no máximo.

De repente, Stefan compreendeu que não devia ter tentado chegar até a casa dos Packard depois do seu atraso na primeira parte da viagem no tempo. Devia ter desistido de impedir que saíssem e detido o caminhão dos Robertson mais atrás, na estrada para Arrowhead. Teria funcionado do mesmo modo.

Tarde demais agora.

Stefan não tinha tempo para voltar, nem podia arriscar continuar para o norte, na direção dos Packard. Não sabia o momento exato de suas mortes, pelo menos não o segundo exato, e a catástrofe estava muito próxima. Se tentasse seguir por mais uns 800 metros e os detivesse antes que chegassem à descida fatal, podia alcançar o fim da encosta e, dando meia-volta, passar por eles indo na direção contrária, sem poder voltar e alcançá-los antes que o caminhão dos Robertson se chocasse de frente com o carro deles.

Freou o carro lentamente e começou a subir a pista que ia para o sul, parando numa parte larga na curva da estrada, na metade da descida, tão perto do acostamento que não podia abrir a porta de seu lado. O coração de Stefan estava disparado quando pôs o carro em ponto morto, puxou o freio de mão, desligou o motor e desceu pela porta da direita.

A neve e o ar gelado açoitaram seu rosto, e por toda a encosta o vento guinchava e uivava como se fossem muitas vozes, talvez as vozes das três Parcas da mitologia grega, zombando de sua tentativa desesperada de evitar o que elas haviam determinado.

IX.

Depois de receber as sugestões da editora, Laura começou a fácil revisão de *Shadrach,* entregando a versão final em meados de dezembro de 1979, e a Simon and Shuster programou o lançamento do livro para setembro de 1980.

Foi um ano tão ocupado para Danny e Laura que ela mal tomou conhecimento da crise dos reféns iranianos e da campanha presidencial, e só vagamente ouviu as notícias dos inúmeros incêndios, acidentes de avião, tráfico de drogas, assassinatos em massa, enchentes, terremotos e outras tragédias dos noticiários. Foi o ano da morte do Rabbit*. Foi o ano em que ela e Danny compraram sua primeira casa – quatro quartos, dois banheiros, lavabo, uma construção em estilo espanhol em Orange Park – e deixaram o apartamento em Tustin. Laura começou seu terceiro livro, *A borda dourada,* e certo dia, quando Danny perguntou como ia seu trabalho, ela disse:

– Uma porcaria.

E ele respondeu:

---

*Modelo de carro da Volkswagen cuja produção foi descontinuada em 1980. (*N. do E.*)

— Ótimo!

No dia 1º de setembro, ao receber um cheque substancial pelos direitos de filmagem de *Shadrach,* vendidos à MGM, Danny deixou o emprego na corretora e se tornou administrador financeiro da mulher. No sábado, 21 de setembro, três semanas depois de ter chegado às livrarias, *Shadrach* apareceu na lista de best-sellers do *New York Times,* em 12º lugar. No dia 5 de outubro de 1980, quando Laura deu à luz Christopher Robert Packard, *Shadrach* estava na terceira edição, em oitavo lugar na lista do *Times,* e recebeu o que Spencer Keene chamou de "estrondosamente boa" crítica na página cinco da sessão literária do jornal.

O menino chegou ao mundo às 14h30, com Laura perdendo uma quantidade de sangue muito maior do que a normal. Com dores lancinantes e hemorragia, recebeu 1,5 litro de sangue durante a tarde e a noite. Passou a noite melhor do que esperavam; e de manhã ainda estava dolorida e cansada, mas fora de perigo.

No dia seguinte Thelma Ackerson foi ver o bebê e a nova mãe. Ainda vestida à moda punk e à frente da época — cabelo comprido no lado esquerdo, com uma faixa branca como a noiva de Frankenstein, e curto no lado direito, sem a faixa branca —, ela entrou no quarto de Laura, foi diretamente para onde Danny estava e o abraçou com força, dizendo:

— Meu Deus, você é imenso. Você é um mutante. Admita, Packard, sua mãe talvez fosse humana, mas seu pai era um urso-pardo.

Aproximou-se da cama onde Laura estava apoiada em três travesseiros, beijou-a na testa e depois no rosto.

— Fui ao berçário e dei uma espiada em Christopher Robert através do vidro, e ele é um amor. Mas acho que você vai precisar dos milhões que ganha com seus livros, menina, porque aquele garoto vai ser igual ao pai, e sua despesa com comida vai ser de 30 mil por mês. Até você conseguir lhe ensinar alguma coisa, ele vai estar comendo seus móveis.

— Estou muito contente com sua visita, Thelma — disse Laura.

— Acha que eu ia perder isso? Se eu estivesse trabalhando num clube da Máfia em Bayonne, Nova Jersey, e tivesse de cancelar parte de um compromisso para voar até aqui, *talvez* eu não tivesse vindo, porque quebrar um contrato com aqueles caras significa ter os polegares cortados e usá-los como supositório. Mas eu estava no oeste do Mississippi quando recebi a notícia ontem à noite, e só uma guerra nuclear ou um encontro com Paul McCartney poderiam me impedir de ver vocês.

Há quase dois anos Thelma finalmente havia conseguido um espaço no palco, no Improv, e era um sucesso absoluto. Arranjou um agente e começou a conseguir papéis em clubes de terceira classe — e finalmente de segunda classe — em todo o país. Laura e Danny haviam ido de carro duas vezes a Los Angeles para assistir ao número de Thelma e a acharam hilariante; ela mesma escrevia o texto e representava com a comicidade bem dosada que possuía desde a infância e que havia aperfeiçoado durante os anos. Sua apresentação tinha um aspecto diferente que podia fazer de Thelma um fenômeno nacional ou relegá-la à obscuridade: entremeada com as piadas havia uma forte sensação de melancolia, a sensação da tragédia da vida que existia ao lado da beleza e do humor. Na verdade era muito parecido com o tom dos livros de Laura, mas o que atraía os leitores não tinha a mesma atração para espectadores que pagavam para rir.

Thelma inclinou-se sobre a grade da cama, olhou para Laura atentamente e disse:

— Ei, você está pálida. E com olheiras...

— Thelma, minha querida, detesto destruir suas ilusões, mas os bebês não são trazidos pela cegonha. A mãe tem de fazer com que ele saia do próprio útero, e a passagem é bastante estreita.

Thelma olhou demoradamente para Laura, depois para Danny, que estava do outro lado da cama segurando a mão de Laura:

— O que há de errado por aqui?

Laura suspirou e, com uma careta de dor, mudou de posição na cama. Disse para o marido:

— Está vendo? Eu disse que ela tem um faro perfeito.

— Não foi uma gravidez fácil, foi? – perguntou Thelma.

— A gravidez foi boa – disse Laura. – O problema foi o parto.

— Você não... esteve à beira da morte ou coisa assim, Shane?

— Não, não, não – respondeu Laura, e a mão de Danny apertou mais a dela. – Nada tão dramático. Desde o começo sabíamos que ia haver dificuldades, mas tivemos o melhor médico e ele esteve atento o tempo todo. Só que... não posso mais ter filhos. Christopher é o nosso último.

Thelma olhou para Danny, para Laura e disse em voz baixa:

— É uma pena.

— Está tudo bem – disse Laura, forçando um sorriso. – Temos o pequeno Chris e ele é lindo.

Seguiu-se um silêncio constrangido, e então Danny disse:

— Eu ainda não almocei e estou faminto. Vou até a lanchonete e volto daqui a uma hora mais ou menos.

Quando Danny saiu, Thelma observou:

— Ele não está com fome nenhuma, está? Mas sabe que queremos conversar a sós.

Laura sorriu:

— Danny é um homem adorável.

Thelma abaixou a grade de um dos lados da cama e disse:

— Se eu me sentar aí ao seu lado não vou sacudir suas entranhas, vou? Não vai ter uma hemorragia e me sujar de sangue, vai, Shane?

— Tentarei não fazer isso.

Thelma sentou na beirada da cama. Segurou a mão de Laura entre as suas.

— Escute, eu li *Shadrach* e é bom demais. É aquilo que muitos escritores tentam fazer e raramente conseguem.

— Você é um amor.

— Sou uma mulher durona, cínica, decidida. Escute, estou falando sério. O livro é brilhante. E eu vi a bovina Bowmaine nele, e Tammy. E Boone, o psicólogo. Nomes diferentes, mas eu os vi. Você os capturou com perfeição, Shane. Meu Deus, em certos momentos você traz tudo de volta, e um arrepio subia e descia na minha espinha e eu tinha de largar o livro e sair para andar no sol. E algumas vezes eu ria como uma louca.

Todos os músculos de Laura doíam, todas as juntas. Não tinha força para abraçar a amiga como desejava. Disse apenas:

— Eu te amo, Thelma.

— É claro que o Enguia não está lá.

— Estou reservando para outro livro.

— E eu, droga. Não estou no livro, e sou o tipo mais interessante que você já conheceu.

— Estou guardando para um livro só para você — disse Laura.

— Fala sério, não fala?

— Sim. Não o que estou escrevendo, mas o que virá depois.

— Escute, Shane, acho melhor me fazer *maravilhosa*, ou eu processo você. Está ouvindo?

— Estou ouvindo.

Thelma mordeu o lábio e depois disse:

— Será que você...

— Sim, vou pôr Ruthie também no livro.

Ficaram em silêncio por algum tempo, de mãos dadas.

Lágrimas que não chegaram a sair enevoaram os olhos de Laura e ela viu que Thelma procurava conter as suas também.

– Não faça isso. Vai escorrer toda essa maquiagem punk.

Thelma levantou um pé.

– Esta bota é esquisita, não acha? Couro negro, ponta fina, calcanhar com botões. Me faz parecer uma dominadora, concorda?

– Quando você entrou, a primeira coisa que pensei foi quantos homens chicoteou ultimamente.

Thelma suspirou e fungou.

– Shane, escute, e escute com atenção. Esse seu talento talvez seja mais precioso do que pensa. Você pode capturar vidas no papel, e quando as pessoas desaparecem, o papel ainda está lá, a vida ainda está lá. Você pode pôr sentimentos no papel e qualquer pessoa, em qualquer lugar, pode *sentir* o que você descreve, você pode tocar o coração, pode nos fazer lembrar o que significa ser humano num mundo que cada vez mais esquece disso. É um talento e um motivo para viver: muito mais do que muita gente tem. Portanto... bem, eu sei quanto você deseja uma família... três ou quatro filhos, você dizia... assim, sei quanto deve estar sofrendo agora. Mas tem Danny e Christopher e esse talento maravilhoso e isso é muito, muito mesmo.

A voz de Laura estava embargada.

– Às vezes... sinto tanto medo.

– Medo do quê, meu bem?

– Eu queria uma família grande porque... seria menor a possibilidade de serem todos tirados de mim.

– Ninguém vai ser tirado de você.

– Só com Danny e o pequeno Chris... apenas dois... alguma coisa pode acontecer.

– Nada vai acontecer.

– E então eu ficarei sozinha.

– Nada vai acontecer – repetiu Thelma.

– Algo sempre acontece. É a vida.

Thelma se deitou ao lado de Laura e encostou a cabeça no ombro da amiga.

– Quando você disse que foi um parto difícil.. e eu a vi tão pálida... fiquei assustada. Tenho amigos em Los Angeles, é claro, mas todos do mundo teatral. Você é a única pessoa real que está perto de mim, embora não nos vejamos muito, e a ideia de que você podia ter estado quase...

– Mas não estive.

– Mas podia ter estado – Thelma riu sem alegria. – Que diabo, Shane, uma vez órfã, sempre uma órfã, certo?

Laura a abraçou e acariciou seus cabelos.

LOGO DEPOIS DO primeiro aniversário de Chris, Laura terminou *A borda dourada*. O livro foi publicado dez meses depois, e quando Chris fez 2 anos, era o número um na lista de best-sellers do *Times*, a primeira vez que um livro de Laura chegava a essa posição.

Danny administrava o dinheiro de Laura com tanta diligência, cautela e brilhantismo que em poucos anos, apesar dos impostos, não só seriam ricos – já eram ricos, considerando os padrões – mas extremamente ricos. Laura não sabia o que pensar a respeito. Jamais esperara ficar rica. Quando pensava nas suas condições invejáveis, achava que devia ficar entusiasmada ou, considerando a miséria do mundo, chocada, mas não sentia muito nem uma coisa nem outra pelo dinheiro. A segurança que o dinheiro dava era bem-vinda; inspirava confiança. Mas não tinham planos de deixar a casa agradável de quatro quartos, embora pudessem comprar uma mansão. O dinheiro estava *ali*, isso era tudo; Laura não pensava muito nele. A vida não era dinheiro; a vida era Danny e Chris e, com menor importância, seus livros.

Com um garotinho começando a andar, Laura não tinha mais disposição para trabalhar sessenta horas por semana em seu processador de textos. Chris estava falando, andando e não tinha nem o temperamento instável nem a rebeldia que os livros especializados atribuíam às crianças de 2 e 3 anos. Era um prazer estar com ele. Era um menino inteligente e interessado. Laura passava com ele todo o tempo que podia passar sem arriscar estragá-lo com mimos.

As extraordinárias gêmeas Appleby, seu quarto livro, só foi publicado em outubro de 1984, dois anos depois de *A borda dourada,* mas não sofreu diminuição no interesse do público, o que é comum quando o escritor não publica um livro por ano. O preço do adiantamento pago pela editora foi o maior de todos.

No dia 1º de outubro, Laura estava com Danny e Chris no sofá da sala de estar, assistindo a desenhos animados no vídeo – "Vummm, vummm", Christopher dizia cada vez que o Corredor Maluco acelerava – comendo pipoca, quando Thelma telefonou de Chicago, chorando. Laura atendeu na cozinha, enquanto na TV, na sala ao lado, o coiote tentava destruir com um sopro seu inimigo, mas só conseguia destruir a si mesmo, por isso Laura disse:

– Danny, acho melhor eu atender na sala de trabalho.

Nos quatro anos desde o nascimento de Chris, a carreira de Thelma havia seguido em constante ascensão. Trabalhara em algumas lanchonetes de cassinos de Las Vegas ("Ei, Shane, devo ser muito boa, porque as garçonetes trabalham quase nuas, só seios e bumbuns, e às vezes os caras na audiência olham para mim e não para elas. Por outro lado, talvez eu só seja atraente para as bichas."). No ano anterior Thelma havia passado para o palco principal no MGM Grand com uma apresentação de abertura para Dean Martin, e tinha aparecido quatro vezes no show apresentado por Johnny Carson. Estavam falando em fazer um filme, e até mesmo uma série para televisão, nos quais ela seria a estrela. Assim, Thelma caminhava para o estrelato como comediante. Agora estava em Chicago e ia estrear como atriz principal em um grande clube.

Talvez a longa cadeia de fatos positivos em suas vidas fosse o motivo do pânico que Laura sentiu ao ouvir o choro de Thelma. Durante algum tempo estivera sempre esperando que o céu desabasse inesperadamente, pegando-a de surpresa. Deixou-se cair na cadeira ao lado da mesa de trabalho e segurou o fone.

– Thelma? O que aconteceu, o que houve?

– Acabo de ler... o novo livro.

Laura não sabia o que em *As extraordinárias gêmeas Appleby* podia afetar Thelma tão profundamente, e então imaginou se alguma coisa em Carrie e Sandra Appleby a havia ofendido. Embora nenhum dos fatos principais da história fosse uma descrição da vida real de Ruthie e Thelma, as Appleby eram, evidentemente, baseadas nas irmãs Ackerson. Mas as duas personagens foram descritas com muito amor e bom humor; sem dúvida não havia nada no livro que pudesse ofender Thelma, e em pânico Laura tentou dizer isso.

– Não, não, Shane, sua boba – disse Thelma entre soluços. – Não estou ofendida. Não consigo parar de chorar porque você fez a coisa mais maravilhosa. Carrie Appleby é Ruthie, exatamente como a conheci, mas no seu livro você a deixa viver muitos anos. Você deixa Ruthie viver, Shane, e isso é um trabalho muito melhor do que o que Deus fez na vida real.

Conversaram durante uma hora, principalmente sobre Ruthie, lembrando o passado, não com muitas lágrimas agora, mas com muita afeição. Danny e Chris apareceram na porta algumas vezes, parecendo abandonados, e Laura jogou beijos para eles, mas continuou ao telefone com Thelma porque era um daqueles raros momentos em que a lembrança dos mortos era mais importante do que cuidar dos vivos.

Quinze dias antes do Natal de 1985, quando Chris tinha um pouco mais de 5 anos, a estação chuvosa começou no sul da Califórnia com uma forte tempestade que fazia as folhas das palmeiras estalar como ossos entrechocando-se, tirando as últimas flores dos arbustos e inundando as ruas. Chris não podia brincar lá fora. Seu pai tinha saído para ver um terreno, um provável investimento, e o garoto não estava com vontade de brincar sozinho. Procurava pretextos para interromper o trabalho de Laura, e às 11 horas, ela desistiu de continuar em sua sala de trabalho escrevendo seu livro. Mandou Chris para a cozinha para tirar as assadeiras do armário e prometeu fazer com ele biscoitos de chocolate.

Antes de se juntar ao filho, Laura tirou da gaveta as botas especiais, o pequeno guarda-chuva e o cachecol em miniatura de Sir Tommy Sapo. A caminho da cozinha, arrumou tudo ao lado da porta de entrada.

Mais tarde, quando estava pondo os biscoitos no forno, mandou Chris verificar se o entregador de encomendas havia deixado alguma coisa na caixa do correio ao lado da porta e Chris voltou corado de excitação:

— Mamãe, venha ver, venha ver.

No hall de entrada ele mostrou as três peças em miniatura e Laura disse:

— Acho que são de Sir Tommy. Ah, eu me esqueci de contar a você que temos um hóspede: um sapo muito educado, da Inglaterra, que está aqui a serviço da rainha.

Laura tinha 8 anos quando seu pai inventou Sir Sapo e ela aceitou o fabuloso sapo como uma fantasia divertida, mas Chris tinha só 5 e levou a coisa mais a sério.

— Onde ele vai dormir? No quarto de hóspedes? E o que vamos fazer quando o vovô vier nos visitar?

— Alugamos um quarto no sótão para Sir Tommy — disse Laura — e não devemos incomodá-lo nem falar a respeito dele com ninguém, exceto com seu pai, porque Sir Tommy está aqui em missão *secreta* para a rainha.

Chris arregalou os olhos e Laura teve vontade de rir, mas se conteve. O garoto tinha cabelos e olhos castanhos como a mãe e o pai, mas seus traços eram delicados, mais parecidos com os da mãe. Embora fosse ainda muito pequeno, Laura estava certa de que seria alto e solidamente estruturado como o pai. Chris se inclinou para a mãe e disse em voz baixa:

— Sir Tommy é um *espião*?

Durante a tarde, fizeram biscoitos, arrumaram a cozinha e jogaram cartas, e o tempo todo Chris fazia perguntas sobre Sir Tommy. Laura descobriu que inventar histórias para crianças era, de certa forma, mais difícil do que escrever para adultos.

Quando Danny voltou às 16h30, anunciou sua presença em voz alta na porta da garagem.

Chris saltou da mesa onde jogava cartas com Laura e disse para o pai falar baixo.

— Silêncio, papai, Sir Tommy pode estar dormindo agora, fez uma longa viagem, ele é a rainha da Inglaterra e está espionando no nosso sótão!

Danny franziu a testa.

— Eu saio de casa por algumas horas e enquanto estou fora somos invadidos por espiões britânicos?

Naquela noite, na cama, depois de Laura ter feito amor com uma paixão que surpreendeu até ela própria, Danny disse:

— O que deu em você? Durante toda a noite esteve tão... animada, tão excitada.

Aconchegando-se a ele, sentindo o prazer do corpo nu contra o seu, ela disse:

— Ah, não sei, é porque estou *viva*, e Chris está vivo, você está vivo, estamos juntos. E também essa história do Tommy Sapo.

— Ela diverte você?

-- Sim, me diverte. Mas é mais do que isso. É... que de certo modo me faz sentir que a vida continua, que o ciclo é sempre renovado... parece bobagem? E que a vida vai continuar para nós, para todos nós, por muito tempo.

– Bem, sim, acho que tem razão – disse Danny. – E se você tiver tanta disposição todas as vezes que fizermos amor de agora em diante, acho que vai me matar em três meses.

EM OUTUBRO DE 1986, quando Chris fez 6 anos, foi publicado o quinto livro de Laura, *Rio infinito,* aclamado pela crítica e com vendas maiores do que todos os outros. Seu editor havia previsto um enorme sucesso: "Tem todo o humor, toda a tensão, toda a tragédia, toda a estranha variedade da obra de Laura Shane, mas não é tão *sombrio* quanto os outros, o que o torna especialmente atraente."

Há dois anos Laura e Danny levavam Chris às montanhas San Bernardino pelo menos um fim de semana por mês, ficando no lago Arrowhead e em Big Bear, tanto no verão quanto no inverno, para que o menino soubesse que o mundo não era só os bairros urbanizados de Orange County. Com o florescimento da sua carreira e o sucesso das estratégias de investimento de Danny, e considerando a recente disposição de Laura para *viver* o otimismo e não apenas senti-lo, resolveram que estava na hora de satisfazer alguns desejos e compraram uma casa nas montanhas.

Era uma construção de pedra e madeira com 11 cômodos e 30 acres de terreno, perto da rodovia estadual 330, a poucos quilômetros de Big Bear. Na verdade, era uma casa mais luxuosa que a de Orange Park. A propriedade era coberta de árvores, juníperos e pinheiros, e o vizinho mais próximo ficava muito distante. No primeiro fim de semana que passaram nas montanhas, quando estavam fazendo um boneco de neve, três cervos apareceram na entrada da floresta, a uns 20 metros, e os observaram com curiosidade.

Chris ficou encantado e naquela noite, na cama, estava certo de que eram as renas de Papai Noel. Era para *aquele lugar* que o alegre velhinho ia depois do Natal, insistiu ele, e não, como dizia a lenda, para o polo Norte.

Vento e estrelas foi publicado em outubro de 1987 e teve maior sucesso do que os livros anteriores. O filme baseado em *Rio infinito* foi lançado no Dia de Ação de Graças daquele ano, o maior sucesso de bilheteria de 1987.

Na sexta-feira, 8 de janeiro de 1988, satisfeitos com o fato de *Vento e estrelas*, naquele domingo, ocupar o primeiro lugar na lista de best-sellers do *Times* havia uma semana, saíram à tarde para Big Bear, logo que Chris chegou da escola. Na terça-feira seguinte, Laura ia completar 33 anos, e pretendiam comemorar com antecedência, só os três, nas montanhas, com a neve servindo de cobertura do imenso bolo e o vento cantando para ela.

Acostumados com eles, os cervos chegaram muito perto da casa na manhã de domingo. Mas agora Chris tinha 7 anos e na escola disseram que Papai Noel não existia, portanto começava a achar que aqueles não passavam de cervos comuns.

O fim de semana foi perfeito, talvez o melhor que já tinham passado nas montanhas, mas tiveram de interromper a estada. Pretendiam sair às 6 horas de segunda-feira de volta a Orange County, a tempo de deixar Chris na escola. Porém, uma grande tempestade atingiu a área mais cedo do que esperavam, no fim da tarde de sábado, e, embora estivessem a pouco mais de noventa minutos do clima mais ameno da costa, de manhã a neve atingia quase 1 metro de altura do solo. A fim de não ficarem isolados e impedidos de voltar, o que faria com que Chris perdesse as aulas – uma possibilidade, mesmo com o carro de tração nas quatro rodas – fecharam a grande casa de pedra e madeira e partiram para o sul, na rodovia 330, um pouco depois das 4 horas.

O sul da Califórnia é um dos poucos lugares do mundo onde se pode viajar de um lugar coberto de neve para uma temperatura subtropical em menos de duas horas e Laura sempre havia gostado – e admirado – a viagem. Os três estavam com agasalhos para neve – meias de lã, botas, roupa de baixo próprias para o frio, calças pesadas, suéteres, jaquetas – mas dentro de uma hora e pouco estariam num clima mais quente onde ninguém andava agasalhado, e em duas horas estariam em temperatura própria para camisetas de manga curta.

Laura dirigia enquanto Danny, sentado ao lado dela, e Chris, no banco traseiro, brincavam de associação de palavras, como sempre faziam naquelas viagens. A neve caindo rapidamente alcançava até as áreas da estrada protegidas por árvores nos dois lados e, onde não havia essa proteção, os flocos brancos levados pelo vento forte rodopiavam nas caprichosas correntes de ar das montanhas, às vezes obscurecendo o caminho. Laura dirigia com cautela, sem se importar em fazer a viagem em três horas em vez de duas; como haviam saído cedo, tinham muito tempo, todo o tempo do mundo.

Quando saiu da grande curva, alguns quilômetros ao sul da sua casa e entrou na descida de 500 metros, viu um jipe vermelho estacionado no acostamento e um homem com jaqueta de marinheiro no meio da estrada. Ele descia a colina, acenando com os dois braços, fazendo sinal para que parasse.

Inclinando-se para a frente para ver melhor entre os limpadores de para-brisa, Danny disse:

– Parece que ele enguiçou, precisa de ajuda.

– Patrulha Packard em serviço de salvamento! – disse Chris.

Laura diminuiu a marcha e o homem na estrada, com gestos nervosos, fazia sinal para que parasse no acostamento da direita.

Danny disse preocupado:

— Há alguma coisa estranha com ele...

Sim, estranha, sem dúvida, pensou Laura. Era seu guardião especial. A presença dele, depois de tantos anos, a assustou.

X.

Stefan mal tinha saído do jipe roubado quando a Blazer apareceu na curva no sopé da colina. Correu para o carro e percebeu que Laura diminuía a marcha, mas estava ainda no meio da estrada, por isso fez sinal para que parasse no acostamento. A princípio ela continuou em marcha muito lenta no meio da estrada, como se não soubesse se se tratava de um motorista com problemas ou de um homem perigoso, mas quando chegou mais perto e viu o rosto dele, obedeceu imediatamente.

Acelerou o carro levando-o para a parte mais larga do acostamento, a uns 7 metros do jipe de Stefan. Ele deu meia-volta e correu para a Blazer, abrindo a porta do lado de Laura.

— Não sei se vai bastar sair da estrada. Saiam, subam a encosta, rápido, *agora!*

— Escute aqui, espere um pouco... — disse Danny.

— Faça o que ele está dizendo! — gritou Laura. — Chris, venha, saia do carro!

Stefan segurou a mão de Laura e a ajudou a sair do carro. Quando Danny e Chris acabavam de sair também, Stefan ouviu o barulho de um motor mais forte que o zunido do vento. Olhou para o topo da longa subida e viu o enorme caminhão começar a descida na direção deles. Puxando Laura, deu a volta pela frente da Blazer.

Seu guardião disse:

— Suba a encosta, venha — e começou a subir pela pilha de neve congelada atirada pelos limpadores de neve, na direção das árvores.

Laura olhou para o topo da colina e viu o caminhão, a 400 metros deles e a uns 30 metros do topo da descida, começar uma longa e terrível derrapagem no asfalto traiçoeiro até ficar de lado na estrada, continuando a deslizar. Se não tivessem parado, se seu guardião não os tivesse interceptado, estariam exatamente na frente do caminhão quando ele perdeu o controle; a essa hora já teriam sido atingidos.

Ao lado dela, com Chris nos seus ombros, Danny obviamente percebeu o perigo. O caminhão podia continuar sua descida descontrolada e atingir o jipe e a Blazer. Arrastando Chris, Danny subiu correndo a encosta coberta de neve, gritando para que Laura corresse também.

Ela subiu, agarrando o que encontrava para se apoiar, tropeçando. A neve congelada parecia mármore, com rachaduras, partindo-se e soltando pedaços. Várias vezes Laura caiu para trás escorregando até o acostamento. Quando todos se reuniram, seu guardião, Danny, Chris e Laura, 3 metros acima da estrada, numa plataforma estreita de rocha não coberta de neve, ao lado das árvores, Laura teve a impressão de que a subida levara anos. Mas evidentemente sua noção de tempo estava distorcida pelo medo, pois quando olhou para baixo viu o caminhão ainda deslizando para eles, a 50 metros. Então o carro pesado fez uma volta completa e começou a deslizar de lado outra vez.

Lá vinha ele, sobre a neve, em câmara lenta, o destino sob a forma de algumas toneladas de aço. Carregava um veículo de neve, aparentemente solto no compartimento de carga; o motorista havia confiado na inércia para mantê-lo no lugar. Mas agora o veículo de neve batia de um lado para o outro, para a frente e para trás, na carroceria do caminhão, e durante a derrapagem de 400 metros esse movimento contribuía para desestabilizar o veículo até parecer que o caminhão, completamente inclinado, ia rolar e capotar de um momento para outro.

Laura viu o motorista lutando com a direção e uma mulher ao lado dele, gritando, e pensou: Ah, meu Deus, aquela pobre gente!

Como que adivinhando seu pensamento, seu guardião gritou acima do uivo do vento:

— Estão bêbados, e sem correntes de neve.

Se você sabe tanto sobre eles, pensou Laura, deve saber quem são, então por que não os fez parar, por que não os salvou também?

Com um estrondo terrível, a frente do caminhão bateu no lado do jipe e a mulher, sem cinto de segurança, foi atirada contra o para-brisa, ficando com a metade do corpo para dentro do caminhão e a outra metade para fora...

— Chris! — Laura gritou.

Mas viu que Danny havia tirado o menino dos ombros e o segurava contra o peito para que não visse o que estava acontecendo.

A colisão não parou o caminhão; ele vinha com muito impulso e a estrada estava muito escorregadia para os pneus sem correntes. Porém, o impacto brutal desviou a direção da derrapagem; o caminhão virou violentamente para a direita, de frente para a descida, e o veículo de neve explodiu para fora do compartimento de carga, *voando* e batendo na Blazer, destruindo o para-brisa do carro. Logo depois, a traseira do caminhão bateu na frente da Blazer, atirando-a para trás, apesar do freio de mão.

Vendo a destruição, lá de cima, Laura segurou com força o braço de Danny, apavorada com a ideia de que sem dúvida teriam sido feridos, talvez mortos, se tivessem se refugiado na frente ou atrás da Blazer.

Agora o caminhão ricocheteava na Blazer; a mulher ensanguentada caiu dentro da cabine; e deslizando mais lentamente, porém ainda descontrolado, o caminhão fez uma volta de 360°, num sinistro e gracioso balé da morte, escorregou pelo acostamento, pela pista coberta de neve e despencou do outro lado da estrada, para o vazio, para baixo, desaparecendo.

Não havia nada terrível para ser visto agora, mas Laura cobriu o rosto com as mãos, talvez tentando apagar a imagem do caminhão com seus ocupantes escorregando pelas rochas do desfiladeiro por centenas e centenas de metros. O motorista e sua companheira estariam mortos antes de chegar ao fundo. Acima do vento ela ouviu o caminhão bater numa rocha e depois em outra. Mas logo o ruído daquela sinistra descida cessou e só se ouvia o gemido insano da tempestade.

Chocados, desceram a encosta, escorregando e tropeçando até o acostamento entre o jipe e o Blazer, onde pedaços de vidro e metal se espalhavam pela neve. O líquido quente do radiador da Blazer escorria na neve e a fumaça se erguia do carro, que estalava sob o peso do veículo de neve embutido na sua frente.

Chris chorava. Laura estendeu o braço e o ergueu do chão, encostando a cabeça do filho no ombro.

Atordoado, Danny voltou-se para seu salvador.

– Quem... quem, em nome de Deus, é você?

Laura olhou para seu guardião, mal podendo acreditar que ele estivesse ali. Não o via fazia mais de vinte anos, desde seus 12 anos, no cemitério, sob as árvores copadas no dia do enterro de seu pai. Havia quase 25 anos que não o via de perto, desde quando ele havia atirado no assaltante do armazém. Quando ele não apareceu para salvá-la do Enguia, quando deixou que ela se defendesse sozinha, perdeu a confiança que sentia e a dúvida aumentou quando ele não apareceu para salvar Nina Dockweiler também – ou Ruthie. Com o passar do tempo ele havia se tornado uma figura de sonho, mais mito do que realidade, e nos últimos dois anos Laura não tinha pensado nele, deixando de acreditar que ele existia, como Chris estava deixando de acreditar em Papai Noel. Guardava ainda o bilhete que ele havia deixado em sua mesa depois de enterro do seu pai. Mas havia muito tempo estava convencida de que não fora escrito por um guardião mágico, mas talvez por Cora ou Tom Lance, os amigos do seu pai. Agora ele os salvara outra vez, miraculosamente, e Danny queria saber, em nome de Deus, quem ele era, exatamente o que Laura queria saber também.

O mais estranho era que ele parecia com o homem que atirara no assaltante. *Exatamente o mesmo*. Laura o reconheceu imediatamente, mesmo depois de tanto tempo, porque ele não tinha envelhecido. Parecia ainda ter 30 e poucos anos. Incrivelmente, os anos não haviam deixado nenhuma marca, nenhum fio branco nos cabelos louros, nenhuma ruga no rosto. Naquele dia do assalto no armazém, seu guardião tinha a idade de seu pai, e agora pertencia à geração de Laura.

Antes que o homem pudesse responder ou encontrar um meio de evitar a resposta, um carro apareceu no alto da colina descendo pela estrada na direção deles. Era um Pontiac último tipo equipado com correntes nos pneus que chiavam sobre a neve. O motorista evidentemente viu o jipe e a Blazer quase destruídos e as marcas recentes do caminhão, ainda não encobertas pelo vento e pela neve; diminuiu a marcha – o ruído das correntes se tornou metálico e áspero – e passou para a pista que ia para o sul. Em vez de sair para o acostamento, o carro continuou para o norte na contramão, parando a três metros deles, perto da traseira do jipe. Quando abriu a porta e o motorista desceu do carro – um homem alto com roupas escuras –, empunhava um objeto que, tarde demais, Laura identificou como uma metralhadora portátil.

O guardião exclamou:
– Kokoschka!

Nesse momento Kokoschka atirou.

Embora mais de 15 anos tivessem passado desde o Vietnã, Danny reagiu com o instinto de um soldado. As balas ricochetearam no jipe, na frente deles e na Blazer, atrás, e Danny agarrou Laura e a empurrou, com Chris, para o chão entre os dois carros.

Laura caiu abaixo da linha de fogo e viu Danny ser atingido nas costas. Foi ferido pelo menos uma vez, talvez duas, e Laura teve um movimento convulsivo como se tivesse sido atingida também. Danny caiu de joelhos contra a frente da Blazer.

Laura deu um grito e, segurando Chris com um braço, procurou alcançar o marido com a outra mão.

Danny ainda estava vivo, e se voltou para ela, sempre de joelhos. Seu rosto estava branco como a neve que caía sobre eles, e Laura teve a estranha e terrível sensação de estar olhando para um fantasma e não para um homem vivo.

— Vá para baixo do jipe – disse Danny, empurrando a mão dela. Sua voz parecia espessa e molhada, como se algo tivesse se partido na garganta. — Rápido!

Uma das balas havia atravessado seu corpo. O sangue muito vermelho escorria pela frente da jaqueta de esqui azul.

Laura hesitou. Danny se moveu na direção dela, com as mãos e os joelhos no chão e a empurrou para baixo do jipe.

Outra explosão da metralhadora soou no ar gelado.

O homem sem dúvida ia se aproximar aos poucos da frente do jipe e liquidar os três. Mas não tinham para onde fugir. Se subissem a encosta na direção das árvores, ele os atingiria antes que chegassem à segurança da floresta; se atravessassem a estrada, seriam mortos antes de chegar ao outro lado, e no outro lado havia apenas a descida para o precipício; se tentassem subir pela estrada, estariam indo na direção dele; para baixo, ficariam de costas para o assassino, alvos fáceis para sua arma.

A metralhadora pipocou. Os vidros dos carros se partiram. Balas atingiram a lataria com o ruído seco, ricocheteando.

Arrastando-se para a frente do jipe, levando Chris com ela, Laura viu seu guardião deslizar para o estreito espaço entre o veículo e o acostamento coberto de neve. Ele estava agachado perto do para-choque, onde não podia ser visto pelo homem chamado Kokoschka. Não parecia mais mágico, não mais o anjo guardião, mas apenas um homem; e na verdade ele não era mais o salvador, mas um agente da Morte, pois sua presença ali havia atraído o assassino.

Obedecendo à insistência de Danny, Laura se enfiou sob o jipe. Chris a acompanhou, não mais chorando, procurando ser corajoso como o pai; mas não tinha visto o pai ser atingido pelos tiros, porque seu rosto estava apertado contra o peito da mãe, protegido pela jaqueta de Laura. Aparentemente de nada adiantava ficar embaixo do jipe, porque Kokoschka os encontraria. Não podia ser tão idiota que não fosse procurar ali, se não os visse em outro lugar, portanto, estavam apenas tentando ganhar tempo, mais um minuto de vida no máximo.

Quando já estava sob o jipe, puxando Chris para ela, procurando protegê-lo com seu corpo, ouviu a voz de Danny vinda da frente do carro:

– Eu te amo.

Foi tomada pela angústia pois compreendeu que eram palavras de adeus.

STEFAN DESLIZOU PARA a área entre o jipe e a pilha suja de neve sobre o acostamento. Era um espaço estreito, nem dera para ele sair do jipe quando parou, mas suficiente para se esgueirar na direção do para-choque traseiro onde Kokoschka não esperava que ele aparecesse e de onde talvez pudesse usar sua arma antes que o assassino desse meia-volta e o abatesse com a metralhadora.

Kokoschka. Stefan jamais ficara tão surpreso em sua vida como quando viu Kokoschka sair do Pontiac. Significava que sabiam de suas atividades contra o instituto. E sabiam também que ele havia se colocado entre Laura e seu verdadeiro destino.

Kokoschka havia tomado a Estrada do Relâmpago com a intenção de eliminar o traidor e evidentemente Laura também.

Agora, mantendo a cabeça baixa, Stefan forçava a passagem entre o jipe e o acostamento. A metralhadora entrou em ação, partindo os vidros acima dele. A neve acumulada atrás dele estava coberta de gelo em vários lugares e era como pontas agudas de facas em seu corpo; quando, enfrentando a dor, comprimia as costas contra ela, o gelo se partia e a neve que estava sob ele se comprimia, dando passagem. O vento zunia no pequeno espaço, uivando entre o metal e a neve, dando a impressão de que não estava sozinho, mas na companhia de uma criatura invisível que sibilava em seu rosto.

Stefan vira Laura e Chris se esconderem sob o jipe, mas sabia que o carro significava uma proteção provisória, de minutos ou segundos. Quando Kokoschka chegasse na frente do jipe e não os encontrasse, iria procurá-los no precário esconderijo, e então bastaria o homem se abaixar e abrir fogo, dilacerando os dois.

E Danny? Era um homem tão grande, tão forte, certamente grande demais para entrar embaixo do jipe. E já estava ferido; devia estar congelado de dor. Além disso, não era o tipo de homem que fugia do perigo, nem mesmo de um perigo como aquele.

Finalmente Stefan chegou ao para-choque traseiro. Ergueu a cabeça cautelosamente e viu o Pontiac parado a 8 metros, na pista que ia para o sul, com a porta esquerda aberta e o motor ligado. Não viu Kokoschka. Com sua Walther PPK/S .380 na mão, Stefan se colocou atrás do jipe. Agachou e espiou por trás do outro para-choque.

Kokoschka estava no meio da estrada, movendo-se para a frente do jipe, onde pensava que todos estavam escondidos. Sua arma era uma Uzi com pente de balas saliente, escolhida para aquela missão porque não seria um anacronismo. Quando Kokoschka chegou à abertura entre o jipe e a Blazer, o homem abriu fogo novamente, girando a arma da esquerda para a direita. As balas batiam estridentemente no metal, estouravam os pneus e penetravam com um ruído surdo na neve empilhada.

Stefan atirou e errou.

De repente, com uma coragem insana, Danny Packard se atirou sobre Kokoschka, saindo do esconderijo, apoiado no jipe, tão perto do chão que estava abaixo das balas da metralhadora. Estava ferido mas ainda era forte e rápido, e por um momento pareceu que ia atacar o assassino e desarmá-lo. Kokoschka estava girando a arma da esquerda para a direita, afastando-se já do alvo, quando viu Danny dirigindo-se para ele. Inverteu o movimento da Uzi. Se estivesse um pouco mais perto do jipe e não no meio da estrada, não teria visto Danny a tempo.

– Danny, não! – gritou Stefan, desfechando três tiros em Kokoschka enquanto Danny se atirava contra o homem.

Mas Kokoschka mantinha uma distância segura e apontou a arma diretamente para Danny quando este estava a um ou dois metros de distância. Danny foi atingido e lançado para trás.

Para Stefan, o fato de Kokoschka ter sido ferido ao mesmo tempo que acertava Danny não serviu de consolo. O assassino fora atingido por duas balas da Walther, uma na coxa esquerda, outra no ombro esquerdo. Com o impacto ele caiu. A Uzi saltou de sua mão e rolou pelo asfalto.

Laura, sob o jipe, gritava.

Stefan saiu de trás do para-lama traseiro do jipe e correu para Kokoschka, que estava no chão perto da Blazer. Ele escorregou na neve, procurando manter o equilíbrio.

Muito ferido, sem dúvida em choque, Kokoschka ainda assim viu Stefan correndo na direção dele. Rolou até a Uzi, perto do pneu da Blazer.

Stefan atirou três vezes enquanto corria, mas sem firmeza por causa do movimento. Além disso, Kokoschka continuava a rolar o corpo e Stefan errou os tiros, escorregou outra vez e caiu, batendo o joelho no meio da estrada com tamanha violência que a dor subiu pela sua coxa até a cintura.

Rolando, Kokoschka alcançou a metralhadora.

Compreendendo que jamais chegaria a tempo, Stefan ajoelhou e ergueu a Walther, segurando-a com as duas mãos. Estava a uns 7 metros de Kokoschka. Mas até um bom atirador pode errar a essa distância, dependendo das circunstâncias, e estas eram todas contra Stefan: o estado de pânico, um difícil ângulo de tiro, a força do vento desviando a bala.

Abaixo dele, deitado no chão, Kokoschka abriu fogo, assim que conseguiu pegar a Uzi, antes mesmo de apontar a arma para o alvo, errando os primeiros vinte tiros, que foram parar debaixo da Blazer, estourando os pneus dianteiros.

Quando Kokoschka girou a arma para ele, Stefan disparou suas últimas três balas. Apesar do ângulo e do vento, tinha de acertar, pois não teria tempo para recarregar.

O primeiro tiro da Walther não acertou o alvo.

Kokoschka continuou a virar sua arma, e o arco de tiro atingiu a frente do jipe. Laura estava debaixo do jipe com Chris, e Kokoschka atirava do chão, portanto, alguns tiros passaram por onde os dois estavam.

Stefan atirou outra vez. A bala atingiu o peito de Kokoschka e a Uzi emudeceu. O último tiro de Stefan acertou a cabeça de Kokoschka. Estava terminado.

DE ONDE ESTAVA, embaixo do jipe, Laura viu o gesto de bravura incrível de Danny, viu quando ele caiu pela segunda vez de costas, viu o marido imóvel e compreendeu que ele estava morto. Dessa vez não havia esperança. Um lampejo de dor como a luz terrível de uma explosão a invadiu com a previsão de um futuro sem Danny, um cenário tão sombrio e uma dor tão violenta que ela quase desmaiou.

Então pensou em Chris, vivo ainda, abrigando-se contra seu corpo. Isolou seu sofrimento, certa de que voltaria a ele mais tarde – se sobrevivesse. O importante agora era manter Chris vivo e, se possível, protegê-lo da cena do corpo do pai crivado de balas.

O corpo de Danny bloqueava parte de sua visão, mas viu Kokoschka cair atingido pelas balas. Viu seu guardião aproximando-se do homem caído, e por um momento pareceu que o pior tinha passado. Então, seu guardião escorregou e caiu sobre um joelho, enquanto Kokoschka rolava o corpo na direção da metralhadora que deixara cair. Mais tiros. Muitos em poucos segundos. Um ou dois passaram sob o jipe, assustadoramente próximos, as balas cortando o ar com o murmúrio mortal mais alto do que qualquer outro som no mundo.

O silêncio depois do tiroteio foi, por algum tempo, perfeito. A princípio, Laura não ouviu o vento nem os soluços abafados do filho. Gradualmente esses sons invadiram seus sentidos.

Viu que seu guardião estava vivo, e sentiu um misto de alívio e de fúria irracional, porque ele tinha sobrevivido depois de levar Kokoschka até eles, o homem que havia matado Danny. Por outro lado, Danny, ela e Chris sem dúvida teriam sido mortos na colisão se o guardião não tivesse aparecido. Quem, afinal, era ele? De onde vinha? Por que se interessava tanto por ela? Laura estava assustada, furiosa, chocada, magoada e extremamente confusa.

O guardião ferido se ergueu e cambaleou até Kokoschka. Laura olhou para o sopé da colina, além da cabeça imóvel de Danny. Não podia ver o que seu guardião fazia, mas aparentemente rasgava a roupa de Kokoschka.

Depois de alguns momentos ele começou a subir a estrada carregando alguma coisa que havia tirado do homem morto.

Quando chegou ao jipe, Stefan agachou e olhou para ela.

– Pode sair. Acabou. – Estava pálido e parecia ter envelhecido pelo menos alguns dos vinte anos que perdera. Ele pigarreou. Com a voz repleta de remorso profundo e genuíno, disse:
– Eu sinto muito Laura. Eu sinto muito.

De bruços no chão, Laura se arrastou para a traseira do jipe, batendo a cabeça no chassi. Puxou Chris com ela, pois se saíssem pela frente o menino veria o corpo do pai. O guardião os ajudou a levantar. Laura encostou no para-lama traseiro e apertou Chris contra ela.

Com voz trêmula, o garoto disse:
– Quero papai.

Eu também quero, pensou Laura. Ah, meu filho, eu o quero tanto, tudo que quero no mundo é seu pai.

A TEMPESTADE AGORA estava violenta, a neve caindo do céu com bastante pressão. A tarde chegara ao fim, a luz desaparecia, e em volta deles o dia cinzento dava lugar à escuridão fosforescente da noite coberta de neve.

Com aquele tempo não devia haver muitos viajantes na estrada, mas Stefan tinha certeza de que alguém ia passar por eles. Não mais de dez minutos tinham passado desde que havia feito parar a Blazer dirigida por Laura, mas mesmo naquela tempestade e naquela estrada rural, não demoraria para aparecer um carro. Precisava conversar com ela e se afastar antes de ser envolvido pelas consequências daquele confronto sangrento.

Agachou na frente dela e do menino, atrás do jipe, e disse:
– Laura, preciso sair daqui, mas voltarei logo, dentro de alguns dias...

– Quem é você? – perguntou ela, zangada.
– Não temos tempo para isso agora.
– Mas eu quero saber, que diabo. Tenho direito de saber.
– Sim, tem direito, e vou lhe contar daqui a alguns dias. Mas neste momento precisamos combinar uma história, como naquele dia no armazém. Lembra?

— Ora, vá para o inferno.
Imperturbável, ele disse:
— É para o seu bem, Laura. Não pode contar a verdade porque não parece real, não acha? Vão pensar que está mentindo. Principalmente depois de me ver partir... bem, se contar como foi que parti, ficarão certos de que você é cúmplice de assassinato, ou é louca.

Laura olhou zangada para ele, mas não disse nada. Stefan não a culpava por estar zangada. Talvez ela até desejasse sua morte, mas Stefan compreendia isso também. Entretanto, as únicas emoções que sentia eram amor, pena e um profundo respeito.

— Deve dizer que quando você e Danny saíram da curva, no começo da subida, viram três carros na estrada: o jipe estacionado no acostamento, o Pontiac na contramão, exatamente onde está agora, e outro carro, parado na pista que vai para o norte. Havia... quatro homens, dois deles armados, e aparentemente tinham empurrado o jipe para fora da estrada. Vocês apareceram na hora errada, foi isso. Sob a ameaça da metralhadora foram obrigados a sair da estrada e do carro. Disseram alguma coisa sobre cocaína... drogas, de um modo geral, você não sabe muito bem o quê, mas estavam discutindo sobre drogas e, ao que parece, perseguindo o homem do jipe...

— Traficantes aqui, no meio do nada? — disse ela com desprezo.

— Pode haver laboratórios ilegais por perto... uma cabana no bosque, para processar PCP talvez. Escute, pelo menos a história tem *alguma* lógica, eles vão acreditar. A história verdadeira não faz sentido, portanto não deve contá-la. Diga então que os Robertson apareceram no topo da subida, no caminhão... naturalmente você não sabe o nome deles... e a estrada estava bloqueada por todos aqueles carros, e quando ele freou, o caminhão começou a deslizar na neve...

– Você tem um sotaque – disse ela, furiosa – não muito acentuado, mas dá para perceber. De onde você é?

– Eu conto tudo daqui a alguns dias – disse Stefan impaciente, olhando para os dois lados da estrada açoitada pela neve. – Vou contar, mas agora prometa que vai usar essa história falsa, pode elaborar quanto quiser, mas não conte a verdade.

– Não tenho escolha, tenho?

– Não – disse ele, aliviado por ver que Laura compreendia sua posição.

Laura apertou mais o filho contra o peito e ficou calada.

Stefan começava a sentir novamente a dor nos pés quase congelados. O calor da ação se dissipara e ele agora tremia de frio. Entregou a Laura o cinto que havia tirado de Kokoschka.

Guarde isto dentro de sua jaqueta. Não deixe que ninguém veja. Quando chegar em casa, guarde bem em algum lugar.

– O que é isto?

– Mais tarde. Tentarei voltar dentro de algumas horas. Apenas algumas horas. Não se deixe levar pela curiosidade, não ponha o cinto na cintura e, pelo amor de Deus, não aperte o botão amarelo.

– Por que não?

– Porque você não vai querer ir ao lugar para onde ele a levará.

Laura piscou os olhos, confusa.

– Ele me levará?

– Eu explicarei, mas não agora.

– Por que não o leva com você, seja lá o que for esta coisa?

– Dois cintos, um corpo, é uma anomalia, provocará uma interrupção no campo de energia e só Deus sabe onde eu iria parar e em que condições.

– Não estou entendendo. Do que está falando?

– Mais tarde. Porém, Laura, se por qualquer motivo eu não puder voltar, quero que tome certas precauções.

— Que tipo de precauções?
— Arranje uma arma. Esteja preparada. Provavelmente não virão procurá-la se me apanharem, mas tudo é possível. Só para me dar uma lição, para me humilhar. Eles vivem da vingança. E se vierem atrás de você... serão muitos homens, bem armados.
— Quem são *eles*?

Sem responder, Stefan se levantou com um gesto de dor. Recuou alguns passos com um último e longo olhar para Laura. Então, deu meia-volta e a deixou no frio e na neve, encostada no jipe amassado e crivado de balas, com o filho apavorado e o marido morto.

Stefan caminhou lentamente para o meio da estrada, onde a luz parecia vir da neve em movimento e não do céu. Ela o chamou mas Stefan não respondeu.

Guardou a arma sem balas no coldre, dentro da jaqueta. Enfiou a mão dentro da camisa, localizou o botão amarelo de seu cinto e hesitou.

Tinham mandado Kokoschka para matá-lo. Agora deviam estar esperando ansiosamente no instituto, para saber o resultado. Seria detido assim que chegasse. Provavelmente jamais teria oportunidade de viajar pela Estrada do Relâmpago e voltar para Laura, como havia prometido.

A tentação de ficar era muito grande.

Entretanto, se ficasse, mandariam alguém para matá-lo e passaria o resto da vida fugindo dos assassinos – vendo o mundo à sua volta passar por mudanças terríveis demais para suportar. Por outro lado, se voltasse, havia uma pequena possibilidade de conseguir destruir o instituto. O Dr. Penlovski e os outros obviamente sabiam tudo sobre sua interferência no fluxo normal da vida daquela mulher, mas talvez não soubessem que Stefan havia colocado explosivos no sótão e no porão do instituto. Nesse caso, se dessem a ele a oportunidade de entrar em seu escritório por um momento, poderia ligar o detonador e explodir o instituto – e todos os seus arquivos – mandando tudo para o inferno, que era seu lugar. Era muito provável que tivessem encontrado os explosivos e desligado o detonador. Mas enquanto existisse uma possibilidade de destruir o projeto e fechar a Estrada do Relâmpago, tinha a obrigação moral de voltar ao instituto mesmo que isso significasse nunca mais ver Laura.

Com o fim do dia a tempestade ficou mais violenta. Nas montanhas, acima da estrada, o vento soava como um lamento entre os enormes pinheiros, e os galhos emitiam um som sinistro, como uma criatura gigantesca de muitas pernas, descendo a encosta. Os flocos de neve eram agora finos e secos, quase como pedacinhos de gelo, raspando o mundo como uma lixa raspa a madeira, até não existir mais picos e vale, nada além de uma planície alta e plana, estendendo-se até onde a vista podia alcançar.

Com a mão ainda dentro da camisa, Stefan apertou o botão amarelo três vezes em rápida sucessão, ligando o raio luminoso. Com pena e medo, voltou ao próprio tempo.

ABRAÇADA A CHRIS, que não soluçava mais, Laura sentou no chão atrás do jipe e viu seu guardião caminhar na neve escorregadia, passando pela traseira do Pontiac de Kokoschka.

Ele parou no meio da estrada e ficou imóvel por um longo momento, de costas para ela e então aconteceu uma coisa incrível. Primeiro, o ar ficou pesado; Laura sentiu uma estranha pressão, algo que jamais sentira antes, como se a atmosfera da Terra estivesse condensada num cataclismo cósmico, e de repente teve dificuldade para respirar. Havia um cheiro estranho também, exótico mas familiar, e, depois de alguns segundos, ela identificou como o cheiro típico de fios elétricos aquecidos e isolantes chamuscados, como o de sua cozinha quando a tomada da torradeira entrou em curto, um odor misturado ao cheiro áspero mas não desagradável de ozônio, o cheiro do ar durante uma violenta tempestade. A pressão aumentou, até Laura ter a impressão de estar pregada ao solo, e o ar estremeceu e girou em ondas concêntricas como se fosse água. Com o som de uma rolha enorme saindo de uma garrafa, o guardião desapareceu no anoitecer cinza-púrpura de inverno, e ao mesmo tempo uma forte lufada de vento cortou o ar, como se quantidades maciças de atmosfera estivessem sendo levadas para preencher um grande vazio. Por um momento Laura se sentiu presa num vácuo, sem conseguir respirar. Então a pressão diminuiu, o ar cheirava agora a neve e pinho, e tudo voltou ao normal.

Contudo, depois do que acabara de ver, nada mais seria normal para ela.

A noite chegou muito escura. Sem Danny, era a noite mais escura da sua vida. Apenas uma luz iluminava sua luta na direção de uma felicidade distante: Chris. A última luz na escuridão.

Mais tarde apareceu um carro no alto da colina. Os faróis cortaram a noite e a neve que caía pesadamente.

Laura se levantou com dificuldade e foi com Chris para o meio da estrada. Acenou com os braços, pedindo ajuda.

Quando o carro diminuiu a marcha, Laura imaginou se não ia aparecer outro homem armado de metralhadora, abrindo fogo contra eles. Nunca mais ia sentir-se segura.

4
A chama interior

I.

No dia 13 de agosto de 1988, sábado, sete meses depois da morte de Danny, Thelma Ackerson chegou à casa da montanha para passar quatro dias.

Laura estava nos fundos, treinando tiro ao alvo com seu Smith & Wesson .38 Chief's Special. Acabava de recarregar, fechar o cilindro, e ia colocar o protetor nas orelhas, quando ouviu o motor de um carro aproximando-se da casa. Apanhou o binóculo que estava no chão, a seus pés, e examinou o veículo para se certificar de que não se tratava de algum visitante indesejável. Quando viu Thelma indo em sua direção, abaixou o binóculo e continuou a atirar no alvo – o desenho da cabeça e do torso de um homem – pregado num monte de feno.

Chris, sentado na relva perto dela, apanhou seis balas da caixa e as estendeu para a mãe, quando ela deu o último tiro.

Era um dia quente, claro e seco. Flores silvestres coloriam a borda do gramado onde começava o mato rasteiro na estrada da floresta. Até alguns momentos atrás, esquilos brincavam na relva e os pássaros cantavam, mas os tiros os tinham assustado.

Laura podia ter associado a casa nas montanhas com a morte do marido e procurado vendê-la. Porém, em vez disso, vendeu a casa em Orange County e transferiu Chris para a escola de San Bernardino.

Acreditava que tudo o que havia acontecido em janeiro na rodovia 330 podia acontecer em qualquer lugar. A casa nada tinha a ver com isso; a culpa era do destino, das misteriosas forças que regiam sua vida estranhamente acidentada. Sabia intuitivamente que, se o guardião não tivesse aparecido para salvá-la na estrada coberta de neve, teria entrado em sua vida em outro lugar qualquer, em outro momento de crise. *Nesse* lugar, Kokoschka teria surgido com sua arma e a mesma tragédia teria ocorrido.

A outra casa tinha mais lembranças de Danny do que a de pedra e madeira ao sul de Big Bear. Era mais fácil conviver com a dor nas montanhas do que em Orange County.

Além disso, por estranho que pudesse parecer, sentia-se mais segura nas montanhas. Nos subúrbios muito populosos de Orange County, com as ruas e estradas apinhadas de gente, era mais difícil identificar o inimigo. Nas montanhas, os estranhos eram mais visíveis, sobretudo porque a casa ficava quase no centro do terreno de 30 acres.

E Laura não havia esquecido a advertência do guardião: *Arranje uma arma. Esteja preparada. Se vierem atrás de você... serão muitos homens.*

Quando Laura deu o último tiro e retirou os protetores das orelhas, Chris entregou a ela as seis balas. O menino tirou também o protetor que estava usando e correu para o alvo, a fim de verificar a pontaria da mãe.

O alvo estava encostado em fardos de feno empilhados, formando uma parede de 2 metros de altura com 4,5 metros de espessura. Atrás ficavam os bosques de pinheiros, sua propriedade, o que podia tornar questionável a necessidade de tanta proteção. Mas Laura não queria ferir ninguém por engano.

Chris pregou um novo alvo e levou o outro para Laura.

– Acertou quatro, mamãe. Dois mortais, dois ferimentos graves, mas parece que está desviando um pouco para a esquerda.

– Vamos ver se consigo corrigir isso.

– Você está ficando cansada, só isso – disse Chris.

Sobre a grama cortada se espalhavam mais de 150 cápsulas vazias. Os pulsos, braços e ombros de Laura estavam doloridos por causa do tranco da arma, mas ela queria dar mais seis tiros, antes de parar o treino daquele dia.

Perto da casa, Thelma bateu a porta do carro.

Chris colocou os protetores nas orelhas e apanhou o binóculo para observar o alvo, enquanto a mãe atirava.

Laura fez uma pausa e olhou para o filho cheia de pena, não só por ele ter perdido o pai, mas porque não era justo para uma criança de 7 anos saber quanto a vida era perigosa, naquela constante expectativa de violência. Laura procurava fazer a vida dele tão alegre quanto possível. Brincavam ainda com a história de Tommy Sapo, embora Chris não acreditasse mais na existência do sapo inglês; com uma vasta coleção de livros infantis, Laura ensinava ao filho o prazer e a fuga que se pode encontrar na literatura; até seu treino de tiro era em forma de brincadeira, desviando assim a atenção da necessidade premente de se proteger. Contudo, por enquanto a vida dos dois era dominada pela perda, pelo perigo e pelo medo do desconhecido. A realidade não podia ser escondida do menino, e não podia deixar de ter um efeito profundo e duradouro sobre ele.

Chris abaixou o binóculo e olhou para a mãe, para ver por que ela não estava atirando. Laura sorriu para ele, e o menino retribuiu o sorriso. Era um sorriso doce, de partir o coração.

Laura virou para o alvo, ergueu o .38, segurando-o com as duas mãos e apertou o gatilho para o primeiro tiro daquela série.

Quando acabava de dar o quarto tiro, Thelma apareceu atrás dela, com os dedos nos ouvidos e fazendo uma careta.

Laura deu os dois últimos tiros, tirou os protetores das orelhas e Chris foi apanhar o alvo. O estampido soava ainda, ecoando nas montanhas, quando Laura se voltou e abraçou Thelma.

– Que negócio é esse de arma? – perguntou Thelma. – Vai escrever filmes para Clint Eastwood? Ou não, coisa melhor ainda, para a versão feminina de Clint Eastwood em *Perseguidor implacável*. E sou a pessoa ideal para o papel: durona, fria, com um sorriso de desprezo que faria estremecer até Bogart.

– Não vou me esquecer de você para o papel – disse Laura –, mas o que eu queria de verdade era ver Clint vestido de mulher.

– Ei, você ainda tem senso de humor, Shane.

– Pensou que tinha perdido?

Thelma franziu a testa.

– Eu não sabia o que pensar quando vi você atirando, com cara de má como uma cobra com dor de dente.

– Defesa pessoal – disse Laura. – Toda boa moça deve aprender.

— Você estava atirando como uma profissional. — Thelma olhou para as cápsulas no chão. — Sempre faz isso?

— Três vezes por semana, umas duas horas de cada vez.

Chris voltou com o alvo.

— Oi, tia Thelma. Mamãe, você conseguiu quatro mortais desta vez, um bom ferimento e um fora do alvo.

— Mortais? — perguntou Thelma.

— Acha que ainda estou desviando para a esquerda? — Laura perguntou para o filho.

Chris mostrou o alvo.

— Não tanto como da outra vez.

— Escute, Christopher Robin — disse Thelma —, só vou receber isso: um oi, tia Thelma e nada mais?

Chris colocou o alvo na pilha, sobre os outros já usados, e deu um abraço apertado e um beijo em Thelma. Notando que ela não estava vestida ao estilo punk, perguntou:

— Puxa, o que aconteceu com você, tia Thelma? Parece normal.

— Eu pareço normal? O que é isso... um elogio ou um insulto? Lembre-se, garoto, mesmo que sua tia Thelma pareça normal, ela não é nada disso. Ela é um gênio da comicidade, uma pessoa maravilhosamente espirituosa, uma lenda no seu próprio álbum de recortes. Seja como for, resolvi que a era do punk já passou.

Escalaram Thelma para ajudar a recolher as cápsulas vazias.

— Mamãe é uma ótima atiradora — disse Chris com orgulho.

— Acho bom que seja, com todo esse treino. Tem metal aqui suficiente para fazer balas para um exército.

— O que quer dizer isso? — Chris perguntou para a mãe.

— Pergunte outra vez daqui a dez anos — respondeu Laura.

Entraram na casa e Laura fechou as duas trancas embutidas da porta da cozinha. Baixou as persianas para não serem vistos de fora.

Thelma observou com interesse o ritual, mas não disse nada.

Chris pôs *Os caçadores da arca perdida* no vídeo e sentou em frente à televisão com um saco de pipoca e uma Coca-Cola. Na cozinha, Laura e Thelma tomaram café enquanto Laura desmontava e limpava seu .38 Chief's Special.

A cozinha era grande mas aconchegante, com muita madeira escura, tijolos em duas paredes, uma coifa de cobre, panelas de cobre dependuradas em ganchos e o chão de cerâmica azul-escuro. O tipo de cozinha onde as famílias nos seriados de televisão encenam suas crises e chegam a uma revelação transcendental (com sentimento) em trinta minutos, menos os comerciais, todas as semanas. Mesmo para Laura era um lugar estranho para desmontar uma arma cujo objetivo era matar seres humanos.

— Você está mesmo com medo? — perguntou Thelma.

— Pode apostar que sim.

— Mas Danny morreu porque tiveram a pouca sorte de entrar por acaso no meio do comércio de drogas. Aquela gente já se foi há muito tempo, certo?

— Talvez não.

— Bem, se tivessem medo de que você os identificasse, teriam vindo há muito tempo.

— Não quero arriscar.

— Precisa relaxar, garota. Não pode passar o resto da vida esperando que alguém salte sobre você de repente. Tudo bem, pode ter uma arma. Isso provavelmente é prudente. Mas não vai voltar para o mundo nunca mais? Não pode carregar um revólver para sempre.

— Posso. Tenho licença.

— Licença para carregar esse canhão?
— Levo na bolsa para qualquer lugar.
— Jesus, como conseguiu porte de arma?
— Meu marido foi morto em circunstâncias estranhas por pessoas desconhecidas. Os assassinos tentaram matar a mim e ao meu filho... e ainda estão em liberdade. Além disso, sou uma mulher rica e relativamente famosa. Seria estranho se não me dessem a licença.

Thelma ficou em silêncio por um minuto, tomando café, observando Laura limpar o revólver. Finalmente disse:

— Isto é meio sinistro, Shane, ver que fala sério, ver você tão tensa. Quero dizer, já faz sete meses... desde a morte de Danny. Mas você está nervosa como se tudo tivesse acontecido ontem. Não pode manter este nível de tensão, de expectativa ou seja lá o que for. É o caminho da loucura. Da paranoia. Deve enfrentar o fato de que não pode passar o resto da vida assim.

— Posso, se for preciso.

— É mesmo? E o que me diz deste momento? Sua arma está desmontada. E se algum assassino bárbaro, com tatuagem na língua, começasse a dar pontapés na porta da cozinha?

As cadeiras da cozinha tinham pés de borracha. Laura empurrou a sua bruscamente até a bancada ao lado da geladeira. Abriu uma gaveta e tirou dela outro .38 Chief's Special.

— O que é isso? Estou sentada no meio de um arsenal? — Thelma perguntou.

Laura guardou o revólver na gaveta.

— Venha. Vou mostrar a casa.

Thelma a acompanhou até a despensa. Dependurada atrás da porta estava uma Uzi semiautomática.

— Isto é uma metralhadora. Tem porte legal para ela?

— Com aprovação federal podem ser compradas em qualquer casa de armas, mas só a semiautomática; é ilegal o uso da arma adaptada para fogo automático.

Thelma olhou para ela e depois suspirou:

— Esta foi adaptada?

— Foi. É completamente automática. Mas eu a comprei assim de um vendedor ilegal, não na loja.

— Isto tudo é muito sinistro, Shane. De verdade.

Laura levou Thelma para a sala de jantar e mostrou o revólver preso no fundo do aparador. Na sala de estar havia um quarto revólver preso na parte inferior de uma mesa de centro, perto de um dos sofás. Outra Uzi adaptada estava atrás da porta do hall na frente da casa. Havia revólveres escondidos na gaveta da mesa de trabalho, no escritório do segundo andar, no banheiro principal e no quarto de Laura, onde havia também uma terceira Uzi.

Olhando para a metralhadora que Laura tirou de sob a cama, Thelma disse:

— Cada vez mais sinistro, arrepiante. Se eu não a conhecesse tão bem, Shane, ia pensar que está louca, com uma paranoia por revólveres. Mas, como a conheço, se está realmente tão assustada, deve ter algum motivo. Não é perigoso para Chris viver no meio de tantas armas?

— Chris sabe que não deve tocar nelas, e eu confio nele. Várias famílias na Suíça têm membros na milícia... quase todos os homens adultos estão preparados para defender o país, sabia disso? E quase todas as casas têm armas, mas têm o menor índice de ferimentos acidentais a bala em todo o mundo. Porque as armas são um meio de vida. As crianças aprendem a respeitá-las desde muito cedo. Não vai acontecer nada ao Chris.

Laura guardou a Uzi sob a cama e Thelma perguntou:

— Como foi que você encontrou um vendedor ilegal de armas?

— Sou rica, lembra?

— E o dinheiro compra tudo? Certo, talvez seja verdade. Mas, venha cá, como é que uma garota como você acha um traficante de armas? Eles não põem anúncios nos quadros de avisos da Laundromat, suponho.

— Fiz pesquisas a respeito para vários livros, Thelma. Aprendi a encontrar qualquer pessoa ou qualquer coisa.

Thelma voltou com ela para a cozinha, em silêncio. Da sala de televisão vinha a música heroica que acompanhava Indiana Jones em suas aventuras. Laura continuou a limpar a arma e Thelma serviu mais duas xícaras de café.

— Agora, garota, vamos falar sério. Se existe realmente uma ameaça que justifica todo esse armamento, então é maior do que você pode enfrentar sozinha. Por que não um guarda-costas?

— Não confio em ninguém. A não ser em você e Chris, é claro. E no pai de Danny, mas ele mora na Flórida.

— Mas não pode continuar assim sozinha, com medo...

Limpando o cano da arma com uma escova espiral, Laura disse:

— Estou com medo, certo, mas me sinto bem estando preparada. Durante toda a minha vida fui mera espectadora, enquanto tiravam de mim as pessoas que eu amava. Nada fiz além de suportar a dor da perda. Muito bem, para o diabo com isso. De agora em diante vou lutar. Se alguém quiser tirar Chris de mim, vai ter de me *enfrentar* primeiro, vai ter de entrar numa guerra.

— Laura, sei o que tem passado. Mas escute, deixe que eu banque a psicanalista e diga que está reagindo menos a uma ameaça real do que super-reagindo a uma sensação de desamparo em face do destino. Não pode alterar a Providência, garota. Não pode jogar pôquer com Deus e esperar ganhar porque tem um .38 na bolsa. Quero dizer, você perdeu Danny num ato de violência, certo, e talvez possa dizer que Nina Dockweiler estaria viva se alguém tivesse dado um tiro no Enguia logo no começo, mas são os únicos casos em que as pessoas que você amava teriam sobrevivido se alguém tivesse usado uma arma. Sua mãe morreu no parto. Seu pai, de um ataque cardíaco. Perdemos Ruthie num incêndio. Acho legal que procure se defender com armas, mas precisa manter a perspectiva, encarar com senso de humor nossa vulnerabilidade como espécie, ou vai acabar num hospício, com gente que fala com tocos de árvores e come sujeira tirada do umbigo. Deus nos livre, mas e se Chris tiver câncer? Você está preparada para estourar qualquer um que toque nele, mas não pode matar o câncer com um revólver. Parece tão ferozmente decidida a protegê-lo que, se isso acontecer, vai desmoronar por completo, se acontecer alguma coisa contra a qual ninguém pode lutar com sucesso. Eu me preocupo com você, garota.

Laura fez um gesto afirmativo, balançando a cabeça, invadida por uma profunda afeição.

— Eu sei que se preocupa, Thelma. Mas pode ficar descansada. Durante 33 anos eu apenas suportei as coisas; agora estou lutando do melhor modo possível. Se eu ou Chris tivermos câncer, contratarei os melhores especialistas, procurarei o melhor tratamento. Mas se tudo falhar, se por exemplo, Chris morrer de câncer, então aceitarei a derrota. A luta não exclui a força para suportar o revés. Posso lutar, e se perder a luta, posso sobreviver ainda.

Por um longo tempo Thelma olhou para a amiga. Finalmente fez um gesto afirmativo:

— Era isso que eu queria ouvir. Certo. Fim da discussão. Vamos passar para outras coisas. Shane, quando pretende comprar um tanque blindado?

— Vão entregar na segunda-feira.

— Canhões de cano curto, granadas, bazucas?

— Na terça. O que me diz do filme do Eddie Murphy?

— Assinamos o contrato há dois dias – disse Thelma.

— É mesmo! Minha Thelma vai estrelar um filme com Eddie Murphy?

— Sua Thelma vai *aparecer* num filme com Eddie Murphy. Não qualifico ainda como estrela.

— Você teve uma quarta posição nos créditos do filme com Steve Martin; terceira posição com Chevy Chase. E esta vai ser uma segunda, certo? E quantas vezes apresentou o *Tonight*? Oito vezes, não foi? Tem de encarar os fatos, você é uma estrela.

— De pequena magnitude talvez. Não é arrepiante, Shane? Nós duas, vindas do nada, do Lar McIlroy, e chegamos ao topo. Estranho?

— Não tão estranho — disse Laura. — A adversidade cria força e a força vence. E sobrevive.

II.

Stefan deixou a noite de neve de San Bernardino e num instante estava dentro do portão, na outra extremidade da Estrada do Relâmpago. Com poucos passos Stefan saiu de dentro dele para o laboratório do andar térreo do instituto, onde esperava encontrar homens armados.

O laboratório estava deserto.

Atônito, ficou parado por um momento e olhou em volta, incrédulo. Três paredes da sala de 9 x 12 metros eram cobertas, do chão até o teto, por máquinas que zumbiam e estalavam sem nenhuma supervisão. A maioria das lâmpadas estava apagada, e o grande laboratório parecia sinistro. Aquelas máquinas faziam funcionar o portão, e as dezenas de mostradores e medidores com suas luzes verdes pálidas ou alaranjadas que serviam o aparelho — que era uma brecha no tempo, um túnel para qualquer tempo — jamais eram apagadas; uma vez fechado o túnel, só podia ser reaberto com muita dificuldade e muito dispêndio de energia, mas uma vez aberto podia ser mantido com relativamente pouco esforço. Naqueles dias, quando o objetivo principal não era mais o desenvolvimento do portão, o pessoal do instituto só ia ao laboratório para manutenção de rotina e, é claro, quando alguma viagem estava em progresso. Se não fosse assim, Stefan jamais poderia ter feito as dezenas de viagens secretas, não autorizadas, para monitorar – e às vezes corrigir – os fatos da vida de Laura.

Porém, embora não fosse incomum encontrar o laboratório deserto durante o dia, era estranho naquele momento, pois tinham enviado Kokoschka para apanhá-lo e, sem dúvida, deviam estar esperando ansiosamente o resultado da missão naquelas montanhas cobertas de neve da Califórnia. Deviam ter previsto a possibilidade de Kokoschka falhar, a possibilidade de o homem errado voltar de 1988, e guardariam o portão até que a situação estivesse resolvida. Onde estava a polícia secreta com suas jaquetas negras de couro com grandes ombreiras? Onde estavam as armas com as quais ele esperava ser recebido?

Olhou para o grande relógio na parede e viu que eram 11h06, hora local. A hora certa. Stefan começara a viagem quando faltavam cinco minutos para as 11 horas, naquela manhã, e todas as viagens terminavam 11 minutos depois de terem começado. Ninguém sabia por quê, mas independentemente do tempo passado na outra extremidade da estrada, só 11 minutos se passavam na base. Stefan estivera em San Bernardino quase uma hora e meia, mas somente 11 minutos estavam marcados em sua vida, no seu tempo. Se tivesse ficado meses com Laura antes de apertar o botão amarelo do seu cinto ativando o raio de luz, teria voltado para o instituto somente – e exatamente – 11 minutos depois de sua partida.

Mas onde estavam as autoridades, as armas, os colegas furiosos e ofendidos? Depois de descobrir sua intervenção na vida de Laura, depois de enviar Kokoschka para matar a ele e a Laura, por que teriam abandonado o portão quando só precisavam esperar *11 minutos* para saber o resultado da missão?

Stefan tirou as botas, a jaqueta e o coldre a tiracolo, e os escondeu num canto, atrás de algum equipamento. Havia deixado o avental branco do laboratório no mesmo lugar, antes de partir, e agora ele o vestiu.

Intrigado, preocupado ainda com a falta de recepção hostil, saiu do laboratório para o corredor do andar térreo e foi procurar os problemas.

III.

Às 2h30 de domingo, Laura estava perto do processador de textos no escritório, ao lado de seu quarto, de pijama e com um roupão, tomando suco de maçã e trabalhando no seu novo livro. A única luz era a das letras verdes eletrônicas na tela do computador e da pequena luminária de cabeceira focalizada nas páginas impressas na véspera. Um revólver estava na mesa, ao lado do manuscrito.

A porta que dava para o corredor escuro estava aberta. Laura só fechava a porta do banheiro porque, mais cedo ou mais tarde, uma porta fechada podia impedir que ouvisse os passos de um intruso em outra parte da casa. Tinha um sofisticado sistema de alarme, mas mesmo assim deixava abertas as portas internas.

Ouviu Thelma no corredor e se voltou no momento em que a amiga chegava à porta.

— Desculpe se algum barulho a impediu de dormir.

— Nada disso. Nós, que trabalhamos em casas noturnas, não dormimos cedo. Mas eu durmo até o meio-dia. E você? Geralmente fica acordada até tarde?

— Não durmo bem. Quatro ou cinco horas são suficientes para mim. Em lugar de ficar na cama, virando de um lado para o outro, me levanto e escrevo.

Thelma puxou uma cadeira e apoiou os pés na mesa de Laura. Seu gosto para roupa de dormir era mais exagerado do que quando era jovem: pijama largo de seda estampado em vermelho, verde, azul e amarelo, formando desenhos abstratos de quadrados e círculos.

— Fico feliz por ver que ainda usa chinelos de coelhinho — disse Laura. — Demonstra uma certa constância de personalidade.

— Essa sou eu. Sólida como uma rocha. Não encontro mais chinelos desse tipo para meu número, portanto tenho de comprar chinelos peludos de adulto *e* um par de chinelos de criança, arrancar os olhos e as orelhas dos pequenos e costurar nos grandes. O que está escrevendo?

— Um livro escabroso.

— Parece uma coisa adequada para um fim de semana na praia.

Laura suspirou e recostou na poltrona forrada.

— É um livro sobre morte, sobre a injustiça da morte. Um projeto tolo, porque estou tentando explicar o inexplicável. Tento explicar a morte para meu leitor ideal, porque assim talvez eu a possa compreender. É um livro sobre a necessidade de continuar a luta, mesmo conhecendo nossa mortalidade, porque devemos lutar e suportar. É um livro obscuro, sombrio, árido, deprimente, amargo, profundamente perturbador.

— Existe um grande mercado para isso?

Laura riu:

— Provavelmente nenhum. Mas quando o escritor é dominado por uma ideia... bem, é como uma chama interior, que a princípio nos aquece e nos faz sentir bem e depois começa a nos devorar vivos, queimando-nos de dentro para fora. Não se pode fugir do fogo; ele continua queimando. O único modo de se livrar dele é escrever a porcaria de um livro. Quando tenho alguma dificuldade com este, passo para um livro infantil que estou escrevendo, todo ele sobre Sir Tommy Sapo.

— Você é biruta, Shane.

— Quem está usando chinelos de coelhinho?

Conversaram sobre várias coisas, com a camaradagem descontraída que compartilhavam há vinte anos. Talvez porque sua solidão era agora mais aguda do que nunca, sem Danny, talvez por medo do desconhecido, Laura começou a falar sobre seu guardião. Só Thelma no mundo todo poderia acreditar naquela história. Na verdade, ela ficou encantada, tirou os pés da mesa, se inclinou para a frente, jamais demonstrando incredulidade, enquanto Laura contava tudo, desde o assalto ao armazém, até o momento em que seu guardião desapareceu na estrada.

Quando Laura *apagou* aquela chama interior, Thelma disse:

— Por que não me contou isso... por que não me falou sobre seu guardião antes? Em McIlroy?

— Não sei. Parecia algo... mágico. Alguma coisa que devia guardar só para mim, porque se contasse a alguém quebraria o encanto e nunca mais o veria. Depois, quando ele deixou que eu me livrasse sozinha do Enguia, depois que ele nada fez para salvar Ruthie, acho que deixei de acreditar. Nunca contei para Danny porque, quando conheci meu marido, o guardião era tão real para mim quanto Papai Noel. Então, de repente... lá estava ele na estrada.

— Naquela noite na montanha ele disse que voltaria logo para explicar tudo...

— Mas não o vi mais. Estou esperando há sete meses e, sempre que alguém aparece de repente, penso que pode ser meu guardião ou outro Kokoschka com uma metralhadora.

Thelma ficou eletrizada pela história e se remexia na cadeira como se uma corrente elétrica percorresse seu corpo. Finalmente começou a andar pela sala.

— E Kokoschka? Os tiras descobriram alguma coisa sobre ele?

– Nada. Não tinha nenhuma identificação. O Pontiac era roubado, assim como o jipe vermelho. Examinaram suas impressões digitais em todos os arquivos possíveis e não descobriram nada. Não se pode interrogar um cadáver. Não sabem quem era, nem de onde veio ou por que queria nos matar.

-- Você teve muito tempo para pensar sobre tudo isso. Alguma ideia? Quem é esse guardião? De onde veio?

-- Não sei. – Laura tinha uma ideia, mas parecia maluca e não se baseava em nenhuma prova concreta. Não contou para Thelma porque parecia por demais egomaníaca. – Não sei.

– Onde está o cinto que ele deixou?

– No cofre – disse Laura, indicando com um movimento de cabeça o canto da sala onde o cofre embutido no chão estava escondido sob o tapete.

Juntas soltaram a ponta do tapete, revelando a tampa do cofre, que era um cilindro de 25 centímetros de diâmetro e 40 centímetros de profundidade. Continha um único objeto, que Laura retirou.

Voltaram para perto da mesa para examinar o misterioso cinto. Laura ajustou a haste flexível da lâmpada.

O cinto tinha 10 centímetros de largura e era feito de tecido negro e elástico, talvez náilon, entremeado de fios de cobre, formando desenhos intrincados e curiosos. Devido à sua largura, tinha duas fivelas de cobre. Costurada no cinto, à esquerda das fivelas, havia uma caixa estreita do tamanho de uma cigarreira antiga – mais ou menos de 8 x 6 centímetros, com 1 centímetro de espessura, também de cobre. O mais minucioso exame não revelava nenhum modo de abrir a caixinha na qual havia um botão amarelo com menos de 2 centímetros de diâmetro.

Thelma segurou o estranho material.

– Quer repetir o que ele disse que ia acontecer se apertasse o botão amarelo?

— Disse apenas que, pelo amor de Deus, não apertasse o botão, e quando perguntei por quê, respondeu: "Não vai querer ir ao lugar para onde ele a levará."

Ficaram lado a lado, iluminadas pela lâmpada de mesa, olhando para o cinto na mão de Thelma. Passava das 4 horas e a casa estava silenciosa como uma cratera árida e sem ar na Lua.

Finalmente Thelma perguntou:

— Já pensou em apertar o botão?

— Não, nunca — respondeu Laura sem hesitar. — Quando ele mencionou o lugar para onde o cinto me levaria... havia uma expressão terrível em seus olhos. E eu sei que ele voltou para lá contra a vontade. Não sei de onde ele veio, Thelma, mas se não interpretei mal o que vi nos seus olhos, o lugar fica a um passo do inferno.

No SÁBADO À tarde, vestiram shorts e camisetas, estenderam cobertores no gramado dos fundos da casa e fizeram um longo e preguiçoso piquenique de salada de batatas, frios, queijo, frutas frescas, batatas fritas e pãezinhos de canela com nozes raladas. Brincaram com Chris e o garoto se divertiu muito, principalmente porque Thelma sabia adaptar suas apresentações cômicas para crianças de 8 anos.

Chris viu alguns esquilos brincando no gramado, perto do bosque, e Laura deu um pãozinho de nozes a ele para dar aos animaizinhos.

— Corte em pedaços pequenos e jogue para eles. Não vão deixar você chegar muito perto. E fique perto de mim, está ouvindo?

— Certo, mamãe.

— Não vá até o bosque. Só até a metade do gramado.

Chris correu e parou a 10 metros de onde elas estavam, pouco mais da metade do caminho até as árvores do bosque, e ajoelhou na relva. Começou a atirar pedaços de pão para os esquilos, fazendo com que os animaizinhos rápidos e cautelosos chegassem cada vez mais perto para apanhar a guloseima.

– Ele é um bom garoto – disse Thelma.

– O melhor. – Laura puxou a Uzi para mais perto dela.

– Chris está apenas a uns 10 ou 12 metros de nós!

– Mas está mais perto do bosque que de mim. – Laura olhou para as sombras do bosque de pinheiros.

Tirando uma batata frita do saco, Thelma disse:

– Nunca fiz piquenique com uma metralhadora portátil. Acho que gosto. Não preciso me preocupar com os ursos.

– Afasta formigas também.

Thelma deitou de lado no cobertor, a cabeça apoiada na mão, mas Laura continuou sentada com as pernas cruzadas à moda hindu. Borboletas coloridas, brilhantes como raios de sol condensados, cortavam o ar quente de agosto.

– O garoto parece estar bem adaptado – disse Thelma.

– Mais ou menos – concordou Laura. – No começo foi difícil. Ele chorava muito, ficou emocionalmente instável. Mas passou. Nessa idade as crianças são flexíveis, se adaptam rapidamente, aceitam com facilidade. Mas apesar de tudo parecer bem com ele... temo que exista em sua alma agora algo sombrio que não existia antes e que parece não querer ir embora.

– Não – disse Thelma –, não irá embora. É como uma sombra no coração. Mas ele vai viver, e vai encontrar a felicidade, e em certos momentos nem vai perceber a sombra.

Enquanto Thelma observava Chris com os esquilos, Laura estudava o perfil da amiga.

– Você ainda sente falta de Ruthie, não sente?

– Todos os dias, nestes vinte anos. Você não sente falta de seu pai?

– É claro – disse Laura. – Mas quando penso nele, acho que não sinto o que você sente. Porque *esperamos* que nossos pais morram antes de nós; mesmo quando sua morte é prematura, podemos aceitar, porque sempre soubemos que ia acontecer mais cedo ou mais tarde. Mas é diferente quando se perde o marido, a mulher, um filho... ou uma irmã. Não esperamos que eles morram, pelo menos não no começo da vida. Portanto, é mais difícil de enfrentar. Principalmente, eu acho, quando é uma irmã gêmea.

— Quando tenho alguma boa notícia a respeito da minha carreira, meu primeiro pensamento é como Ruthie ficaria feliz. E você, Shane? Está se adaptando?

— Eu choro à noite.

— Isso é saudável, por enquanto. Não será tão saudável daqui a um ano.

— Fico acordada ouvindo as batidas do meu coração e é um som cheio de solidão. Dou graças a Deus por Chris. Ele me dá motivação para viver. E você. Tenho você e Chris e somos como uma família, não acha?

— Não somos *como* uma família. *Somos* uma família. Você e eu... irmãs.

Laura sorriu, estendeu a mão e desmanchou o cabelo de Thelma.

— Mas — disse Thelma — isso não quer dizer que pode usar minhas roupas.

IV.

Nos corredores e pelas portas abertas dos escritórios e laboratórios do instituto, Stefan viu os companheiros trabalhando e nenhum demonstrou interesse especial pela sua presença. Tomou o elevador para o terceiro andar e, na porta de seu escritório, encontrou o Dr. Wladyslaw Januskaya, há muito tempo protegido do Dr. Vladimir Penlovski, e a segunda autoridade encarregada da pesquisa de viagem no tempo, que originalmente fora chamada de Projeto Foice, mas que havia recebido o nome de Estrada do Relâmpago alguns meses antes.

Januskaya tinha 40 anos, dez menos que seu mentor, mas parecia mais velho do que o enérgico e cheio de vida Penlovski. Baixo, gordo, quase calvo, com a pele manchada e dois dentes de ouro na frente, óculos grossos que faziam seus olhos parecerem dois ovos pintados, Januskaya podia ter sido uma figura cômica. Mas sua crença fanática no Estado e o zelo com que trabalhava para a causa totalitária bastavam para eliminar todo o potencial de comicidade; na verdade ele era um dos homens mais perturbadores envolvidos no projeto da Estrada do Relâmpago.

-- Stefan, meu caro Stefan – disse Januskaya. – Quero agradecer a você a sugestão oportuna de outubro passado de instalar um gerador seguro para o suprimento de força do portão. Sua visão salvou o projeto. Se ainda estivéssemos usando a energia da cidade... ora, o portão teria entrado em colapso uma meia dúzia de vezes, e teríamos sofrido um atraso prejudicial.

Tendo voltado ao instituto esperando ser preso, Stefan ficou confuso ao ver que não haviam descoberto sua traição, e o elogio daquele verme desprezível o deixou sobressaltado. Sua sugestão sobre o gerador não fora motivada pela vontade de ver o projeto ter sucesso, mas porque não queria que fossem interrompidas suas viagens particulares ao tempo de Laura por falha do fornecimento de força da cidade.

– Em outubro eu não podia imaginar que a esta altura chegaríamos a uma situação como esta, na qual não se pode confiar nos serviços públicos – disse Januskaya, balançando a cabeça tristemente –, a ordem social tão completamente perturbada. O que o povo tem de suportar para ver o triunfo do Estado socialista de seus sonhos, não é mesmo?

– Estamos atravessando tempos difíceis – disse Stefan, falando de coisa diferente.

– Mas triunfaremos – disse Januskaya com entusiasmo. Os olhos aumentados pelas lentes cintilaram com a loucura fanática que Stefan conhecia muito bem. – Com a Estrada do Relâmpago, triunfaremos.

Bateu no ombro de Stefan e continuou a andar pelo corredor.

Quando o cientista estava quase na frente dos elevadores, Stefan disse:

– Ah, Sr. Januskaya?

O gordo verme branco se voltou e olhou para ele:

– Sim?

– O senhor já viu Kokoschka hoje?

– Hoje? Não, hoje ainda não.

– Ele está aqui, não está?

– Ah, acho que sim. Está sempre aqui, desde que tenha alguém trabalhando, você sabe. É um homem muito diligente. Se tivéssemos outros como Kokoschka não teríamos dúvida do triunfo final. Precisa falar com ele? Se eu o encontrar digo para procurá-lo?

– Não, não – disse Stefan. – Não é urgente. Não quero interromper o trabalho dele. Na certa o verei, mais cedo ou mais tarde.

Januskaya continuou até os elevadores, e Stefan foi para seu escritório, fechando a porta.

Agachou ao lado do arquivo que havia empurrado para o lado a fim de esconder um terço da grade na entrada do túnel de ventilação. No espaço estreito atrás do arquivo um emaranhado de fios de cobre saía da grade. Os fios estavam ligados a um cronômetro simples, por sua vez ligado a uma tomada na parede, mais atrás do arquivo. Nada fora desligado. Stefan podia ajustar o cronômetro e no espaço de um a cinco minutos, dependendo da volta que desse no marcador, o instituto seria destruído.

Que diabo está acontecendo?, pensou ele.

Ficou por algum tempo sentado à sua mesa, olhando para o pedaço de céu visível através de uma das duas janelas: nuvens escuras e esparsas se moviam preguiçosamente sobre o fundo muito azul.

Finalmente saiu do escritório, subiu a escada da ala norte e passou rapidamente do quarto andar para o sótão. A porta se abriu com um leve rangido. Stefan acendeu a luz e entrou no espaço longo e semiacabado, pisando cuidadosamente no assoalho de madeira. Verificou três cargas plásticas que havia escondido nas vigas do teto duas noites antes. Os explosivos estavam como ele os havia deixado.

Não precisava examinar as cargas do porão. Voltou ao escritório.

Obviamente ninguém sabia de suas intenções de destruir o instituto e nem das suas tentativas de evitar as tragédias programadas pelo destino para a vida de Laura. Ninguém, exceto Kokoschka. Droga, Kokoschka *tinha* que saber, pois tinha aparecido na estrada da montanha com uma Uzi.

Então, por que não contou a ninguém?

Kokoschka era oficial da polícia secreta do Estado, um verdadeiro fanático, servidor entusiasta e obediente do governo, e pessoalmente responsável pela segurança da Estrada do Relâmpago. Tendo descoberto um traidor no instituto, Kokoschka não hesitaria em mandar que um esquadrão de agentes cercasse o prédio, guardando o portão e interrogando todos que estavam lá dentro.

Certamente não teria permitido que Stefan fosse ajudar Laura na estrada da montanha, e depois o seguido com a intenção de matar a todos. Ele na certa ia querer deter Stefan e interrogá-lo para saber se havia outros conspiradores no instituto.

Kokoschka soubera da interferência de Stefan no curso dos acontecimentos predeterminados na vida de uma mulher. E havia descoberto ou não os explosivos no instituto – provavelmente não descobrira, pois do contrário teria pelo menos desconectado as cargas. Então, por motivos pessoais não tinha reagido como um policial, mas como indivíduo. Naquela manhã havia seguido Stefan através do portão até a tarde fria de janeiro de 1988, por motivos que Stefan não podia compreender.

Não fazia sentido. Mas só podia ser assim.

O que Kokoschka pretendia?

Provavelmente Stefan jamais ia saber.

Agora Kokoschka estava morto numa estrada, em 1988, e logo dariam por falta dele no instituto.

Naquela tarde, às 14 horas, Stefan devia fazer uma viagem sob a direção de Penlovski e Januskaya. Pretendia explodir o instituto – em dois sentidos – às 13 horas, uma hora antes da viagem programada. Agora, às 11h43, resolveu que precisava apressar seus planos, antes que dessem pelo desaparecimento de Kokoschka.

Foi até um dos arquivos, abriu a última gaveta, que estava vazia, retirou-a dos trilhos e do arquivo de aço. Na parte de trás do compartimento da gaveta estava uma pistola Colt Commander 9mm Parabellum com nove balas, adquirida em uma de suas viagens ilegais e levada secretamente para o instituto. De trás de outra gaveta retirou dois silenciadores de alta tecnologia e quatro pentes carregados. Levou tudo para a mesa rapidamente, pois alguém podia entrar sem bater à porta, atarraxou um dos silenciadores no revólver, soltou a trava e distribuiu o resto do material pelos bolsos do avental de trabalho.

Quando deixasse o instituto através do portão pela última vez, não teria certeza de que Penlovski, Januskaya e outros cientistas morreriam na explosão. O prédio seria destruído, bem como todas as máquinas e arquivos, mas, o que aconteceria se um dos pesquisadores sobrevivesse? O conhecimento necessário para construir outro portão estava na cabeça de Penlovski e de Januskaya, portanto Stefan pretendia matá-los, bem como a outro homem, Volkaw, antes de ajustar o marcador de tempo dos explosivos e entrar no portão, voltando para Laura.

Com o silenciador, a Commander era longa demais para caber no bolso do avental de trabalho de Stefan, por isso virou o bolso do avesso e rasgou o fundo. Com o dedo no gatilho, enfiou a arma no bolso furado e abriu a porta do escritório.

Seu coração batia descompassadamente. Era a parte mais perigosa do plano, matar aqueles homens, porque muita coisa podia sair errada antes de liquidá-los e voltar ao escritório para armar os explosivos.

Laura estava muito longe, e talvez jamais a visse outra vez.

V.

Na tarde de segunda-feira, Laura e Chris vestiram seus joggings cinzentos. Depois que Thelma os ajudou a desenrolar os espessos tatames no pátio, atrás da casa, mãe e filho sentaram e fizeram exercícios respiratórios.

— Quando é que Bruce Lee vai chegar? — perguntou Thelma.

— Às 14 horas — respondeu Laura.

— Ele não é Bruce Lee, tia Thelma — disse Chris impaciente. — Você fica dizendo Bruce Lee, mas Bruce Lee morreu.

O Sr. Henry Takahami chegou às 14 horas em ponto. Vestia uma roupa de ginástica azul-escura com o emblema da escola de artes marciais nas costas do blusão: FORÇA SILENCIOSA. Quando foi apresentado a Thelma, disse:

— A senhora é muito engraçada. Adoro seu álbum de discos.

Encantada com o elogio, Thelma respondeu:

— Pois posso dizer honestamente que gostaria que o Japão tivesse vencido a guerra.

Henry riu:

— Acho que vencemos.

Sentada numa cadeira de lona, tomando chá gelado, Thelma assistiu à aula de defesa pessoal.

Henry Takahami tinha 40 anos, corpo musculoso e pernas fortes. Era mestre de judô e caratê e boxeador experiente. Ensinava uma forma de defesa pessoal baseada em várias artes marciais, um sistema inventado por ele mesmo. Duas vezes por semana ia de carro de Riverside até a casa nas montanhas e passava três horas com Laura e Chris.

O combate com pontapés, socos, rosnados, torções do corpo e movimentos de impacto era conduzido de modo a não ferir ninguém, mas com força suficiente para treinar os alunos com perfeição. Chris aprendia golpes menos cansativos e violentos do que Laura, e Henry dava ao garoto muitos momentos para descanso. No fim da aula Laura estava sempre banhada de suor e exausta.

Quando Henry partiu, Laura mandou Chris subir para o banho de chuveiro enquanto enrolava os tatames ajudada por Thelma.

– Ele é engraçadinho – disse Thelma.
– Henry? Sim, acho que é.
– Talvez eu resolva fazer umas aulas de judô ou caratê.
– Sua plateia tem estado *tão* descontente assim ultimamente?
– Esse foi um golpe baixo, Shane.
– Tudo é permitido quando o inimigo é formidável e impiedoso.

NO DIA SEGUINTE à tarde, quando punha a bagagem no Camaro, pronta para voltar a Beverly Hills, Thelma disse:

– Ei, Shane, lembra daquela primeira família com que você ficou quando estávamos no McIlroy?
– Os Teagel – disse Laura. – Flora, Hazel e Mike.

Thelma encostou no lado do carro aquecido pelo sol, perto de Laura:

– Lembra o que contou sobre a fascinação de Mike por certos jornais como o *National Enquirer*?
– Lembro dos Teagel como se os tivesse deixado ontem.
– Bem – disse Thelma –, tenho pensado muito nas coisas que aconteceram com você... esse guardião, o fato de ele não

envelhecer, o modo como desapareceu no ar... e lembrei dos Teagel. Parece uma ironia. Todas aquelas noites no McIlroy ríamos do velho e biruta Mike Teagel... e agora você está bem no meio de algo que não passa de noticiário exótico.

Laura riu baixinho.

— Talvez eu deva reconsiderar aquelas histórias de extraterrestres que viviam secretamente em Cleveland, certo?

— Acho que estou tentando dizer... que a vida é cheia de surpresas e coisas estranhas. Algumas são desagradáveis, e alguns dias tão sinistros como o interior da cabeça de um político. Mas há momentos em que compreendo que estamos aqui por algum motivo, por mais enigmático que seja. Nada é sem sentido. Se fosse, não haveria mistério. Seria monótono e claro como o mecanismo de uma cafeteira.

Laura fez um gesto afirmativo.

— Meu Deus, veja só! Estou torturando a nossa língua só para fazer declarações filosóficas simplórias que, resumindo, significam apenas "continue firme, garota".

— Você não é simplória.

— Mistério – disse Thelma. – Maravilha. Você está no meio disso, Shane, e é assim. Se parece sombrio agora... bem, também vai passar.

Abraçaram-se, sem precisar dizer mais. Chris saiu correndo da casa com um desenho a lápis que havia feito para Thelma. Era uma cena primitiva mas encantadora, mostrando Tommy Sapo na frente de um cinema, olhando para o cartaz com o nome de Thelma em letras enormes.

Chris estava com os olhos cheios de lágrimas.

— Você precisa mesmo ir, tia Thelma? Não pode ficar mais um dia?

Thelma o abraçou, depois enrolou o desenho cuidadosamente como se fosse uma preciosa obra-prima.

— Eu gostaria de ficar, Christopher Robin, mas não posso. Meus fãs estão exigindo que eu faça esse filme. Além disso, tenho uma grande hipoteca para pagar.

— O que é uma hipoteca?

— A maior motivação do mundo — disse Thelma, beijando o garoto. Entrou no carro, ligou o motor, abaixou o vidro e piscou para Laura. — Notícias exóticas, Shane.

— Mistério.

— Maravilha.

Laura ergueu os três dedos, na saudação de *Jornada nas estrelas.*

Thelma riu.

— Você vai conseguir, Shane. Apesar das armas e de tudo o que fiquei sabendo desde que cheguei na sexta-feira, estou menos preocupada com você agora.

Chris ficou ao lado de Laura olhando o carro de Thelma até ele desaparecer na estrada.

VI.

O escritório do Dr. Vladimir Penlovski era uma suíte no quarto andar do instituto. Quando Stefan entrou na sala de espera, não viu ninguém, mas ouviu vozes que vinham da sala ao lado. Foi até a porta, que estava entreaberta, empurrou-a e viu Penlovski ditando para Anna Kaspar, sua secretária.

Penlovski ergueu os olhos, um pouco surpreso ao ver Stefan. Certamente percebeu a tensão no rosto dele, pois franziu a testa e disse:

— Alguma coisa errada?

— Alguma coisa está errada há muito tempo — disse Stefan —, mas acho que tudo vai ficar certo agora.

Penlovski olhou para ele intrigado. Stefan tirou a Commander equipado com silenciador do bolso e deu dois tiros no peito do cientista.

Anna Kaspar saltou da cadeira, deixando cair o lápis e o bloco, com um grito preso na garganta.

Stefan não gostava de matar mulheres – não gostava de matar ninguém – mas não tinha escolha agora, e atirou três vezes, jogando-a contra a mesa, antes que o grito se concretizasse.

Morta, ela escorregou para o chão. Os tiros não fizeram mais barulho do que o rosnado de um gato zangado, e a queda do corpo da mulher não deu para chamar a atenção.

Penlovski estava caído para trás na cadeira, olhos e boca abertos, olhando sem ver. Um dos tiros devia ter atingido o coração, pois havia apenas um pequeno ponto de sangue em sua camisa; a circulação fora cortada imediatamente.

Stefan saiu da sala e fechou a porta. Atravessou a sala de espera, passou para o corredor e fechou aquela porta também.

Seu coração estava disparado. Com aqueles dois assassinatos estava se desligando para sempre de seu tempo, de seu povo. A partir daquele momento a única vida para ele seria no tempo de Laura. Não podia mais voltar atrás.

Segurando a arma num dos bolsos, a outra mão enfiada no outro, foi pelo corredor até o escritório de Januskaya. Quando chegou perto da porta, dois homens saíram do escritório. Disseram alô ao passar por ele e Stefan parou, para ver se iam ao escritório de Penlovski. Se fossem, teria de matá-los também.

Os dois pararam na frente dos elevadores. Stefan ficou aliviado porque, quanto mais gente matasse, maior seria a possibilidade de os corpos serem encontrados e dado o alarme que o impediria de ligar o detonador e fugir pela Estrada do Relâmpago.

Entrou no escritório de Januskaya, que tinha também uma sala de espera. A secretária, sentada à sua mesa – uma funcionária, como Anna Kaspar, da polícia secreta – ergueu os olhos e sorriu.

– O Dr. Januskaya está no escritório? – perguntou Stefan.

– Não. Está na sala de documentos com o Dr. Volkaw.

Volkaw era o terceiro homem que conhecia o projeto o bastante para precisar ser eliminado. O fato de estar com Wladyslaw Januskaya naquele momento parecia um bom presságio.

Na sala de documentos eram arquivados, para estudo, os vários livros, jornais, revistas e outros materiais recolhidos pelos viajantes do tempo. No momento, os idealizadores da Estrada do Relâmpago se dedicavam a uma análise urgente dos pontos-chaves onde a alteração dos fatos podia provocar as mudanças desejadas no curso da história.

No elevador Stefan trocou o silenciador da arma. O primeiro serviria ainda para uma dúzia de tiros. Mas Stefan não queria arriscar. O segundo silenciador era uma medida adicional de segurança. Substituiu também o pente ainda com balas por outro, completo.

O corredor do primeiro andar era sempre movimentado, com pessoas que iam de um laboratório para outro, de uma sala para outra. Com as mãos nos bolsos, Stefan foi diretamente para a sala de documentos.

Quando Stefan entrou, Januskaya e Volkaw estavam de pé ao lado de uma mesa de carvalho, inclinados sobre uma revista, discutindo calorosamente em voz baixa. Ergueram os olhos e imediatamente continuaram a discussão, supondo que Stefan estava ali para fazer alguma pesquisa.

Stefan atirou duas vezes nas costas de Volkaw.

Januskaya reagiu com confusão e choque quando Volkaw foi atirado sobre a mesa com o impacto dos tiros quase silenciosos.

Stefan atirou no rosto de Januskaya, deu meia-volta e saiu da sala, fechando a porta. Duvidando que pudesse falar com coerência naquele momento, fingiu estar absorto em seus pensamentos, esperando que isso dissuadisse qualquer pessoa de se dirigir a ele. Foi para os elevadores sem correr, subiu até o terceiro andar, enfiou a mão por trás do arquivo e girou o botão do cronômetro até o fim, dando a si mesmo cinco minutos para chegar ao portão e fugir no tempo, antes que o instituto fosse destruído.

VII.

Quando começou o ano letivo, Chris concordou em estudar em casa, sob orientação de uma professora credenciada pelo governo. Chamava-se Ida Palomar e lembrava um pouco Marjorie Main, a falecida estrela dos filmes de Ma e Pa Kettle. Ida era uma mulher grande, um pouco carrancuda, mas de coração generoso, e ótima professora.

No feriado do Dia de Ação de Graças, Laura e Chris já estavam adaptados ao isolamento relativo em que viviam. Na verdade, sentiam prazer na união formada entre os dois devido à convivência com poucas pessoas.

Nesse dia Thelma telefonou de Beverly Hills. Laura atendeu na cozinha repleta do aroma de peru assado. Chris estava na sala de televisão, lendo Shel Silverstein.

— Além de desejar a vocês um bom feriado – disse Thelma –, estou telefonando para convidar os dois para passar os feriados de Natal comigo e Jason.

— Jason? – perguntou Laura.

— Jason Gaines, o diretor – disse Thelma. – O cara que está dirigindo meu filme. Estou morando com ele.

— Ele já sabe?

— Escute, Shane, *eu* faço as piadas.

— Desculpe.

— Ele diz que me ama. Será loucura? Quero dizer, puxa, aqui está este cara decente, cinco anos mais velho do que eu, sem nenhuma mutação visível, um diretor de *enorme* sucesso, que ganha milhões, que pode ter qualquer estrela sensacional, e só quer a mim. Obviamente ele tem alguma deficiência mental, mas não se percebe; conversando com ele, a gente acredita que é normal. Diz que o que ama em mim é principalmente meu *cérebro*...

— Ele sabe que esse cérebro é doente?

— Lá vem você outra vez, Shane. Diz que ama meu cérebro e meu senso de humor, e até fica excitado com meu corpo... se não fica, é o primeiro cara na história capaz de *fingir* uma ereção.

— Seu corpo é muito bonito.

— Bem, começo a considerar a possibilidade de que não é tão ruim quanto eu pensava. Isto é, se considerarmos a *magreza* como condição *sine qua non* da beleza feminina. Porém, embora possa olhar para meu corpo no espelho, agora vejo sempre *esta* cara pousada nos ombros.

— Você tem um rosto perfeitamente adorável... sobretudo agora, que não está rodeado de cabelo verde e roxo.

— Não é o *seu* rosto, Shane. O que significa que é loucura convidar você para passar o Natal conosco. Jason vai conhecer você e logo eu estarei na lata de lixo. Mas o que me diz? Você vem? Estamos filmando em Los Angeles e arredores e devemos terminar no dia 10 de dezembro. Então Jason terá muito trabalho, a edição do filme e todas essas coisas, mas na semana de Natal nós *paramos*. Gostaríamos que vocês estivessem aqui. Diga que vem.

— Bem que gostaria de conhecer o homem com bastante inteligência para se apaixonar por você, Thelma, mas não sei. Eu... me sinto segura aqui.

— Pensa que somos perigosos?

— Você sabe do que estou falando.

— Pode trazer uma Uzi.

— O que Jason vai pensar?

— Eu digo que você é uma esquerdista radical, do grupo salvem as baleias, acabem com os agrotóxicos, liberacionista dos papagaios e que você carrega sempre uma Uzi para o caso da revolução estourar sem aviso prévio. Ele vai acreditar. Isto é

Hollywood, garota. A maioria dos atores com quem ele trabalha é mais insana politicamente do que isso.

De onde estava, Laura via Chris na cadeira, lendo.

Ela suspirou:

— Talvez esteja na hora de a gente sair para o mundo uma vez ou outra. E vai ser um Natal difícil se ficarmos sozinhos, o primeiro sem Danny. Mas fico um tanto apreensiva...

— Já faz mais de dez meses, Laura — disse Thelma suavemente.

— Mas não vou baixar a guarda.

— Não precisa. Falei sério sobre a Uzi. Traga todo seu arsenal se quiser. Mas venha.

— Bem... nós vamos.

— Fantástico! Não vejo a hora de você conhecer Jason.

— Será que estou vendo sinais de que o amor desse insano figurão de Hollywood é correspondido?

— Estou louca por ele — admitiu Thelma.

— Fico feliz por você, Thelma. Estou aqui de pé com um sorriso de orelha a orelha e há muitos meses não me sentia tão bem.

Era verdade. Mas quando desligou, sentiu mais do que nunca a falta de Danny.

VIII.

Depois de ligar o marcador de tempo atrás do arquivo, Stefan foi para o laboratório principal no andar térreo. Eram 12h14 e, como a viagem estava programada para as 14h, não havia ninguém no portão. As janelas estavam hermeticamente fechadas e quase todas as luzes, apagadas, exatamente como pouco mais de uma hora antes, quando ele voltou de San Bernardino. Os inúmeros botões, medidores e gráficos iluminados do aparelho cintilavam verdes e cor de laranja. Mais na sombra do que na luz, o portão esperava por ele.

Quatro minutos para a explosão.

Stefan foi diretamente ao painel de programa e ajustou os botões e alavancas, preparando o portão para o destino desejado: sul da Califórnia, perto de Big Bear, às 20 horas de 10 de janeiro de 1988, algumas horas depois da morte de Danny Packard. Stefan fizera os cálculos necessários alguns dias antes e seguia as próprias anotações numa folha de papel, o que permitiu que programasse a máquina em um minuto.

Se pudesse viajar para a tarde do dia 10, antes do acidente e da troca de tiros com Kokoschka, teria feito isso, evitando assim a morte de Danny. Entretanto tinham aprendido que o viajante do tempo não podia revisitar um local onde pode encontrar a si mesmo numa viagem anterior. Podia voltar a Big Bear *depois* do dia em que deixara Laura, naquela noite de janeiro, pois, já tendo partido para a estrada, não corria o risco de encontrar a si mesmo. Porém, se regulasse o portão para um tempo onde fosse possível se encontrar, simplesmente seria lançado de volta ao instituto, sem ir a lugar nenhum. Esse era um dos muitos aspectos misteriosos que haviam aprendido, mas que não compreendiam, a respeito da viagem no tempo.

Quando terminou a programação, verificou o indicador de latitude e longitude, para garantir que chegaria perto de Big Bear. Então olhou para o relógio que marcava sua hora de chegada e sobressaltou-se vendo que indicava as 20 horas de 10 de janeiro de 1989, e não 1988. O portão estava agora preparado para levá-lo a Big Bear não algumas horas, mas um ano após a morte de Danny.

Stefan tinha certeza de ter feito os cálculos exatos, com calma e precisão, nas duas últimas semanas. Evidentemente, nervoso como estava, havia cometido um engano ao dar entrada nos números. Teria de reprogramar o portão.

Faltavam menos de três minutos para a explosão.

Piscou protegendo os olhos do suor e examinou os números no papel, o produto final dos seus cálculos exaustivos. Quando estendeu a mão para a alavanca do controle, a fim de cancelar o programa e modificar os números, ouviu um grito de alarme no corredor. Mais gritos pareciam partir da ala norte do prédio, na área da sala de documentos.

Alguém havia encontrado os corpos de Januskaya e Volkaw.

Mais gritos. Pessoas correndo.

Olhando nervosamente para a porta que dava para o corredor, Stefan compreendeu que não teria tempo para reprogramar. Voltaria para Laura um ano depois de tê-la deixado.

Com a Colt Commander munida de silenciador na mão direita, Stefan se levantou da banqueta e foi para o portão – o barril com 2,5 metros de altura e 3,5 metros de comprimento, de aço polido, aberto em uma das extremidades sobre blocos de cobre. Não perdeu tempo nem para apanhar sua jaqueta, que estava num canto da sala.

A comoção no corredor aumentava.

Quando estava a poucos passos da entrada do portão, a porta do laboratório se abriu violentamente, batendo na parede, com força.

– Parado aí!

Stefan reconheceu a voz, mas não podia acreditar. Ergueu o revólver e virou para enfrentar o homem: Kokoschka.

Impossível. Kokoschka estava morto. Kokoschka o seguira até Big Bear na noite de 10 de janeiro de 1988 e Stefan o matara naquela estrada coberta de neve.

Atônito, Stefan atirou duas vezes e errou.

Kokoschka atirou. Uma bala atingiu a parte superior esquerda do peito de Stefan, atirando-o para trás, contra a entrada do portão. Ainda de pé, atirou três vezes em Kokoschka, obrigando-o a se proteger rolando para trás de uma mesa do laboratório.

Faltavam menos de dois minutos para a explosão.

Stefan, em choque, não sentia dor. Mas seu braço esquerdo estava paralisado. Uma sombra insistente se insinuava diante dele.

Apenas algumas lâmpadas estavam acesas no teto, mas de repente bruxulearam e se apagaram, deixando a sala vagamente iluminada pelos vários mostradores. Por um momento Stefan pensou que aquilo era um efeito de seu atordoamento, algo subjetivo, mas então compreendeu que o fornecimento de energia da cidade tinha falhado outra vez, evidentemente obra de sabotadores, pois não se ouvia nenhum sinal de ataque aéreo.

Kokoschka atirou duas vezes no escuro, denunciando sua posição, e Stefan deu os três últimos tiros de seu revólver, sabendo que era impossível atingir Kokoschka, escondido atrás da mesa de mármore.

Agradecendo o fato de o portão estar ligado ao gerador e em funcionamento, Stefan jogou longe a pistola e com a mão direita segurou o portal em forma de barril. Entrou e se arrastou freneticamente para o ponto três quartos, onde cruzaria o campo de energia, partindo para Big Bear, 1989.

Enquanto se arrastava de joelhos, apoiado no braço direito, no interior escuro do barril, Stefan lembrou que o cronômetro do detonador em seu escritório estava ligado ao sistema de força municipal. A contagem regressiva fora interrompida com o corte de energia.

Stefan compreendeu então que Kokoschka não estava morto em Big Bear em *1988. Kokoschka não fizera aquela viagem ainda.* Só agora ele tomava conhecimento da traição de Stefan, ao descobrir os corpos de Januskaya e Volkaw. Antes que o fornecimento de energia fosse restaurado, Kokoschka revistaria o escritório de Stefan, encontraria o detonador e o desarmaria. O instituto não seria destruído.

Stefan hesitou, pensando em voltar.

Ouviu outras vozes no laboratório, outros homens da segurança que chegavam para apoiar Kokoschka.

Continuou a se arrastar para dentro do portão.

E Kokoschka? O chefe da segurança evidentemente ia viajar para 10 de janeiro de 1988, para tentar matar Stefan na rodovia 330. Mas só ia conseguir matar Danny, antes de ser morto. Stefan tinha certeza de que a morte de Kokoschka era parte imutável do destino, mas precisava estudar melhor os paradoxos da viagem no tempo e verificar se Kokoschka podia evitar a própria morte em 1988, a morte que Stefan já havia testemunhado.

A complexidade da viagem no tempo era bastante confusa, mesmo quando estudada com a mente clara. Naquelas condições, ferido e lutando para permanecer consciente, pensar em tudo aquilo o deixava atordoado. Mais tarde podia se preocupar com isso.

Atrás dele, no laboratório escuro, alguém começou a atirar para o interior do portão, esperando atingi-lo antes que chegasse ao ponto de partida.

Stefan se arrastou pelos últimos centímetros. Na direção de Laura. Para a vida num tempo distante. Mas havia planejado fechar para sempre a ponte entre a era que deixava e aquela para onde estava indo. Porém o portão ia permanecer aberto. E eles podiam atravessar o tempo e alcançá-lo... e a Laura.

IX.

Laura e Chris passaram o Natal com Thelma e Jason Gaines, em Beverly Hills. Era uma casa em estilo Tudor, com 22 cômodos, num terreno murado de 6 acres, uma área imensa onde cada centímetro era absurdamente caro. Durante a construção, nos idos de 1940 – para um produtor de comédias malucas e filmes de guerra –, nada havia sido economizado em termos de qualidade, e o fino trabalho de arquitetura não poderia ser repetido nem por dez vezes o preço pago na época. Havia tetos em caixotão, alguns de carvalho, outros de cobre; cornijas elaboradamente entalhadas; vitrais cinzelados, tão profundamente encaixados nas espessas paredes que era possível sentar confortavelmente nos parapeitos das janelas; lintéis interiores decorados com painéis feitos à mão – parreiras e rosas, querubins e flâmulas, cervos saltando, pássaros com fitas coloridas nos bicos; os exteriores eram de granito entalhado e em dois deles havia grupos de frutas de cerâmica no estilo Della Robbia. O terreno em volta da casa era um parque particular muito bem tratado, onde caminhos calçados com pedras percorriam a paisagem tropical de palmeiras, benjaminas, samambaias, fícus, azaleias carregadas de brilhantes flores vermelhas, aves-do-paraíso e flores da estação tão variadas que Laura só conseguiu identificar metade.

Laura e Chris chegaram no começo da tarde de sábado, antes do Natal, e Thelma os levou para um longo passeio pela casa e pelo terreno. Depois tomaram chocolate com folhados em miniatura feitos pelo cozinheiro e servidos pela empregada no solário que dava para a piscina.

– Não é uma vida maluca, Shane? Dá para acreditar que a garota que passou anos em buracos como o McIlroy e o Caswell esteja morando *aqui* sem precisar reencarnar como uma princesa?

A casa era tão imponente que conferia ao seu dono uma Importância com I maiúsculo, e quem a possuísse precisava evitar cuidadosamente uma atitude pomposa ou presunçosa. Mas quando Jason Gaines chegou, às 16 horas, Laura viu que ele nada tinha de pretensioso, o que era de espantar para um homem que há 17 anos trabalhava no cinema. Jason tinha 38 anos, cinco mais do que Thelma. Parecia um Robert Vaugham jovem, o que era muito melhor do que "uma aparência decente", como Thelma dissera. Meia hora depois de ter chegado, estava numa das salas de jogos com Chris, brincando com o trem elétrico na plataforma de 5x7 metros, com cidadezinhas, campos, moinhos, cachoeiras, túneis e pontes.

Naquela noite, quando Chris já dormia no quarto ao lado do de Laura, Thelma visitou a amiga. De pijamas, sentaram na cama com as pernas cruzadas, como duas garotas, comendo pistache torrado e tomando champanhe em vez de biscoitos e leite.

– O mais estranho, Shane, é que, apesar da minha origem, sinto que pertenço a este lugar. Não me sinto deslocada.

Não parecia deslocada. Era ainda Thelma Ackerson, mas tinha mudado nos últimos meses. O cabelo tinha um corte e um penteado mais sofisticados; pela primeira vez na vida Thelma estava bronzeada e tinha o porte de uma mulher e não tanto de uma comediante procurando a aprovação da plateia com cada gesto e atitude. Seu pijama era menos espalhafatoso e mais feminino: justo, de seda creme lisa. Mas com chinelos de coelhinho.

– Chinelos de coelhinho – disse ela – para lembrar quem sou. Não se pode perder a noção de proporção com chinelos de coelhinho, nem perder a perspectiva, nem agir como uma estrela ou uma dama muito rica. Além disso, eles me dão confiança porque são tão bonitos, é como se dissessem: "Nada do que o mundo fizer pode me levar a ser tola e frívola." Se eu morresse e fosse para o inferno, poderia aguentar se estivesse com meus chinelos de coelhinho.

O dia de Natal foi como um sonho maravilhoso. Jason demonstrou ser um idealista com o encantamento de uma criança. Insistiu para que se reunissem em volta da árvore, todos de pijama e roupão, que abrissem os presentes fazendo estalar as fitas sonoramente e fazer barulho ao rasgar o papel, com a maior dramaticidade possível; insistiu para que cantassem canções de Natal e, enquanto abriam os presentes, abandonassem a ideia de um saudável café da manhã e pensassem em biscoitos, balas, nozes, bolo de frutas e pipoca doce. Provou que não estava apenas tentando ser um bom anfitrião ao passar parte da noite anterior com Chris e os trens, pois no dia de Natal brincou o tempo todo com o garoto e era evidente que gostava de crianças e se dava bem com elas. Na hora do jantar Laura concluiu que Chris tinha se divertido mais num dia do que nos últimos 11 meses.

Quando o acompanhou até a cama naquela noite, ele disse:
— Foi um dia muito legal, não foi, mamãe?
— Um dos mais legais de todos os tempos — concordou ela.
— Eu só queria — disse Chris sonolento — era que papai estivesse aqui também.
— É o que eu também queria, meu querido.
— Mas, de certo modo ele esteve aqui, porque pensei nele o tempo todo. Será que vou me lembrar dele mesmo depois de dezenas e dezenas de anos, mamãe?
— Eu o ajudarei a se lembrar, meu bem.
— Porque já existem algumas coisas que não me lembro bem. Tenho de pensar muito para lembrar. Mas não quero esquecer, porque ele era meu pai.

Depois que ele dormiu, Laura foi para seu quarto. Ficou imensamente aliviada quando Thelma apareceu para outra conversa íntima, porque se ficasse sozinha passaria por algumas horas de tristeza.

— Se eu tiver filhos, Shane — disse Thelma, sentando na cama de Laura —, acha que poderiam viver na nossa sociedade ou seriam banidos para alguma colônia de crianças feias?
— Não seja boba.

— É claro que eu poderia pagar uma cirurgia completa para eles. Quero dizer, mesmo que fossem de uma espécie questionável, poderia transformá-los em seres humanos passáveis.

— Às vezes sua autodepreciação me deixa furiosa.

— Desculpe. Atribua ao fato de não ter tido mãe e pai para solidificar minha autoestima. Tenho a confiança e a dúvida de uma órfã. — Ficou calada por algum tempo e então disse, rindo: — Ei, quer saber de uma coisa? Jason quer casar comigo. A princípio pensei que ele estivesse possuído por um demônio, sem poder controlar a língua, mas ele garantiu que não precisa de um exorcista, embora evidentemente deva ter sofrido um pequeno derrame. Então, o que você acha?

— O que *eu* acho? Que importância tem o que eu acho? Mas na minha opinião Jason é um cara formidável. Você vai agarrá-lo, não vai?

— Tenho medo de que seja bom demais para mim.

— Ninguém é bom demais para você. Case com ele.

— E se não der certo, vou ficar arrasada.

— E se não tentar, vai ficar mais do que arrasada... vai ficar sozinha.

X.

Stefan sentiu o formigamento familiar e desagradável que acompanhava a viagem no tempo, uma vibração especial que penetrava em sua pele, atravessando a carne, chegando à medula, voltando depois rapidamente até a superfície. Com um estalido e barulho de sucção, ele deixou o portão e, no mesmo instante, descia aos tropeções uma encosta íngreme coberta de neve, nas montanhas, ao sul da Califórnia, na noite de 10 de janeiro de 1989.

Tropeçou, caiu sobre o lado ferido, rolou para o sopé da encosta, parando de encontro a um tronco de árvore caído. Pela primeira vez desde que fora atingido, sentiu dor. Com um grito, caiu de costas, mordendo a língua para não desmaiar, os olhos piscando na noite tempestuosa.

Outro relâmpago cortou o céu e a luz pareceu pulsar no ferimento aberto. Com a luz espectral da terra coberta de neve e dos ferozes e espasmódicos clarões dos relâmpagos, Stefan viu que estava numa clareira na floresta. Árvores negras e nuas estendiam os galhos para o céu como fanáticos adorando um deus violento. Pinheiros, os galhos curvados ao peso da neve, eram sacerdotes solenes de uma religião mais decorosa.

Chegando num tempo que não era o seu, o viajante perturbava as forças da natureza com uma imensa dispersão de energia. Independentemente do tempo no local da chegada, o desequilíbrio era compensado pelo espetáculo violento de relâmpagos furiosos e cortantes. Por isso a estrada etérea pela qual transitavam os viajantes do tempo era chamada Estrada do Relâmpago. Por motivos ainda desconhecidos, a volta ao instituto, à era do viajante, não era marcada por aquela pirotecnia celeste.

Os relâmpagos diminuíram, como sempre acontecia, passando de descargas apocalípticas a lampejos distantes. Num minuto a noite estava calma outra vez.

Com a diminuição dos relâmpagos, a dor do ferimento aumentou. Era como se as descargas que haviam rasgado o céu estivessem agora dentro do seu peito, do ombro e do braço esquerdos, uma força grande demais para ser suportada por um mortal.

Stefan ficou de joelhos e se levantou trêmulo, temendo não ter forças para sair vivo do bosque. A não ser pelo brilho fosforescente da clareira coberta de neve, a noite estava negra como breu, assustadora. Embora sem vento, o ar estava gelado, e Stefan vestia apenas seu avental do laboratório sobre a camisa e a calça.

O que era pior, talvez estivesse a quilômetros de uma estrada ou de qualquer marco que indicasse sua posição. Se o portão fosse comparado a um revólver, sua exatidão seria notável em termos da distância percorrida no tempo, mas muito imperfeita na pontaria. Geralmente o viajante chegava num espaço de tempo compreendido entre 10 e 15 minutos do calculado, mas nem sempre com essa exatidão geográfica. Às vezes aterrissava a 100 metros do local desejado, mas em outras ocasiões, a uma distância de 15 ou 20 quilômetros, como no dia 10 de janeiro de 1988, quando Stefan viajou para salvar Laura, Danny e Chris do acidente com o caminhão dos Robertson.

Em todas as viagens anteriores levara um mapa da área de chegada e uma bússola, para o caso de parar em algum lugar isolado como o que estava agora. Mas desta vez, tendo deixado a jaqueta no canto do laboratório, não tinha mapa nem bússola, e o céu encoberto não permitia que achasse o caminho guiando-se pelas estrelas.

A neve chegava quase a seus joelhos e Stefan estava com sapatos comuns, não botas. Precisava se movimentar imediatamente, do contrário ficaria pregado ao solo. Examinou a clareira, à procura de inspiração, intuição, e finalmente escolheu seu rumo ao acaso caminhando para a esquerda, à procura de uma trilha de cervos ou outro curso natural que indicasse a saída da floresta.

Todo o lado esquerdo de seu corpo, do pescoço até a cintura, latejava de dor. Esperava que a bala que o havia atravessado não tivesse seccionado nenhuma artéria e que a perda de sangue fosse bastante pequena para que pudesse pelo menos chegar até Laura, ver seu rosto que tanto amava, uma vez ainda, antes de morrer.

O PRIMEIRO ANIVERSÁRIO da morte de Danny caiu numa terça-feira e embora Chris não fizesse nenhum comentário a respeito, sabia a importância da data. O garoto nesse dia estava extremamente quieto. Passou a maior parte do tempo brincando com seus Mestres do Universo, na sala de televisão, um brinquedo com imitações vocais de armas laser, clangor de espadas e motores de naves espaciais. Depois deitou na cama, em seu quarto, lendo revistas em quadrinho. Resistiu aos esforços de Laura para tirá-lo daquele isolamento voluntário, o que talvez tenha sido bom; qualquer tentativa de Laura para parecer alegre não seria verdadeira, e Chris teria ficado mais deprimido vendo que ela também lutava para não pensar na grande perda.

Thelma, que havia telefonado alguns dias antes para comunicar seu casamento com Jason Gaines, telefonou outra vez às 19h15, só para conversar, como se não soubesse da importância da data. Laura atendeu no escritório, onde lutava ainda com o livro sombrio no qual estava trabalhando há quase um ano.

— Ei, Shane, adivinha só! Conheci Paul McCartney! Ele estava em Los Angeles para um contrato de gravação e nos encontramos, numa festa na sexta-feira. Quando o vi pela primeira vez estava enfiando um *hors-d'oeuvre* na boca, disse oi, com migalhas nos lábios, estava *gatíssimo*. Disse que assistiu a meus filmes, que gostou muito, e conversamos... você acredita? Acho que durante vinte minutos, e aos poucos, a coisa mais estranha aconteceu.

— Você descobriu que estava despindo Paul McCartney enquanto conversava.

— Bem, ele ainda é bem bonito, você sabe, com aquela carinha de querubim que adorávamos há vinte anos, mas agora marcado pela experiência, *très* sofisticado e com um atraente toque de tristeza nos olhos, extremamente interessante e encantador. A princípio acho que tive vontade de tirar a roupa dele e finalmente viver minha fantasia. Mas quanto mais conversávamos, menos ele parecia um deus; era uma pessoa, e em *minutos,* Shane, o mito evaporou, e Paul McCartney era apenas um homem agradável, atraente, de meia-idade. Então, o que acha disso?

— O que devo achar?

— Não sei — disse Thelma. — Estou um pouco perturbada. Não acha que uma lenda viva devia continuar a nos encantar com sua magia, pelo menos durante vinte minutos de conversa? Quero dizer, já conheci muitas estrelas e astros e nenhum deles continuou a parecer um deus, mas aquele era *Paul McCartney*.

— Bem, se quer minha opinião, a perda rápida do seu status de deus não depõe em nada contra ele, mas diz muita coisa positiva a seu respeito. Você chegou a uma nova maturidade, Ackerson.

— Isso quer dizer que devo deixar de assistir aos filmes antigos dos Três Patetas nas manhãs de sábado?

— Os Três Patetas são permitidos, mas pastelões são definitivamente coisa do passado para você.

Quando Thelma desligou, às 19h50, Laura se sentia melhor, portanto deixou o livro obscuro e passou para a história infantil sobre Sir Tommy Sapo. Escreveu duas frases apenas e a noite lá fora foi iluminada por um relâmpago cuja luminosidade provocava pensamentos sombrios de holocausto nuclear. O trovão sacudiu a casa de cima a baixo, como se uma imensa bola de ferro de demolição tivesse sido lançada sobre ela. Laura se levantou de um salto, tão surpresa que nem salvou o arquivo em que estava trabalhando no computador. Um segundo relâmpago rasgou a noite, transformando os vidros das janelas em telas de televisão, e o trovão foi mais forte do que o primeiro.

— Mamãe!

Voltou-se e viu Chris de pé na porta.

— Está tudo bem — disse Laura.

O menino correu para ela. Laura sentou na poltrona e pôs o filho no colo.

– Está tudo bem. Não tenha medo, meu bem.
– Mas não está chovendo – disse ele. – Por que esses trovões se não está chovendo?

Lá fora continuou a série incrível de relâmpagos e trovões, durante quase um minuto, depois diminuiu. A força foi tão grande que Laura imaginou que de manhã iam encontrar o céu partido, seus grandes pedaços espalhados, como fragmentos de uma casca de ovo imensa.

STEFAN NÃO TINHA andado nem cinco minutos quando teve de parar para descansar, encostado no tronco de um pinheiro cujos galhos começavam logo acima da sua cabeça. Suava de dor e ao mesmo tempo tremia no frio cortante de janeiro, atordoado demais para ficar de pé e com medo de se sentar e dormir para sempre. Com os galhos molhados do pinheiro gigantesco acima dele e à sua volta, tinha a impressão de estar refugiado sob o manto negro da morte, de onde jamais sairia.

ANTES DE LEVAR Chris para a cama, Laura fez sundaes para os dois, com sorvete de coco e amêndoa e calda de caramelo. Comeram na mesa da cozinha, e a depressão do garoto aparentemente tinha passado. Talvez por marcar o fim daquele aniversário com tanto drama, o estranho fenômeno tivesse afastado os pensamentos de morte, levando-o a pensar em coisas maravilhosas e cheias de mistério. Chris conhecia a história do relâmpago que havia atingido o fio de uma pipa, penetrando no laboratório do Dr. Frankenstein no antigo filme de James Whale que vira pela primeira vez uma semana atrás, e sabia também do relâmpago que assustara o Pato Donald numa história em quadrinhos, e sabia da noite tempestuosa em *A guerra dos dálmatas* quando Cruella de Ville ameaçava selvagemente os filhotes.

Quando Laura o acomodou na cama com um beijo de boa-noite, Chris estava quase dormindo, e com um sorriso –

um meio sorriso –, não com a expressão tristonha que mostrara durante todo o dia. Laura sentou-se numa cadeira ao lado da cama até o garoto adormecer, embora ele não estivesse mais com medo e não precisasse de sua presença. Ficou simplesmente porque precisava olhar para o filho por algum tempo.

Laura voltou ao escritório às 21h15, mas antes de ir até o processador de textos parou perto da janela e olhou para o gramado coberto de neve e para o fio negro do caminho de cascalho que levava à estrada distante, e para cima, para o céu escuro, sem estrelas. Algo a respeito daqueles relâmpagos a perturbava; não a estranheza, não seu potencial destruidor, mas o fato de que a força sobrenatural e sem precedentes dos relâmpagos e dos trovões parecia de certa forma... familiar. Tinha a vaga lembrança de já ter visto aquele espetáculo em outra ocasião, mas não sabia quando. Era uma sensação estranha, um *déjà-vu* persistente.

Foi até o quarto e verificou o painel de controle de segurança, certificando-se de que o alarme de todas as janelas e portas estava ligado. Tirou de debaixo da cama a Uzi com o pente de balas. Levou a arma para o escritório e a deixou no chão, ao lado da cadeira.

Antes que Laura tivesse tempo de sentar, a noite foi outra vez cortada por um relâmpago, assustando-a, seguido imediatamente pelo trovão que ela sentiu nos ossos. Outro relâmpago e mais outro iluminaram as janelas, como uma série de rostos fantasmagóricos formados de luz ectoplásmica.

O céu estremecia com abalos cintilantes. Laura correu para o quarto de Chris. Para sua surpresa, embora os clarões e o ruído fossem mais violentos do que antes, o garoto dormia, talvez porque todo aquele barulho fosse parte de um sonho onde os filhotes de dálmatas enfrentavam a tempestade numa de suas aventuras.

Dessa vez também não choveu.

Os relâmpagos e trovões logo cessaram, mas a ansiedade de Laura continuou intensa.

Stefan via estranhas sombras negras na escuridão da floresta, coisas que se esgueiravam entre as árvores e espiavam com olhos mais negros do que seus corpos. Embora sobressaltado e assustado, sabia que não eram reais, apenas fantasmas criados por sua mente cada vez mais desorientada. Continuou a caminhada difícil, enfrentando o frio exterior, o calor interno, as agulhas dos pinheiros, espinhos afiados, o solo gelado que às vezes fugia sob seus pés e, em outras, rodava como o prato de um toca-discos. A dor no braço, peito e ombro era tão intensa que começou a delirar, vendo ratos roendo sua carne dentro do corpo, embora não pudesse compreender como tinham *entrado*.

Depois de andar a esmo durante quase uma hora – para Stefan pareciam horas, dias, mas não podiam ser dias porque o sol não tinha nascido – chegou ao perímetro da floresta e, na extremidade de um terreno inclinado coberto de relva e neve, ele viu a casa. As luzes podiam ser vistas vagamente em volta das janelas cobertas pelas persianas.

Stefan parou sem acreditar, pensando que a casa não era mais real do que as figuras demoníacas que o haviam acompanhado no bosque. Então começou a caminhar para a miragem – talvez não fosse um delírio, afinal.

Dera alguns passos quando o relâmpago cortou a noite, ferindo o céu. Como um chicote, o clarão estalou várias vezes, como que dirigido por um braço extremamente forte.

A sombra de Stefan saltou e se contorceu na neve à sua frente, embora ele estivesse paralisado de medo. Às vezes tinha duas sombras, porque o relâmpago desenhava sua silhueta em duas direções. Caçadores bem treinados haviam seguido seu rastro na Estrada do Relâmpago, dispostos a apanhá-lo antes que pudesse avisar Laura.

Olhou para trás, para as árvores. Sob a claridade estroboscópica do céu, as árvores pareciam saltar sobre ele, recuando depois, saltando novamente. Não viu os caçadores.

Quando a luz cessou, Stefan continuou sua caminhada cambaleante na direção da casa. Caiu duas vezes, se levantou com dificuldade, continuou a andar, certo de que se caísse outra vez, não poderia mais ficar de pé nem gritar com voz capaz de ser ouvida.

ATENTA À TELA do computador, tentando pensar em Sir Tommy Sapo, mas pensando nos relâmpagos, Laura de repente lembrou onde vira uma tempestade como aquela: no dia em que seu pai inventou Sir Tommy, o dia em que o viciado assaltou o armazém, o dia em que vira seu guardião pela primeira vez, no verão em que tinha 8 anos.

Endireitou o corpo na cadeira.

Seu coração começou a bater rapidamente, com força.

Relâmpagos com aquela força sobrenatural significavam problemas específicos para *ela*. Não se lembrava de relâmpagos no dia da morte de Danny, nem quando o guardião apareceu no cemitério, no enterro do seu pai. Mas com uma certeza absoluta que não era capaz de explicar, sabia que o fenômeno a que acabava de assistir naquela noite tinha um significado terrível para ela; um presságio nada bom.

Apanhou a Uzi e percorreu o andar superior da casa, verificando as janelas, o quarto de Chris, certificando-se de que tudo estava como devia. Então, desceu para o andar térreo.

Quando entrou na cozinha alguma coisa bateu com um ruído surdo contra a porta dos fundos. Com uma exclamação abafada de surpresa e medo, Laura virou rapidamente para aquela direção apontando a Uzi e quase abriu fogo.

Mas não era barulho de arrombamento. Era uma pancada surda nada ameaçadora, um pouco mais forte do que uma batida comum, repetida duas vezes. Teve a impressão de ouvir uma voz muito fraca chamando-a.

Silêncio.

Laura se aproximou cautelosamente da porta e ficou ouvindo durante meio minuto.

Nada.

A porta era um modelo de alta segurança com uma placa de aço entre tábuas de carvalho de 5 centímetros de espessura, portanto não havia perigo de alguém atirar de fora e atingi-la. Ainda assim, Laura hesitou em se aproximar e olhar pelo olho mágico, porque temia ver outro olho do lado de fora, tentando espiar para dentro. Quando finalmente criou coragem, viu um homem caído no cimento, os braços abertos, como se tivesse caído para trás depois de bater na porta.

Uma armadilha, pensou. Uma armadilha, um truque.

Acendeu os holofotes externos e foi até a janela que ficava acima da mesa de trabalho embutida. Cuidadosamente ergueu uma lâmina da persiana. O homem deitado lá fora era seu guardião. Seus sapatos e a calça estavam cheios de neve. Vestia o que parecia ser um avental de laboratório manchado de sangue no peito.

Até onde Laura podia ver, não havia ninguém no pátio nem no gramado, mas ela pensou na possibilidade de terem atirado o corpo ali para que saísse da casa. Abrir a porta à noite, naquelas circunstâncias, era loucura.

Mas não podia deixá-lo lá fora. Não o seu guardião. E ainda por cima ferido, talvez morrendo.

Laura apertou o botão do circuito ao lado da porta, abriu as trancas embutidas e relutantemente saiu para a noite gelada com a Uzi nas mãos. Ninguém atirou. No gramado fracamente iluminado, até a floresta, nada se movia.

Foi até o homem, ajoelhou ao lado dele e pôs os dedos em seu pulso. Estava vivo. Laura ergueu uma das pálpebras do homem ferido. Inconsciente. O ferimento no alto do peito parecia grave, mas não estava mais sangrando.

O treinamento com Henry Takahami e seu programa de exercícios haviam aumentado intensamente a força de Laura, mas não o bastante para erguer um homem usando apenas um braço. Deixou a Uzi ao lado da porta e verificou que não podia erguê-lo nem com os dois braços. Parecia perigoso mover um homem gravemente ferido, mas era mais perigoso deixá-lo ao relento no frio, ainda mais que tudo indicava que alguém o perseguia. Conseguiu arrastá-lo para a cozinha. Com alívio, apanhou a Uzi, trancou a porta e ligou o alarme.

Ele estava assustadoramente pálido e frio, portanto a primeira providência devia ser tirar seus sapatos e meias endurecidos como gelo. Depois de descalçar o pé esquerdo, Laura começou a desatar o cordão do sapato do pé direito e durante todo o tempo ele falava sobre explosivos, portões e "fantasmas nas árvores" murmurava algo numa língua estranha, com palavras confusas demais para serem identificadas.

Laura sabia que ele estava delirando e provavelmente não ia entender suas palavras, mas disse com voz tranquilizadora:

– Tudo bem agora, descanse, vai ficar bom; assim que eu tirar seu pé de dentro deste bloco de gelo vou chamar o médico.

A palavra médico o tirou brevemente da confusão. Segurou o braço dela com dedos fracos, fixou em Laura os olhos cheios de medo.

– Não médico. Sair... Preciso sair...

– Não está em condição de ir a lugar nenhum – disse ela. – A não ser de ambulância para o hospital.

– Preciso sair. Depressa. Eles estão chegando... logo vão chegar...

Laura olhou para a Uzi.

– Quem está chegando?

– Assassinos – disse ele, ansioso. – Matar a mim por vingança. Matar você, matar Chris. Chegando. Agora.

Nesse momento não havia delírio em seus olhos nem em sua voz. O rosto pálido, molhado de suor, não estava relaxado, mas tenso de terror.

Todo o seu treinamento de artes marciais e com armas não parecia mais precauções histéricas.

— Certo – disse ela –, vamos sair logo que eu tiver examinado esse ferimento para ver se precisa de um curativo.

—Não! Agora. Sair agora.

— Mas...

— Agora – insistiu ele.

Havia tanto pavor em seu olhar que Laura quase acreditou que os assassinos de quem falava não eram homens comuns, mas criaturas sobrenaturais, demônios com a crueldade e a fúria de seres sem alma.

— Está bem – ela concordou. – Vamos sair agora.

A mão dele largou o braço de Laura. Seus olhos saíram de foco e Stefan começou a murmurar coisas sem nexo.

Enquanto atravessava a cozinha apressadamente para subir e acordar Chris, Laura ouviu seu guardião falar ansiosa e vagamente de "uma grande, negra e rolante máquina de morte", que não significava nada para ela, mas assim mesmo a assustou.

Parte II
A perseguição

*O longo hábito de viver
nos indispõe para a morte*

– SIR THOMAS BROWNE

5
Um exército de sombras

I.

Laura acendeu a lâmpada e sacudiu Chris.

— Vista-se, meu bem. Depressa.

— O que está acontecendo? — perguntou ele sonolento, esfregando os olhos.

— Alguns homens maus estão vindo e precisamos sair antes que cheguem. Agora, ande depressa.

Durante aquele ano, além de lamentar a morte do pai, Chris fora preparado para o momento em que os fatos aparentemente tranquilos do dia a dia fossem abalados por outra inesperada explosão do caos que se esconde no íntimo da existência humana, o caos que uma vez ou outra entra em erupção como um vulcão ativo, como na noite do assassinato do seu pai. Chris viu a mãe se tornar uma atiradora, viu o arsenal com que ela se armou, aprendeu autodefesa junto com ela e, durante todo esse tempo, conservou a mente e as atitudes de uma criança aparentemente igual a todas as outras, embora um tanto tristonha desde a morte do pai. Mas agora, no momento de crise, não reagiu como um garoto de 8 anos; não choramingou, não fez perguntas desnecessárias; não ficou de mau humor nem demorou para obedecer. Afastou as cobertas, saiu da cama imediatamente e correu para o armário.

— Quando terminar, desça para a cozinha — disse Laura.

— Está bem, mamãe.

Laura ficou orgulhosa com aquela reação e certa de que Chris não ia atrasar a partida, mas, ao mesmo tempo, triste por ver um menino de 8 anos compreendendo a brevidade e a dureza da vida o bastante para reagir à crise com a rapidez e a tranquilidade de um adulto.

Laura estava com uma calça jeans e camisa de flanela xadrez. Quando foi até o quarto, vestiu uma suéter de lã, tirou os sapatos fechados, para caminhadas, e calçou botas forradas com borracha, amarradas de cima a baixo.

Desfizera-se das roupas de Danny, portanto não tinha nada para o homem ferido. Mas apanhou dois cobertores no roupeiro do corredor.

Foi até o escritório e tirou do cofre o cinto negro com fivelas de cobre que seu guardião lhe dera um ano atrás, guardando-o numa sacola.

Desceu e parou no armário do hall, onde apanhou um casaco azul-celeste e a Uzi que estava dependurada atrás da porta. Enquanto se movia, Laura estava atenta a qualquer ruído diferente – vozes na noite ou o barulho de um motor – mas tudo estava em silêncio.

Na cozinha, pôs a metralhadora portátil na mesa, ao lado da outra, depois se ajoelhou perto de seu guardião, que estava outra vez inconsciente. Desabotoou o avental branco molhado de neve, depois a camisa, e examinou o ferimento à bala no peito dele. Era no ombro esquerdo, bem acima do coração, o que era bom, mas perdera muito sangue; sua roupa estava encharcada.

– Mamãe? – Chris estava na porta, vestido para uma noite de inverno.

– Apanhe uma daquelas Uzi e a outra que está atrás da porta da despensa e leve as duas para o jipe.

– É ele – disse Chris arregalando os olhos, surpreso.

– Sim, é ele. Apareceu aqui assim, muito ferido. Leve dois revólveres também... o que está naquela gaveta e o outro que está na sala de jantar. E tenha cuidado para que não disparem acidentalmente...

– Não se preocupe, mamãe – disse ele.

Laura virou o homem ferido cuidadosamente de lado – ele gemeu mas não acordou – para ver se tinha um ferimento de saída de bala nas costas. Sim. A bala atravessara o corpo, saindo sob a escápula. As costas estavam encharcadas de sangue também, mas nenhum dos dois ferimentos sangrava naquele momento; podia haver uma hemorragia interna, que Laura não tinha meios para detectar nem para tratar.

Sob a camisa ele estava usando o cinto. Laura o tirou. Não coube na parte central de sua sacola e ela o guardou no bolso de fora fechado com zíper, depois de ter colocado os objetos necessários no mesmo compartimento

Abotoou a camisa do homem, pensando se devia tirar o paletó molhado. Resolveu que ia ser difícil tirar as mangas dos braços inertes. Rolando Stefan de um lado para o outro, conseguiu pôr um cobertor de lã em volta de seu corpo.

Enquanto Laura enrolava o homem ferido no cobertor, Chris fez duas viagens até o jipe carregando as armas, usando a porta interna que levava da lavanderia para a garagem. Voltou então com um pequeno carrinho de 60 centímetros de largura e 12 de altura – uma plataforma de madeira sobre rodas – deixado por um entregador de móveis havia um ano e meio. Levando-o como se fosse um skate, o menino disse:

— Temos de levar a caixa de munição, mas é pesada demais para mim. Vou levar neste carrinho.

Satisfeita com aquela demonstração de iniciativa e inteligência, Laura disse:

— Temos 12 balas nos dois revólveres e 1.200 nas três Uzi, portanto acho que não vamos precisar mais do que isso, aconteça o que acontecer. Traga o carrinho para cá. Depressa. Estava imaginando como íamos levá-lo até o jipe sem sacudi-lo demais. Essa parece ser a solução.

Moviam-se rapidamente, como se tivessem sido treinados para aquela emergência, mesmo assim Laura achava que estavam demorando demais. Suas mãos tremiam e ela sentia um frio na barriga, esperando uma pancada na porta a qualquer momento.

Chris segurou o carrinho enquanto Laura passou o homem ferido para ele. Depois de ter colocado o carrinho sob a cabeça, ombros, costas e nádegas do ferido, segurou as duas pernas dele e puxou como se estivesse levando um carrinho de mão. Chris a seguiu, agachado ao lado das rodas da frente, uma mão no ombro direito do ferido para impedir que caísse. Tiveram alguma dificuldade na porta da lavanderia, mas conseguiram chegar até a garagem para três carros.

O Mercedes estava à esquerda; o jipe, à direita; e a vaga do meio, vazia. Levaram o guardião para o jipe.

Chris abriu a porta traseira e estendeu um pequeno tatame no fundo do carro para servir de colchão.

— Você é um garoto muito bacana — disse Laura.

Juntos transferiram o ferido para o jipe.

— Traga o outro cobertor e os sapatos dele que estão na cozinha -- ordenou Laura.

Quando o menino voltou, Laura já havia acomodado o guardião de costas sobre o tatame. Cobriram os pés descalços dele com o segundo cobertor e puseram os sapatos molhados ao lado.

Laura fechou a porta traseira do jipe e disse:

— Chris, entre no jipe e ponha o cinto de segurança.

Ela voltou correndo para a casa. A bolsa com seus cartões de crédito estava sobre a mesa. Laura passou a alça longa pelo ombro. Apanhou a Uzi e voltou pela lavanderia, mas antes de dar três passos alguma coisa bateu na porta dos fundos com uma força violenta.

Laura girou o corpo rapidamente apontando a Uzi para a porta.

Mais uma vez alguma coisa bateu na porta, mas a placa de aço e as trancas embutidas não cediam facilmente.

Então começou o pesadelo.

Uma metralhadora começou a atirar e Laura foi para o lado da geladeira, abrigando-se ali. Estavam tentando abrir a porta dos fundos com tiros, mas o aço resistiu ao ataque. A porta tremeu e balas atravessaram os lados da armação reforçada, abrindo buracos na parede.

As janelas da sala de televisão e da cozinha explodiram com o impacto dos tiros. As persianas de metal dançavam em suas bases. As placas de metal zumbiam com a passagem das balas, e algumas se dobraram, mas a maior parte do vidro partido ficou dentro das persianas, de onde caía para o chão. As portas dos armários se partiam e estalavam, atingidas, e lascas de tijolo voavam de uma parede, enquanto as balas ricocheteavam no exaustor de cobre sobre o fogão, arranhando e amassando o metal. As panelas de cobre dependuradas em ganchos presos no teto, atingidas, produziam sons metálicos diversos. Uma das lâmpadas estourou. A persiana da janela sobre a mesa de trabalho foi arrancada finalmente e uma meia dúzia de balas atingiu a porta da geladeira a poucos centímetros de Laura.

Seu coração disparou e um fluxo de adrenalina aguçava seus sentidos com força quase dolorosa. Queria correr para o jipe e tentar fugir antes que eles percebessem suas intenções, mas um instinto guerreiro primitivo a mandava ficar onde estava. Espremeu o corpo contra o lado da geladeira, fora da linha direta de fogo, esperando não ser atingida por um ricochete.

Quem *são* vocês?, pensou ela furiosa.

Os tiros cessaram e Laura viu que seu instinto não a enganara. A barragem de balas foi seguida pelos próprios atiradores. Começaram a invadir a casa. O primeiro entrou pela janela sobre a mesa da cozinha. Laura se afastou da geladeira e abriu fogo, atirando o homem de volta ao pátio. O segundo, vestido de negro como o primeiro, entrou pela porta de correr da sala de televisão – Laura o viu pelo arco da cozinha um segundo antes de ele a ver – e girou a Uzi para ele, espalhando balas, destruindo a cafeteira, quase derrubando a parede da cozinha ao lado do arco de entrada e partindo o invasor ao meio, antes que ele pudesse virar sua arma para ela. Há algum tempo não treinava com a Uzi e ficou surpresa com a facilidade com que a controlava. Ficou surpresa também com a sensação desagradável de precisar matar alguém, embora estivessem tentando assassinar a ela e seu filho; a náusea a invadiu como uma onda oleosa, mas Laura conteve o vômito que subia na sua garganta. Outro homem começou a entrar na saleta, e Laura estava pronta para matá-lo e a uma centena de outros iguais a ele, por mais que aquilo a enchesse de náusea, mas o homem se lançou para trás, fora da linha de fogo quando viu o companheiro morto.

Agora, o jipe.

Laura não sabia quantos homens havia lá fora, talvez fossem só três, dois mortos, um vivo, talvez quatro, dez ou uma centena, mas de qualquer modo não esperavam aquela reação, aquele poder de fogo, não de uma mulher e um garoto, e sabiam que seu guardião estava ferido e desarmado. Portanto, naquele momento estavam surpresos e sem dúvida procurando se abrigar para avaliar a situação e planejar o movimento seguinte. Podia ser sua primeira e última chance de chegar ao jipe. Correu para a garagem.

Viu que Chris tinha ligado o motor quando ouviu os tiros; a fumaça azulada saía dos canos de escapamento. Quando Laura correu para o jipe, a porta da garagem começou a se levantar; evidentemente Chris tinha usado o controle remoto para abri-la assim que viu a mãe.

Quando ela entrou no carro, apenas um terço da porta estava aberta. Laura engatou a primeira.

– Abaixe-se!

Chris obedeceu imediatamente, escorregando no banco para o fundo do jipe. Laura soltou o freio. Levou o acelerador até o fundo, descascou os pneus no concreto e saiu para a noite, passando a 2 ou 3 centímetros da porta, arrancando a antena do rádio.

Os grandes pneus do jipe, embora sem correntes, eram próprios para neve. Enfiados na neve congelada e no cascalho que formava a superfície da entrada de carros da casa, encontravam tração com facilidade, cuspindo granadas de pedra e gelo.

Um vulto escuro, um homem vestido de negro, apareceu correndo à esquerda, atravessando o gramado, chutando neve, a uns 12 ou 13 metros do jipe, uma forma amorfa que podia ser apenas uma sombra, a não ser pelo espocar da metralhadora que abafava o ronco do motor. Balas atingiram o lado do carro e a janela atrás de Laura explodiu, mas a lateral estava intacta, e agora o veículo estava saindo do alcance deles, ganhando velocidade, a alguns segundos da segurança, com o vento sibilando pela janela quebrada. Laura rezava para que nenhum dos pneus fosse atingido e ouvia as balas no metal do jipe, ou talvez fossem as pedras e o gelo espirrados pelas rodas.

Quando chegou à estrada no fim da trilha de cascalho, ficou certa de que estava fora do alcance dos tiros. Apertou o freio para fazer a curva fechada para a esquerda, olhou pelo retrovisor e viu ao longe os faróis acesos na porta da garagem. Os assassinos haviam chegado a pé – só Deus sabia como tinham viajado, talvez por meio daqueles estranhos cintos – e agora iam usar seu Mercedes para persegui-los.

A intenção de Laura era entrar à esquerda na estrada, passar por Running Springs, além da entrada para o lago Arrowhead e seguir na estrada principal até a cidade de San Bernardino, onde havia gente e segurança, onde homens vestidos de negro com armas automáticas não poderiam surpreendê-la com facilidade e onde poderia conseguir assistência médica para seu guardião. Mas quando viu os faróis lá atrás, respondeu a um instinto inato de sobrevivência e entrou à direita na estrada, seguindo na direção do lago Big Bear.

Se tivesse entrado à esquerda chegariam ao ponto fatal, àquela subida da estrada onde Danny fora assassinado; e por intuição, Laura sentia – quase por superstição – que o lugar mais perigoso para eles naquele momento era aquela parte inclinada da estrada, com duas pistas de asfalto. Ela e Chris haviam corrido risco de vida duas vezes naquele trecho; primeiro quando o caminhão dos Robertson derrapou descontrolado; depois, quando Kokoschka começou a atirar neles. Às vezes Laura compreendia que havia padrões benignos e malignos na vida e, quando impedidos de se realizar, o destino procurava fazer com que o padrão fosse obedecido de outro modo. Embora sem poder provar logicamente que morreriam se fossem para Running Springs, no íntimo estava certa de que a morte os esperava naquele lugar.

Quando entraram na estrada, seguindo para Big Bear, com as árvores altas erguendo-se escuras nos dois lados, Chris sentou-se no banco e olhou para trás.

— Eles estão vindo – disse Laura –, mas não vão nos alcançar.

— São os mesmos que mataram papai?

— Sim, acho que são. Mas naquele dia não sabíamos nada sobre eles e não estávamos preparados.

O Mercedes estava agora na estrada, a maior parte do tempo fora da vista de Laura, por causa das curvas, subidas e descidas. O carro parecia estar a uns 200 metros, mas provavelmente diminuindo a distância porque tinha um motor maior e muito mais possante.

— Quem são eles? – perguntou Chris.

— Não tenho certeza, meu bem. E não sei por que querem nos fazer mal. Mas sei *o que* eles são. São assassinos, são lixo. Aprendi tudo sobre esse tipo de gente há muito tempo em Caswell Hall, e sei que a única coisa a fazer é enfrentá-los, lutar, porque eles só respeitam isso.

— Você foi ótima lá em casa, mamãe.

— Você também foi ótimo, garotão. Foi muita esperteza ligar o motor do jipe quando ouviu os tiros e abrir a garagem logo que cheguei. Isso provavelmente nos salvou.

Atrás deles o Mercedes estava agora a uns 100 metros. Era um 420 SEL, que se portava muito melhor do que o jipe na estrada.

— Estão vindo depressa mamãe.
— Eu sei.
— Muito depressa.

Aproximando-se da ponta leste do lago, Laura se viu atrás de uma pickup Dodge muito velha, com um farol traseiro quebrado e o para-choque que parecia pregado com adesivos com frases supostamente engraçadas – EU PARO PARA LOURAS, CARRO DO PESSOAL DA MÁFIA. O calhambeque ia a 50 quilômetros por hora, abaixo do limite de velocidade. Se Laura hesitasse, o Mercedes diminuiria a distância e, quando estivessem perto, os assassinos na certa começariam a atirar. Era um trecho de ultrapassagem proibida, mas Laura tinha visibilidade bastante para tentar; passou a pickup pela esquerda e depois, acelerando, voltou à faixa da direita. À sua frente estava agora um Buick, a mais ou menos 65 quilômetros por hora. Ela o ultrapassou também, um pouco antes de começarem as curvas fechadas que impediriam o Mercedes de passar pelo Dodge.

— Ficaram presos lá atrás! – disse Chris.

Laura estava a 90 quilômetros por hora, uma velocidade excessiva para algumas curvas, mas conseguiu controlar o carro e esperava escapar. Mas na estrada havia uma bifurcação para o lago; nem o Buick, nem o Dodge seguiram para a cidade de Big Bear. Os dois carros entraram na estrada para Fawnskin e a praia do norte, deixando o espaço vazio entre o jipe e o Mercedes, que imediatamente começou a se aproximar.

Havia casas em todo o trajeto agora, tanto na encosta, à direita, quanto no vale, à esquerda. Algumas estavam fechadas, provavelmente casas de veraneio, só usadas nos fins de semana e nas férias, mas as luzes das outras eram visíveis entre as árvores.

Laura sabia que podiam entrar em qualquer uma daquelas trilhas e chegar a uma casa onde seriam acolhidos. As pessoas abririam a porta sem hesitação. Não estavam na cidade; naquele ambiente de cidade pequena, nas montanhas, ninguém suspeitava de visitantes noturnos não esperados.

O Mercedes estava a uns 100 metros e o motorista começou a piscar os faróis, como se estivesse dizendo alegremente: *Ei, aqui vamos nós, Laura, vamos pegar você, somos os bichos-papões, os verdadeiros, e ninguém pode fugir de nós para sempre, aqui vamos nós, aqui vamos nós.*

Se ela tentasse se refugiar em uma das casas próximas, os assassinos provavelmente a seguiriam e iam matar não só Laura e Chris mas as pessoas que os acolhessem. Os miseráveis talvez hesitassem em persegui-la de perto no centro de San Bernardino ou de Riverside, ou até mesmo em Redlands, onde podiam ser detidos pela polícia, mas não se intimidariam com um punhado de testemunhas porque, não importava quantas pessoas eles matassem, podiam escapar apertando os botões amarelos nos seus cintos e desaparecer como seu guardião tinha desaparecido um ano atrás. Laura não tinha a menor ideia do lugar para *onde* iam, mas suspeitava de que lá não seriam tocados pela polícia. Não queria arriscar vidas inocentes, por isso passou pelas casas sem diminuir a velocidade.

O Mercedes estava a uns 50 metros, diminuindo a distância rapidamente.

— Mamãe...

— Estou vendo, meu bem.

Laura estava indo para a cidade de Big Bear. Era menor que uma cidade, menor que uma vila, apenas um pequeno povoado. Não tinha ruas onde pudesse despistar os perseguidores e o número de policiais não era suficiente para deter um par de fanáticos com metralhadoras.

Poucos carros passavam por eles em sentido contrário, e Laura ficou atrás de um carro, um Volvo cinzento, e fez a ultrapassagem num trecho sem nenhuma visibilidade da estrada à sua frente, mas não tinha escolha, porque o Mercedes estava a 40 metros do jipe. Os assassinos passaram também o Volvo, com a mesma imprudência.

— Como vai nosso passageiro? — perguntou Laura.

Sem abrir o cinto de segurança, Chris virou para trás.
— Parece que está bem, eu acho. Sacudindo à beça.
— Não posso evitar.
— Quem é ele, mamãe?
— Não sei muita coisa sobre ele — respondeu Laura. — Mas quando sairmos desta encrenca, vou contar o que sei. Não contei antes porque... acho que eu não sabia o que estava acontecendo, e tinha medo de que fosse perigoso para você saber alguma coisa a respeito dele. Mas não podia ser mais perigoso do que isto, certo? Assim, vou contar tudo mais tarde.

Se houver um *mais tarde*.

Quando já havia percorrido dois terços do caminho que seguia a margem sul do lago, com o jipe a toda a velocidade, o Mercedes a 35 metros de distância, Laura viu a entrada para as montanhas. Era um caminho que atravessava as montanhas, passando por Clark's Summit, 16 quilômetros de estrada que cortava caminho, evitando os 50 ou 70 quilômetros da rodovia 38, e que levava à rodovia de pista dupla ao sul, perto de Barton Flats. Laura lembrava que o desvio era asfaltado no começo e no fim, com 9 ou 10 quilômetros de terra no meio. Ao contrário do jipe, o Mercedes não tinha tração nas quatro rodas; tinha pneus para neve, mas sem correntes. Os homens no Mercedes provavelmente não conheciam o desvio, ignorando que teriam de passar por uma estrada de terra coberta de gelo e, em alguns lugares, cheia de neve.

— Segure firme! — disse para Chris.

Laura só usou os freios no último momento, virando para a direita com tanta velocidade que o jipe deslizou para o lado com um chiado dos pneus. O carro estremeceu como um cavalo velho obrigado a um salto perigoso.

O Mercedes entrou melhor na curva, embora o motorista tivesse sido apanhado de surpresa. À medida que subiam para uma área mais isolada, a distância entre os dois carros diminuiu, chegando a 30 metros.

Vinte e cinco. Vinte.

Reflexos de relâmpagos, como galhos cobertos de espinhos, cortavam o céu ao sul. Não estavam tão próximos quanto os do começo da noite, mas o bastante para transformar a noite em dia. Superando o som do motor, ouvia-se o rugido do trovão.

Olhando atônito para os sinais de tempestade, Chris disse:
— Mamãe? O que é isso? O que está acontecendo?
— Não sei – disse Laura, em voz muito alta para ser ouvida acima da cacofonia do motor e do céu que parecia em chamas.

Laura não ouviu os tiros, apenas o impacto das balas no metal do jipe, uma delas atravessando o para-brisa traseiro e atingindo as costas do banco; Laura ouviu e sentiu o impacto. Começou a girar a direção de um lado para o outro, dificultando a pontaria dos assassinos, o que a deixou atordoada à luz intermitente dos relâmpagos. Tinham parado de atirar ou estavam errando todos os tiros agora. Porém, o movimento ondulante diminuía a velocidade do jipe e o Mercedes se aproximava cada vez mais.

Laura tinha de usar os espelhos laterais e não o retrovisor central. Embora a maior parte do para-brisa traseiro estivesse intacta, o vidro parecia uma teia cerrada, translúcida e inútil.

Quinze metros, dez.

Ao sul os relâmpagos e trovões cessaram, como antes.

Laura chegou ao alto de uma subida e viu que o asfalto terminava no meio da descida à sua frente. Parou de girar a direção e acelerou. Quando o jipe saiu do asfalto, vibrou por um momento, como que surpreso com a mudança, mas depois continuou firme na estrada de terra congelada com trechos cobertos de neve. Aos solavancos passaram por um pequeno vale ladeado de árvores e começaram a subir a colina próxima.

Nos espelhos laterais Laura viu o Mercedes atravessar o vale e começar a subir atrás dela. Mas quando chegou no fim da subida, o carro perseguidor começou a falhar. Deslizou de lado, os faróis desviando-se do jipe. O motorista virou a direção para o lado oposto ao da derrapagem, exatamente o que não devia fazer. Os pneus do Mercedes giravam sem sair do lugar. O grande carro deslizou de lado e para trás por uns 20 metros, até a roda direita dianteira cair na vala ao lado da estrada; os faróis ficaram em posição oblíqua, atravessados na estrada de terra.

– Eles atolaram! – disse Chris.

– Vão levar meia hora para se livrar – acrescentou Laura.

O jipe continuou seu caminho, descendo a colina na estrada da montanha.

Embora tivesse escapado, Laura não sentiu alegria nem alívio, mas medo. Tinha um pressentimento de que não estavam a salvo ainda, e aprendera a confiar no seu instinto desde aquela noite, vinte anos antes, quando pressentiu que o Enguia iria ao quarto onde ia dormir sozinha, no topo da escada do McIlroy, a noite em que de fato ele havia deixado uma bala sob seu travesseiro. Afinal, intuições eram mensagens do subconsciente, que funcionava freneticamente o tempo todo, processando informação não percebida pelo consciente.

Alguma coisa estava errada. Mas, o quê?

Seguiam a menos de 35 quilômetros por hora naquela trilha estreita, sinuosa, esburacada e coberta de gelo. Durante algum tempo a estrada acompanhou uma serra rochosa sem árvores, depois desceu pela encosta da montanha até o fundo de um desfiladeiro paralelo, onde o arvoredo era tão espesso, nos dois lados, que a luz dos faróis, batendo nos troncos, parecia revelar falanges de pinheiros tão sólidas quanto muros de madeira.

Na parte de trás do jipe, seu guardião murmurava incoerentemente no delírio da febre. Laura se preocupava com ele e gostaria de ir mais depressa, mas não ousava.

Chris ficou em silêncio durante os cinco primeiros quilômetros depois de perderem de vista os perseguidores. Finalmente, disse:

– Lá em casa... você matou algum deles?

Laura hesitou.

– Sim. Dois.

– Que bom.

Perturbada com o tom de sombrio prazer daquela frase, Laura disse:

– Não, Chris, não é bom matar. Eu me senti muito mal por fazer isso.

– Mas eles mereciam morrer – respondeu ele.

– Sim, mereciam. Mas isso não significa que seja agradável matá-los. Não é. Não há nenhuma satisfação. Apenas... desgosto por ter de fazer isso. E tristeza.

– Eu queria ter matado um deles – disse Chris com raiva fria e intensa, perturbadora num garoto daquela idade.

Laura olhou rapidamente para o filho. Com o rosto desenhado pelas sombras e pela pálida luz amarela do painel, parecia muito mais velho e Laura teve uma rápida visão do homem que ele ia ser.

Quando o solo no fundo do desfiladeiro se tornou rochoso demais, a estrada subiu outra vez, seguindo uma plataforma na encosta.

Laura estava atenta à trilha primitiva.

– Meu querido, precisamos conversar melhor sobre isso mais tarde. Agora quero que ouça com atenção e procure entender. Existem muitas filosofias más no mundo. Sabe o que é filosofia?

– Mais ou menos. Não... acho que não.

– Então, digamos que muita gente acredita em coisas que não são boas para se acreditar. Mas há duas coisas que diferentes tipos de pessoas consideram piores, mais perigosas, as mais *erradas* de todas. Algumas pessoas acreditam que o melhor meio de resolver um problema é a violência: espancam ou matam quem não concorda com elas.

– Como esses caras que estão atrás de nós.

– Isso mesmo. Evidentemente são desse tipo. É um pensamento perigoso, porque violência gera violência. Além disso, se resolvermos nossas diferenças com uma arma não pode haver justiça, nenhum momento de paz, nenhuma esperança. Está entendendo?

— Acho que sim. Mas qual é o outro pior modo de pensar?

— Pacifismo — disse ela. — Exatamente o oposto do primeiro tipo de pensamento prejudicial. Os pacifistas acreditam que nunca devemos erguer a mão contra outro ser humano, não importa o que ele faça ou o que pretenda fazer. Se um pacifista está ao lado do irmão e vê um homem que vai matar o irmão, avisa o irmão, mandando-o fugir, mas não apanha uma arma para deter o assassino.

— Ele deixa o cara ir atrás do irmão? — perguntou Chris, atônito.

— Deixa. Se acontecer o pior, prefere deixar que o irmão seja assassinado a violar os próprios princípios e se tornar um assassino.

— Isso é maluquice.

Deram a volta no fim do desfiladeiro e a estrada começou a descer para outro vale. Os galhos dos pinheiros, muito baixos, raspavam a capota do jipe; blocos de neve caíam no capô e no para-brisa.

Laura ligou os limpadores de para-brisa e se inclinou sobre a direção, usando a mudança na estrada como pretexto para não falar, até imaginar um modo de esclarecer melhor seu ponto de vista. Tinham enfrentado muita violência naquela última hora; sem dúvida, mais violência os esperava, e ela temia que Chris adotasse uma forma de ver as coisas prejudicial a respeito de tudo aquilo. Não queria que ele considerasse armas e músculos como substitutos aceitáveis da razão. Por outro lado, não queria que fosse traumatizado pela violência e passasse a temê-la, até mesmo à custa da dignidade e da sobrevivência.

Finalmente ela disse:

— Alguns pacifistas são covardes disfarçados, mas outros acreditam realmente que é certo permitir o assassinato de um inocente em vez de matar para evitá-lo. Estão errados porque, não lutando contra o mal, se tornam parte dele. São tão culpados quanto o que puxa o gatilho. Talvez isso seja demais para a sua cabeça agora, e talvez tenha de pensar muito para compreender, mas é importante saber que há um modo de vida que fica no meio, entre assassinos e pacifistas. Você tenta evitar a violência. Jamais a provoca. Mas se alguém age com violência, você se defende, e aos seus amigos, sua família, quem estiver em apuros. Quando tive de matar aqueles homens, eu me senti mal. Não sou heroína. Não me orgulho de ter matado duas pessoas, mas também não me envergonho. Não quero que se orgulhe de mim por isso, nem pense que senti alguma satisfação, que a vingança me faz sentir melhor sobre a morte do seu pai. Não faz.

Ele ficou calado.

– O que estou dizendo é demais para você?

– Não. Só que tenho de pensar por algum tempo – disse Chris. -- Neste momento acho que estou pensando errado. Porque eu queria que estivessem mortos, todos que tiveram alguma coisa a ver com... o que aconteceu com papai. Mas vou pensar, mamãe. Vou tentar ser uma pessoa melhor.

Laura sorriu:

– Eu sei que vai, Chris, sei que vai.

DURANTE A CONVERSA com Chris e nos momentos de silêncio depois dela, Laura continuou a se torturar com a impressão de que ainda não estavam livres do perigo iminente. Haviam percorrido uns 12 quilômetros na estrada da montanha e faltavam talvez uns 2 quilômetros de estrada de terra e uns 3 de asfalto, antes de chegarem à rodovia 38. Quanto mais o tempo passava, mais Laura se convencia de que estava esquecendo de alguma coisa e que mais problemas os esperavam.

Parou de repente na lombada de outra cordilheira, um pouco antes de a estrada começar a descer novamente – pela última vez – na direção da planície. Desligou o motor e os faróis.

— O que aconteceu? — perguntou Chris.

— Nada. Preciso pensar, dar uma olhada no nosso passageiro.

Saiu do jipe e abriu a porta traseira, cujo vidro fora atingido por uma bala. Pedaços de vidro caíram no chão a seus pés. Laura subiu na parte de trás e verificou o pulso do homem ferido. Estava fraco ainda, talvez um pouco mais fraco do que antes, mas regular. Pôs a mão na testa dele; não estava fria. Ele parecia estar fervendo por dentro. Pediu a Chris a lanterna que estava no porta-luvas. Puxou os cobertores para ver se ele estava sangrando mais do que quando o haviam colocado no jipe. O ferimento parecia grave, mas não havia muito sangue, apesar dos solavancos do carro. Tornou a cobri-lo, devolveu a lanterna para Chris, saiu do jipe e fechou a porta traseira.

Laura acabou de quebrar o vidro de trás, bem como o da pequena janela traseira do lado do motorista. Completamente sem vidros, a avaria no carro não era tão evidente e talvez não atraísse atenção.

Durante algum tempo ela ficou parada no frio, ao lado do carro, olhando para a floresta escura, tentando forçar uma conexão entre instinto e razão. Por que tinha tanta certeza de que estava indo ao encontro de mais problemas e que a violência daquela noite não havia terminado?

As nuvens se esgarçavam com a força do vento de grande altitude que as levava para leste, um vento que não tinha ainda chegado ao solo, onde o ar estava estranhamente parado. A luz da lua abria caminho entre os farrapos de nuvens, iluminando a fantasmagórica paisagem coberta de neve de colinas e mais colinas, árvores cobertas pelo negror da noite e formações rochosas.

Laura olhou para o sul onde mais alguns quilômetros de estrada os levariam à 38 e tudo parecia calmo. Olhou para o leste, o oeste, depois para o norte, de onde tinham vindo, e em todos os lados, nas montanhas de San Bernardino, não havia sinal de habitação humana, nem uma luz, e tudo parecia existir na pureza e na paz das eras primitivas.

Fazia a si mesma as perguntas que tinham sido parte de seu diálogo interior naquele último ano e dava as mesmas respostas. De onde vinham os homens com os cintos? De outro planeta, outra galáxia? Não. Eram tão humanos quanto ela. Então, talvez viessem da Rússia. Talvez os cintos agissem como transmissores de matéria, aparelhos parecidos com a câmara de teletransporte daquele velho filme, *A mosca*. Isso explicaria o sotaque de seu guardião... se fosse teletransportado da Rússia... mas não explicava por que não tinha envelhecido nada durante um quarto de século; além disso, Laura não acreditava que a União Soviética ou qualquer outro país tivesse aperfeiçoado os transmissores de matéria naqueles últimos vinte anos. Assim, só restava a viagem no tempo.

Havia alguns meses que Laura considerava essa possibilidade, embora sem confiança suficiente em sua análise para mencioná-la para Thelma. Mas se o guardião estava entrando em sua vida nos momentos de crise por meio de viagens pelo tempo, podia fazer essas viagens no espaço de um mês ou uma semana de seu tempo, enquanto muitos anos estariam passando para ela, por isso não parecia ter envelhecido. Enquanto não fosse possível interrogá-lo e saber a verdade, a teoria da viagem no tempo era a única com a qual podia operar. Seu guardião tinha viajado de algum mundo futuro; e evidentemente era um futuro pouco agradável, porque quando falou sobre o cinto ele disse: "Você não vai querer ir ao lugar para onde ele a levará", e havia nos seus olhos uma expressão sombria e terrível. Laura não podia imaginar por que um viajante do tempo viria do futuro para protegê-la, a ela, entre tantas pessoas, de viciados assaltantes e caminhões descontrolados, e não tinha tempo para pensar nas possibilidades.

A noite estava quieta, escura e fria.

Estavam indo direto para um problema.

Laura *sabia*, mas não podia dizer o que era nem de onde viria.

Quando voltou para o jipe, Chris disse:

– E agora, o que está acontecendo?

– Você é louco por *Jornada nas estrelas*, *Guerra nas estrelas* e esse negócio todo, talvez seja o especialista que preciso para escrever um livro. Você é meu especialista para assuntos estranhos.

O motor estava desligado e o interior do jipe, iluminado só pelo luar encoberto pelas nuvens. Mas Laura via bem o rosto de Chris porque naqueles minutos fora do carro seus olhos haviam se adaptado à noite. O menino olhou para ela intrigado.

– Do que está falando?

– Chris, como eu disse antes, vou contar tudo que sei sobre o homem que está deitado ali atrás, sobre seus outros estranhos aparecimentos na minha vida, mas não temos tempo para isso agora. Por isso, não me sufoque com perguntas, certo? Suponhamos que meu guardião... é assim que o chamo porque ele me protegeu de coisas terríveis, sempre que foi possível... suponhamos que ele seja um viajante no tempo, vindo do futuro. Vamos imaginar que não vem numa grande máquina desajeitada, mas por meio de um cinto que ele usa sob a roupa, e que se materializa no ar quando chega aqui, do futuro. Está acompanhando meu raciocínio?

Chris olhava para ela com os olhos arregalados.

– É isso que ele é?

– Pode ser, sim.

O menino desafivelou o cinto de segurança e ajoelhou no banco para olhar o homem deitado no compartimento de carga do jipe.

– Puta merda!

– Dadas as circunstâncias pouco comuns – disse ela –, vou ignorar sua linguagem.

Chris olhou para ela encabulado.

– Desculpe. Mas, um viajante do *tempo*!

Se Laura estivesse zangada, sua raiva teria se dissipado, pois viu nele uma urgência, a excitação infantil, a capacidade para se maravilhar que não via havia um ano, nem mesmo no Natal, quando Chris tinha se divertido tanto com Jason Gaines. A perspectiva de conhecer um viajante do tempo o enchia de ânsia da aventura e de alegria. Essa era uma das coisas esplêndidas da vida: cruel mas também misteriosa, repleta de maravilhas e de surpresas; às vezes as surpresas eram tão magníficas que podiam ser chamadas de milagres, e testemunhando esses milagres, uma pessoa deprimida podia encontrar motivo para viver, um cínico podia encontrar o alívio para o tédio e um garoto profundamente ferido podia encontrar a vontade de se curar, o remédio para sua melancolia.

— Muito bem, suponhamos que quando ele quer voltar ao seu tempo aperte um botão no cinto especial — disse Laura.

— Posso ver o cinto?

— Mais tarde. Lembre-se, você prometeu não fazer muitas perguntas agora.

— Está bem. — Chris olhou outra vez para o guardião, depois sentou no banco, prestando atenção ao que a mãe dizia. — Quando ele aperta o botão, o que acontece?

— Ele desaparece.

— Puxa! E quando ele chega do futuro, apenas aparece, sem mais nem menos?

— Não sei. Nunca o vi chegar. Mas acho que, por algum motivo, há relâmpagos e trovões.

— Os relâmpagos desta noite!

— Sim, mas não é sempre. Tudo bem. Vamos supor que ele volte no tempo para nos ajudar, nos proteger contra certos perigos...

— Como o caminhão na estrada.

— Não sabemos por que ele quer nos proteger, só saberemos quando ele nos contar. De qualquer modo, suponhamos que outras pessoas do futuro não *queiram* que ele nos proteja. Não podemos entender seus motivos também. Mas um deles era Kokoschka, o homem que atirou no seu pai...

— E os caras que invadiram nossa casa esta noite — disse Chris — também são do futuro.

— Acho que sim. Queriam matar meu guardião, você e eu. Mas nós matamos alguns deles e deixamos dois atolados com o Mercedes. Assim... o que eles farão agora, garoto? Você é o especialista em coisas estranhas. Tem alguma ideia?

— Deixe-me pensar.

O luar opaco se refletia no capô sujo do jipe.

O interior do carro estava ficando frio; a respiração dos dois era feita de plumas geladas, e as janelas começavam a embaçar. Laura ligou o motor, o aquecimento, o descongelador, mas não os faróis.

— Bem — disse Chris —, a missão deles falhou, portanto não vão ficar por aqui. Vão voltar para o futuro de onde vieram.

— Aqueles dois caras no nosso carro?

— Isso mesmo. Provavelmente já apertaram os botões dos cintos dos caras que você matou e mandaram os corpos para o futuro, e agora não deve ter nenhum cadáver na nossa casa, nenhuma prova de que os viajantes do tempo estiveram aqui. Só talvez um pouco de sangue. Assim, quando os outros dois ficaram atolados na vala, provavelmente desistiram e foram para casa.

— Então não estão mais lá atrás, no Mercedes? Não iriam a pé até Big Bear para roubar um carro, talvez, e tentar nos encontrar?

— Nada disso. Seria muito difícil. Quero dizer, eles têm um meio mais fácil de nos encontrar sem andar por aí à nossa procura como fariam bandidos comuns.

— Que meio é esse?

O menino franziu a testa e olhou para fora, para a neve, o luar e a escuridão.

— Veja só, mamãe, assim que nos perderam, apertaram os botões nos cintos, voltaram para o futuro e depois fizeram uma nova viagem ao nosso tempo para armar outra emboscada. Sabem que estamos nesta estrada. Então, o que eu acho que fizeram foi outra viagem ao nosso tempo, mais cedo, esta noite, e prepararam uma armadilha na outra extremidade desta estrada, e agora estão lá à nossa espera. É isso, é lá que eles estão! Aposto que é lá que eles estão!

— Mas por que não chegaram mais cedo esta noite, mais cedo do que na primeira vez e nos atacaram em casa, antes do meu guardião aparecer para nos avisar?

-- Paradoxo – disse o garoto. – Sabe o que quer dizer isso?

Era uma palavra complexa demais para um menino daquela idade, mas Laura respondeu:

— Sim, eu sei o que é um paradoxo. Uma coisa autocontraditória mas possivelmente verdadeira.

— Veja só, mamãe, o mais formidável é que a viagem no tempo está cheia de paradoxos. Coisas que não poderiam ser verdadeiras, que não deviam ser reais... mas que talvez sejam. – Agora ele falava com o entusiasmo com que costumava descrever as cenas de seus filmes fantásticos favoritos e de suas histórias em quadrinhos, um entusiasmo mais intenso do que nunca, provavelmente porque não era uma história, mas a realidade, mais extraordinária que a ficção. – Assim como se você voltasse no tempo e se casasse com seu avô. Aí você ia ser sua própria avó. Se fosse possível a viagem no tempo, talvez pudesse fazer isso... mas aí, como você podia ter nascido, se sua *verdadeira* avó nunca se casou com seu avô? Paradoxo! Ou se você voltasse no tempo e conhecesse sua mãe quando ela era pequena e acidentalmente a matasse? Você deixava de existir, *pop!*, como se nunca tivesse nascido? Mas se você deixasse de existir... então como poderia ter voltado no tempo? Paradoxo! Paradoxo!

Olhando para ele na escuridão pintada de luar, do interior do jipe, Laura via um menino diferente daquele que conhecia. É claro que sabia da fascinação de Chris pelas histórias da era espacial, que pareciam preocupar a maioria das crianças, independentemente da idade. Mas até então nunca tinha visto o interior daquela mente criada por essas influências. Evidentemente as crianças do fim do século XX não só tinham uma vida mais rica em fantasia do que a das crianças de qualquer outra época da história, como também pareciam ter adquirido dessas fantasias algo não fornecido por fadas, duendes e fantasmas, que haviam entretido gerações de crianças antes: a capacidade para pensar em conceitos abstratos como espaço e tempo de um modo muito além das suas idades intelectuais e emocionais. Laura tinha a estranha sensação de estar falando com um garoto e com um projetista de foguetes que existiam no mesmo corpo.

Um tanto confusa, Laura disse:

— Então... como não conseguiram nos matar em sua primeira viagem esta noite, por que não fizeram outra viagem *mais cedo,* para nos matar antes que meu guardião nos avisasse?

— Olhe aqui, seu guardião já apareceu no curso do tempo para nos avisar. Assim, se eles voltassem *antes* de ele ter avisado... como podíamos ter sido avisados, para começar, e como podíamos estar aqui agora, vivos? Paradoxo!

Chris riu e bateu palmas como um duende satisfeito com algum efeito colateral de um encantamento.

Contrastando com o bom humor do filho, Laura estava ficando com dor de cabeça, tentando entender as complexidades de tudo aquilo.

Chris disse:

— Muita gente acha que a viagem no tempo é impossível por causa de todos esses paradoxos. Mas muita gente acha que é possível desde que a viagem ao passado não crie um paradoxo. Então, se *isso* é verdade, os assassinos não podem voltar para um tempo antes daquele da primeira viagem porque dois deles foram mortos. Não podem voltar porque estão mortos e isso seria um paradoxo. Mas os caras que você não matou e talvez *outros* podem fazer outra viagem e nos esperar no fim da estrada. — Chris se inclinou para a frente tentando ver através do para-brisa embaçado. — Por isso vimos todos aqueles relâmpagos no sul quando você estava dançando com o carro para evitar os tiros... mais caras do futuro estavam chegando. É isso, aposto que estão esperando a gente lá embaixo, em algum lugar, no escuro.

Laura passou as pontas dos dedos nas têmporas e disse:

– Mas se voltarmos, se não formos direto para a armadilha, então vão saber que adivinhamos seus planos. E aí vão fazer uma *terceira* viagem, voltar para o Mercedes e nos matar quando chegarmos lá. Vão nos pegar, não importa para que lado formos.

Chris balançou a cabeça vigorosamente.

– Não. Porque quando perceberem que sabemos seu plano, talvez daqui a meia hora, nós já teremos passado pelo Mercedes. – O garoto pulava no banco, excitado. – Então, se eles tentarem fazer uma *terceira* viagem a tempo para voltar e nos esperar no começo desta estrada, não vão conseguir, porque nós já vamos ter passado por lá e estaremos salvos. Paradoxo! Entenda, mamãe, eles têm de jogar seguindo as regras. Não são mágicos. Têm de seguir as regras, e podem ser vencidos!

Em toda a sua vida Laura jamais tivera uma dor de cabeça que passasse de um leve desconforto para uma dor violenta e latejante em tão pouco tempo como a que sentia agora. Quanto mais procurava entender as dificuldades de evitar um bando de assassinos viajantes do espaço, mais forte ficava a dor.

Finalmente ela disse:

– Eu desisto. Acho que devia ter assistido a *Jornada nas estrelas* e lido Robert Heinlein durante esses anos, em vez de ser uma pessoa adulta e séria, porque não consigo agora entender nada disto. Então, o que vamos fazer é o seguinte: vou confiar em *você* para enganá-los. Tem de pensar um passo à frente deles. Eles querem nos matar. Então, como podem tentar nos matar criando um desses paradoxos? Onde vão aparecer agora... e depois? Neste momento vamos voltar, passar pelo Mercedes e, se você estiver certo, ninguém vai estar lá à nossa espera. Então, onde vão aparecer? Será que os veremos outra vez esta noite? Pense nessas coisas e quando tiver alguma ideia me diga.

– Certo, mamãe. – Chris recostou no banco com um largo sorriso por um momento, depois começou a morder o lábio, à medida que se aprofundava no jogo.

Só que na verdade não era um jogo. Suas vidas estavam realmente em perigo. Precisavam enganar os assassinos com habilidades quase sobre-humanas, e estavam colocando todas as esperanças na fertilidade da imaginação de um garoto de 8 anos.

Laura ligou o motor, deu marcha a ré até encontrar espaço para fazer a volta. Então, voltaram por onde tinham vindo, na direção do Mercedes atolado, para Big Bear.

Laura estava além do terror. A situação continha um elemento tão grande desconhecido – e imponderável – que o terror não podia ser mantido. O terror não é como a felicidade ou a depressão; é uma condição *aguda* que, por sua natureza, deve durar pouco. O terror murcha depressa. Ou sobe numa escalada até a inconsciência, até a morte, a morte pelo medo – a pessoa grita até provocar a ruptura de uma artéria cerebral. Laura não estava gritando e, apesar da dor de cabeça, não acreditava que nenhum vaso ia se romper em seu cérebro. O que sentia era um medo discreto, crônico, um pouco mais do que ansiedade.

Que dia aquele. Que ano. Que vida.

Notícias exóticas.

II.

Passaram pelo Mercedes encalhado e seguiram para o norte até o fim da estrada sem encontrar ninguém empunhando uma metralhadora. No cruzamento com a autoestrada do lago, Laura parou e olhou para Chris.

– E então?

– Enquanto estivermos seguindo viagem – disse ele – a caminho de um lugar onde nunca estivemos, estaremos a salvo. Não podem nos encontrar se não têm ideia de onde estamos. Como acontece com os vermes comuns.

Vermes?, pensou ela. O que é isso: H. G. Wells misturado com *Hill Street Blues*?

Chris disse:

— Olha, agora que os enganamos, os caras vão voltar para o futuro e olhar os documentos que têm sobre você, mamãe, sua história, e vão planejar onde aparecer desta vez... assim, para ver se você vai querer voltar para a casa da montanha. Ou verificar se vai se esconder durante um ano para escrever outro livro e depois fazer uma viagem de lançamento, então eles aparecem numa livraria onde você esteja autografando seus livros porque, você entende, deve ter um registro de tudo isso no futuro; vão saber onde encontrar você naquela hora, naquele dia.

Laura franziu a testa.

— Quer dizer que o único jeito de evitar essa gente pelo resto da vida é mudar de nome, ficar fugindo sempre e não deixar nenhum traço de minha presença em documentos públicos, desaparecer da história para sempre?

— É isso aí, acho que vai ter de fazer isso — disse Chris com entusiasmo.

O garoto era esperto o suficiente para descobrir o modo de enganar um bando de assassinos viajantes no tempo mas não adulto o bastante para compreender como seria difícil para eles abandonar tudo que possuíam e recomeçar só com o dinheiro que levavam no bolso. De certo modo ele era como um idiota sábio, extremamente intuitivo e bem-dotado em certa área, mas ingênuo e muito limitado em todas as outras. Em matéria de teorias de viagem no tempo, tinha mil anos, mas para o resto, ia fazer 9.

— Nunca mais poderei escrever — disse Laura — porque preciso entrar em contato com os editores e agentes, nem que seja por telefone. Então os telefonemas podem ser descobertos. E não posso receber *royalties* porque, não importa quantos disfarces eu use, quantas contas diferentes nos bancos, mais cedo ou mais tarde terei de receber pessoalmente, o que exige registro público. E então eles terão esse registro no futuro, e vão viajar até o banco para acabar comigo. Como vou pôr as mãos no dinheiro que já temos? Como posso descontar um cheque sem deixar registrado para o futuro? – Laura piscou os olhos cansados. – Meus Deus, Chris, estamos numa encrenca!

Foi a vez do garoto ficar confuso. Olhou para ela sem saber ao certo de onde vinha o dinheiro, como era investido para uso futuro, quanto era difícil ganhá-lo.

– Bom, por alguns dias podemos andar por aí, dormir em motéis...

– Só podemos dormir em motel se pagarmos em dinheiro. O registro do cartão de crédito é fácil de ser rastreado. Aí eles voltam na noite em que usei o cartão e nos matam no motel.

– É, então a gente usa dinheiro. Ei, podemos comer no McDonald's sempre! Não é muito caro, e é *bom*!

DESCERAM DAS MONTANHAS, deixaram a neve e entraram em San Bernardino, uma cidade com cerca de trezentos mil habitantes, sem encontrar nenhum assassino. Laura precisava levar seu guardião a um médico, não só porque devia a vida a ele, mas também porque nunca saberia a verdade sobre o que estava acontecendo e talvez nunca encontrasse uma saída para aquele impasse.

Não podia levá-lo a um hospital, porque os hospitais têm registros que podiam fornecer aos homens do futuro uma pista para encontrá-la. Teria de conseguir cuidados médicos secretamente, com alguém que não exigisse seu nome ou qualquer informação sobre a identidade do paciente.

Um pouco antes da meia-noite, ela parou ao lado de um telefone público perto de um posto de gasolina. O telefone ficava num dos cantos, longe do posto, o que era ideal, porque Laura não queria que ninguém notasse os vidros quebrados do jipe, nem visse o homem inconsciente.

Chris dormiu durante uma hora antes de chegarem a San Bernardino, mas apesar disso e da sua excitação, estava cochilando ainda. Na parte de trás do jipe, o guardião dormia também, mas não era um sono repousante nem natural. Não murmurava mais, mas há algum tempo sua respiração estava rouca e difícil.

Laura deixou o jipe em ponto morto com o motor ligado e entrou na cabine telefônica para consultar a lista. Arrancou as páginas amarelas com telefones de médicos.

Depois de obter um mapa da cidade de San Bernardino com o atendente do posto de gasolina, ela começou a procurar um médico que não atendesse numa clínica nem num consultório num prédio da cidade, mas no consultório em sua própria casa, como era comum nas cidades pequenas no passado, embora raro agora. Sabia que, quanto mais demorasse, menores eram as chances de sobrevivência de seu guardião.

À 1h15, num bairro residencial tranquilo, de casas antigas, parou na frente de uma casa em estilo vitoriano, branca, de dois andares, construída em outra era, numa Califórnia perdida, antes que todas as construções fossem de estuque. Ficava num terreno de esquina, tinha uma garagem para dois carros e era rodeada de amieiros com galhos nus no inverno, o que fazia com que parecesse ter sido transportada com paisagem e tudo do leste do país. Segundo as páginas que tinha arrancado do catálogo, aquele era o endereço do Dr. Carter Brenkshaw, e uma pequena tabuleta suspensa entre dois pequenos postes ao lado da entrada confirmava essa informação.

Laura foi até o fim do quarteirão e parou junto da calçada. Saiu do carro, pegou um punhado de terra úmida de um canteiro na frente de uma casa próxima e passou sobre as placas do jipe.

Quando voltou para o carro, depois de ter limpado as mãos na grama, Chris estava acordado mas sonolento e confuso, depois de um sono de mais de duas horas. Laura bateu de leve no rosto dele, pondo o cabelo do garoto para trás e falando rapidamente para acordá-lo. O ar frio da noite, entrando pelas janelas sem vidro, ajudou.

— Tudo bem — disse Laura quando se certificou de que ele estava realmente acordado —, escute com atenção, companheiro. Encontrei um médico. Sabe fingir de doente?

— É claro. — Fez cara de quem vai vomitar, depois engasgou e gemeu.

— Não exagere — Laura explicou o que iam fazer.

— Bom plano, mamãe.

— Não, é um plano maluco. Mas é o único que eu tenho.

Fez uma manobra com o carro e voltou para a casa de Brenkshaw, estacionando na entrada para carros, bem na frente da garagem fechada, atrás da casa. Chris saiu pela porta da esquerda, e Laura o pôs no colo, com a cabeça em seu ombro. O menino se agarrou a ela, assim Laura podia segurá-lo só com o braço esquerdo, embora ele fosse bem pesado; seu bebê não era mais bebê. Na outra mão ela segurava o revólver.

Enquanto carregava Chris, passando pelos amieiros nus, iluminados apenas pelas lâmpadas de mercúrio da rua, Laura esperava que ninguém estivesse na janela de uma das casas vizinhas. Por outro lado, talvez não fosse incomum alguém chegar no meio da noite à casa de um médico, procurando ajuda.

Subiu os degraus da entrada, atravessou a varanda e tocou a campainha três vezes, rapidamente, como qualquer mãe aflita. Esperou alguns segundos e tornou a tocar.

Depois de alguns minutos, quando Laura pensou que não tinha ninguém em casa, as luzes da varanda se acenderam. Ela viu um homem observando-os pela janela em forma de leque, com três vidros, no meio da porta.

— Por favor — disse ela, com voz aflita, segurando o revólver ao lado do corpo onde não podia ser visto. — Meu filho, veneno, ele tomou veneno!

O homem abriu a porta interna, e Laura recuou um pouco para que ele pudesse empurrar a porta de inverno, que dava para fora.

O homem tinha uns 60 e poucos anos, cabelos brancos e traços de irlandês, exceto pelo nariz romano e os olhos castanho-escuros. Usava um roupão marrom, pijama branco e chinelos. Olhando para ela por cima dos grosso aros dos óculos, ele disse:

– O que aconteceu?

– Eu moro a dois quarteirões, o senhor está tão perto, e meu filho... veneno. – No auge da histeria, Laura largou Chris, que se afastou dela rapidamente. Erguendo a arma, ela a apontou para a barriga do homem. – Eu estouro suas entranhas se pedir socorro.

Não tinha intenção de atirar nele, mas aparentemente foi convincente, pois o médico fez um gesto afirmativo sem dizer nada.

– O senhor é o Dr. Brenkshaw? – Outro gesto afirmativo, e Laura perguntou: – Quem mais está na casa, doutor?

– Ninguém. Estou sozinho.

– Sua mulher?

– Sou viúvo.

– Filhos?

– Crescidos e não moram aqui.

– Não minta para mim.

– Durante toda a vida adquiri o hábito de não mentir – disse ele. – Muitas vezes isso me criou problemas, mas dizer a verdade geralmente simplifica as coisas. Escute, está frio e este roupão é fino. Pode me intimidar do mesmo jeito lá dentro.

Laura entrou, sempre com a arma encostada na barriga dele, empurrando-o com ela. Chris entrou atrás dela.

– Meu bem – murmurou Laura –, vá examinar a casa. Sem barulho. Comece lá em cima e não deixe passar nenhum quarto. Se houver alguém lá, diga que o doutor tem um caso de emergência e precisa de ajuda.

Chris foi para a escada e Laura manteve Carter Brenkshaw no hall sob a mira da arma. Ali perto um relógio de carrilhão tiquetaqueava suavemente.

— Quer saber de uma coisa? — disse o médico. — Durante toda a minha vida li romances policiais.

Laura franziu a testa:

— O que quer dizer?

— Bem, muitas vezes li sobre a linda vilã que aponta uma arma para o herói. Quase sempre, quando ele finalmente a domina, ela se rende à inevitabilidade do triunfo masculino e então eles fazem amor selvagem e apaixonado. E por que isso acontece comigo quando já estou velho demais para esperar a segunda parte desta pequena cena?

Laura se conteve para não sorrir, porque não podia continuar a bancar uma mulher perigosa se sorrisse.

— Cale a boca.

— Tenho certeza de que você pode fazer melhor do que isso.

— Trate de calar a boca, certo? Cale a boca.

Ele não empalideceu nem tremeu. Sorriu.

Chris voltou do segundo andar.

— Ninguém, mamãe.

Brenkshaw disse:

— Gostaria de saber quantos bandidos perigosos têm cúmplices desse tamanho que os chamam de mamãe.

— Não me subestime, doutor, estou desesperada.

Chris saiu para examinar o andar térreo, acendendo as luzes da casa.

Laura disse para o médico:

— Tenho um homem ferido no carro...

— É claro. Ferimento a bala.

— ...quero que trate dele e fique de boca calada, do contrário voltamos e acabamos com você.

— Isto — disse o homem — é perfeitamente delicioso.

Chris voltou, depois de apagar as luzes que havia acendido.

— Ninguém, mamãe.

— Tem uma maca? — Laura perguntou ao médico.

Brenkshaw olhou fixamente para ela.

— Tem mesmo um homem ferido?

— Que diabo eu estaria fazendo aqui?

— Muito interessante. Bem, está certo, ele está sangrando muito?

— Perdeu muito sangue, mas agora não está perdendo tanto. Mas está inconsciente.

— Se não está perdendo muito sangue, podemos trazê-lo para dentro. Tenho uma cadeira dobrável no meu consultório. Posso apanhar um casaco – disse ele, apontando para o *closet* do hall – ou bandidos durões como você gostam de ver idosos tremendo de frio só de pijama?

— Apanhe seu casaco, doutor, mas diabo, não me subestime.

— Isso mesmo – disse Chris. – Ela já matou dois caras esta noite. – Imitou o som de uma Uzi. – Ela derrubou os dois e eles nem tocaram nela.

O garoto parecia tão sincero que Brenkshaw olhou para Laura com verdadeira preocupação.

— Só tenho agasalhos no *closet*. Guarda-chuvas. Um par de galochas. Não tenho nenhuma arma lá dentro.

— Tenha cuidado, doutor. Nada de movimentos bruscos.

— Nada de movimentos bruscos... sim, eu sabia que ia dizer isso. – Embora aparentemente ainda estivesse achando a situação um tanto engraçada, não estava tão tranquilo quanto antes.

O médico vestiu o sobretudo e os três saíram por uma porta à esquerda do hall. Sem acender nenhuma luz, confiando na que vinha do hall e no seu conhecimento da casa, o Dr. Brenkshaw os conduziu por uma sala de espera com cadeiras e umas duas mesinhas. Outra porta levava ao consultório – a mesa, três cadeiras, livros de medicina – onde ele acendeu a luz, e cuja porta levava para os fundos da casa, para a sala de exames.

Laura esperava ver uma mesa de exame e equipamento antigo e bem conservado, um consultório médico aconchegante como um quadro de Norman Rockwell, mas tudo parecia novo. Havia até um aparelho de ECG e, na extremidade da sala, uma porta com uma tabuleta que dizia: RAIOS X: MANTENHA FECHADA QUANDO EM USO.

— Tem equipamento de raios X aqui? — perguntou ela.

— É claro. Não é tão caro quanto antes. Todas as clínicas têm equipamento de raios X hoje em dia.

— Todas as clínicas, certo, mas este é um consultório particular...

— Posso parecer Barry Fitzgerald no papel de médico num filme antigo, e posso preferir a conveniência antiquada de um consultório em minha casa, mas não trato meus pacientes à moda antiga só para ser diferente. Posso dizer que sou um médico mais sério que o seu desespero.

— Não aposte — disse Laura secamente, embora estivesse farta de bancar a durona.

— Não se preocupe — disse ele. — Vou fazer o que quer. Acho que será mais divertido. — Voltou-se para Chris. — Quando passamos no meu consultório, viu uma grande jarra de cerâmica sobre a mesa? Está cheia de balas de laranja e outras, se você quiser.

— Puxa, obrigado! — disse Chris. — Ah... posso, mamãe?

— Uma ou duas — disse Laura —, mas não coma demais para não enjoar.

Brenkshaw disse:

— Acho que, quando se trata de dar balas e doces aos jovens pacientes, ainda sou antiquado. Nada de chiclete sem açúcar aqui. Que graça tem isso? Gosto de plástico. Se os dentes deles ficam cariados depois da visita ao meu consultório, é problema do dentista.

Enquanto falava, ele apanhou a cadeira de rodas dobrável em um canto, armou-a e a levou para o meio da sala.

Laura disse:

— Meu bem, você fica aqui enquanto vamos até o jipe.

— Tudo bem — respondeu Chris da outra sala onde estava escolhendo a guloseima na jarra de cerâmica.

— Seu jipe está na entrada da garagem? Então vamos pelos fundos. Mais seguro, eu acho.

Apontando a arma para o médico, mas sentindo-se tola, Laura o acompanhou saindo por uma porta lateral que dava para uma rampa própria para cadeiras de rodas.

— Entrada para os que não podem subir escadas – explicou Brenkshaw, empurrando a cadeira na direção dos fundos da casa. Seus chinelos faziam um som que parecia arranhar o concreto da rampa.

A casa do médico ficava no centro de um grande terreno, sem vizinhos próximos. A parte lateral não tinha amieiros como a frente, mas fícus e pinheiros, sempre verdes. Apesar dos galhos espessos e da escuridão da noite, Laura via as janelas da casa vizinha, portanto imaginou que podiam ser vistos também.

O mundo estava envolto no silêncio especial entre a meia-noite e o nascer do dia. Mesmo que não soubesse que eram quase 2 horas, poderia ter adivinhado. Embora os sons fracos da cidade ecoassem a distância, havia ali uma quietude de cemitério que a teria feito sentir-se como uma mulher numa missão secreta, mesmo que estivesse só levando o lixo para fora.

Uma calçada circundava a casa, atravessando outra que ia até os fundos do terreno. Passaram pela varanda dos fundos, por um pátio entre a casa e a garagem e chegaram à entrada de veículos.

Brenkshaw parou atrás do jipe e disse com um riso abafado:

— Lama nas placas do carro – murmurou. – Um detalhe muito convincente.

Laura abriu a porta traseira do jipe e ele entrou para examinar o ferido.

Laura olhou para a rua. Tudo silencioso. Tudo quieto.

Mas se uma radiopatrulha de San Bernardino passasse naquele momento, sem dúvida ia parar para ver o que estava acontecendo na casa do velho Dr. Brenkshaw com luzes acesas àquela hora...

Brenkshaw já estava saindo do jipe.

— Meu Deus, você *tem* mesmo um homem ferido aí dentro.

— Por que ainda está surpreso? Acha que eu ia fazer tudo isto só para me divertir?

— Vamos levá-lo para dentro. Depressa — disse o médico.

Ele não podia remover o ferido sozinho. Para ajudá-lo, Laura teve de pôr o .38 no cinto da calça jeans.

Brenkshaw não tentou fugir nem dominá-la para tirar a arma. Logo que puseram o ferido na cadeira, ele o conduziu pela entrada de veículos, pelo pátio, e deu a volta na casa até a rampa para deficientes.

Laura apanhou uma das Uzi do banco do jipe e o acompanhou. Não esperava ter de usar a arma, mas sentia-se melhor com ela por perto.

Quinze minutos depois, Brenkshaw voltou-se dando as costas à chapa de raios X que estava examinando na tela iluminada, num canto da sala.

— A bala não se fragmentou, saiu inteira. Não atingiu nenhum osso, portanto não precisamos nos preocupar com lascas ósseas.

— Legal — disse Chris da cadeira onde estava, satisfeito chupando um pirulito. Apesar do aquecimento no interior da casa, o menino vestia ainda a jaqueta, como a mãe, porque ela queria que estivessem preparados para sair às pressas.

— Ele está em coma ou coisa assim? — perguntou Laura.

— Sim, em estado comatoso. Mas não devido à febre associada a qualquer infecção do ferimento. Cedo demais para isso. E agora que foi tratado, provavelmente não haverá infecção. É coma traumático devido ao ferimento à bala, à perda de sangue, ao choque e tudo o mais. Ele não devia ter sido removido, você sabe.

— Não tive escolha. Vai sair do coma?

— Provavelmente. Neste caso, o estado de coma é um recurso do organismo para conservar energia, facilitando a cicatrização.

Não perdeu tanto sangue quanto parece; o pulso está bom, portanto, provavelmente não ficará assim por muito tempo. Vendo a camisa e o avental ensopados de sangue, parece que ele perdeu litros, mas não perdeu. Também não foi pouco. Passou um mau pedaço. Mas nenhum vaso importante foi seccionado, o que agravaria seu estado. Mesmo assim devia estar num hospital.

– Já resolvemos isso – disse Laura impaciente. – Não podemos levá-lo ao hospital.

– Qual foi o banco que vocês assaltaram? – perguntou o médico em tom de zombaria, mas com maior seriedade do que no princípio.

Enquanto esperava a revelação das chapas, ele havia limpado o ferimento, desinfetado com iodo, depois com antibiótico em pó, e preparado o curativo. Agora, apanhava uma agulha, outro instrumento que Laura não identificou e uma linha grossa e colocava tudo na bandeja presa ao lado da mesa de exame. O homem ferido continuava inconsciente, deitado sobre o lado direito com ajuda de várias almofadas de espuma.

– O que está fazendo? – perguntou Laura.

– Esses orifícios são muito grandes, especialmente o de saída. Se você insiste em arriscar a vida dele não indo a um hospital, o mínimo que posso fazer é dar alguns pontos.

– Tudo bem, mas não demore.

– Espera que os agentes do governo entrem por aquela porta a qualquer momento?

– Pior do que isso – disse Laura. – Muito pior.

Desde a chegada à casa de Brenkshaw, Laura esperava ouvir relâmpagos e trovões como os cascos dos cavalos de seres apocalípticos e o aparecimento de mais viajantes do tempo armados com metralhadoras. Quinze minutos antes, quando o médico tirava a radiografia do guardião, teve a impressão de ouvir um trovão muito distante, quase inaudível. Correu para a janela procurando no céu o clarão do relâmpago, mas não havia nenhuma luz entre os galhos das árvores, talvez porque o céu sobre San Bernardino estivesse iluminado fracamente pelas luzes da cidade ou talvez porque fora apenas impressão sua. Concluiu que tinha ouvido o barulho de um jato e, no seu pânico, o confundira com o de um trovão.

Brenkshaw suturou os ferimentos, cortou a linha – "as suturas vão ser absorvidas" – e fez os curativos com largas tiras de esparadrapo passadas em volta do peito do ferido.

O cheiro forte de remédio provocou um ligeiro enjoo em Laura, mas não pareceu incomodar Chris. O garoto continuava sentado, feliz com seu segundo pirulito.

Enquanto esperava o raios X, Brenkshaw havia administrado também uma injeção de penicilina. Agora ia até os armários brancos e altos de metal. Retirou alguns comprimidos de um vidro grande, colocando-os num vidro menor.

– Tenho aqui alguns medicamentos básicos que vendo aos pacientes mais pobres por um preço acessível, para que não tenham despesa com farmácia.

– O que é isso? – perguntou Laura quando ele voltou para perto do ferido e estendeu para ela dois pequenos recipientes de plástico.

– Neste estão comprimidos de penicilina. Três por dia às refeições... se ele puder comer. *Acho* que vai voltar a si muito em breve. Do contrário vai começar a se desidratar e precisará de soro endovenoso. Não se pode administrar líquido pela boca quando o paciente está em coma... ele sufoca. Este outro é analgésico. Só quando for necessário, e nunca mais de dois ao dia.

– Quero mais desses. Todos que tiver – Laura apontou para os vidros que continham centenas de comprimidos separados pelo médico.

– Ele não vai precisar tanto de nenhum dos dois. Ele...

– Não, tenho certeza que não – disse ela –, mas não sei que diabo de problemas vamos ter ainda. Podemos precisar de penicilina e analgésico para mim... ou para meu filho.

Brenkshaw olhou para ela por alguns momentos.

– Em que tipo de encrenca vocês se meteram? Parece um dos seus livros.

– Agora quero que me dê... – Laura parou, atônita. – Como um dos meus livros? *Um dos meus livros?* Ah, meu Deus, você sabe quem eu sou.

– É claro que sei. Eu a reconheci quando a vi na varanda. Como já disse, leio livros de mistério e, embora seus livros não sejam exatamente desse gênero, têm muito suspense, por isso eu os leio também, e sua fotografia aparece na quarta capa. Acredite, Sra. Shane, nenhum homem pode esquecer seu rosto, mesmo que o tenha visto só em fotografia, e mesmo que seja um velho como eu.

– Mas por que não disse...

– A princípio pensei que fosse uma brincadeira. Afinal, seu aparecimento melodramático no meio da noite, a arma, o diálogo tão antiquado, agressivo... tudo parecia uma piada. Acredite, tenho alguns amigos capazes de imaginar brincadeiras desse tipo e podiam tê-la convencido a fazer o papel.

Apontando para seu guardião, Laura disse:

– Mas quando o viu...

– Aí percebi que não era uma piada – disse o médico.

Chris correu para perto da mãe e tirou o pirulito da boca:

– Mamãe, se ele nos denunciar...

Laura tirou o revólver do cinto. Começou a erguer a arma, mas logo a abaixou, compreendendo que o revólver não intimidava mais Brenkshaw; na verdade, nunca o tinha intimidado. Compreendia agora que ele era o tipo de homem que não se deixa intimidar e, além disso, não podia mais fazer o papel de mulher perigosa e fora da lei, agora que ele sabia quem ela era realmente.

Na mesa de exame, seu guardião gemeu e tentou mudar de posição, mas Brenkshaw pôs a mão no peito dele, obrigando-o a ficar imóvel.

— Escute, doutor, se contar a alguém esta visita, se não guardar segredo para o resto da vida, eu e meu filho seremos mortos.

— Naturalmente a lei exige que os médicos comuniquem quaisquer ferimentos a bala.

— Mas este é um caso especial — disse Laura ansiosamente. — Não estou fugindo da lei, doutor.

— De quem está fugindo?

— De certo modo... dos mesmos homens que mataram meu marido, o pai de Chris.

O médico pareceu surpreso e comovido.

— Seu marido foi assassinado?

— Deve ter lido nos jornais — disse Laura amargamente. — Foi uma história sensacionalista durante algum tempo, o tipo de coisa que a imprensa adora.

— Na verdade, não leio jornais nem assisto a noticiários na televisão — disse Brenkshaw. — É só incêndios, acidentes e terroristas malucos. Não transmitem um noticiário real, só sangue, tragédia e política. Sinto muito sobre seu marido. E se esses homens que o mataram, sejam lá quem forem, querem matá-la também, devia procurar a polícia.

Laura gostou do médico. Tinham muita coisa em comum. Ele parecia uma pessoa razoável. Mas não esperava convencê-lo a ficar de boca fechada.

— A polícia não pode me proteger, doutor. Ninguém pode me proteger a não ser *eu mesma*... e talvez o homem cujos ferimentos acaba de tratar. Essa gente que nos persegue... é do tipo implacável, impiedoso, e está acima da lei.

Ele balançou a cabeça:

— Ninguém está acima da lei.

— *Eles* estão, doutor. Eu precisaria de uma hora para explicar e mesmo assim você não acreditaria. Mas estou pedindo, a não ser que queira nossas mortes na consciência, não diga nada a ninguém. Não apenas por alguns dias, mas para sempre.

— Bem...

Olhando para ele, Laura compreendeu que não adiantava. Lembrou do que o médico tinha dito quando ela o advertira para não mentir sobre a presença de outras pessoas na casa: ele não mentia, porque a verdade fazia a vida mais simples; dizer a verdade era um hábito de toda a vida. Agora, passados menos de 45 minutos, ela o conhecia suficientemente para acreditar que era sempre sincero. Mesmo agora, quando Laura pedia para manter em segredo sua visita, o médico não conseguia dizer a mentira que a tranquilizaria e a faria sair de sua casa. Olhou para Laura com ar de quem se sente culpado mas sem conseguir falar a mentira. Ele cumpriria seu dever quando Laura saísse, preenchendo o formulário para a polícia. Os policiais iriam procurá-la na casa perto de Big Bear, onde descobririam o sangue, e talvez os corpos dos viajantes do tempo e centenas de balas perdidas espalhadas e janelas quebradas... No dia seguinte, ou no outro, a história estaria em todos os jornais...

O avião que Laura julgara ter ouvido havia mais de meia hora talvez não fosse um jato, afinal. Talvez fosse exatamente o que pensara – um trovão muito distante, a 20 e poucos ou 30 quilômetros dali.

Mais trovões numa noite sem chuva.

– Doutor, ajude-me a vesti-lo – disse ela, indicando seu guardião. – Faça pelo menos isso por mim, uma vez que vai me trair depois.

O médico ficou chocado com a palavra *trair*.

Laura havia mandado Chris apanhar no andar superior uma camisa, uma suéter, um paletó, uma calça e um par de meias de Brenkshaw, além de sapatos. O médico não era tão musculoso e magro quanto o guardião, mas tinham quase o mesmo tamanho.

Naquele momento, o ferido estava só com a calça manchada de sangue, mas Laura sabia que não teriam tempo de vesti-lo completamente.

– Ajude-me a vestir o paletó nele, doutor. Levo o resto para vestir mais tarde. O paletó vai protegê-lo do frio.

O médico, erguendo com relutância a parte superior do corpo do ferido, disse:

— Ele não deve ser removido.

Ignorando Brenkshaw, tentando vestir a manga no braço direito do ferido, Laura disse:

— Chris, vá até a sala de espera. Está escuro lá. Não acenda a luz. Dê uma espiada na rua, pela janela, e pelo amor de Deus, não deixe que o vejam.

— Acha que estão aqui? — perguntou o garoto, assustado.

— Se não estiverem, logo estarão — disse Laura, vestindo a manga do paletó de veludo no braço direito do guardião.

— Do que estão falando? — perguntou Brenkshaw, quando Chris correu para a sala de espera escura.

Laura não respondeu.

— Vamos levá-lo para a cadeira.

Juntos, passaram o ferido da mesa para a cadeira, afivelando o cinto de segurança.

Quando Laura recolhia as roupas e os dois vidros de medicamentos, fazendo uma trouxa, com os vidros enrolados nas peças de roupa, amarrando tudo com as mangas da camisa, Chris entrou correndo:

— Mamãe, estão lá fora, devem ser eles, dois carros cheios de homens no outro lado da rua, seis ou oito. O que vamos fazer?

— Droga — disse ela —, não podemos chegar até o jipe agora. E não podemos sair pela porta lateral porque podem nos ver lá da frente.

Brenkshaw deu uns passos na direção do consultório:

— Vou chamar a polícia...

— Não! — Laura colocou a trouxa na cadeira, entre as pernas do ferido, junto com sua bolsa, e apanhou a Uzi e o .38. — Diabo, não há tempo. Estarão aqui em poucos minutos e vão nos matar. Tem de me ajudar a sair com a cadeira pelos fundos da casa, pela escada da varanda.

Aparentemente seu terror havia contagiado o médico, pois ele não hesitou. Segurou a cadeira e a empurrou rapidamente para o corredor do primeiro andar. Laura e Chris foram atrás dele, atravessaram o corredor fracamente iluminado, depois a cozinha, onde a única luz era a do relógio digital no forno e no microondas. A cadeira passou pela soleira da porta que dava para a varanda, sacudindo o ferido, mas ele já havia aguentado coisa pior.

Passando a correia da Uzi pelo ombro e colocando o .38 no cinto, Laura desceu os degraus e passou por trás de Brenkshaw. Segurou a cadeira pela frente e o ajudou a levá-la para baixo.

Laura olhou para o espaço entre a casa e a garagem, quase esperando ver homens armados correndo para eles, e murmurou para o médico:

— Tem de vir conosco. Eles o matarão se ficar aqui, tenho certeza.

Mais uma vez ele não discutiu e acompanhou Chris na passagem que atravessava o gramado dos fundos até o portão na cerca de madeira no fim do terreno. Tirando a Uzi do ombro, Laura foi atrás, pronta para se virar e abrir fogo se ouvisse algum barulho vindo da casa.

Quando Chris chegou ao portão, este se abriu e um homem vestido de negro apareceu atrás do terreno, mais escuro do que a noite, a não ser pelo rosto redondo e pálido e as mãos muito brancas, tão surpreso quanto eles. Seguira pela rua atrás da casa para impedir a fuga deles. Na mão esquerda segurava a metralhadora portátil, não em posição de tiro. Começou a levantá-la – Laura não podia atirar sem atingir Chris – mas o garoto reagiu como Henry Takahami havia ensinado durante meses. Girou o corpo e, com um pontapé, desarmou o homem – a arma caiu no chão com uma pancada surda –, depois deu outro pontapé na virilha do assassino que, com um gemido de dor, caiu para trás sobre a cerca.

A essa altura, Laura dera a volta na cadeira e estava entre Chris e o adversário. Segurou a Uzi pelo cano e desceu a coronha com força na cabeça do homem, uma, duas vezes. O homem de negro caiu no gramado, fora da passagem, sem ter tempo de gritar.

Tudo acontecia rapidamente agora, depressa demais, estavam numa descida e Chris já atravessava o portão. Laura o seguiu e surpreenderam outro homem de negro, os olhos como buracos no rosto branco, como um vampiro, e desta vez fora do alcance do caratê de Chris. Laura atirou antes que o homem tivesse tempo de usar sua arma. Atirou acima da cabeça de Chris, uma rajada compacta que atingiu o assassino no peito, no pescoço, praticamente decapitando-o e atirando-o violentamente para trás.

Brenkshaw estava atrás deles, empurrando a cadeira, e Laura se arrependeu por ter envolvido o médico em tudo aquilo, mas não podia voltar atrás. A rua era estreita, flanqueada por cercas, com algumas garagens e latas de lixo nos fundos de cada casa, mal iluminada pelas lâmpadas das ruas transversais, de cada lado do quarteirão.

Laura disse para Brenkshaw:

— Leve a cadeira pela rua até mais adiante. Se encontrar um portão aberto, ponha a cadeira para dentro, onde não possa ser vista. Chris, você vai com eles.

— E você?

— Estarei lá em um segundo.

— Mamãe...

— Vá, Chris! — disse Laura, pois o médico já estava a uns 15 metros deles.

O menino seguiu o médico relutantemente e Laura voltou para o portão de madeira da casa de Brenkshaw. Chegou a tempo de ver dois vultos escuros esgueirando-se no espaço entre a casa e a garagem, a 30 metros de onde ela estava, quase invisíveis, denunciando-se apenas pelo movimento. Corriam agachados, um na direção da varanda, o outro para o gramado, porque não sabiam exatamente onde estava o problema, de onde tinham partido os tiros.

Laura entrou pelo portão e abriu fogo antes que pudessem vê-la, e a rajada de balas atingiu os fundos da casa. Embora não estivesse exatamente na direção dos alvos, estava perto o suficiente para atirar – 30 metros não era longe demais – e abaixou para se proteger. Não sabia se os havia atingido e não continuou a atirar porque, mesmo com um pente de quatrocentas balas usado em rajadas curtas, a Uzi podia se esvaziar rapidamente; e agora era a única arma automática que possuía. Recuou saindo pelo portão e correu atrás de Chris e Brenkshaw.

Os dois estavam entrando por um portão de ferro batido nos fundos de um terreno no outro lado da passagem, a duas portas da casa do médico. Quando Laura entrou também atrás dele, viu que antigas eugênias, plantadas nos dois lados do portão, formavam uma espessa cerca viva, impedindo que fossem vistos da passagem a não ser que estivessem na frente do portão.

O médico empurrou a cadeira até os fundos da casa. Era uma construção vitoriana, não no estilo Tudor como a de Brenkshaw, mas bem antiga, com pelo menos quarenta ou cinquenta anos. O médico seguia pelo lado da casa, na direção da rua principal.

Luzes se acendiam em várias casas próximas. Laura tinha certeza de que havia rostos contra os vidros das janelas, mesmo nas que estavam ainda escuras, mas não acreditava que pudessem ver muita coisa.

Alcançou Brenkshaw e Chris na frente da casa e os fez parar à sombra de alguns arbustos.

– Doutor, gostaria que esperasse aqui com seu paciente – disse Laura.

O médico tremia e Laura pediu a Deus que ele não tivesse um ataque cardíaco, mas Brenkshaw respondeu:

– Estarei aqui.

Laura saiu com Chris para a rua, onde estavam estacionados uns vinte carros em todo o quarteirão. À luz azulada das lâmpadas da rua, o garoto tinha péssima aparência, mas não tanto quanto Laura temia, não tão assustado quanto o médico; Chris começava a se acostumar ao terror. Laura disse:

— Muito bem, vamos experimentar as portas dos carros. Você vai por este lado, eu pelo outro, mais longe. Se a porta estiver aberta, verifique a ignição, examine embaixo do banco do motorista e atrás do para-sol para ver se as chaves estão no carro.

— Certo.

Numa pesquisa para um dos seus livros, no qual um dos personagens era ladrão de automóveis, Laura havia aprendido que, em média, um em cada 17 motoristas deixa as chaves no carro durante a noite. Esperava que essa média fosse mais favorável para eles numa cidade como San Bernardino; afinal, em Nova York, Chicago, Los Angeles e outras cidades grandes, só loucos deixavam as chaves no carro, portanto para que a média de um em 17 fosse verdadeira, devia existir gente menos desconfiada entre os americanos.

Laura tentou ficar de olho em Chris enquanto experimentava as portas dos carros no outro lado da rua, mas logo o perdeu de vista. Dos oito primeiros veículos, quatro estavam abertos, mas nenhum com as chaves.

Ouviu o som de sirenes ao longe.

Isso provavelmente afastaria os homens de negro. De qualquer modo deviam estar ainda procurando na passagem nos fundos da casa de Brenkshaw, movendo-se cautelosamente, esperando uma nova rajada de balas.

Laura continuou sem se preocupar em ser vista pelas pessoas nas casas próximas. A rua tinha uma fileira de palmeiras adultas, mas pequenas, que a protegiam. Provavelmente, as pessoas acordadas àquela hora da noite estariam nas janelas superiores das casas, não tentando olhar para baixo, para as palmeiras, mas para a outra rua, na direção da casa de Brenkshaw, de onde partira o som dos tiros.

O nono veículo era um Oldsmobile Cutlass, e as chaves estavam sob o banco dianteiro. Assim que Laura ligou o motor e fechou a porta do seu lado, Chris abriu a outra e mostrou as chaves que tinha encontrado.

— Toyota novinho em folha — disse ele.

— Este vai servir — disse ela.

As sirenes estavam mais próximas agora.

Chris jogou fora as chaves do Toyota e entrou no carro. Foram para a entrada de veículos da casa no outro lado da rua, mais perto da esquina, onde o médico esperava na sombra, na frente de uma casa ainda às escuras. Talvez estivessem com sorte; talvez a casa estivesse vazia. Ergueram o guardião da cadeira e o acomodaram no banco traseiro do carro.

As sirenes estavam muito perto agora, e uma radiopatrulha apareceu no fim do quarteirão, na rua lateral, as luzes vermelhas girando, indo para o quarteirão de Brenkshaw.

— Está bem, doutor? — perguntou Laura, fechando a porta traseira do Cutlass.

O médico deixara-se cair na cadeira de rodas.

— Não vou ter uma apoplexia, se é isso que a preocupa. Que *diabo* está acontecendo com você, menina?

— Não tenho tempo, doutor. Preciso correr.

— Escute — disse ele —, talvez eu não diga nada a ninguém.

— Vai dizer — respondeu Laura. — Pode pensar que não, mas vai contar tudo. Se não contasse, não haveria registro policial nem notícias nos jornais e, sem esses registros no futuro, aqueles atiradores não poderiam me encontrar.

— Que bobagem está dizendo?

Laura se inclinou e beijou o rosto dele:

— Não tenho tempo para explicar, doutor. Obrigada pela ajuda. E, desculpe, mas acho melhor levar essa cadeira também.

O médico dobrou a cadeira e a colocou na mala do carro.

Agora a noite estava repleta de sirenes.

Laura entrou no Cutlass e bateu a porta.

— Cinto de segurança, Chris.

— Colocado — respondeu ele.

Laura entrou à esquerda e foi até o fim do quarteirão, afastando-se da casa de Brenkshaw, chegando à rua transversal onde vira a radiopatrulha há poucos instantes. Imaginou que, se a polícia estava vindo em resposta aos chamados por causa dos tiros, devia estar chegando de diferentes áreas da cidade, de diferentes pontos de patrulhamento, portanto, talvez não houvesse nenhum outro carro naquela rua. A avenida estava quase deserta e os veículos que passavam não tinham luzes giratórias. Virou para a direita, afastando-se da casa do médico, atravessou San Bernardino, imaginando onde encontraria um local seguro.

III.

Laura chegou a Riverside às 3h15min, roubou um Buick numa rua residencial, passou o ferido para a cadeira de rodas e depois para o carro, abandonando o Cutlass. Chris dormiu durante toda a operação e teve de ser carregado de um carro para o outro.

Meia hora depois, em outro bairro, exausta e precisando dormir, Laura usou uma chave de parafuso da caixa de ferramentas do Buick para roubar duas placas de um Nissan. Pôs as placas no Buick e as dele na mala, porque na certa o número iria parar no relatório da polícia.

O dono do Nissan podia não notar a falta das placas por alguns dias, e quando comunicasse o roubo das placas, a polícia não daria a mesma atenção que dava a roubo de carros. As placas geralmente eram tiradas por garotos por pura brincadeira e sua recuperação não figurava na lista de alta prioridade do departamento de polícia, sempre sobrecarregado com crimes maiores. Essa era mais uma das informações úteis que havia aprendido em suas pesquisas.

Laura parou também para vestir e calçar seu guardião, evitando que ele se resfriasse. Em certo momento ele abriu os olhos, piscou rapidamente, para ver melhor e disse o nome dela. Laura pensou que estava saindo do coma, mas ele logo mergulhou na inconsciência, murmurando numa língua que Laura não podia identificar porque não ouvia bem as palavras.

De Riverside foram para Yorba Linda, em Orange County, onde Laura parou na extremidade do estacionamento de um supermercado, às 4h50. Desligou o motor e os faróis, desafivelou o cinto. Chris estava ainda com o cinto de segurança, encostado na porta, dormindo profundamente. No banco traseiro, seu guardião continuava inconsciente, mas sua respiração parecia mais suave do que antes da visita a Carter Brenkshaw. Laura não acreditava que pudesse dormir; pensou em refazer um pouco as forças e descansar a vista, mas em poucos minutos estava dormindo.

Depois de matar pelo menos três homens, de ter sido alvo das balas repetidamente, depois de roubar dois carros, e sobreviver a uma caçada que a levara através de três condados, o normal seria sonhar com a morte, com corpos destroçados, sangue, com o som frio das armas automáticas como música de fundo do pesadelo. Podia sonhar que tinha perdido Chris, a única luz nas suas trevas, ele e Thelma, e temia a ideia de continuar vivendo sem eles. Mas Laura sonhou com Danny, belos sonhos, não pesadelos. Danny estava vivo outra vez, e estavam revivendo a venda de *Shadrach* por mais de um milhão de dólares, mas Chris estava no sonho também, e tinha 8 anos, embora não fosse nascido naquele tempo, e comemoravam a boa sorte passando o dia na Disneylândia, onde os três foram fotografados com Mickey Mouse, e no Pavilhão dos Cravos Danny disse que a amaria para sempre, enquanto Chris fingia que sabia falar numa língua toda confusa que tinha aprendido com Carl Dockweiler, que estava sentado à mesa próxima com Nina e o pai de Laura, e em outra mesa estavam as maravilhosas gêmeas Ackerson tomando sundaes de morango...

Laura acordou mais de três horas depois, às 8h26, descansada, tanto pelo efeito daquela reunião familiar criada pelo subconsciente quanto pelo sono. O sol no céu sem nuvens cintilava nos cromados do carro e entrava numa faixa luminosa pelo vidro traseiro. Chris ainda dormia. No banco de trás, o homem ferido continuava inconsciente.

Laura arriscou uma pequena caminhada até o telefone público ao lado do supermercado, de onde podia ver o carro. Tirando algumas moedas da bolsa, ligou para Ida Palomar, a professora de Chris em lago Arrowhead, para avisar que não estariam em casa no resto daquela semana. Não queria que a pobre Ida entrasse na casa crivada de balas e suja de sangue perto de Big Bear, onde os peritos da polícia sem dúvida estariam trabalhando. Não disse de onde estava telefonando; de qualquer modo, não pretendia demorar-se em Yorba Linda.

Voltou para o carro e enquanto observava as pessoas que entravam no supermercado, bocejou, espreguiçou e massageou a nuca. Estava com fome. Com olhos sonolentos e um hálito azedo, Chris acordou menos de dez minutos depois e Laura deu dinheiro a ele para comprar pãezinhos doces e suco de laranja, que, longe de ser o mais nutritivo café da manhã, pelo menos forneceria energia.

— E ele? — perguntou Chris, mostrando o guardião.

Laura lembrou o que Brenkshaw tinha dito sobre o risco de desidratação. Mas sabia também que não era possível obrigá-lo a tomar líquidos enquanto estivesse em estado de coma; ele morreria sufocado.

— Bem... traga três sucos de laranja. Talvez eu consiga acordá-lo. — Quando Chris saiu do carro, ela disse: — Acho melhor comprar também alguma coisa para o almoço, alguma coisa que não estrague... digamos um pão e um vidro de manteiga de amendoim. Compre também um desodorante spray e um vidro de xampu.

Chris deu um largo sorriso.

— Por que não me deixa comer assim em casa?

— Porque se não se alimentar bem vai acabar com um cérebro mais deturpado do que já tem, garotão.

— Mesmo fugindo de assassinos, não sei como você não trouxe um micro-ondas, vegetais frescos e um vidro de vitaminas.

– Está dizendo que sou uma boa mãe mas muito chata? Elogio anotado, crítica considerada. Agora vá.

Chris começou a fechar a porta.

– E, Chris... – disse Laura.

– Já sei – continuou o menino. – Tome cuidado.

Laura ligou o motor e o rádio para ouvir o noticiário das 9 horas. Ouviu uma história a seu respeito: a cena em sua casa perto de Big Bear, o tiroteio em San Bernardino. Como a maioria das reportagens, era inexata, confusa, sem sentido. Mas havia a confirmação de que a polícia a procurava por toda a Califórnia. Segundo o repórter, as autoridades esperavam encontrá-la em breve, sobretudo porque seu rosto era muito conhecido.

Laura ficara chocada quando Brenkshaw a reconheceu como Laura Shane, famosa escritora. Não se considerava uma celebridade; era apenas uma contadora de histórias, uma tecelã de contos, que usava um tear de palavras, com o qual fabricava um tecido especial. Havia feito uma única turnê para um dos seus primeiros livros e detestou. Não repetiu a experiência. Não aparecia com frequência na televisão. Nunca fora garota-propaganda de qualquer produto, nunca havia apoiado publicamente qualquer político e, de um modo geral, evitava tomar parte no circo da mídia. Seguia a tradição da fotografia na quarta capa dos seus livros porque parecia inofensiva e aos 33 anos podia admitir, sem nenhum embaraço, que era uma mulher muito bonita, mas nunca imaginou, como dizia a polícia, que seu rosto fosse muito conhecido.

Agora, preocupava-se, não apenas porque a perda do anonimato a fazia presa fácil para a polícia, mas também porque sabia que ser uma celebridade na América significava um grave declínio na capacidade artística e capacidade de autocrítica. Poucos conseguiam ser ao mesmo tempo figuras públicas e bons escritores, mas a maioria era corrompida pela atenção da mídia. Laura temia aquela armadilha tanto quanto temia ser apanhada pela polícia.

De repente compreendeu com alguma surpresa que, se era capaz de se preocupar em ser uma celebridade e perder seu senso artístico, era porque acreditava ainda num futuro em segurança, no qual escreveria outros livros. Certas vezes, durante a noite, havia decidido lutar até a morte, até o fim para proteger o filho, mas naqueles momentos sentira que praticamente não havia esperanças, o inimigo poderoso demais e inatingível demais para ser destruído. Agora, alguma coisa havia mudado, levando-a a um otimismo tênue e cauteloso.

Talvez fosse efeito do sonho.

Chris voltou com um pacote de pãezinhos de canela, três sucos de laranja e outras coisas. Comeram os pãezinhos e tomaram o suco, e nunca nada pareceu tão delicioso para os dois.

Quando terminou, Laura passou para o banco de trás e tentou acordar seu guardião. Não conseguiu.

Deu o terceiro suco de laranja para Chris e disse:

— Guarde para ele. Provavelmente vai acordar logo.

— Se não pode beber, não pode tomar a penicilina — disse Chris.

— Não precisa tomar por enquanto. O Dr. Brenkshaw deu uma dose bem forte ontem à noite; ainda está fazendo efeito.

Mas Laura estava preocupada. Se ele não recuperasse a consciência, jamais saberiam a verdadeira natureza daquele perigoso labirinto onde estavam perdidos — e talvez nunca encontrassem a saída.

— E agora? — perguntou Chris.

— Vamos procurar um posto de gasolina, usar os banheiros, depois parar numa loja de armas e comprar munição para a Uzi e para o revólver. Depois... vamos procurar um motel, do tipo certo, onde possamos nos esconder.

Quando resolveram parar, deviam estar a pelo menos 80 quilômetros da casa do Dr. Brenkshaw, onde os inimigos os haviam encontrado. Mas será que a distância fazia diferença para homens que mediam suas viagens em dias e anos e não em quilômetros?

CERTAS ÁREAS DE Santa Ana, as vizinhanças do sul de Anaheim e arredores ofereciam o maior número de motéis do tipo que Laura procurava. Não queria um moderno e cintilante Red Lion Inn, nem um Howard Johnson's Motor Lodge, com televisão em cores, tapete espesso e piscina aquecida, porque esses estabelecimentos exigiam identidade e cartão de crédito, e não podia correr o risco de deixar uma trilha que servisse de guia para a polícia ou para seus assassinos. Procurava um motel que já não fosse muito limpo, nem muito conservado para atrair turistas, um lugar onde ficavam felizes por conseguir clientes, ávidos pelo dinheiro, e onde não faziam perguntas que podiam afugentar os hóspedes.

Sabia que não ia ser fácil encontrar um quarto, e não ficou surpresa ao verificar que os primeiros 12 lugares que procurou não tinham condições de acomodá-la. As únicas pessoas que entravam ou saíam desses motéis eram jovens mexicanas com filhos no colo ou pela mão, e mexicanos de meia-idade de tênis, *chinos,* camisas de flanela e casacos de sarja ou veludo, alguns com chapéus de caubói e outros com bonés de beisebol, todos com ar vigilante e de suspeita. Muitos motéis decrépitos eram agora pensões para imigrantes ilegais, centenas ou milhares que residiam em Orange County não muito secretamente. Famílias inteiras moravam num quarto com duas cadeiras e um banheiro com o mínimo de capacidade funcional, cinco, seis ou sete pessoas amontoadas, dormindo na mesma cama, pagando por isso 150 dólares ou mais por semana, sem roupa de cama nem faxineira, sem nenhum tipo de facilidades e no meio de milhares de baratas. Sujeitavam-se a essas condições, e deixavam que os explorassem como trabalhadores mal pagos para não voltar para sua terra e viver sob o domínio do "governo revolucionário do povo" que durante décadas só lhes dera igualdade em relação ao desespero.

No 13º motel, o Pássaro Azul da Felicidade, o dono esperava ainda servir a faixa menos favorecida do comércio de turismo e, por enquanto, não havia sucumbido à tentação de ganhar dinheiro à custa do sacrifício e do sangue dos pobres mexicamos. Algumas das 24 unidades estavam alugadas para imigrantes ilegais, mas o motel fornecia ainda roupa de cama limpa diariamente, serviço de arrumadeira, televisão e dois travesseiros extras em cada *closet*. Entretanto, o fato de o atendente no balcão aceitar dinheiro, não exigir identidade e evitar olhar Laura de frente era prova de que dentro de um ano o Pássaro Azul da Felicidade seria outro monumento à estupidez política e à avareza humana, num mundo tão repleto desse tipo de monumentos, como qualquer velho cemitério repleto de lápides.

O motel tinha três alas, formando um U, com o estacionamento no centro, e o quarto de Laura ficava no canto direito da ala traseira. Uma grande palmeira em leque se erguia perto da porta, aparentemente não castigada pela *poluição* nem limitada pelo pequeno pedaço de solo no meio de tanto asfalto, cheia de brotos mesmo no inverno, como se a natureza a tivesse escolhido para símbolo da sua intenção de retomar cada pedaço de solo depois da passagem do homem.

Laura e Chris armaram a cadeira de rodas e puseram o ferido nela, procurando disfarçar o que estavam fazendo, como se estivessem apenas ajudando uma pessoa deficiente. Completamente vestido, com os curativos cobertos pela roupa, o guardião podia passar por um paraplégico – a não ser pelo modo como sua cabeça rolava nos ombros.

O quarto era pequeno mas relativamente limpo. O tapete esgarçado mas recentemente lavado, e alguns cotões num canto não eram tão grandes quanto rolos de amaranto feitos pelo vento. A colcha xadrez marrom da cama de casal estava esgarçada nas bordas, e o desenho não chegava a disfarçar dois remendos, mas os lençóis eram engomados e cheiravam a sabão. Passaram o ferido da cadeira para a cama e apoiaram sua cabeça em dois travesseiros.

A televisão de 17 polegadas estava pregada a uma mesa com tampo arranhado e laminado e as pernas traseiras da mesa eram pregadas no chão. Chris sentou em uma das cadeiras, ligou o aparelho e girou o botão à procura de desenhos animados ou reprise de algum bom programa. Escolheu *Agente 86*, mas queixou-se que era "burro demais para ser engraçado" e Laura imaginou quantos meninos daquela idade pensariam assim.

Ela sentou na outra cadeira.

— Por que não toma um banho?

— E depois vestir a mesma roupa? — perguntou ele, hesitante.

— Sei que parece besteira, mas tente. Garanto que vai se sentir mais limpo, mesmo sem trocar de roupa.

— Mas tanto trabalho para tomar banho, depois vestir roupa *amarrotada*?

— Não sabia que tinha virado um modelo tão exigente que não suporta algumas rugas na roupa.

Chris sorriu, levantou e foi para o banheiro imitando o passo de um modelo.

— O rei e a rainha ficariam chocados me vendo deste jeito.

— Nós arranjaremos vendas para seus olhos quando vierem nos visitar.

Num minuto ele estava de volta.

— Tem um inseto morto no vaso. Acho que é uma barata, mas não tenho certeza.

— Importa a espécie? Devemos avisar ao parente mais próximo?

Chris riu. Meu Deus, como Laura gostava de ouvir aquela risada. Ele disse:

— O que devo fazer... dar a descarga?

— A não ser que queira pescá-lo, colocar numa caixa de fósforos e enterrá-lo no canteiro lá fora.

Chris riu outra vez.

— Nem pensar. Sepultamento no mar.

No banheiro ele cantarolou o toque de silêncio e puxou a descarga.

Enquanto Chris estava no banheiro, o *Agente 86* acabou e começou *Os Harlem Globetrotters na ilha Gilligan*. Laura não estava na verdade olhando para a tela; a televisão estava ligada como um som de fundo, mas há limites para o que até mesmo uma mulher em fuga pode aturar. Mudou para o canal 11 no programa *Hour Magazine*.

Olhou para seu guardião por algum tempo, mas aquele sono tão pouco natural a deprimia. Sem sair da cadeira, abriu as cortinas algumas vezes, examinando o estacionamento do motel, mas ninguém podia saber onde estavam; não corriam perigo iminente. Então, olhou para a televisão, sem interesse, até ficar praticamente hipnotizada. O apresentador da *Hour Magazine* estava entrevistando um jovem ator que falava vagarosamente sobre ele mesmo, nem sempre com coerência, e depois de algum tempo Laura notou que ele estava dizendo alguma coisa sobre água, mas agora ela estava cochilando e aquela insistência em falar sobre água era hipnotizante e entediante ao mesmo tempo.

– *Mamãe!*

Laura piscou, endireitou o corpo na cadeira e viu Chris na porta do banheiro. Acabava de sair do chuveiro. Estava com o cabelo molhado e só de cueca. Olhando para o corpo magro do menino – só costelas, cotovelos e joelhos – Laura sentiu um aperto no coração, pois ele parecia tão inocente e vulnerável. Chris parecia tão pequeno e frágil que Laura imaginou como poderia protegê-lo, e o medo se apossou dela novamente.

– Mamãe, ele está falando – disse Chris, apontando para o homem na cama. – Não ouviu? Ele está falando.

– Água – disse o guardião com voz pastosa. – Água.

Laura foi rapidamente até a cama e se inclinou sobre ele. Não estava mais comatoso. Tentava se sentar na cama, mas não tinha forças. Os olhos azuis abertos e congestionados se fixaram nela, alerta e observadores.

– Sede – disse ele.

– Chris...

O menino já estava ali com o copo cheio d'água na mão.

Laura sentou na beirada da cama, ergueu a cabeça do ferido e o ajudou a beber. Obrigou-o a tomar pequenos goles; não queria que se engasgasse. Os lábios dele estavam rachados pela febre e a língua, coberta por uma camada branca, como se tivesse comido cinza. Tomou mais de um terço da água, e então fez sinal de que era bastante.

Laura pôs a cabeça dele no travesseiro e a mão na sua testa.

– Não está tão quente quanto antes.

O guardião girou a cabeça de um lado para o outro, tentando ver o quarto. Apesar da água, sua voz estava seca, crestada pela febre.

– Onde estamos?

– A salvo – disse Laura.

– Nenhum lugar é seguro.

– Acho que descobrimos mais sobre esta situação do que pode imaginar – disse ela.

– Isso mesmo – disse Chris, sentando ao lado da mãe. – Sabemos que você é um viajante do tempo!

O homem olhou para o garoto, conseguiu dar um sorriso muito fraco, fez uma careta de dor.

– Tenho remédio – disse Laura. – Um analgésico.

– Não – respondeu ele. – Agora não. Mais tarde, talvez. Mais água.

Laura ergueu a cabeça dele novamente e Stefan tomou toda a água que restava no copo. Laura se lembrou da penicilina e pôs uma cápsula em sua boca, que foi tomada com os últimos dois goles.

– De quando você vem? – perguntou Chris, profundamente interessado, sem dar importância às gotas de água que pingavam do seu cabelo. – De quando?

– Meu bem – disse Laura –, ele está muito fraco, e não devemos fazer muitas perguntas ainda.

– Mas pode dizer pelo menos isso, mamãe. – Voltou-se para o homem. – De quando você vem?

O guardião olhou para Chris, depois para Laura e a expressão sombria voltou aos seus olhos.

— De quando você vem, hem? Do ano 2100? 3000?

Com sua voz seca como papel, o guardião disse:

— 1944.

Aqueles minutos de atividade evidentemente o tinham cansado, pois suas pálpebras pareciam pesadas e a voz ficou mais fraca. Laura estava certa de que estava delirando outra vez.

— Quando? – repetiu Chris, atônito com a resposta.

— 1944.

— Isso é impossível – disse Chris.

— Berlim – disse o guardião.

— Está delirando – falou Laura.

A voz do ferido ficou arrastada, enfraquecida pelo cansaço, mas a palavra soou clara: Berlim.

— Berlim? – disse Chris. – Quer dizer, Berlim... Alemanha?

O sono tomou conta do homem ferido, não o sono do coma, mas o sono repousante, imediatamente marcado por um leve ronco, mas antes de adormecer completamente, ele disse:

— Alemanha *nazista*.

IV.

Uma vida para viver estava passando na televisão, mas Laura e Chris não prestavam atenção ao seriado. Tinham aproximado as cadeiras da cama e observavam o homem adormecido. Chris estava vestido, com o cabelo quase seco, úmido ainda na nuca. Laura queria tomar um banho, mas não ia deixar seu guardião, que podia acordar outra vez e falar. Ela e o filho conversavam em voz baixa.

— Chris, pensei uma coisa. Se esses homens fossem do futuro, por que não teriam armas de raio laser ou coisa assim?

— Para que não soubessem que vinham do futuro – disse Chris. – Usariam armas e roupas que não chamassem atenção. Mas, mamãe, ele disse que era da...

— Eu sei o que ele disse. Mas não faz sentido. Se em 1944 eles tivessem a tecnologia da viagem no tempo, hoje nós saberíamos disso.

Às 13h30 o guardião acordou, parecendo um tanto confuso. Pediu mais água e Laura o ajudou a beber. Disse que se sentia um pouco melhor, mas ainda muito fraco e com sono. Pediu para ficar sentado na cama. Chris apanhou os dois travesseiros do closet e ajudou a mãe a erguer um pouco o ferido.

— Qual é o seu nome? — perguntou Laura.
— Stefan. Stefan Krieger.

Laura repetiu o nome suavemente, não era melódico, mas sólido, um nome masculino. Mas não era o nome de um anjo da guarda, e com certo humor ela percebeu que depois de tantos anos, incluindo duas décadas durante as quais dizia a si mesma que não acreditava mais nele, ainda esperava ouvir um nome extremamente musical.

— E na verdade vem do ano de...
— 1944 — repetiu ele.

O esforço de mudar de posição na cama fizera aparecerem gotas de suor na testa dele — ou talvez fossem provocadas pela lembrança do tempo e do lugar de onde tinha vindo.

— Berlim, Alemanha. Havia um brilhante cientista polonês, Vladimir Penlovski, considerado louco por muitos, e na verdade talvez fosse... muito louco, eu acho... mas também um gênio. Em Varsóvia ele estudou certas teorias sobre a natureza do tempo durante mais de 25 anos antes da invasão de seu país pela Alemanha e pela Rússia, em 1939...

Penlovski, segundo Stefan Krieger, simpatizava com os nazistas e recebeu com satisfação o Exército de Hitler. Talvez soubesse que Hitler concederia o apoio financeiro para as pesquisas que fazia, o que não conseguia de fontes mais racionais. Com patrocínio pessoal de Hitler, Penlovski e seu assistente, Wladyslaw Januskaya, foram para Berlim a fim de criar o instituto de pesquisa do tempo, um empreendimento tão secreto que nem recebeu um nome. Era chamado simplesmente de instituto. Ali, com ajuda de cientistas alemães tão dedicados e de tão ampla visão quanto ele, financiados por uma fonte aparentemente inexaurível de fundos do Terceiro Reich, Penlovski descobriu um meio para cortar a artéria do tempo, movimentando-se livremente naquela corrente de dias, meses e anos.

— *Blitzstrasse* — disse Stefan.

— *Blitz*... isso significa relâmpago — disse Chris. — *Como Blitzkrieg*... guerra relâmpago... em todos aqueles filmes antigos.

— Estrada do Relâmpago, neste caso — disse Stefan. — A estrada no tempo. A estrada para o futuro.

Literalmente podia ser chamada de *Zukunfstrasse*, ou Estrada do Futuro, explicou Stefan, pois Vladimir Penlovski não conseguiu descobrir um meio de enviar pessoas para o passado com o portão que tinha inventado. Só era possível viajar para a frente, para o futuro, e voltar automaticamente para seu próprio tempo.

— Parece haver um mecanismo cósmico que impede os viajantes do tempo de interferir nos próprios passados, a fim de alterar as circunstâncias do presente. Vocês compreendem, se *pudessem* voltar ao passado, seria criada uma série de...

— Paradoxos! — disse Chris, entusiasmado.

Stefan ficou surpreso vendo o garoto fazer uso daquela palavra.

Laura sorriu e disse:

— Como eu já disse, tivemos uma longa conversa sobre suas possíveis origens, e a viagem no tempo nos pareceu a mais lógica. E aqui você está vendo meu especialista em coisas estranhas.

— Paradoxo — concordou Stefan. — Se o viajante do tempo pudesse voltar ao próprio passado e interferir em algum fato histórico, essa mudança teria tremendas ramificações. Poderia alterar o futuro do qual ele vinha. Portanto ele não poderia voltar ao mesmo mundo que havia deixado...

– Paradoxo! – disse Chris alegremente.

– Paradoxo – concordou Stefan. – Aparentemente, a natureza detesta paradoxos e, de um modo geral, não permite que o viajante do tempo provoque essa situação. Graças a Deus. Porque... imaginem se, por exemplo, Hitler enviasse um assassino ao passado para matar Franklin Roosevelt e Winston Churchill, muito antes de chegarem aos cargos de presidente e primeiro-ministro. Outros homens seriam eleitos nos Estados Unidos e na Grã-Bretanha, homens menos brilhantes e mais maleáveis, que teriam conduzido Hitler ao triunfo em 1944, ou antes disso.

Stefan falava agora com uma emoção que seu estado de fraqueza não permitia que mantivesse por muito tempo e Laura percebeu que o estava debilitando rapidamente. A transpiração estava quase seca em sua testa; porém agora, embora ele não estivesse gesticulando, novas gotas de suor começavam a aparecer. As olheiras pareciam mais escuras. Mas não podia pedir que se calasse para descansar, porque queria e precisava saber tudo – e porque ele não permitiria que ela o interrompesse.

– Suponhamos que *der Führer* pudesse enviar assassinos ao passado para matar Dwight Eisenhower, George Patton, marechal Montgomery, matá-los no *berço,* eliminando-os, bem como a todas as melhores mentes militares dos aliados. Então, o mundo quase todo seria seu em 1944, e nesse caso os viajantes do tempo estariam voltando ao passado para matar aqueles homens que *estavam mortos havia muito tempo e não representavam ameaça.* Paradoxo, como podem ver. E graças a Deus, a natureza não permite esse paradoxo, não permite interferência no passado, pois do contrário, Adolf Hitler teria transformado o mundo todo num imenso campo de concentração, um crematório.

Ficaram em silêncio por algum tempo, chocados com a possibilidade daquele inferno. Até Chris compreendeu o quadro que Stefan mostrava, de um mundo diferente, pois era um garoto da década de 1980, quando os vilões no cinema e na televisão eram sempre vorazes habitantes de uma estrela distante ou nazistas. A suástica, o símbolo da caveira prateada e os uniformes negros da SS, o fanático com o estranho bigode, representavam coisas terríveis para Chris, porque faziam parte da mitologia arquitetada pela mídia na qual ele fora criado. Laura sabia que pessoas e eventos reais, uma vez incluídos na mitologia, eram de certo modo *mais* reais para uma criança do que o pão que ela comia.

Stefan disse:

– Assim, do instituto só podemos viajar para a frente no tempo, mas isso tem muita utilidade também. Podíamos saltar algumas décadas para verificar se a Alemanha conseguiu suportar o tempo difícil da guerra e de certo modo inverter o curso das coisas. Mas é claro, descobrimos que isso não aconteceu, que o Terceiro Reich foi derrotado. Contudo, com esse conhecimento do futuro, não seria possível ainda modificar o resultado final? Sem dúvida Hitler poderia fazer alguma coisa para salvar o Reich, mesmo em 1944. E podiam levar para o passado certas coisas do futuro para vencer a guerra...

– Assim como bombas atômicas? – perguntou Chris.

– Ou o conhecimento para fazer essas bombas – disse Stefan. – O Reich já possuía um programa de pesquisa nuclear, vocês sabem, e se conseguissem todo o conhecimento a tempo, se conseguissem a divisão do átomo...

– Teriam ganhado a guerra – disse Chris.

Stefan pediu água e tomou meio copo. Tentou segurar o copo mas sua mão tremia demais e a água se derramou sobre as cobertas. Laura o ajudou.

Quando voltou a falar, sua voz quase desaparecia às vezes.

– Uma vez que nenhum viajante do tempo existe *fora* do tempo durante sua viagem, pode se movimentar, não só no tempo, mas geograficamente também. Imaginem o viajante suspenso sobre a terra, imóvel, enquanto o globo gira sob ele. Não é exatamente o que acontece, mas é mais fácil imaginar isso do que um indivíduo pairando em outra dimensão. Então, enquanto ele está lá em cima, o mundo continua girando, e se sua viagem ao futuro estiver bem controlada, pode chegar a um determinado tempo em Berlim, a mesma cidade da qual partiu anos atrás. Mas se a viagem foi programada para algumas horas a mais ou a menos, o mundo terá girado exatamente aquele tempo e ele chegará a outro lugar. O cálculo para conseguir a chegada no tempo e no lugar exatos é extremamente complexo na minha era, 1944...

— Mas deve ser mais fácil hoje — disse Chris — com os computadores.

Apoiado nos travesseiros, numa posição pouco confortável, a mão direita trêmula sobre o ombro esquerdo ferido, como que procurando aliviar a dor, Stefan disse:

— Equipes de físicos alemães, na companhia da Gestapo, foram enviadas secretamente a várias cidades da Europa e dos Estados Unidos em 1985, para coletar informação vital sobre as armas nucleares. O material que procuravam era difícil de encontrar ou sigiloso. Com o que já sabiam do resultado de suas pesquisas, podiam obter o resto em livros e outras publicações científicas acessíveis nas bibliotecas das principais universidades em 1985. Quatro dias antes da minha partida final do instituto, essas equipes voltaram de 1985 para março de 1944, com material que daria ao Reich um arsenal nuclear antes do outono daquele ano. Passariam algumas semanas estudando o material, no instituto, antes de resolver como e onde aplicar aquele conhecimento no programa nuclear alemão sem revelar sua origem. Compreendi então que precisava destruir o instituto e tudo que ele continha, homens-chaves e arquivos, para evitar um futuro moldado por Adolf Hitler.

Laura e Chris ouviam atentos. Stefan Krieger contou como havia colocado os explosivos no instituto, como nos seus últimos dias em 1944 tinha eliminado Penlovski, Januskaya e Volkaw, programando o portão para levá-lo a Laura e à América daquele tempo.

Mas algo saiu errado no último momento, quando Stefan se preparava para partir. Falhou o fornecimento de energia da cidade, que alimentava o instituto. A RAF havia bombardeado Berlim pela primeira vez em janeiro daquele ano, e os bombardeiros americanos fizeram seus primeiros ataques diurnos em 6 de março, portanto o fornecimento de energia fora interrompido várias vezes, não somente devido aos bombardeios, mas também por sabotagem. Por isso o portão era alimentado por um gerador especial. Stefan não ouviu nenhum bombardeio naquele dia quando, ferido por Kokoschka, entrou no portão, portanto, devia ter sido obra dos sabotadores.

– E o marcador de tempo dos explosivos parou. O portão não foi destruído. Ainda está aberto e eles podem vir atrás de nós. E... ainda podem vencer a guerra.

Laura começava a sentir dor de cabeça outra vez. Levou as mãos às têmporas.

– Mas, espere. Hitler não pode ter conseguido armas atômicas nem vencido a guerra, porque não vivemos num mundo onde isso aconteceu. Não precisa se preocupar. De certo modo, apesar de todo o conhecimento que acumularam usando o portão, obviamente falharam na construção de um arsenal atômico.

– Não – disse Stefan. – Falharam até agora, mas não podemos presumir que continuarão falhando. Para aqueles homens do instituto em Berlim, em 1944, o passado é imutável, como eu já disse. Não podem voltar no tempo e alterar o próprio passado. Mas podem mudar seu futuro e o nosso, porque o futuro do viajante do tempo é mutável; ele pode alterar o próprio futuro.

– Mas o futuro *deles* é o meu *passado* – disse Laura. – E se o passado não pode ser mudado, como podem mudar o meu?

– É isso aí – disse Chris. – Paradoxo.

Laura disse:

– Escutem, não passei os últimos 34 anos em um mundo governado por Hitler e seus herdeiros; portanto, apesar do portão, Hitler falhou.

Stefan disse com expressão sombria:

– Se a viagem no tempo fosse inventada agora, em 1989, esse passado do qual você fala... a Segunda Guerra Mundial e tudo o que aconteceu depois... seria inalterável. Não poderia ser mudado pois a natureza não permite a viagem ao passado e os paradoxos da viagem do tempo seriam aplicados. Mas a viagem no tempo não foi descoberta aqui... ou redescoberta. Os viajantes do tempo no instituto de Berlim em 1944 podem mudar o *próprio* futuro à vontade, aparentemente, e embora com isso alterem simultaneamente o *seu* passado, nada nas leis da natureza os impediria. E aí temos o maior de todos os paradoxos... o único que a natureza parece permitir.

— Está dizendo que eles ainda podem fazer armas nucleares em 1944 com a informação obtida em 1985 e vencer a guerra? — indagou Laura.

— Sim. A não ser que o instituto seja destruído antes disso.

— E o que ia acontecer então? De repente tudo ia mudar para nós e estaríamos vivendo sob o domínio do nazismo?

— Isso mesmo. E você nem ia saber o que tinha acontecido, porque não seria a mesma pessoa. Seu passado jamais teria ocorrido. Você teria um passado completamente *diferente,* e não poderia lembrar de outro qualquer, de nada do que aconteceu *nesta* sua vida, porque esta vida jamais teria existido. Ia pensar que o mundo sempre fora assim, que nunca existiu um mundo onde Hitler perdeu a guerra.

Era uma ideia terrível porque fazia a vida parecer mais frágil do que nunca. O mundo sob os pés de Laura parecia menos real do que um mundo de sonho; podia se dissolver inesperadamente atirando-a em um imenso vazio.

Horrorizada, ela disse:

— Se eles mudarem o mundo no qual cresci, eu jamais terei Danny, nunca me casarei.

— Eu não teria nascido — disse Chris.

Laura pôs a mão no braço do filho, não só para tranquilizá-lo como também para certificar-se da realidade de sua presença.

— Eu podia não ter nascido. Tudo que eu vi, as coisas boas e más que aconteceram no mundo desde 1944... tudo teria desaparecido como um castelo de areia levado pelo mar e uma nova realidade existiria em seu lugar.

— Uma nova realidade muito pior — disse Stefan, exausto com o esforço de explicar o que estava em jogo.

— Nesse novo mundo, eu não teria escrito meus livros.

— Ou, se escrevesse — disse Stefan — seriam diferentes dos que escreveu nesta vida, obras grotescas, produzidas por uma artista sob o domínio de um governo de opressão, sob o punho de ferro da censura nazista.

— Se aqueles caras construírem a bomba atômica em 1944 — disse Chris — nós todos vamos nos transformar em poeira e seremos levados pelo vento.

— Não literalmente. Mas como poeira, sim — concordou Stefan Krieger. — Desapareceremos sem deixar traço da nossa existência.

— Temos de impedir esses caras — disse Chris.

— Se pudermos — disse Stefan. — Mas primeiro precisamos nos manter *vivos* nesta realidade, e isso talvez não seja muito fácil.

LAURA AJUDOU STEFAN a ir ao banheiro do motel, como uma enfermeira acostumada a lidar com as funções básicas de homens doentes. Quando voltaram e ela o pôs na cama, ficou novamente preocupada; Stefan era forte mas seu corpo parecia flácido, a pele estava pegajosa e ele, assustadoramente fraco.

Laura contou em poucas palavras o tiroteio na casa de Brenkshaw.

— Se aqueles assassinos vêm do passado e não do futuro, como sabem onde estamos? Como podiam saber em 1944 que estaríamos na casa do Dr. Brenkshaw, 45 anos depois?

— Para encontrá-la — disse Stefan — fizeram duas viagens. Primeiro foram bem adiante no futuro, alguns dias mais tarde, até o próximo fim de semana, talvez, para ver se você havia aparecido em algum lugar. Se não tivesse aparecido... o que provavelmente aconteceu... eles começariam a verificar os registros públicos. Jornais atrasados, por exemplo. Procurariam reportagens sobre o tiroteio em sua casa na noite passada, e essas histórias lhes informariam que você havia levado um homem ferido à casa de Brenkshaw em San Bernardino. Então, simplesmente voltaram a 1944 e fizeram outra viagem... dessa vez para a casa de Brenkshaw nas primeiras horas da manhã de 11 de janeiro.

— Eles podem pular de um lado para o outro em volta de nós. — disse Chris. — Podem avançar no tempo para ver onde vamos aparecer, depois escolhem o melhor lugar para a armadilha. É assim como... se a gente fosse caubóis e os índios todos tivessem percepção extrassensorial.

— Quem era Kokoschka? — perguntou Chris. — Quem era o homem que matou meu pai?

— Chefe de segurança do instituto — disse Stefan. — Afirmava ser parente distante de Oskar Kokoschka, o famoso pintor expressionista austríaco, mas duvido que seja verdade porque no *nosso* Kokoschka não existe nem um grão de sensibilidade artística. *Standartenführer*... que significa coronel... Heinrich Kokoschka era um eficiente matador da Gestapo.

— Gestapo — disse Chris, apavorado. — Polícia secreta?

— Polícia do Estado — disse Stefan. — De existência vastamente conhecida, mas com permissão para operar secretamente. Quando ele apareceu na estrada da montanha, em 1988, fiquei tão surpreso quanto vocês. Não houve relâmpagos. Deve ter chegado muito longe de onde estávamos, a uns 20 ou 30 quilômetros de distância, em algum outro vale das montanhas de San Bernardino, por isso não vimos os relâmpagos. — Na verdade, explicou ele, os relâmpagos associados à viagem no tempo constituíam um fenômeno muito localizado. — Depois de Kokoschka ter aparecido nas montanhas, seguindo meus passos, fiquei certo de que ia encontrar todos no instituto furiosos com minha traição, mas, quando cheguei lá, ninguém parecia saber de nada. Fiquei confuso. Então, depois que matei

Penlovski e os outros, quando me preparava para a última viagem ao futuro, Heinrich Kokoschka entrou no laboratório e me feriu com um tiro. Ele não estava morto! Não fora morto naquela estrada em 1988! Então compreendi que Kokoschka só soube da minha traição quando encontrou os homens mortos no instituto. Ele viajaria a 1988 e tentaria me matar... e a todos vocês... mais tarde. O que significava que o portão ficaria aberto para que ele pudesse fazer isso, e que eu não o teria destruído. Pelo menos não daquela vez.

— Meu Deus, que dor de cabeça – disse Laura.

Chris aparentemente acompanhava sem dificuldade toda a trama complexa da viagem no tempo. Ele disse:

— Então, depois que você foi até nossa casa, na noite passada, Kokoschka viajou para 1988 e matou meu pai. Puxa! De certo modo, Sr. Krieger, o senhor assassinou Kokoschka 43 anos depois que ele o feriu no laboratório... mas já o tinha matado *antes* de levar o tiro. É uma loucura, mamãe, não é? Não é bacana?

— É mesmo – concordou ela. – E como foi que Kokoschka o descobriu naquela estrada da montanha?

— Depois de descobrir que eu tinha matado Penlovski e fugido pelo portão, Kokoschka deve ter encontrado os explosivos no sótão e no porão. Então, com certeza, verificou os registros automáticos da máquina de todas as viagens realizadas. Era uma parte do *meu* trabalho, por isso ninguém havia notado minhas viagens para interferir em sua vida, Laura. Seja como for, Kokoschka deve ter feito algumas viagens por conta própria, para ver onde eu ia, vigiando-me enquanto eu vigiava você, vendo que eu alterava seu destino para melhor. Certamente estava observando quando fui ao cemitério no dia do enterro do seu pai, e quando dei aquela surra em Sheener, mas eu jamais o vi. Assim, baseado em todas as viagens e todas as épocas em que eu apenas a observei e as vezes em que a salvei, ele escolheu um lugar para nos matar. Queria me eliminar porque eu era um traidor, e queria matar você e sua família porque... bem, porque compreendeu quanto eram importantes para mim.

Por quê?, pensou Laura. Por que sou tão importante para você, Stefan Krieger? Por que interferiu no meu destino, tentando me dar uma vida melhor?

Teria feito essas perguntas então, mas Stefan tinha mais coisas para dizer sobre Kokoschka. Suas forças pareciam diminuir rapidamente e Stefan seguia com dificuldade o fio do próprio pensamento. Laura não queria interromper e confundi-lo mais ainda.

— Lendo os relógios e gráficos no painel programador do portão — disse Stefan —, Kokoschka pode ter descoberto minha meta final: sua casa, a noite passada. Mas vejam bem, na verdade minha intenção era voltar na noite da morte de Danny, como prometi, mas voltei só um ano depois porque cometi um erro de cálculo quando programei a máquina. Depois de partir pelo portão, ferido, Heinrich Kokoschka certamente encontrou meus cálculos. Deve ter compreendido meu engano e descoberto onde eu estaria, não só ontem à noite, como também na noite da morte de Danny. De certo modo, quando viajei para evitar o acidente com o caminhão nas montanhas, eu trouxe o assassino de Danny comigo. Sinto-me responsável por isso, mesmo sabendo que, se eu não viesse, Danny morreria no acidente. Pelo menos você e Chris estão vivos. Por enquanto.

— Por que Kokoschka não o seguiu até 1989, na nossa casa ontem à noite? Sabia que você estava gravemente ferido, que era presa fácil.

— Mas sabia também que eu esperava que me seguisse. Temia que eu estivesse armado e preparado para ele. Então, foi para 1988, onde eu não o esperava, onde teve a vantagem da surpresa. Além disso, provavelmente calculou que, se me seguisse até 1988 e me matasse, eu não teria voltado ao instituto e não teria a oportunidade de matar Penlovski. Certamente achou que podia fazer um truque com o tempo e *desfazer* aquelas mortes, salvando assim os cabeças do projeto. Mas é claro, não conseguiu, porque nesse caso estaria alterando o *próprio* passado, o que é impossível.

Penlovski e os outros já estavam mortos nesse tempo e ficariam mortos. Se Kokoschka compreendesse melhor as leis da viagem no tempo, saberia que seria morto por mim em 1988, porque quando fez a viagem para vingar a morte de Penlovski eu já tinha voltado a salvo para o instituto!

– Tudo bem com você, mamãe? – perguntou Chris.

– Será que fabricam aspirinas de meio quilo? – perguntou Laura.

– Sei que é muita coisa para compreender – disse Stefan. – Mas esse é Heinrich Kokoschka. Ou era. Ele tirou os explosivos que eu coloquei. Por causa dele... e daquela falha na força que desligou o detonador... o instituto ainda existe, e agentes da Gestapo estão nos perseguindo... para nos matar.

– Por quê? – perguntou Laura.

– Por vingança – disse Chris.

– Estão atravessando quarenta anos de tempo para nos matar só por vingança? – perguntou Laura. – Deve haver outro motivo.

– Sim, há – disse Stefan. – Querem nos matar porque acreditam que somos as únicas pessoas vivas capazes de descobrir um meio de fechar o portão, antes que vençam a guerra e alterem seu futuro. E estão certos.

– Como? – perguntou ela, atônita. – Como podemos destruir o instituto que está há 45 anos no passado?

– Ainda não sei ao certo – respondeu Stefan. – Mas vou pensar no assunto.

Laura ia fazer outras perguntas, mas Stefan balançou a cabeça. Disse que estava exausto e logo adormeceu novamente.

CHRIS PREPAROU UM almoço com sanduíche de manteiga de amendoim e outras coisas que comprara no supermercado. Laura não quis comer.

Imaginou que Stefan ia dormir por algumas horas e aproveitou para tomar um banho. Sentiu-se bem melhor depois, mesmo sem trocar de roupa.

Os programas de televisão durante toda a tarde foram simplesmente idiotas: novelas, jogos, mais novelas, reprises de *Ilha da fantasia,* e Phil Donahue correndo de um lado para o outro no estúdio entre o público, que o exortava a tomar conhecimento – e ter compaixão – do drama inusitado dos dentistas travestis.

Laura recarregou a Uzi com a munição comprada naquela manhã.

Lá fora, com o fim do dia, nuvens negras começaram a se amontoar até não se ver o céu azul. A palmeira em leque ao lado do Buick roubado parecia juntar suas folhas à espera da tempestade.

Laura sentou com os pés apoiados na cama, fechou os olhos e cochilou por algum tempo. Acordou de um pesadelo no qual ela era feita de areia e aos poucos era dissolvida pela chuva. Chris dormia na outra cadeira e Stefan roncava ainda, suavemente, na cama.

Chovia. As gotas tamborilavam no telhado do motel, estalando nas poças d'água do estacionamento, como gordura fervente, embora fizesse frio. Era uma típica tempestade do sul da Califórnia, tropicalmente pesada e constante, mas sem relâmpagos nem trovões. Ocasionalmente esse espetáculo pirotécnico era acompanhado de chuva naquela parte do mundo, mas muito raramente. Agora Laura tinha um motivo especial para ser grata a essa característica meteorológica, porque se houvesse trovões e relâmpagos, não ia saber se eram naturais ou aviso da chegada dos agentes da Gestapo vindos de outra era.

Chris acordou às 17h15, e Stefan Krieger, uns cinco minutos depois. Ambos disseram que estavam com fome, e além do apetite, Stefan demonstrava outros sinais de estar recuperando as forças. Os seus olhos, antes congestionados, estavam claros. Conseguiu erguer-se na cama apoiado no cotovelo. A mão esquerda, até então praticamente paralisada, parecia normal agora e ele podia abrir e fechar os dedos.

Laura não queria jantar. Queria resposta a algumas perguntas, mas a vida a ensinara a ser paciente – entre outras coisas. Naquela manhã, um pouco depois das 11 horas, quando chegaram ao motel, ela havia visto um restaurante chinês no outro lado da rua. Embora relutando em deixar Stefan e Chris, saiu na chuva para comprar comida.

Levou o .38 sob o casaco e deixou a Uzi ao lado de Stefan, na cama. A arma era pesada demais para Chris, mas Stefan talvez pudesse manejá-la apoiando-se na cama, usando só a mão direita, embora o impacto do coice da Uzi pudesse reabrir seu ferimento.

Quando voltou, encharcada pela chuva, puseram as embalagens sobre a cama – menos duas porções de sopa de berinjela, que eram para Stefan e que Laura pôs na mesinha de cabeceira ao lado dele. Quando entrou no restaurante e sentiu o delicioso cheiro da comida, Laura sentiu fome e acabou comprando comida de mais: galinha com limão, carne com molho de laranja, camarão com pimenta, *moo goo gai pan*, porco *moo shu* e duas porções de arroz.

Enquanto ela e Chris experimentavam todos os pratos com os garfos de plástico e tomavam Coca-Cola, comprada na máquina de refrigerantes do motel, Stefan tomou a sopa. Pensou que não seria capaz de suportar comida mais sólida, mas quando terminou a sopa, começou a experimentar o *moo goo gai pan* e a galinha.

A pedido de Laura, falou sobre sua vida, enquanto comiam. Nascera em 1909 na cidade alemã de Gittelde, nas montanhas Harz, portanto tinha 35 anos. ("Muito bem", disse Chris, "por outro lado, se contar os 45 anos que saltou quando viajou de 1944 para 1989, você tem 80 anos!" O garoto riu, satisfeito com a própria esperteza. "Cara, você está muito bem para um velhote de 80 anos!"). Depois de mudar com a família para Munique, no fim da Primeira Guerra, o pai de Stefan, Franz Krieger, se tornou partidário de Hitler, em 1919, membro do Partido Trabalhista Alemão desde a primeira semana da carreira política de Hitler nessa organização. Chegou mesmo a trabalhar com Hitler e Anton Drexler na redação da plataforma com a qual o grupo, essencialmente uma sociedade de debate, se transformou finalmente num verdadeiro partido político, mais tarde o Partido Nacional Socialista.

— Fui um dos primeiros membros da Juventude Hitlerista em 1926, quando tinha 17 anos – disse ele. — Menos de um ano depois entrei para a *Sturmabteilung,* ou SA, os camisas-pardas, grupo de reforço do Exército, praticamente um exército particular. Entretanto, em 1929, passei a ser membro do *Schutzstaffel...*

— A SS! – disse Chris, com o mesmo misto de horror e fascinação com que falaria de vampiros e lobisomens. — Você foi da SS? Usava aquele uniforme negro com a caveira prateada, usava a adaga?

— Não me orgulho disso – respondeu Stefan Krieger. – É claro que naquela época eu me orgulhava. Eu era um tolo. O tolo de meu pai. Nos primeiros tempos, a SS era um grupo pequeno, a essência do elitismo, e tínhamos como objetivo proteger *der Führer* com nossas vidas se necessário. Todos tinham de 18 a 22 anos, todos jovens, ignorantes e belicosos. Em minha defesa posso dizer que eu não era muito belicoso, não tão fanático quanto os outros. Estava fazendo a vontade do meu pai, mas por ignorância, admito que era mais do que podia suportar.

A chuva levada pelo vento açoitava a janela e gorgolejava ruidosamente na calha do lado de fora da parede contra a qual ficava a cama.

Stefan parecia muito melhor depois do sono tranquilo e a sopa sem dúvida havia ajudado a recobrar parte das suas forças. Mas agora, lembrando a juventude passada num misto de ódio e morte, empalideceu e seus olhos pareciam mais fundos sob as sobrancelhas espessas.

— Nunca deixei a SS porque era uma posição altamente desejável e porque abandoná-la significava que perdera a fé no nosso adorado líder. Mas ano após ano, mês após mês, dia após dia, cada vez me horrorizava mais com o que estava vendo, com tanta loucura, crime e terror.

Nem o camarão, nem a galinha pareciam mais tão saborosos e a boca de Laura estava tão seca que não conseguia engolir o arroz. Empurrou a comida para o lado, tomou a Coca-Cola em pequenos goles.

— Mas, se nunca deixou a SS... quando estudou, quando se envolveu com a pesquisa científica?

— Bem – disse ele. – Eu não estava no instituto como pesquisador. Não fiz curso superior. A não ser... durante dois anos fiz um curso intensivo de inglês, procurando falar com sotaque americano. Eu fazia parte do projeto que lançou centenas de agentes secretos na Grã-Bretanha e nos Estados Unidos. Mas nunca consegui dominar com perfeição a pronúncia, por isso não me mandaram para o exterior; além disso, como meu pai era um dos primeiros partidários de Hitler, eles confiavam em mim, portanto me deram outras atribuições. Eu fui designado para uma missão especial entre o pessoal do *Führer*, onde fazia trabalhos delicados, especialmente de ligação entre facções contrárias do governo. Era uma posição excelente para obter informações úteis aos britânicos, o que eu fiz a partir de 1938.

— Você era um espião? – perguntou Chris cheio de entusiasmo.

— Mais ou menos. Precisava fazer o possível para derrubar o Reich, para me redimir por ter feito parte dele. Era uma reparação.... embora parecesse impossível. Então, no outono de 1943, quando Penlovski começou a ter sucesso com o portão do tempo, enviando animais só Deus sabe para onde e trazendo-os de volta, fui designado para trabalhar como observador no instituto, representante pessoal do *Führer*. E também cobaia, pois fui o primeiro ser humano enviado ao futuro. Quando ficaram prontos para enviar um homem, não queriam arriscar a vida de Penlovski, de Januskaya, de Helmut Volkaw, de Mitter ou Shenck, nem as dos outros cientistas que podiam fazer falta para a continuação do projeto. Ninguém sabia se um homem voltaria em perfeitas condições como os animais... se voltaria são de corpo e espírito.

Chris balançou a cabeça afirmativa e solenemente.

– Era possível que a viagem no tempo fosse dolorosa ou provocasse desequilíbrio mental, ou coisa assim, certo? Quem podia saber?

Sim, pensou Laura, quem podia saber?

– Além disso, queriam enviar uma pessoa de confiança e capaz de manter a missão em segredo – disse Stefan. – Eu era a escolha ideal.

– Oficial da SS, espião e o primeiro crononauta – disse Chris. – Puxa! Que vida fascinante.

– Espero que Deus te dê uma vida menos acidentada – disse Stefan Krieger.

Então olhou para Laura mais diretamente do que antes. Seus olhos eram belos, muito azuis, mas revelavam uma alma torturada.

– Laura... o que pensa do seu guardião agora? Não um anjo, mas um comparsa de Hitler, um assassino da SS.

– Não um assassino – disse ela. – Seu pai, sua época e sua sociedade podem ter tentado fazer de você um assassino, mas não conseguiram dominar uma parte do seu espírito. Não um assassino, Stefan Krieger. Nunca. Não você.

– Mas também não um anjo – disse ele. – Nada parecido com um anjo, Laura. Quando eu morrer e as manchas na minha alma forem interpretadas por Aquele que julga, ganharei meu espaço especial no inferno.

A chuva martelando no telhado parecia o tempo passando, milhões e milhões de minutos preciosos, horas, dias e anos escorrendo nas sarjetas e nas calhas, entrando na terra, gastos.

Depois de recolher a comida que sobrou e jogar na lata de lixo atrás do escritório do motel, depois de tirar mais três Coca-Colas da máquina, uma para cada um, Laura finalmente fez ao seu guardião a pergunta que queria fazer desde que ele saíra do estado de coma.

— Por quê? Por que se concentrou em mim, na minha vida, e por que continuou me ajudando, salvando-me uma vez ou outra? Não entendo o que minha vida pode ter em comum com nazistas, viajantes do tempo, o destino do mundo.

Na sua terceira viagem ao futuro, explicou ele, fora até a Califórnia em 1984. Califórnia porque suas duas viagens anteriores – duas semanas em 1954, duas semanas em 1964 – haviam demonstrado que a Califórnia seria o futuro centro cultural e científico da mais avançada nação do planeta. Em 1984 porque estava exatamente a quarenta anos da sua época. Já não era o único homem que atravessava o portão do tempo; quatro outros começaram a viajar quando verificaram que não corriam riscos. Naquela terceira viagem, Stefan ainda estava fazendo um reconhecimento no futuro, aprendendo em detalhe o que havia acontecido no mundo durante e depois da guerra. Aprendia também quais os avanços da ciência que deviam ser transportados para Berlim, 1944, para ganhar a guerra para Hitler, não por querer ajudar esse objetivo, mas na esperança de poder sabotá-lo. Suas pesquisas envolviam a leitura de jornais, assistir televisão e circular na sociedade americana, apreendendo o ambiente do fim do século XX.

Apoiado nos travesseiros agora, lembrando aquela terceira viagem com voz muito diferente do tom sombrio com que havia contado sua vida até 1944, ele disse:

— Não podem imaginar o que significou para mim andar pelas ruas de Los Angeles pela primeira vez. Se eu tivesse viajado mil anos no futuro, e não apenas quarenta, não ficaria mais maravilhado. Os carros! Carros por toda a parte! E muitos deles alemães, o que indicava uma forma de perdão pela guerra, aceitação de uma nova Alemanha, e isso me comoveu.

— Nós temos um Mercedes – disse Chris. – É legal, mas prefiro o jipe.

— Os carros — disse Stefan —, os estilos, o espantoso desenvolvimento em tudo: relógios digitais, computadores domésticos, videocassetes para assistir a filmes em casa! Mesmo depois dos primeiros cinco dias da visita eu ainda estava em estado de choque e a cada dia me entusiasmava com a perspectiva de novas maravilhas. No sexto dia, quando passava por uma livraria em Westwood, vi uma fila de pessoas esperando para conseguir livros autografados do escritor. Entrei curioso para ver que tipo de livro era tão popular, procurando compreender melhor a sociedade americana. E lá estava você, Laura, sentada na frente da mesa onde empilhavam-se os exemplares do seu terceiro livro, seu primeiro grande sucesso, *Ledges*.

Laura se inclinou para a frente, como se a perplexidade fosse uma força que a impelia para a beirada da cadeira.

— *Ledges?* Mas nunca escrevi um livro com esse título.

Chris compreendeu.

— É o livro que você teria escrito na vida que teria vivido se o Sr. Krieger não interferisse.

— Você tinha 29 anos quando a vi pela primeira vez naquela livraria de Westwood — disse Stefan. — Estava numa cadeira de rodas porque não podia andar. Seu braço esquerdo também estava paralisado.

— Aleijada? — perguntou Chris. — Mamãe estava aleijada?

Laura estava na ponta da cadeira agora, pois, embora o que seu guardião dizia parecesse fantástico demais para ser verdade, sabia que era real. Num plano mais primitivo que o instinto, sentia a *exatidão* da imagem, da sua imagem numa cadeira de rodas, as pernas atrofiadas; talvez estivesse captando o fraco eco do destino modificado.

— Você era paralítica de nascença — disse Stefan.

— Por quê?

— Eu só fiquei sabendo muito mais tarde, depois de uma exaustiva pesquisa sobre sua vida. O médico que fez o parto de sua mãe em Denver, Colorado, em 1955... Markwell era o nome dele... era alcoólatra. Foi um parto muito difícil...

— Minha mãe morreu quando nasci.

— Sim, naquela *realidade* ela morreu também. Mas naquela realidade Markwell trabalhou mal e provocou uma lesão na sua coluna que a paralisou para sempre.

Laura estremeceu. Como para provar que havia realmente escapado daquele destino, levantou-se e foi até a janela, usando as pernas, suas pernas ilesas e tão úteis.

Stefan voltou-se para Chris:

— No dia em que vi sua mãe na cadeira de rodas, ela estava tão linda. Ah, tão linda. Seu rosto, é claro, era o mesmo de hoje. Mas não era só o rosto que a fazia bela. Havia uma aura de coragem à sua volta, e parecia tão de bem com a vida, apesar da sua deficiência. Cada pessoa que se aproximava com o livro na mão, saía com o autógrafo e um sorriso feliz. Mesmo condenada a viver numa cadeira de rodas, sua mãe era tão alegre, tão bem-humorada. Observei de longe e fiquei encantado e profundamente comovido, com uma sensação completamente nova para mim.

— Ela é bacana – disse Chris. – Nada assusta a minha mãe.

— Tudo assusta sua mãe – disse Laura. – Toda esta conversa maluca está me deixando morta de medo.

— Você nunca foge de nada, nem se esconde – disse Chris, olhando para ela. O garoto corou. Na sua idade, os meninos deviam ser pedantes, pois começavam a imaginar se não eram infinitamente mais sábios do que suas mães. Num relacionamento comum, aquelas expressões de admiração nunca eram usadas de forma tão direta antes do filho completar 14 anos ou se a mãe morresse. – Talvez você sinta medo, mas nunca demonstra.

Laura aprendera muito cedo que quem demonstra o medo é considerado alvo fácil.

— Comprei um exemplar de *Ledges* naquele dia – disse Stefan – e o levei para o hotel. Li todo durante a noite, e era um livro tão belo que certos trechos me fizeram chorar... e tão cheio de humor que em certas passagens eu ri alto. No dia seguinte comprei seus outros dois livros, *Silverlock* e *Fields of Night*, tão bons, tão comoventes quanto o que a fizera famosa, *Ledges*.

Era estranho ouvir aquela crítica favorável de livros que jamais havia escrito. Mas Laura estava menos interessada na trama daqueles livros do que na resposta a uma pergunta arrepiante:

-- Nessa vida que eu deveria ter vivido, naquele outro 1984... eu era casada?

-- Não.

-- Mas eu ia conhecer Danny e...

-- Não. Nunca conheceu Danny. Nunca se casou.

-- Eu nunca nasci! – disse Chris.

-- Todas essas coisas aconteceram porque eu voltei a Denver, Colorado, em 1955, e evitei que o Sr. Markwell fizesse o parto. O médico que o substituiu não salvou sua mãe, mas trouxe você ao mundo perfeita e saudável. E a partir desse ponto, tudo mudou em sua vida. Era seu passado que eu estava mudando, sim, mas era o *meu* futuro, portanto flexível. E agradeço a Deus essa peculiaridade da viagem no tempo, pois do contrário eu não poderia evitar que você fosse paraplégica.

O vento soprou em rajadas e outro jato de chuva bateu na vidraça onde Laura estava.

Mais uma vez ela teve a desagradável sensação de que o quarto em que estava, a terra sobre a qual era construído e o universo no qual girava eram tênues como fumaça, sujeitos a mudanças bruscas.

-- Depois disso eu acompanhei sua vida – disse Stefan. – De meados de janeiro de 1944 a meados de março, fiz mais de trinta viagens secretas para ver como você estava. Na quarta viagem, quando fui para 1964, descobri que você e seu pai estavam mortos há um ano, assassinados por aquele viciado que assaltou o armazém. Então, fui até 1963 e o matei antes que ele pudesse matá-la.

-- Viciado? – perguntou Chris, confuso.

– Conto mais tarde, meu bem.

– E até a noite em que Kokoschka apareceu na estrada da montanha – continuou Stefan – eu havia conseguido fazer sua vida mais fácil e melhor. Porém minha interferência não a privou da sua arte nem teve resultado livros menos belos do que os da sua outra vida. Diferentes, mas não inferiores, com a mesma voz, na verdade, que você usa hoje para escrever.

Com pernas pouco firmes, Laura voltou para a cadeira.

– Mas, *por quê?* Por que teve tanto trabalho para melhorar minha vida?

Stefan Krieger olhou para Chris, depois para ela, fechou os olhos e finalmente disse:

– Depois de vê-la naquela cadeira de rodas, autografando exemplares do *Ledges,* depois de ler seus livros, eu me apaixonei por você... me apaixonei profundamente por você.

Chris se remexeu na cadeira, embaraçado com aquelas palavras que tinham como objeto de afeição sua própria mãe.

– Sua mente era mais bela do que seu rosto – disse Stefan com voz suave. Seus olhos estavam ainda fechados. – Eu me apaixonei por sua grande coragem, talvez porque a coragem verdadeira era algo que eu jamais havia visto no meu mundo de fanáticos pomposos de uniforme. Eles cometiam atrocidades em nome do povo e chamavam a isso coragem. Estavam dispostos a morrer por um ideal totalitário distorcido, e chamavam a *isso* coragem quando na verdade era insanidade, estupidez. E eu me apaixonei por sua dignidade, pois eu não possuía nenhuma, nenhum autorrespeito como via em você. Eu me apaixonei por sua compaixão, uma parte tão rica dos seus livros, pois no meu mundo havia visto pouca compaixão real. Eu me apaixonei, Laura, e compreendi que podia fazer por você o que todos os homens fariam pelas mulheres que amam, se tivessem o poder dos deuses: fiz o melhor possível para poupar você do pior que o destino havia reservado.

Stefan abriu os olhos.

Eram de um azul belíssimo. E torturados.

Laura estava imensamente grata a ele. Não o amava também, pois mal o conhecia. Mas confessando a profundeza da sua paixão, uma paixão que o levara a transformar seu destino e a navegar pelos vastos mares do tempo para estar com ela, de certo modo ele havia restaurado aquela aura mágica na qual ela antes o via. Mais uma vez ele parecia maior do que a vida, erguido da simples condição de mortal pela natureza do seu compromisso generoso para com ela.

Naquela noite, Chris compartilhou a cama de molas barulhentas com Stefan Krieger. Laura tentou dormir na cadeira, com os pés na outra.

O ritmo constante da chuva era um embalo e Chris adormeceu logo. Laura ouvia a respiração suave do filho.

Depois de ficar sentada por uma hora, no escuro, ela disse:

— Você está dormindo?

— Não — respondeu Stefan imediatamente.

— Danny – disse Laura. – Meu Danny...

— Sim?

— Por que você não...

— Não fiz uma segunda viagem naquela noite, em 1988, para matar Kokoschka antes que ele matasse Danny?

— Sim. Por quê?

— Porque... veja bem, Kokoschka era do mundo de 1944, portanto o fato de matar Danny e sua própria morte eram parte do *meu* passado, que eu não podia desfazer. Se eu tentasse uma nova viagem àquela noite, em 1988, algumas horas mais cedo, para deter Kokoschka *antes* que ele matasse Danny... eu teria sido atirado de volta ao portão imediatamente, voltando ao instituto, sem ter ido a parte alguma; a lei da natureza contra o paradoxo teria evitado que eu fosse, em primeiro lugar.

Laura ficou em silêncio.

— Você compreende? – perguntou Stefan.

— Compreendo.
— Você aceita?
— Nunca vou aceitar a morte de Danny.
— Mas... acredita em mim.
— Acho que sim, acredito.
— Laura, sei quanto você amava Danny Packard. Se eu pudesse ter evitado a morte dele, mesmo em troca da minha vida, eu teria feito. Não teria hesitado.
— Acredito em você – disse ela. – Porque sem você... eu jamais teria Danny.

— O Enguia — disse ela.
— O destino procura refazer o padrão do que estava determinado – disse Stefan, no escuro do quarto. – Quando você tinha 8 anos eu matei aquele viciado, evitei que ele a violentasse e matasse, mas o destino a aproximou de outro pedófilo, um assassino em potencial. Willy Sheener. O Enguia. Mas o destino determinou também que você seria uma escritora famosa, que traria ao mundo a mesma mensagem, nos seus livros, não importa o que eu pudesse fazer para modificar sua vida. Esse é um *bom* padrão. Há algo de assustador e ao mesmo tempo tranquilizador no modo pelo qual certo poder tenta restabelecer os desígnios interrompidos do futuro... quase como se houvesse um sentido no Universo, algo que, apesar da sua insistência no nosso sofrimento, podemos até chamar de Deus.

Durante algum tempo ouviram a chuva e o vento varrendo o mundo lá fora.

— Mas por que você não resolveu o caso do Enguia para mim?

— Esperei por ele certa noite no apartamento em que morava...

— Deu uma surra nele. Sim, eu sabia que tinha sido você.

— Dei uma surra e mandei que ficasse longe de você. Disse que da próxima vez eu o mataria.

– Mas isso só fez com que ele ficasse mais obcecado por mim. Por que não o matou logo?

– Devia ter matado. Mas... não sei. Talvez tivesse visto mortes de mais na minha vida e tivesse participado em muitas... e tinha esperança de que pelo menos daquela vez não precisasse matar.

Laura pensou no mundo de Stefan, um mundo de guerra, campos de concentração, genocídio, e compreendeu por que ele tinha preferido evitar um crime, embora Sheener não merecesse viver.

– Mas quando Sheener me atacou na casa dos Dockweiler, por que você não estava lá para detê-lo?

– Quando verifiquei sua vida pela segunda vez, você tinha 13 anos, e já havia matado Sheener e sobrevivido, por isso resolvi não voltar.

– Eu sobrevivi – disse ela. – Mas Nina Dockweiler não. Talvez se ela não tivesse chegado naquele momento, não tivesse visto o sangue, o corpo...

– Talvez – disse ele. – E talvez não. O destino procura restaurar o padrão determinado do melhor modo possível. Talvez ela tivesse morrido mesmo assim. Além disso, eu não podia proteger você de todos os traumas da vida, Laura. Seriam necessárias milhares de viagens no tempo para fazer isso. E talvez esse exagero de proteção não fosse bom para você. Sem nenhuma adversidade, talvez não se tornasse a mulher pela qual eu me apaixonei.

Ficaram em silêncio.

Laura ouviu o vento, a chuva.

Ouviu as batidas do próprio coração.

Finalmente ela disse:

– Eu não te amo.

– Eu compreendo.

– Mas tenho a impressão de que devia... um pouco.

– Nem me conhece ainda.

– Talvez nunca possa te amar.

— Eu sei.

— Apesar de tudo que fez por mim.

— Eu sei. Mas se sobrevivermos a isto... bem, sempre há tempo.

— Sim – disse ela. – Acho que sempre há tempo.

6
Companheiro da noite

I.

No sábado, 18 de março de 1944, no laboratório principal do instituto, o SS *Obersturmführer* Erich Klietmann e sua equipe de três homens altamente treinados se preparavam para viajar para o futuro e eliminar Krieger, a mulher e o garoto. Estavam vestidos de modo a passar por jovens executivos da Califórnia, no ano 1989: ternos risca de giz de Yves St. Laurent, camisas brancas, gravatas escuras, sapatos pretos Bally, meias pretas e óculos Ray-Ban, se o tempo exigisse; haviam sido informados de que, no futuro, isso era chamado *power look,* e embora Klietmam não soubesse exatamente o significado da expressão, gostava do som das palavras. Suas roupas tinham sido compradas no futuro por pesquisadores do instituto, em viagens anteriores; nada neles, nem a roupa de baixo, era anacrônico.

Cada um levava uma pasta executiva Mark Cross, um modelo elegante de couro com metais dourados, também compradas no futuro, bem como as Uzi adaptadas e pentes de bala que elas continham.

Uma equipe de pesquisadores do instituto estivera em missão nos Estados Unidos no ano e mês em que John Hinckley tentou assassinar o presidente Reagan. Vendo o filme do atentado na televisão, ficaram muito impressionados com as armas automáticas compactas levadas pelos agentes do serviço secreto em pastas de executivo. Podiam ser retiradas das pastas e postas em posição de tiro em questão de segundos. Agora a Uzi era não só a arma preferida das agências policiais e do Exército de 1989, como também dos comandos de viajantes do tempo da *Schutzstaffel*.

Klietmann havia treinado com a Uzi. Tinha pela arma tanta afeição quanto podia ter por um ser humano. A única coisa que o desagradava era o fato de ser uma arma desenhada e manufaturada pelos israelenses, produto, portanto, feito por um bando de judeus. Por outro lado, em pouco tempo a nova direção do instituto aprovaria a integração da Uzi no mundo de 1944, e os soldados alemães estariam equipados para derrotar as hordas de sub-humanos que pretendiam derrubar *der Führer*.

Olhou para o relógio no painel de programação do portão e verificou que haviam passado sete minutos desde que a equipe de pesquisa partira para a Califórnia e para 15 de fevereiro de 1989. Tinha como missão examinar os registros públicos – especialmente números atrasados de jornais – a fim de descobrir se Krieger, a mulher e o garoto haviam sido descobertos pela polícia e detidos para interrogatório sobre os tiroteios em Big Bear e San Bernardino. Voltariam então para 1944 e diriam a Klietmann o dia, a hora e o lugar certo para encontrar Krieger e a mulher. Uma vez que os viajantes do tempo voltavam ao instituto exatamente 11 minutos depois da partida, independentemente do tempo que passavam no futuro, Klietmann e sua equipe só tinham mais quatro minutos de espera.

II.

Na quinta-feira, 12 de janeiro de 1989, Laura completava 34 anos e o dia foi passado no mesmo quarto do motel Pássaro Azul da Felicidade. Stefan precisava de mais um dia de descanso para recuperar as forças e para que a penicilina fizesse efeito completo. Precisava também de tempo para pensar; tinha um plano para destruir o instituto e o problema era bastante complexo para exigir horas de intensa concentração.

Não chovia mais, porém o céu parecia ferido, inchado. A previsão era de outra tempestade mais ou menos à meia-noite.

Assistiram ao noticiário local das 17 horas na televisão com a história sobre Laura, Chris e o homem ferido que haviam levado à casa do Dr. Brenkshaw. A polícia ainda os procurava e a teoria mais lógica parecia ser de que os traficantes que haviam assassinado seu marido estavam atrás de Laura e do filho para evitar que eles os identificassem ou então porque ela estava de algum modo ligada ao tráfico de drogas.

— Mamãe, traficante de drogas? — disse Chris ofendido com a insinuação. — Que bando de palhaços!

Embora não tivessem encontrado nenhum corpo em Big Bear ou em San Bernardino, um fato sensacional garantia o interesse da mídia. Os repórteres souberam que havia considerável quantidade de sangue nos dois lugares — e que fora encontrada a cabeça decapitada de um homem na viela atrás da casa de Brenkshaw, entre duas latas de lixo.

Laura lembrou do segundo atirador que havia surpreendido perto do portão, atrás da casa de Brenkshaw. Ela atingira com sua Uzi o pescoço e a cabeça do homem e naquele momento teve a impressão de que o havia decapitado.

— Os SS sobreviventes apertaram o botão de volta no cinto do morto — disse Stefan — mandando o corpo para o instituto.

— Mas por que não a cabeça? — perguntou Laura, achando o assunto desagradável, mas curiosa demais para não fazer a pergunta.

— Deve ter rolado para longe, para o meio das latas de lixo — disse Stefan —, e não conseguiram encontrá-la porque tinham poucos segundos para sair dali. Se a tivessem encontrado teriam colocado sobre o corpo com os braços cruzados sobre ela.

Qualquer coisa que esteja em contato com o viajante do tempo é levada com ele. Mas com as sirenes se aproximando e a escuridão da viela... não tiveram tempo para procurar a cabeça.

Era de esperar que Chris ficasse entusiasmado com essas complicações bizarras, mas o garoto deixou-se cair na cadeira com as pernas cruzadas sob o corpo e ficou em silêncio. Talvez a imagem daquela cabeça separada do corpo tornasse a morte mais real para ele do que todos os tiroteios em que já estivera envolvido.

Laura o abraçou com força garantindo que iam sair daquilo tudo sãos e salvos. Entretanto, os assassinos estavam à procura dele também e suas palavras deviam parecer um tanto falsas, pois não estava realmente convencida do que dizia.

Almoçaram e jantaram a comida comprada no restaurante chinês no outro lado da rua. Na noite anterior nenhum dos empregados do restaurante a reconhecera como a escritora famosa ou a fugitiva, portanto sentia-se relativamente a salvo ali. Parecia tolice procurar outro lugar, arriscando ser reconhecida.

Quando terminaram de jantar e Laura recolhia os recipientes vazios, Chris apareceu com dois bolinhos de chocolate com uma vela amarela em cada um. Comprara os bolos e as velas no supermercado na manhã anterior e os escondera até aquele momento. Com grande cerimônia, Chris levou os bolos do banheiro para o quarto e acendeu as velas. O reflexo dourado do fogo trêmulo brilhava nos seus olhos. Deu um largo sorriso vendo a surpresa e satisfação da mãe. Na verdade, Laura continha-se para não chorar. Era comovente ver que, mesmo naqueles momentos de medo e perigo, o filho tivera presença de espírito para lembrar o seu aniversário e procurar dar algum prazer a ela. Para Laura, era a essência do que significa o amor entre mãe e filho.

Os três comeram os bolos. Cinco biscoitos da sorte tinham vindo com o jantar chinês.

Recostado nos travesseiros, Stefan abriu o seu.

— Se ao menos fosse verdade! "Você viverá em tempos de paz e prosperidade."

— Pode ainda ser verdade – disse Laura. Abriu o seu e tirou o pedaço de papel. – Ora essa, acho que já tive bastante, muito obrigada: "A aventura será sua companheira."

Chris abriu seu biscoito. Não havia nenhum pedaço de papel, nenhuma previsão da sua sorte.

Um estremecimento de medo percorreu o corpo de Laura. Era como se o biscoito vazio significasse que Chris não tinha futuro. Bobagem, superstição. Mas não podia evitar a ansiedade.

— Tome – disse ela, estendendo para o filho os dois últimos biscoitos. – Quando se tira um vazio, a gente tem direito a mais duas sortes.

Chris abriu o primeiro, leu em voz baixa, riu, depois leu para eles:

— "Você conquistará fama e fortuna."

— Quando você for podre de rico vai sustentar sua velha mãe? – perguntou Laura.

— É claro. Bem... desde que você continue cozinhando para mim, principalmente sua sopa de legumes.

— Então vai fazer sua velha mãe *ganhar* o sustento, é isso?

Stefan Krieger sorriu e disse:

— Ele é durão, não é?

— Provavelmente vai me obrigar a lavar o chão quando eu tiver 80 anos – disse Laura.

Chris abriu o segundo biscoito:

— "Você terá uma boa vida com pequenos prazeres – livros, música, arte."

Chris e Stefan não notaram que as duas previsões eram opostas, uma cancelando a outra, o que, de certo modo, confirmava o sombrio significado do biscoito vazio.

Você está ficando doida, Shane, doida varrida, pensou ela. São apenas biscoitos da sorte. Não são previsões *reais*.

Mais tarde, com as luzes apagadas e Chris dormindo, Stefan disse:

– Eu tenho um plano.

– Para destruir o instituto?

– Sim. Mas é muito complicado e vamos precisar de várias coisas. Não estou bem certo... mas acho que algumas delas não podem ser compradas por particulares.

– Posso conseguir qualquer coisa – disse Laura com segurança. – Tenho contatos. Qualquer coisa.

– Precisamos de muito dinheiro.

– Não é fácil. Tenho uns quarenta dólares e não posso retirar dinheiro no banco porque deixaria uma pista...

– Certo. Isso os traria diretamente a nós. Não há ninguém em quem possa confiar e que confie em você, alguém disposto a lhe dar muito dinheiro sem contar que esteve com você?

– Sabe tudo sobre minha vida – disse Laura –, portanto conhece Thelma Ackerson. Mas, meu Deus, não quero envolver Thelma nisto. Se alguma coisa acontecer a ela...

– Pode ser arranjado sem nenhum risco para Thelma – insistiu ele.

Lá fora, a chuva prevista chegou bruscamente.

– Não – disse Laura.

– Mas é nossa única esperança.

– Não.

– Onde mais pode arranjar o dinheiro?

– Vamos pensar em outro modo que não exija tanto risco.

– Mesmo com outro plano, vamos precisar de dinheiro. Seus quarenta dólares não vão durar mais um dia. E eu não tenho nenhum.

– Não quero arriscar a vida de Thelma – disse Laura.

– Como eu já disse, podemos fazer sem nenhum risco para ela, sem...

– Não.

– Então, estamos vencidos – disse Stefan, desanimado.

Laura ouviu a chuva, que em sua mente se transformou no ronco dos bombardeiros da Segunda Guerra – e então o som de uma multidão cantando enlouquecida.

Finalmente, ela falou:

– Mesmo que nosso plano não seja arriscado para ela, a SS pode estar vigiando Thelma. Devem saber que é minha melhor amiga... minha única amiga verdadeira. Por que não podem ter mandado alguns homens na frente, para vigiar Thelma, esperando que ela os traga até nós?

– Porque é um meio tedioso e desnecessário – disse Stefan. – Podem simplesmente enviar equipes ao futuro, a fevereiro, março e abril deste ano, mês após mês, para verificar os jornais, até descobrirem onde estamos. Cada viagem toma apenas 11 minutos no tempo deles, lembre-se, é rápida; e esse método, mais cedo ou mais tarde, terá resultados, porque não podemos nos esconder a vida toda...

– Bem...

Stefan esperou um longo tempo. Finalmente, disse:

– Vocês são como irmãs. E se não pode pedir ajuda a uma irmã num momento como este, com quem pode contar, Laura?

– Se pudermos pedir ajuda a Thelma sem arriscar a vida dela... acho que devemos tentar.

– Amanhã cedo – disse ele.

Choveu durante toda a noite e choveu também nos sonhos de Laura, com trovões e relâmpagos violentos. Acordou assustada, mas a noite chuvosa em Santa Ana não estava sendo cortada por aqueles barulhentos presságios de morte. Era uma tempestade relativamente calma, sem trovões, relâmpagos ou vento, mas Laura sabia que aquilo não ia durar.

III.

As máquinas estalavam e zumbiam.

Erich Klietmann olhou para o relógio. Dentro de três minutos a equipe estaria de volta.

Dois cientistas, herdeiros de Penlovski, Januskaya e Volkaw, estavam na frente do painel de programação, estudando os inúmeros botões e medidores.

A sala era iluminada artificialmente, pois as janelas não estavam apenas protegidas para evitar que algum raio de luz os denunciasse aos bombardeiros inimigos, mas fechadas com tijolos por motivos de segurança. O ar no laboratório estava abafado.

De pé num canto da sala, perto do portão, o tenente Klietmann esperava ansioso sua viagem a 1989, não porque o futuro estava repleto de maravilhas, mas porque a missão dava a ele a oportunidade de servir a *der Führer* como poucos homens poderiam servir. Se conseguisse matar Krieger, a mulher e o garoto, seria premiado com um encontro pessoal com Hitler, uma chance de ver o grande homem de perto, sentir o toque da sua mão e através dele sentir o poder, o tremendo poder do Estado alemão, do povo e do destino da Alemanha. O tenente arriscaria a vida dez, mil vezes pela oportunidade de conseguir a atenção pessoal do *Führer,* que Hitler o notasse, não como outro oficial da SS, mas como um indivíduo, como Erich Klietmann, o homem que salvou o Reich do terrível destino que quase havia se realizado.

Klietmann não era o tipo ariano ideal e estava sempre consciente dessa incoveniência. Seu avô materno era polonês, um nojento vira-lata eslavo, o que fazia com que Klietmann fosse apenas três quartos alemão. Além disso, embora seus outros três avós e seus pais fossem louros, de olhos azuis e traços nórdicos, Erich tinha olhos castanho-claros, cabelo escuro e os traços mais pesados e sensuais do avô eslavo e bárbaro. Ele odiava a própria aparência, e tentava compensá-la sendo o nazista mais vigilante, o soldado mais corajoso e o mais ardoroso seguidor de Hitler em toda a *Schutzstaffel,* o que não era fácil, porque a competição era grande por essa honra. Às vezes desanimava por esperar ser escolhido pela glória. Mas não desistia e agora estava muito perto do heroísmo que lhe daria um lugar no Valhalla.

Kleitmann queria matar Stefan Krieger pessoalmente, não só para conquistar o favor do *Führer* mas porque Krieger *era* o ariano ideal, louro, de olhos azuis, todos os seus traços realmente nórdicos e de linhagem pura. Com todas essas vantagens, o odioso Krieger tinha preferido trair seu *Führer*, e isso enfurecia Klietmann, que tinha de caminhar penosamente para a grandeza sob o fardo de genes impuros.

Agora, faltando menos de dois minutos para a volta da equipe de busca, Klietmann olhou para seus três subordinados, todos vestidos como jovens executivos de outra era, e sentiu um orgulho feroz e cheio de emoção que quase fez as lágrimas assomarem aos seus olhos.

Todos eram de origem humilde. *Unterscharführer* Felix Hubatsch, sargento de Klietmann e segundo em comando, era filho de um tecelão alcoólatra e mãe devassa, ambos desprezados por ele. *Rottenführer* Rudolph von Manstein era filho de um pobre fazendeiro cuja vida de fracassos o envergonhava e *Rottenführer* Martin Bracher era órfão. Apesar de originários de quatro cantos diferentes da Alemanha, os dois cabos, o sargento e o tenente Klietmann tinham uma coisa em comum, que os fazia sentir como irmãos: compreendiam que o relacionamento mais verdadeiro, mais profundo e mais precioso de um homem não era com a família, mas com o Estado, com a mãe pátria, e com seu líder, que simbolizava a pátria; o Estado era a única família que importava; esse simples item de convicção os elevava e fazia deles dignos pais da super-raça do futuro.

Klietmann discretamente enxugou os cantos dos olhos com o polegar, disfarçando as lágrimas que não conseguia evitar.

Dentro de um minuto a equipe de busca estaria de volta.

As máquinas estalavam e zumbiam.

IV.

Às 15 horas de sexta-feira, 13 de janeiro, uma pickup branca entrou no estacionamento do motel, foi diretamente para a ala dos fundos e parou ao lado do Buick com as placas do Nissan.

A pickup tinha uns cinco ou seis anos. A porta do lado do passageiro estava amassada e enferrujada. Evidentemente o dono estava restaurando a lataria aos poucos, porque algumas partes haviam sido lixadas e preparadas, mas não pintadas.

Laura observou o carro por detrás das cortinas semicerradas do motel. A Uzi estava em sua mão.

Os faróis da caminhonete foram apagados, os limpadores de para-brisa desligados e logo depois uma mulher com cabelo louro crespo desceu e se dirigiu para a porta do quarto de Laura. Bateu três vezes.

Chris estava de pé atrás da porta, olhando para a mãe.

Laura acenou com a cabeça.

Chris abriu a porta e disse:

— Oi, tia Thelma. Puxa, que peruca horrível!

Thelma entrou, abraçou Chris com força e disse:

— Ora, muito obrigada. E se eu dissesse que você nasceu com um nariz extremamente feio, mas tem de viver com ele, ao passo que eu não preciso viver com esta peruca? O que você diria?

Chris riu:

— Nada. Porque sei que tenho um nariz bonitinho.

— Nariz bonitinho? Meu Deus, garoto, você tem o ego de um ator. — Soltou o menino, olhou para Stefan Krieger que estava numa das cadeiras perto da televisão, depois voltou-se para Laura. — Shane, você viu o calhambeque que arranjei? Não acha que sou esperta? Quando estava entrando no meu Mercedes, pensei: Thelma, esse carro não vai chamar demais a atenção naquele motel de segunda classe, um carro de 65 mil dólares? Então tentei pedir emprestado o carro do mordomo, mas sabe qual é o carro dele? Um Jaguar. Será que Beverly Hills é a Zona Crepuscular, ou o quê? Daí tive de pedir emprestada a pickup do jardineiro. Mas aqui estou e o que acham deste disfarce?

A peruca loura cintilava com gotas de chuva. Thelma estava com óculos de aro grossos e dentaduras falsas que a faziam parecer dentuça.

— Você fica bem melhor assim – disse Laura com um grande sorriso.

Thelma tirou os dentes falsos.

— Escute só, depois de conseguir o calhambeque para não chamar a atenção, eu me lembrei que, como uma estrela de primeira grandeza, *eu* chamaria a atenção. E como a mídia já descobriu que somos amigas e tem feito algumas perguntas a seu respeito, a famosa escritora que anda com uma metralhadora, resolvi vir incógnita. – Pôs a bolsa e as dentaduras na cama. – Isto faz parte de uma caracterização que criei para minha nova apresentação e que já usei oito vezes em Bally's, Las Vegas. Foi um fracasso total, a personagem. Os espectadores *cuspiram* em mim, Shane, chamaram o segurança do cassino para me prender, questionaram meu direito de viver no mesmo planeta que eles... oh, foram grosseiros, Shane, foram...

Thelma parou de falar de repente e caiu no choro. Correu para Laura e a abraçou.

— Ah, Jesus, Laura, fiquei tão assustada. Quando ouvi a notícia sobre San Bernardino, as metralhadoras, e depois de como encontraram sua casa em Big Bear, pensei que você... ou talvez Chris... fiquei tão preocupada...

Abraçando Thelma com força, Laura disse:

— Vou te contar tudo, mas o principal é que estamos bem e acho que encontramos um meio de sair desta encrenca.

— Por que não telefonou para mim, sua boba?

— Eu telefonei.

— Só esta manhã! Dois *dias* depois de a notícia sair em todos os jornais. Quase fiquei louca.

— Desculpe, devia ter telefonado antes. Mas não queria envolver você se pudesse evitar.

Thelma se soltou do abraço com relutância.

— Eu estou inevitável, profunda e desesperadamente envolvida, sua idiota, porque *você* está envolvida. – Tirou um lenço de papel do paletó de camurça e enxugou os olhos.

— Tem outro desses? — perguntou Laura.

Thelma estendeu para ela o lenço de papel e as duas assoaram o nariz.

— Nós estávamos fugindo, tia Thelma — disse Chris. — É difícil se comunicar com as pessoas quando a gente está fugindo.

Respirando fundo, Thelma disse:

— Então, Shane, onde guarda sua coleção de cabeças? No banheiro? Ouvi dizer que deixou uma em San Bernardino. Que falta de cuidado. É seu novo passatempo ou sempre gostou da cabeça humana livre das extremidades deselegantes?

— Quero que conheça uma pessoa — disse Laura. — Thelma Ackerson, este é Stefan Krieger.

— Muito prazer — disse Thelma.

— Desculpe se não me levanto — disse Stefan. — Estou ainda em convalescença.

— Se você pode desculpar esta peruca, eu posso desculpar qualquer coisa. — Voltou-se para Laura. — Ele é quem eu estou pensando?

— É.

— Seu guardião?

— Isso mesmo.

Thelma se aproximou de Stefan e o beijou carinhosamente nas duas faces.

— Não tenho ideia de onde você vem, nem quem você é, Stefan Krieger, mas eu te amo por todas as vezes que ajudou minha Laura. — Sentou na beirada da cama ao lado de Chris. — Shane, este homem que você tem aqui é lindo. Olhe para ele, um pedaço. Aposto que *você* atirou nele só para que não fugisse. Parece exatamente um anjo da guarda. — Stefan ficou embaraçado, mas Thelma continuou: — Você é um gatão, Krieger. Quero saber tudo a seu respeito. Mas primeiro, aqui está o dinheiro que você pediu, Shane. — Abriu a bolsa enorme e tirou um grosso maço de notas de cem dólares.

Laura examinou o dinheiro e disse:

— Thelma, eu pedi quatro mil. Aqui tem quase o dobro.

— Dez ou 12 mil, eu acho — Thelma piscou para Chris. — Quando meus amigos estão fugindo, eu *insisto* que viajem de primeira classe.

Thelma ouviu a história, nunca demonstrando incredulidade. Stefan ficou surpreso, mas ela disse:

— Não esqueça, já vivi em McIlroy e em Caswell, o Universo não tem mais surpresas para mim. Viajantes do tempo de 1944? Ora! Em McIlroy eu podia mostrar a vocês uma mulher grande como um sofá, que usava roupas feitas com tecido de estofamento e que recebia um belo salário do governo para tratar crianças órfãs como lixo. *Isso* sim é incrível.

Thelma estava impressionada com a origem de Stefan, assustada e preocupada com a situação em que se encontravam, mas mesmo nessas circunstâncias ela era Thelma Ackerson, sempre procurando o humor nas coisas.

Às 18 horas ela colocou novamente as dentaduras e foi comprar comida num restaurante mexicano próximo.

— Quando a gente está fugindo da lei, precisa de feijão na barriga, comida de machão.

Voltou com sacos de papel molhados que continham *tacos, enchiladas,* duas porções de *nachos, burritos* e *chimichangas.* Arrumaram a comida nos pés da cama e Chris sentou no meio com Thelma. Laura e Stefan usaram as cadeiras.

— Thelma — disse Laura —, aqui tem comida para dez pessoas.

— Bom, achei que ia dar para nós e para as baratas. Se não dermos comida para as baratas, elas podem ficar zangadas, sair daqui e virar minha pickup. Vocês têm baratas aqui, não têm? Quero dizer, afinal, um lugar formidável como este sem baratas seria como o Hotel Beverly Hills sem ratos das árvores.

Enquanto comiam, Stefan descreveu o plano para fechar o portão e destruir o instituto. Thelma interrompeu algumas vezes com piadas, mas quando ele terminou, ela disse séria:

-- Isso é extremamente perigoso. Corajoso até a loucura.
-- Não há outro meio.
-- Sim, eu sei. Então, o que posso fazer para ajudar?

Chris interrompeu o movimento de levar flocos de milho à boca e disse:

— Queremos que você compre um computador, tia Thelma.

Laura explicou:

— Um PC IBM, o melhor modelo, igual ao que tenho em casa. Sei usar todo o software desse modelo. Não temos tempo para aprender a operar outro tipo. Eu anotei tudo para você. Acho que eu mesma podia comprar com o dinheiro que me deu, mas tenho medo de aparecer em muitos lugares.

— E precisamos de um lugar para ficar – disse Stefan.

— Não podemos ficar aqui – observou Chris, adorando tomar parte na conversa –, não se vamos trabalhar com o computador. A faxineira ia notar, por mais que a gente tentasse esconder, e ela ia comentar porque é mesmo esquisito gente neste lugar trabalhando com um computador.

Stefan comentou:

— Laura disse que você e seu marido têm uma casa em Palm Springs.

— Temos uma casa em Palm Springs, um apartamento em Monterey, outro em Las Vegas, e não seria surpresa para mim se tivéssemos... ou pelo menos se fôssemos acionistas... de um vulcão no Havaí. Meu marido é rico demais. Assim, podem escolher. Minhas casas são suas casas. Só peço que não usem as toalhas para lustrar as calotas dos seus carros e, se mascarem tabaco, por favor, cuspam nos cantos, não no meio das salas.

— Pensei que a casa em Palm Springs seria ideal – disse Laura. – Você me disse que é bastante isolada.

— Fica no meio de um terreno enorme com muitas árvores e só gente da minha profissão mora por perto, todos muito ocupados, e não costumam aparecer para uma xícara de café. Ninguém vai perturbá-los lá.

— Tudo bem — disse Laura —, só mais algumas coisas. Precisamos de roupas, sapatos confortáveis, algumas coisas básicas. Eu fiz uma lista, com tamanhos e tudo. E naturalmente, quando isto acabar, eu pago o dinheiro que me deu e o que vai gastar no computador e nessas outras coisas.

— Pode estar certa que sim, Shane. E 40% de juros. Por semana. Juros por hora. Mais seu filho. Seu filho será meu.

— Minha tia Rumpelstiltskin — disse Chris, rindo.

— Quando você for *meu* filho não vai dizer essas gracinhas, Christopher Robin. Ou pelo menos vai me chamar de Mãe Rumpelstiltskin, Sir.

— Mãe Rumpelstiltskin, Sir! — disse Chris, batendo continência.

Às 20h30 Thelma estava pronta para partir, levando a lista feita por Laura e a informação sobre o computador.

— Volto amanhã à tarde, o mais cedo possível — disse ela, abraçando Laura e Chris. — Você está mesmo segura aqui, Shane?

— Acho que sim. Se tivessem descoberto onde estamos já teriam aparecido.

Stefan disse:

— Lembre, Thelma, são viajantes do tempo; se descobrirem onde estamos, podem viajar para o momento em que chegamos aqui. Na verdade, podiam estar à nossa espera quando chegamos ao motel, na quarta-feira. O fato de estarmos aqui há tanto tempo sem problemas é uma prova quase certa de que ninguém sabe que estamos nos escondendo neste lugar.

— Minha cabeça está girando — disse Thelma. — E eu que achava complicado o contrato de um grande estúdio!

Ela saiu para a noite e a chuva, com a peruca e os óculos de aros grossos, mas com os dentes falsos na bolsa, e partiu na pickup do jardineiro.

Laura, Chris e Stefan a viram sair, olhando pela grande janela, e Stefan observou:

— Ela é uma pessoa especial.

— Muito especial – disse Laura. – Tomara que eu não tenha posto sua vida em perigo.

— Não se preocupe, mamãe – disse Chris. – A tia Thelma é durona. É o que ela sempre diz.

NAQUELA NOITE, ÀS 21 horas, logo depois da partida de Thelma, Laura foi de carro à casa de Fat Jack, em Anaheim. A chuva não estava tão forte mas caía sem parar. O asfalto brilhava como prata negra, e as sarjetas estavam ainda cheias d'água que parecia óleo na luz diferente das lâmpadas da rua. A neblina se esgueirava também no ar, não com passos de gato, mas como uma cobra, arrastando-se lentamente.

Laura detestava ter de deixar Stefan no motel. Mas não seria prudente para ele passar muito tempo no frio da noite de janeiro, debilitado como estava. Além disso, nada podia fazer para ajudá-la.

Chris foi com ela, pois Laura não queria separar-se dele durante o tempo que precisaria para comprar armas. O garoto fora com ela visitar Fat Jack há um ano, quando Laura havia comprado as Uzi adaptadas, portanto o homem gordo não ficaria surpreso ao vê-lo. Não ia gostar, pois Fat Jack não gostava de crianças, mas não ficaria surpreso.

Laura olhava frequentemente para o retrovisor e os espelhos laterais, e examinava os carros que passavam com um cuidado que emprestava novo significado ao termo direção defensiva. Não podia arriscar ser abalroada por algum maluco que estivesse dirigindo com velocidade excessiva para as condições da estrada. A polícia logo apareceria, verificaria as placas e antes mesmo de detê-la, homens com metralhadoras iam aparecer e matar os dois.

Tinha deixado a Uzi com Stefan, apesar dos protestos dele. Mas não podia abandoná-lo sem nenhum meio de defesa. Levava apenas o .38 especial. E cinquenta balas distribuídas pelos bolsos da sua jaqueta de esqui.

Perto da Disneylândia, quando a fantasmagoria feericamente iluminada do Jack's Pizza Party Palace surgiu da neblina, como a nave espacial de *Contatos imediatos de terceiro grau*, descendo entre as nuvens criadas por ela mesma, Laura ficou aliviada. Parou no estacionamento cheio de carros e desligou o motor. Os limpadores de para-brisa pararam sua dança e a chuva escorreu pelo vidro como uma cortina. Reflexos vermelhos, azuis, amarelos, verdes, brancos, roxos e cor-de-rosa dos luminosos cintilaram naquele filme de água dando a Laura uma estranha sensação, como se estivesse dentro de uma daquelas antigas caixas de música da década de 1950.

— Fat Jack colocou mais luminosos desde a última vez que estivemos aqui — comentou Chris.

— Acho que tem razão — respondeu Laura.

Saíram do carro e olharam para a fachada do Fat Jack's Pizza Palace, que piscava, tremia, ondulava com grotesco mau gosto. Os luminosos não se limitavam ao nome do lugar. Eram usados para delinear o prédio, a linha do telhado, todas as janelas e as portas da frente. Além disso havia um gigantesco par de óculos escuros em uma extremidade do telhado, e um foguete espacial enorme pronto para ser lançado, na outra, com nuvens luminosas perpetuamente espiralando e brilhando sob os propulsores a jato. A pizza com 3 metros de diâmetro, também iluminada, era antiga, mas a cara de palhaço com um largo sorriso era nova.

Era tão grande a quantidade de néon que cada gota de chuva era iluminada e colorida, como se fosse parte de um arco-íris que tivesse se desmanchado ao cair da noite. Cada poça d'água cintilava com os pedaços do arco-íris.

O efeito era desorientador, mas preparava o visitante para o interior do Fat Jack's, que parecia uma visão do caos de onde o Universo se formara havia trilhões de anos. Garçons e garçonetes serviam fantasiados de palhaços, piratas, fantasmas, espaçonautas, bruxas, ciganos e vampiros e um trio de cantores, vestidos de ursos, ia de mesa em mesa, para alegria das crianças de rostos sujos de pizza. Em pequenas salas ao lado da sala principal, crianças mais velhas brincavam com videogames, e a cacofonia dos jogos eletrônicos – *bip, zing, zap, bong* – era música de fundo para os ursos cantores e os gritos das crianças.

– Manicômio – disse Chris.

O recepcionista, Dominick, sócio minoritário de Fat Jack, os recebeu na porta. Era um homem alto, cadavérico, com olhos tristes e parecia deslocado no meio de tanta alegria.

Erguendo a voz para ser ouvida no meio do barulho, Laura perguntou por Fat Jack e disse:

– Eu telefonei. Sou uma velha amiga da mãe dele. – Essa era a senha para dizer que queria comprar armas, não pizza.

Dominick, que sabia projetar a voz com clareza em toda aquela balbúrdia, respondeu sem gritar:

– Já esteve aqui antes, se não estou enganado.

– Boa memória – disse ela. – Há um ano.

– Por favor, venha comigo – disse Dominick com voz sepulcral.

Não precisaram atravessar a desordem ciclônica do salão, o que era bom, porque evitava que Laura fosse vista por muitas pessoas e talvez reconhecida. Uma porta na outra extremidade do hall de entrada dava para um corredor que passava pela cozinha e pelo depósito, levando ao escritório particular de Fat Jack. Dominick bateu na porta, os dois entraram e ele disse para Fat Jack:

– Velhos amigos da sua mãe – e deixou Laura e Chris com o homem gordo.

Fat Jack levava a sério seu apelido e tentava fazer jus a ele. Tinha 1,50 metro de altura e pesava cerca de 170 quilos. Com imensas calças de malha e camiseta muito justas, parecia o homem gordo na fotografia com ímã que as pessoas em dieta pregam na porta da geladeira, para lembrar que não devem comer; na verdade, Fat Jack parecia uma geladeira.

Estava sentado numa poltrona giratória, atrás da mesa feita especialmente para ele e não se levantou.

— Escute só os animaizinhos — disse para Laura, ignorando Chris. — Fiz meu escritório nos fundos, à prova de som e ainda assim posso ouvi-los lá na frente, gritando, berrando; é como se eu estivesse na entrada do inferno.

— São só crianças se divertindo — disse Laura, de pé, ao lado de Chris.

— E a Sra. O'Leary era só uma velha com uma vaca desajeitada, mas ela incendiou Chicago — disse Fat Jack, carrancudo. Estava comendo uma barra de chocolate. Ao longe, as vozes das crianças, isoladas pelas paredes à prova de som, erguiam-se num rugido surdo, e como se estivesse falando com a multidão invisível, o homem gordo disse: — Ora, quero que morram sufocados, esses diabinhos.

— Lá fora é um manicômio — retrucou Chris.

— Quem falou com você?

— Ninguém, senhor.

A pele de Jack era áspera e os olhos cinzentos pareciam enterrados no rosto gorducho. Olhou para Laura e disse:

— Viu meu novo luminoso?

— O palhaço é novo, não é?

— Isso mesmo. Não é uma beleza? Eu desenhei, mandei fazer e foi armado no meio da noite, assim, na manhã seguinte era tarde demais para conseguirem uma ordem oficial impedindo que o colocasse. O maldito pessoal da prefeitura quase bateu as botas, de uma vez só.

Fat Jack mantinha uma batalha legal havia dez anos com a Comissão de Zoneamento de Anaheim e com a prefeitura. As autoridades não aprovavam seus luminosos de mau gosto, especialmente agora que a área em volta da Disneylândia estava programada para revitalização urbana. Fat Jack gastara dezenas, se não centenas de milhares de dólares, nessa luta nos tribunais, pagando multas, processos, e até algum tempo na cadeia por desacato ao tribunal. Era um ex-libertário que agora se dizia anarquista, e não tolerava qualquer violação dos seus direitos – reais e imaginários – como indivíduo livre-pensador.

Negociava ilegalmente com armas pela mesma razão que colocava luminosos que infringiam as leis da cidade: como um desafio à autoridade, para defender os direitos individuais. Era capaz de falar durante horas sobre os males do governo, qualquer tipo de governo, em qualquer grau, e na outra visita que Laura fizera a ele com Chris, para comprar a Uzi adaptada, tinham ouvido uma longa explicação dos motivos pelos quais o governo não tinha direito sequer de aprovar uma lei proibindo o assassinato.

Laura não era muito amante de grandes governos, fossem da esquerda ou da direita, mas não simpatizava com Fat Jack também. Ele não reconhecia a legitimidade da autoridade, nem das instituições, nem da família.

Agora, depois de ela entregar sua lista de pedidos, depois de o homem dizer o preço e contar o dinheiro, ele os levou por uma porta escondida no fundo do *closet* do escritório a uma escada estreita que desceram – Fat Jack parecia estar prestes a ficar entalado – e chegaram ao porão onde ele guardava a mercadoria ilegal. Seu restaurante era um manicômio, mas o arsenal estava arrumado numa ordem quase fanática: caixas sobre caixas de revólveres e armas automáticas se empilhavam nas prateleiras de metal, em ordem de calibre e também de acordo com o preço; havia pelo menos mil armas no porão do Pizza Palace.

Fat Jack podia fornecer a Laura duas Uzi adaptadas – "Uma arma extremamente popular desde o atentado contra Reagan", disse ele – e outro Chief Special .38.

Stefan pedira um Colt Commander 9mm Parabellum com pente de nove balas e o cano preparado para silenciador.

– Eu não tenho – disse Fat Jack –, mas pode levar um Colt Commander Mark IV .38 Super, que tem pente de nove balas, e tenho dois preparados para silenciador. Tenho também muitos silenciadores.

Laura já sabia que Jack não tinha munição, mas ainda comendo sua barra de chocolate, ele explicou assim mesmo:

— Não tenho munição nem explosivos. Sabe, não acredito nas autoridades, mas não sou irresponsável. Meu restaurante está cheio de garotos barulhentos lá em cima e não posso arriscar uma explosão, mesmo que isso significasse trazer mais paz ao mundo. Além disso, destruiria todos os meus belos luminosos também.

— Tudo bem — disse Laura, passando o braço pelo ombro de Chris —, e o gás que está na minha lista?

— Tem certeza de que não é gás lacrimogênio?

— Tenho. É Vexxon. Queremos isso. — Stefan tinha dado a ela o nome do gás dizendo que era uma das armas químicas da lista dos itens que o instituto esperava levar para 1944 e introduzir no arsenal militar alemão. Agora, talvez pudesse ser usado *contra* os nazistas. — Precisamos de alguma coisa que mate rapidamente.

Fat Jack se encostou na mesa de metal no meio da sala, onde estavam as Uzi, os revólveres, a pistola e os silenciadores. A mesa estalou ameaçadoramente.

— Bem, estamos falando de material bélico do Exército, coisa muito controlada.

— Não pode conseguir?

— Sim, eu posso conseguir um pouco de Vexxon — disse Fat Jack.

Afastou-se da mesa, que estalou aliviada, e foi até as prateleiras de metal, de onde retirou algumas barras de chocolate do meio das caixas de armas, um esconderijo secreto. Não ofereceu chocolate para Chris, mas guardou uma barra no bolso da calça e começou a comer a outra.

— Não tenho esse tipo de coisa aqui; é tão perigosa quanto explosivos. Mas posso arranjar para amanhã à tarde, se não for inconveniente.

— Será ótimo.
— Vai custar uma nota.
— Eu sei.

Fat Jack deu um largo sorriso. Pedaços de chocolate estavam grudados entre seus dentes.

— Não vendo muito dessa coisa, pelo menos não para uma pequena compradora como você. Fico curioso imaginando o que vai fazer com o gás. Não que espere que me conte. Mas geralmente são grandes compradores da América do Sul ou do Oriente Médio que procuram esses gases neuroativos ou asfixiantes. O Iraque e o Irã os têm usado muito nos últimos anos.

— Neuroativo, asfixiante? Qual a diferença?

— Asfixiante... tem de ser aspirado; mata alguns segundos depois de chegar aos pulmões e entra na corrente sanguínea. Quem espalha esse gás deve usar máscara. O neuroativo, por outro lado, mata mais depressa ainda, basta tocar na pele, e certos tipos, como o Vexxon, não exigem o uso de máscara nem de roupa protetora, basta tomar alguns comprimidos que agem como antídoto.

— Sim, eu ia pedir os comprimidos também – disse Laura.

— Vexxon. O gás de uso mais fácil do mercado. Você é uma compradora muito esperta – disse Fat Jack.

O homem tinha acabado de comer a barra de chocolate e parecia ter crescido desde que Laura e Chris entraram no escritório havia uma hora. Laura percebeu que o compromisso de Fat Jack com a anarquia política se refletia, não apenas na atmosfera do seu restaurante, mas também na condição de seu corpo, pois sua carne aumentava de volume, independente de considerações sociais ou médicas. Além disso, Jack parecia ter prazer com o tamanho de seu corpo, batendo frequentemente na barriga ou massageando quase com afeição os rolos de banha em volta da cintura, e andava com arrogância beligerante, empurrando o mundo com a barriga. Laura imaginou Fat Jack crescendo cada vez mais, ultrapassando os 200 quilos, 250, enquanto as estruturas luminosas do telhado do restaurante ficavam cada vez mais elaboradas, até que um dia o telhado despencava e Fat Jack explodia ao mesmo tempo.

— O gás estará aqui amanhã às 17 horas – disse ele, arrumando as Uzi, o .38 especial, o Colt Commander e os silenciadores numa caixa em que estava escrito BRINDES DE ANIVERSÁRIO, onde deviam estar contidos chapéus de papel e línguas de sogra para as crianças no restaurante. Jack fechou a caixa e indicou com um gesto que Laura devia levá-la para cima; entre outras coisas, Fat Jack não acreditava em cavalheirismo.

De volta ao escritório, quando Chris abriu a porta do corredor, Laura ficou feliz ouvindo a gritaria das crianças no restaurante. Era a primeira coisa normal e sensata que ouvia em mais de meia hora.

— Ouça esses cretinos – disse Fat Jack. — Não são crianças; são macacos fingindo que são crianças. — Bateu com força a porta à prova de som, deixando Chris e Laura no corredor.

No carro, de volta ao motel, Chris disse:

— Quando tudo isto terminar... o que você vai fazer com Fat Jack?

— Vou entregar seu traseiro gordo para a polícia – disse Laura. — Anonimamente.

— Que bom. Ele é biruta.

— É pior do que isso, meu bem. É um fanático.

— O que é um fanático, exatamente?

Laura pensou por um momento e então disse:

— Um fanático é um doido que acredita em alguma coisa.

V.

O tenente Erich Klietmann da SS observou o ponteiro grande do relógio no painel de programa e quando o viu chegar quase na marca dos 11 minutos, voltou-se e olhou para o portão. Alguma coisa brilhou dentro do tubo escuro, uma sombra negroacinzentada que se transformou na silhueta de um homem – depois mais três homens, um atrás do outro. A equipe de busca saiu de dentro do tubo para a sala, e foi recebida pelos três cientistas que estavam monitorando o painel de programação.

Estavam voltando de fevereiro de 1989 e sorriam, o que acelerou as batidas do coração de Klietmann porque os homens não estariam sorrindo se não tivessem localizado Stefan Krieger, a mulher e o garoto. Os dois primeiros grupos de assassinos enviados ao futuro – o que atacou a casa perto de Big Bear e o que atacou San Bernardino – eram compostos de oficiais da Gestapo. Seu fracasso fez com que *der Führer* insistisse para que a terceira equipe fosse formada por *Schutzstaffel*, e agora, para Erich aqueles sorrisos significavam que teria oportunidade de provar que a SS tinha homens melhores do que a Gestapo.

O fracasso das duas primeiras equipes não eram as únicas notas dissonantes no desempenho da Gestapo nesse caso. Heinrich Kokoschka, chefe de segurança do instituto, também da Gestapo, aparentemente tornara-se um traidor. Provas concretas pareciam dar força à teoria de que dois dias atrás, em 16 de março, ele havia desertado para o futuro com cinco outros membros da equipe do instituto.

Na noite de 16 de março, Kokoschka havia viajado sozinho para San Bernardino com a intenção declarada de matar Stefan Krieger no futuro, antes que ele voltasse para 1944 para matar Penlovski, evitando assim a morte dos melhores homens do projeto. Mas Kokoschka não voltou. Alguns diziam que ele fora morto em 1988, que Krieger tinha levado a melhor – mas isso não explicava o que havia acontecido com os outros cinco homens do instituto naquela noite: os dois agentes da Gestapo que esperavam a volta de Kokoschka e os três cientistas que controlavam o painel do portão. Todos desapareceram e cinco cintos estavam faltando; portanto tudo levava à conclusão de que havia um grupo de traidores dentro do instituto convencidos de que Hitler perderia a guerra mesmo com a ajuda das armas exóticas conseguidas no futuro, e que haviam desertado para outra era fugindo da cidade condenada de Berlim.

Mas Berlim não estava condenada. Klietmann não podia admitir essa possibilidade. Berlim era a nova Roma; o Terceiro Reich ia durar mil anos. Agora que a SS tinha oportunidade de procurar e matar Krieger, o sonho do *Führer* seria protegido e realizado. Uma vez eliminado Krieger, o homem que era a maior ameaça ao portão e cuja execução era a tarefa mais importante confiada à sua equipe, procurariam Kokoschka e os outros traidores. Onde quer que os porcos estivessem, por mais distante que fosse seu esconderijo, Klietmann e seus irmãos da SS os exterminariam com perfeição e grande prazer.

Agora, o Dr. Theodore Juttner – diretor do instituto desde as mortes de Penlovski, Januskaya e Volkaw e dos desaparecimentos dos homens no dia 16 de março – voltou-se para Erich e disse:

– Parece que encontramos Krieger, *Obersturmführer* Klietmann. Prepare seus homens para partir.

– Estamos prontos, doutor – disse Erich. Prontos para o futuro, pensou ele, prontos para Krieger, prontos para a glória.

VI.

Às 15h40 de sábado, 14 de janeiro, pouco mais de um dia depois da sua primeira visita, Thelma voltou ao motel Pássaro Azul da Felicidade na pickup desconjuntada do jardineiro. Levava duas mudas de roupas para cada um, malas e umas duas mil unidades de munição para os revólveres e as Uzi. Comprara também o PC IBM com impressora, uma variedade de software, uma caixa de disquetes, e tudo mais que precisavam para usar o sistema de computador.

Com quatro dias de repouso, Stefan se recuperava rapidamente, embora não pudesse ainda carregar peso. Ficou com Chris no quarto do motel e arrumou as malas, enquanto Laura e Thelma levavam o computador e os acessórios para a mala e o banco traseiro do Buick.

A tempestade passara durante a noite. Nuvens cinzentas esgarçadas pendiam como fios de barbas do céu. A temperatura era de 18°C e o ar estava limpo.

Fechando a mala do Buick, Laura disse:

— Você foi fazer compras com essa peruca, os óculos e esses *dentes*?

— Nada disso – disse Thelma, tirando os dentes falsos e guardando-os no bolso porque a faziam ciciar quando falava. – De perto, algum vendedor poderia me reconhecer e o disfarce chamaria mais atenção do que se estivesse sem ele. Mas depois de comprar tudo, fui com a pickup até um canto deserto de outro shopping e me disfarcei num misto de Harpo Marx e Bucky Beaver antes de vir para cá, para o caso de alguém me ver na estrada. Você sabe, Shane, gosto deste tipo de aventura. Talvez eu seja a reencarnação de Mata Hari, porque quando penso em seduzir homens para saber seus segredos e vender esses segredos para governos estrangeiros, sinto uns arrepios deliciosos.

— O que lhe dá arrepio é a parte da sedução dos homens – disse Laura –, não a parte de vender os segredos. Você não é espiã, é só uma libertina.

Thelma entregou as chaves da casa em Palm Springs.

— Não temos empregados permanentes. Costumamos contratar um serviço de limpeza alguns dias antes de irmos para lá. Não fiz isso desta vez, é claro; portanto, talvez encontrem um pouco de poeira, mas pouca, e nenhuma cabeça decepada como as que você costuma deixar por onde passa.

— Você é um amor.

— Há um jardineiro. Não de tempo integral, como em Beverly Hills. Esse só vai uma vez por semana, às terças-feiras, para cortar a grama, aparar as cercas vivas e cuidar de algumas flores, para ser pago depois para plantar outras. Aconselho ficar longe das janelas e não se mostrar muito às terças, até o homem ir embora.

— Vamos nos esconder debaixo das camas.

— Encontrará alguns chicotes e correntes debaixo da cama, mas não pense que Jason e eu somos pervertidos. Os chicotes e correntes pertenciam à mãe dele e são guardados por razões estritamente sentimentais.

Arrumaram as malas no banco traseiro com os outros volumes que não cabiam na mala do Buick. Depois de muitos abraços, Thelma disse:

— Shane, estarei de férias durante três semanas, portanto, se precisar de mim, pode me encontrar em casa, em Beverly Hills, a qualquer hora do dia ou da noite. Vou ficar perto do telefone.
— Thelma partiu com relutância.

Laura ficou aliviada quando a pickup desapareceu na estrada; Thelma estava a salvo. Deixou as chaves do quarto na recepção do motel e partiram, Chris na frente, ao lado dela, Stefan atrás, com a bagagem. Laura sentiu deixar o Pássaro Azul da Felicidade, porque haviam passado quatro dias ali em segurança e nada garantia que estariam seguros em qualquer outro lugar do mundo.

A primeira parada foi numa loja de armas. Para evitar que Laura fosse vista, Stefan desceu e comprou munição para a pistola. Não haviam incluído essa munição na lista de Thelma, pois não sabiam ainda se iam conseguir o Parabellum 9mm que Stefan queria. Em lugar dele, tinha agora o Colt Commander .38 Mark IV.

Seguiram então para o Fat Jack's Pizza Palace para apanhar as duas latas de gás. Stefan e Chris esperaram no carro, sob os luminosos já acesos no fim da tarde, mas que só atingiriam o auge da sua glória quando a noite chegasse.

As latas estavam sobre a mesa de Jack. Eram do tamanho de pequenos extintores de incêndio domésticos com a parte externa cor de aço inoxidável e não vermelho e uma etiqueta onde se via a caveira com os dois ossos cruzados e os dizeres VEXXON / AEROSSOL / AVISO — TÓXICO ASFIXIANTE MORTAL / POSSE NÃO

AUTORIZADA CONSTITUI CRIME SOB AS LEIS DOS ESTADOS UNIDOS, e mais uma porção de coisas escritas em letra muito pequena.

Jack apontou o dedo grosso como salsichão para um botão do tamanho de uma moeda na parte superior de cada cilindro.

– Esses são marcadores de tempo, calibrados em minutos, de um a sessenta. Se você ajustar o marcador de tempo e apertar o botão no centro dele, pode soltar o gás por controle remoto, como uma bomba de tempo. Mas se quiser usar manualmente, segure o fundo do cilindro com uma das mãos, esta alavanca em forma de gatilho com a outra e aperte, como se estivesse atirando com um revólver. O gás, libertado sob pressão, tem o alcance de cinco mil pés quadrados em um minuto e meio, mais rápido se algum aparelho de aquecimento ou de refrigeração estiver ligado. Exposto à luz e ao ar, dissolve-se rapidamente em componentes não tóxicos, mas seu efeito mortal dura de quarenta a sessenta minutos. Três miligramas em contato com a pele matam em trinta segundos.

– O antídoto? – perguntou Laura.

Fat Jack sorriu e bateu com a mão nas sacolas de plástico azul de 26 centímetros quadrados pregadas nas alças dos cilindros.

– Dez comprimidos em cada sacola. Dois protegem uma pessoa. As instruções estão nas sacolas, mas me disseram que os comprimidos devem ser tomados pelo menos uma hora antes de soltar o gás. Eles protegem a pessoa por três a cinco horas.

Jack recebeu o dinheiro e colocou os cilindros de Vexxon numa caixa onde estava escrito QUEIJO MOZZARELLA – CONSERVE NA GELADEIRA. Fechou a caixa, riu e balançou a cabeça.

– O que aconteceu? – perguntou Laura.

– Isso me deixa curioso – disse Fat Jack. – Uma beleza como você, evidentemente bem-educada, com um garotinho... se alguém como *você* está envolvida numa merda dessas, a sociedade deve mesmo estar se desmanchando muito mais depressa do que eu esperava. Talvez eu viva para ver o dia em que tudo desmorone, quando a anarquia governe, quando as únicas leis sejam as que os indivíduos fazem entre eles e selam com um aperto de mão.

Como se só então tivesse lembrado, Jack ergueu a tampada caixa, apanhou algumas pequenas folhas de papel verde de uma gaveta e colocou sobre os cilindros de Vexxon.

– O que é isso? – perguntou Laura.

– Você é uma boa cliente – disse Fat Jack –, por isso estou dando alguns cupons para pizza de graça.

A CASA DE Thelma e Jason em Palm Springs era realmente isolada. O estilo era uma mistura curiosa e atraente de arquitetura espanhola e adobe do sudoeste, no meio de 4.046 metros quadrados de terreno, cercado por um muro cor de pêssego com 2,8 metros de altura, só interrompido pela entrada e saída do caminho circular para veículos. Havia uma grande quantidade de oliveiras, palmeiras e fícus, que os isolavam dos vizinhos nos três lados.

Chegaram às 20 horas de sábado, depois de atravessar o deserto quando saíram do restaurante de Fat Jack em Anaheim, mas encontraram facilmente a casa, pois todo o terreno estava iluminado por um sistema externo de fotocélula que servia de medida de segurança, além do valor estético. As sombras das palmeiras e das samambaias desenhavam formas dramáticas nos muros de tijolos.

Thelma tinha dado também o controle remoto para abrir a porta da garagem. Guardaram o Buick na garagem para três carros e entraram na casa pela porta que dava para a lavanderia – depois de desativar o sistema de alarme, seguindo o código dado também por Thelma.

Era bem menor do que a mansão de Gaines em Beverly Hills, mas nem por isso pequena, com dez cômodos e quatro banheiros. A marca inconfundível de Steve Chase, o decorador preferido pelos moradores de Palm Springs, estava por toda a parte: espaços dramaticamente iluminados; cores simples, abricó, salmão opaco – combinando com turquesa aqui e ali; paredes de suede, tetos de cedro; num lado, mesas de cobre com uma rica pátina; no outro, mesas de granito contrastando elegantemente com móveis confortáveis estofados com uma variedade de tecidos; elegantes mas feitos para serem usados.

Na cozinha, Laura encontrou quase todos os armários vazios, exceto uma prateleira com latas de alimentos. Como estavam muito cansados para sair e fazer compras, improvisaram o jantar com o que havia. Se Laura tivesse entrado na casa sem uma chave, sem saber a quem pertencia, logo teria percebido que era de Thelma e de Jason quando chegasse à despensa. Não podia imaginar outro casal de milionários tão infantil a ponto de ter na despensa ravióli e espaguete Chef Boyardee em lata. Chris ficou radiante. Como sobremesa comeram duas caixas de profiteroles com calda de chocolate, a única coisa que havia dentro do freezer.

Laura e Chris dormiram na cama de casal e Stefan num quarto de hóspedes, no outro lado do corredor. Embora tivesse religado o sistema de alarme que controlava todas as portas e janelas, embora a Uzi carregada estivesse no chão, ao lado da cama, e o .38, também carregado, na mesa de cabeceira, e embora ninguém no mundo, a não ser Thelma, pudesse saber que estavam ali, Laura dormiu pouco, acordando constantemente. Cada vez que acordava, sentava na cama, ouvindo os ruídos da noite – procurando detectar passos cuidadosos, vozes murmurando.

Quase de manhã, sem poder dormir, Laura olhou para o teto escuro durante um longo tempo, pensando no que Stefan tinha dito quando explicou alguns pontos sobre a viagem no tempo e as mudanças que os viajantes podiam fazer nos seus futuros. *O destino luta para refazer o padrão do que estava determinado.* Stefan a salvou do viciado no armazém, em 1963, e o destino a fez enfrentar outro pedófilo, Willy Sheener, em 1967.

Seu destino era ser órfã, assim, quando encontrou um lar com os Dockweiler, o destino havia conspirado para matar Nina Dockweiler, e Laura voltou ao orfanato.

O destino luta para refazer o padrão do que estava determinado.
E agora?

No padrão determinado, Chris não nascia. Nesse caso, será que o destino ia providenciar sua morte trazendo os fatos, tanto quanto possível, ao padrão predeterminado, alterado por Stefan Krieger? Seu destino era passar a vida numa cadeira de rodas antes de Stefan impedir que o Dr. Markwell fizesse o parto de sua mãe. Então, talvez o destino a pusesse agora na linha de fogo da Gestapo para que sua coluna fosse atingida, deixando-a paralítica de acordo com o plano original?

Por quanto tempo as forças do destino procuravam refazer o padrão depois do mesmo ser alterado? Chris tinha mais de 8 anos de vida. Seria tempo bastante para que o destino aceitasse sua existência? Laura estava com 34 anos e perfeitamente sadia. Estaria o destino preocupado ainda com aquela alteração dos seus desígnios?

O destino luta para refazer o padrão do que estava determinado.

A luz da aurora entrava timidamente pelas beiradas das cortinas. Laura virava de um lado para o outro na cama, zangada, sem saber com quem nem com o quê. Contra o destino? Que poder era esse que desenhava os padrões e lutava para que não fossem alterados? Deus? Estaria furiosa com Deus – ou implorando a Ele para deixar seu filho viver e livrá-la da cadeira de rodas?

Sem alguma coisa lógica para descarregar suas emoções, a raiva lentamente se transformava em medo. Pareciam seguros na casa de Palm Springs. Depois de uma noite tranquila, podiam quase ter certeza de que ninguém ia saber da sua presença ali, pois do contrário os assassinos sem dúvida já teriam aparecido. Mas Laura estava com medo.

Alguma coisa ruim ia acontecer. Alguma coisa muito ruim.

Estava chegando, mas Laura não sabia de qual direção.

Relâmpagos, muito em breve.

Infelizmente o velho ditado não era verdadeiro: o raio caía duas vezes no mesmo lugar, três vezes, uma centena, e ela era o para-raio que os atraía.

VII.

O Dr. Juttner deu entrada no último número do painel de programa que controlava o portão. Disse para Erich Klietmann:

— Vocês vão viajar para as vizinhanças de Palm Springs, Califórnia, janeiro de 1989.

— Palm Springs? — perguntou Klietmann surpreso.

— Sim. É claro, esperávamos que fossem a Los Angeles ou Orange County, onde suas roupas de jovens executivos seriam mais apropriadas do que numa cidade de veraneio, mas mesmo assim não vão chamar a atenção. Para começar, é inverno lá, e mesmo no deserto os ternos escuros são próprios para a estação. — Juttner entregou a Klietmann uma folha de papel com instruções. — Aqui está onde encontrarão a mulher e o garoto.

Klietmann dobrou o papel e guardou no bolso interno do paletó.

— E quanto a Krieger? — perguntou.

— A equipe de busca não encontrou nenhuma menção a ele — disse Juttner —, mas deve estar com a mulher e o garoto. Se ele não estiver lá, você deve pegar a mulher e o garoto, sem matá-los. Se tiver de usar a tortura para descobrir onde está Krieger, tudo bem. E se acontecer o pior e eles não revelarem onde ele está... mate os dois. Isso com certeza o fará aparecer em algum lugar na linha do tempo.

— Nós o encontraremos, doutor.

Klietmann, Hubatsch, Von Manstein e Bracher estavam com seus cintos para a volta sob os ternos Yves St. Laurent. Com as pastas de executivo Mark Cross, dirigiram-se para o portão, entraram no barril gigantesco e caminharam para o ponto marcado, a dois terços do comprimento da máquina, onde passariam, num piscar de olhos, de 1944 para 1989.

O tenente estava assustado mas ao mesmo tempo entusiasmado. Ele era o punho de aço de Hitler, do qual Krieger não podia escapar, nem escondendo-se quarenta anos no futuro.

VIII.

No primeiro dia em Palm Springs, domingo, 15 de janeiro, eles montaram o computador e Laura ensinou Stefan a usá-lo. Os programas operacionais da IBM e o software para as tarefas que queriam realizar eram bastante simples, e quando a noite chegou, embora Stefan não chegasse a ser um especialista na operação do computador, sabia como funcionava, como a máquina pensava. Stefan não ia fazer a maior parte do trabalho com o computador, isso ficaria a cargo de Laura, que já tinha experiência. Sua tarefa consistia em explicar a ela os cálculos necessários para a solução dos vários problemas que teriam de resolver.

Stefan pretendia voltar a 1944, por meio do cinto que havia tirado de Kokoschka. Os cintos não eram máquinas do tempo. O portão era a máquina, o veículo de transporte, e permanecia sempre em 1944. Os cintos estavam sintonizados com as vibrações temporais do portão e simplesmente levavam o viajante de volta quando era apertado o botão que ativava aquele elo.

— Como? — perguntou Laura, quando Stefan explicou o uso do cinto. — Como é que ele os leva de volta?

— Não sei. Você poderia *explicar* a função de um *microchip* dentro do computador? Não. Mas isso não a impede de usá-lo, assim como minha ignorância não me impede de usar o portão.

Depois de voltar ao instituto em 1944, controlaria o laboratório e faria duas viagens de importância vital, cada uma no futuro, a poucos dias de março de 1944, para providenciar a destruição do instituto. Essas duas viagens deviam ser meticulosamente planejadas, para que chegasse ao destino, nos dois casos, precisamente na localização geográfica escolhida e na hora *exata*. Esse tipo de cálculo não podia ser feito em 1944, não só devido à falta de computadores, mas também porque naquele tempo certos conhecimentos eram ainda deficientes – pouca coisa faltava, mas era vital –, especialmente no que se referia ao ângulo e velocidade de rotação da Terra e outros fatores planetários, que podiam afetar a viagem, o que fazia com que os viajantes do instituto geralmente chegassem com diferença de minutos da hora calculada e a distâncias variáveis dos alvos. Com os números fornecidos pelo IBM, ele podia programar o portão para levá-lo a um metro e a uma fração de segundo do ponto desejado.

Usaram todos os livros comprados por Thelma. Eram livros científicos e de matemática, bem como livros de história da Segunda Guerra, nos quais podiam determinar a localização das figuras importantes em certas datas.

Além dos cálculos complexos para as viagens, precisavam de algum tempo para que Stefan ficasse completamente bom. Quando voltasse a 1944, estaria entrando novamente na toca do lobo, e mesmo equipado com o gás e uma arma de primeira classe, precisaria ser rápido e ágil para não ser morto.

– Duas semanas – disse ele. – Acho que em duas semanas já terei movimento suficiente no ombro para voltar.

Tanto fazia esperar duas semanas ou dez, quando usasse o cinto de Kokoschka voltaria ao instituto apenas 11 minutos depois da partida do dono do cinto. A data da partida da época atual em nada afetava a data da volta a 1944.

Sua maior preocupação era que a Gestapo os encontrasse antes disso e enviasse uma equipe a 1989 para eliminá-los. Era sua única preocupação, mas bastava.

Com extremo cuidado, esperando a todo momento o fulgor de relâmpagos e o ronco do trovão, fizeram uma pausa, no domingo, para fazer compras. Laura, ainda objeto da atenção da mídia, ficou no carro enquanto Chris e Stefan entraram no supermercado. Nenhum relâmpago rasgou o céu e voltaram para casa com a mala do carro cheia de compras.

Quando Laura começou a tirar as compras das sacolas, na cozinha, viu que um terço era de guloseimas: sorvete de três sabores, barras de chocolate, biscoitos, creme de amêndoas e tira-gostos; sacos tamanho família de salgadinhos de todos os tipos; batatas fritas, rosquinhas, flocos de *tortilla*, pipoca com queijo, amendoim; quatro tipos de biscoitos doces; um bolo de chocolate, uma torta de cereja, uma caixa de rosquinhas etc.

Stefan estava ajudando a guardar as coisas e Laura disse:

– Você deve ser o homem mais guloso do mundo.

– Quer saber, esta é outra coisa que acho maravilhosa neste seu futuro – disse ele. – Imagine, não existe mais diferença nutricional entre um bolo de chocolate e um bife. Essas batatas fritas têm tantas vitaminas e minerais quanto uma salada verde. A gente pode comer só doces e continuar saudável como quem se alimenta com refeições balanceadas. Incrível! Como conseguiram isso?

Laura se voltou a tempo de ver Chris esgueirando-se para fora da cozinha.

– Pare aí, seu espertinho.

Fazendo cara de bonzinho, o garoto disse:

– Imagine só. O Sr. Krieger tem cada ideia engraçada sobre nossa cultura!

– Eu sei onde ele arranjou esta ideia – disse Laura. – Que maldade a sua.

Chris suspirou e tentou falar com voz sombria:

– É. Mas eu pensei... se estamos sendo caçados por agentes da Gestapo, pelo menos podemos comer quantos biscoitos quisermos, porque cada refeição pode ser a última. – Olhou para a mãe com o canto dos olhos para ver se ela estava aceitando aquele argumento de homem condenado.

O que o menino estava dizendo tinha parte de verdade, o bastante para explicar seu truque, mas não para desculpá-lo, e Laura não conseguiu encontrar o motivo para puni-lo.

Naquela noite, depois do jantar, Laura trocou o curativo de Stefan. O impacto da bala havia deixado uma mancha roxa no peito, quase no centro, e outra menor em volta do orifício de saída. Os pontos e a parte interna do curativo estavam recobertos por um fluido já seco, saído da ferida. Depois de lavar os ferimentos, retirando o fluido seco sem tirar a casca, Laura apalpou levemente a carne em volta, provocando uma pequena exsudação, mas sem sinal de infecção. Podia haver um abscesso interno, mas não era provável, porque não tinha febre.

— Continue com a penicilina – disse ela – e vai ficar bom. O Dr. Brenkshaw fez um bom trabalho.

Enquanto Laura e Stefan passavam horas trabalhando no computador, na segunda e na terça-feira, Chris assistia à televisão, procurava nas estantes alguma coisa para ler, olhava uma coleção encadernada de antigos desenhos de Barbarella...

— Mamãe, o que quer dizer orgasmo?
— O que você está lendo? Dê-me isso.

... e de um modo geral se distraía sem incomodar ninguém. Uma vez ou outra ia até a saleta onde estavam trabalhando e ficava observando durante um ou dois minutos. Depois de uma dezena dessas visitas, ele disse:

— Em *De volta para o futuro,* eles tinham aquele carro para viajar no tempo, e apertavam alguns botões no painel e partiam, pop!, assim. Por que na vida real nada é tão fácil quanto nos filmes?

Na terça-feira, 19 de janeiro, procuraram não se mostrar enquanto o jardineiro cuidava das plantas. Era a primeira pessoa que viam em quatro dias; nenhum vendedor tinha batido na porta, nem mesmo testemunhas de Jeová procurando vender sua revista.

— Estamos seguros aqui – disse Stefan. – Obviamente nossa presença na casa não é do conhecimento público. Do contrário a Gestapo já teria nos visitado.

Mesmo assim, Laura mantinha o sistema de alarme ligado quase durante 24 horas por dia. E à noite ela sonhava que o destino refazia o padrão, Chris deixando de existir, ela acordando numa cadeira de rodas.

IX.

Deviam chegar às 8 horas com tempo suficiente para estar no local em que a primeira equipe havia localizado a mulher e o garoto, mas não Krieger. Porém quando o tenente Klietmann piscou os olhos a 45 anos da sua era, percebeu imediatamente que estavam com umas duas horas de atraso. O sol estava muito alto. A temperatura era de mais ou menos 23°C, quente demais para 8 horas de uma manhã de inverno no deserto.

Como uma rachadura branca na abóbada azul brilhante, o relâmpago fulgurou. Outros o seguiram, as fagulhas saltando como que provocadas pelas patas de um touro solto numa loja de louças.

Quando o ronco do trovão diminuiu, Klietmann voltou-se para ver se Von Manstein, Hubatsch e Bracher tinham chegado bem. Estavam com ele, segurando as pastas, com os óculos escuros nos bolsos superiores dos ternos caros.

O problema era que a uns dez metros do tenente e dos seus auxiliares, duas mulheres idosas, de cabelos brancos, com calças e blusas de cor pastel estavam paradas ao lado de um carro perto da porta dos fundos de uma igreja, olhando atônitas para Klietmann e sua equipe. Elas seguravam o que pareciam ser caçarolas.

Klietmann olhou em volta e viu que estavam no estacionamento de uma igreja. Além do carro das mulheres havia mais dois, estacionados, e mais ninguém à vista. O estacionamento era cercado por um muro, de modo que, para sair, teriam de passar pelas mulheres e pelo lado da igreja.

Concluindo que uma atitude ousada era a melhor política, Klietmann caminhou diretamente para as mulheres, como se não houvesse nada de anormal no fato de quatro homens aparecerem do ar. Os outros o seguiram. Atônitas, as mulheres ficaram olhando para eles.

-- Bom dia, senhoras. – Como Krieger, Klietmann tinha aprendido a pronúncia americana na esperança de servir como espião, mas não perdera seu sotaque completamente. Embora seu relógio estivesse ajustado no tempo local, sabia que não podia mais confiar nele, portanto disse:

– Podiam ter a bondade de me dizer as horas?

As duas olharam para ele.

– As horas? – repetiu o tenente.

A mulher de amarelo girou o pulso sem largar a caçarola, olhou para o relógio e disse:

– Ah, são 10h40.

Estavam com um atraso de 2 horas e 40 minutos. Não podiam perder tempo alugando um carro, sobretudo quando ali estava um à sua disposição com chaves e tudo. Klietmann estava disposto a matar as duas mulheres para conseguir o carro. Não podia deixar os corpos no estacionamento; o alarme seria dado quando fossem encontrados e logo depois a polícia estaria atrás do carro – uma complicação desagradável. Teria de enfiar os corpos na mala e levá-los com eles.

A mulher de azul disse:

– Por que vocês vieram a nós? Vocês são anjos?

Klietmann imaginou se ela estaria maluca. Anjos com ternos de executivos? Então compreendeu que tinham aparecido miraculosamente perto da igreja, portanto era lógico que uma pessoa religiosa os tomasse por anjos, apesar das roupas. Talvez não precisasse perder tempo matando-as. Ele disse:

– Sim, senhora, somos anjos, e Deus precisa do seu carro.

A mulher de amarelo perguntou:

– Este meu Toyota?

– Sim, senhora. – A porta no lado da direção estava aberta e Klietmann pôs sua pasta sobre o banco. – Estamos numa missão urgente para Deus, as senhoras nos viram sair dos portões perolados do céu, bem na frente dos seus olhos, e precisamos de transporte.

Von Manstein e Bracher já estavam no outro lado do Toyota. Abriram as portas e entraram.

A mulher de azul disse:

– Shirley, você foi *escolhida* para ceder seu carro.

– Deus o devolverá – disse Klietmann –, quando nosso trabalho estiver terminado. – Lembrando os racionamentos de gasolina da sua era castigada pela guerra e sem saber se não acontecia o mesmo em 1989, ele acrescentou: – É claro que, não importa quanta gasolina tenha no tanque agora, o carro será devolvido com o tanque cheio. Aquele negócio de multiplicação de pães e peixes.

– Mas aí dentro tem a salada de batata para o lanche da igreja – disse a mulher de amarelo.

Felix Hubatsch abriu a porta esquerda traseira do carro e encontrou a salada de batatas. Tirou o prato do carro e o deixou no chão perto da mulher.

Klietmann entrou, fechou a porta, ouviu que Hubatsch fechava a sua, encontrou as chaves na ignição, ligou o motor e saiu do estacionamento da igreja. Quando olhou pelo retrovisor, as duas mulheres continuavam lá paradas, segurando suas caçarolas.

X.

A cada dia que passava aperfeiçoavam os cálculos e Stefan exercitava o braço e o ombro tanto quanto era possível, evitando que ficassem rígidos, procurando manter o tônus dos músculos. Na tarde de sábado, 21 de janeiro, quase completando uma semana de estada em Palm Springs, terminaram os cálculos e chegaram às coordenadas precisas de tempo e espaço necessárias para as viagens que teria de fazer quando voltasse a 1944.

— Agora, só preciso de mais alguns dias para ficar completamente bom – disse ele, levantando-se da cadeira na frente do computador e girando o braço esquerdo no ar.

— Foi ferido há 11 dias – disse Laura. – Ainda sente dor?

— Um pouco. Uma dor mais profunda, mais aguda. E não o tempo todo. Mas a força ainda não voltou. Acho melhor esperar mais alguns dias. Se estiver melhor na próxima quarta-feira, 25, volto ao instituto. Antes disso, se puder, mas certamente não depois da próxima quarta-feira.

Naquela noite Laura acordou de um pesadelo no qual estava outra vez presa à cadeira de rodas e o destino, sob a forma de um homem sem rosto com um manto negro, se ocupava em apagar Chris da realidade, como se o menino fosse um desenho a lápis num vidro de janela. Estava molhada de suor, e por alguns minutos ficou sentada na cama, o ouvido atento aos ruídos da casa, mas ouvindo apenas a respiração regular e suave do filho ao seu lado.

Mais tarde, sem poder dormir, começou a pensar em Stefan Krieger. Era um homem interessante, extremamente controlado e às vezes difícil de compreender.

Desde a quarta-feira da semana anterior, quando ele explicou que havia se tornado seu guardião por ter se apaixonado por ela e desejado melhorar sua vida, Stefan não havia falado de amor. Não havia repetido o que sentia por ela, não a havia sujeitado a olhares significativos, não havia representado o papel de homem apaixonado. Depois da explicação, estava dando a ela tempo para pensar nele e conhecê-lo antes de resolver alguma coisa. Laura tinha a impressão de que ele esperaria anos, se necessário, e sem se queixar. Stefan tinha a paciência criada pela extrema adversidade, uma coisa que Laura compreendia.

Era um homem quieto e pensativo a maior parte do tempo, ocasionalmente melancólico, um resultado talvez dos horrores que tinha visto na sua Alemanha do passado. Aquela tristeza profunda podia ter origem nas coisas que ele havia feito e das quais se arrependia agora, coisas que ele jamais poderia reparar. Afinal, tinha dito que havia um lugar reservado para ele no inferno. Não revelou nada mais de seu passado além do que havia contado para Laura e Chris no motel, mais de dez dias atrás. Entretanto, Laura tinha a impressão de que ele estava disposto a contar todos os detalhes, os que o desacreditavam, bem como os que o exaltavam; não esconderia nada dela; apenas esperava que ela resolvesse o que pensava a seu respeito e se queria saber mais.

Apesar daquela tristeza, profunda e escura como sangue, Stefan tinha senso de humor. Era bom para Chris e sabia fazer o garoto rir, o que para Laura era um ponto a seu favor. O sorriso dele era caloroso e bom.

Laura ainda não o amava, e talvez nunca viesse a amá-lo. Perguntava a si mesma como podia estar tão certa. Depois de pensar durante umas duas horas, ali no quarto, no escuro, começou a suspeitar que não podia amar Stefan porque ele não era Danny. Seu Danny era um homem diferente de todos os outros e com ele ela conhecera o amor tão perfeito quanto era possível neste mundo. Agora, procurando ganhar sua afeição, Stefan Krieger estaria sempre lutando contra um fantasma.

Laura reconhecia a morbidez da situação, e compreendia tristemente a solidão a que essa atitude a condenava. No íntimo queria ser amada e amar, mas no seu relacionamento com Stefan via apenas a paixão dele não correspondida, sua própria esperança não realizada.

Ao seu lado, Chris resmungou dormindo, depois suspirou.

Eu te amo, meu bem, pensou Laura. Eu te amo demais.

O filho, o único que teria, era o centro da sua existência agora e no futuro, sua razão para continuar a viver. Se acontecesse alguma coisa a Chris, Laura sabia que nunca mais encontraria alívio no humor negro da vida; este mundo onde tragédia e comédia andavam de mãos dadas se transformaria, para ela, exclusivamente num lugar de tragédia, negro e triste demais para ser suportado.

XI.

A três quarteirões da igreja, Erich Klietmann parou o Toyota branco numa rua transversal de Palm Canyon Drive, no distrito comercial de Palm Springs. Dezenas de pessoas passeavam nas calçadas, olhando as vitrines. Algumas mulheres jovens usavam shorts e blusas curtas sem mangas, que Klietmann achou escandalosos e constrangedores, mostrando os corpos naturalmente, com um desembaraço desconhecido no seu tempo. Sob o governo de aço do Partido Nacional Socialista dos Trabalhadores do *Führer*, aquele comportamento desavergonhado não seria permitido. O triunfo de Hitler teria como resultado um mundo diferente, onde a moralidade seria estritamente observada, onde aquelas mulheres de pernas e braços nus, sem sutiã, só se exporiam com risco de prisão e reeducação, onde criaturas decadentes não seriam toleradas. Olhando as nádegas das mulheres se contraindo e relaxando sob os shorts justos, os seios ondulando sob o tecido fino das camisetas, o que mais perturbava Klietmann era o desejo desesperado que sentia de dormir com todas elas, mesmo que fossem representantes dos genes impuros da humanidade que Hitler abominava.

Ao lado de Klietmann, o cabo Rudy von Manstein examinava o mapa de Palm Springs fornecido pela equipe de buscas que havia localizado a mulher e o garoto. Ele disse:

— Onde atacamos?

Klietmann tirou de um bolso interno do paletó o papel dobrado que havia recebido do Dr. Juttner. Abriu-o e leu em voz alta:

— Na estrada 111, aproximadamente a 9 quilômetros dos limites da cidade de Palm Springs, a mulher será detida por um oficial da Polícia Rodoviária da Califórnia às 11h20 de quarta-feira, 25 de janeiro. Ela estará dirigindo um Buick Riviera negro. O garoto estará com ela e será mantido sob custódia. Aparentemente Krieger estará lá, mas não temos certeza; tudo indica que ele vai fugir da polícia, mas não sabemos como.

Von Manstein já havia traçado no mapa o caminho que os levaria a Palm Springs e à rodovia 111.

– Temos 31 minutos – disse Klietmann, olhando para o relógio no painel do carro.

– Vai ser fácil – disse Von Manstein. – Quinze minutos no máximo.

– Se chegarmos cedo – observou Klietmann – podemos matar Krieger antes que consiga fugir da polícia rodoviária. De qualquer modo, precisamos estar lá antes que a mulher e o garoto sejam levados sob custódia porque será muito mais difícil alcançá-los se estiverem na cadeia. – Virou para trás e olhou para Bracher e Hubatsch. – Compreendido?

Ambos fizeram um sinal afirmativo com a cabeça, e então o sargento Hubatsch bateu com a mão no bolso superior do seu paletó e disse:

– Senhor, e os óculos escuros?

– O que tem os óculos? – perguntou Klietmann impaciente.

– Devemos usar agora? Será que isso ajudará a nos misturarmos com os cidadãos locais? Estive estudando o povo nas ruas e embora vários usem óculos escuros, muitos não usam.

Klietmann olhou para os pedestres, tentando não se distrair com as mulheres pouco vestidas e viu que Hubatsch estava certo. Mais ainda, notou que nenhum dos homens na rua estava vestido com o *power look* preferido pelos jovens executivos. Talvez todos os jovens executivos estivessem nos seus escritórios àquela hora. Fosse qual fosse a razão para a inexistência de ternos escuros e sapatos pretos Bally, Klietmann sentia-se deslocado, mesmo dentro do carro. Como muitos pedestres estavam usando óculos escuros, achou que se usasse também teria alguma coisa em comum com eles.

Quando o tenente pôs seu Ray-Ban, Von Manstein, Bracher e Hubatsch fizeram o mesmo.

– Muito bem, vamos – disse Klietmann.

Mas antes que pudesse soltar o freio de mão e engatar a marcha, alguém bateu na janela do carro ao seu lado. Era um policial de Palm Springs.

XII.

Laura sentia que, de um modo ou de outro, aquela dura prova estava chegando ao fim. Destruiriam o instituto ou morreriam tentando, e ela estava quase achando que o fim do medo era desejável, não importava como fosse conseguido.

Em 25 de janeiro, na manhã de quarta-feira, Stefan sentia ainda dor muscular no ombro, mas não era insuportável. A mão e o braço estavam perfeitos, o que significava que a bala não havia atingido nenhum nervo. Devido aos exercícios diários, recuperara mais da metade da força no braço e no ombro, o bastante para ter certeza de que seria capaz de realizar seu plano. Mas Laura percebeu que Stefan temia a viagem que estava para fazer.

Stefan pôs na cintura o cinto de Kokoschka que Laura tirara do cofre no dia em que ele foi ferido. O medo dele era evidente, mas assim que pôs o cinto, a ansiedade cedeu lugar a uma determinação férrea.

Na cozinha, às 10 horas, os três tomaram duas cápsulas do antíodoto contra o gás Vexxon. Engoliram com copos de suco de laranja.

As três Uzi, um dos revólveres .38 e o Colt Commander Mark IV equipado com silenciador, além de uma pequena mochila de náilon cheia de livros foram colocados no carro.

Os dois cilindros pressurizados de Vexxon ainda estavam na mala do Buick. Depois de ler as instruções nos folhetos que acompanhavam os cilindros, Stefan resolveu que só ia precisar de um para seu trabalho. Vexxon era um gás fabricado especialmente para o uso em ambientes fechados – para matar inimigos nos quartéis, abrigos e subterrâneos – mais do que para soldados no campo de batalha. Ao ar livre, o gás era rapidamente dispersado – e se desintegrava depressa à luz do sol – não chegando a ser eficaz a duzentos metros do ponto de lançamento. Entretanto, completamente aberto, um único cilindro podia contaminar uma estrutura de 4.600 metros quadrados em poucos minutos, o que era o bastante para seu objetivo.

Às 10h35 entraram no carro e saíram da casa de Gaines, seguindo para o deserto pela rodovia 111, ao norte de Palm Springs. Laura verificou o cinto de segurança de Chris e o garoto disse:

– Está vendo? Se você tivesse um carro-máquina do tempo, iríamos confortavelmente até 1944.

Alguns dias antes tinham ido à noite até o deserto para procurar um ponto de onde Stefan pudesse partir para 1944. Precisavam saber a localização geográfica com antecedência a fim de fazer os cálculos que possibilitariam sua volta depois de terminar o trabalho planejado.

Stefan pretendia abrir a válvula do cilindro de Vexxon *antes* de apertar o botão do cinto, assim o gás estaria se dispersando quando passasse pelo portão, entrando no instituto, matando todos que estivessem no laboratório na extremidade de 1944 da Estrada do Relâmpago. Desse modo, dispersaria um pouco do gás no ponto de partida também, e parecia mais prudente fazer isso num lugar isolado. A rua na frente da casa de Gaines ficava a menos de 200 metros, dentro do raio de alcance do Vexxon, e eles não queriam matar pessoas inocentes.

Além disso, embora o gás conservasse seu poder letal de quarenta a sessenta minutos, Laura temia que o resíduo desativado, não letal, pudesse ter efeitos tóxicos não conhecidos, a longo prazo. Não pretendia deixar nenhum resto da substância na casa de Thelma e Jason.

O dia estava claro, azul e sereno.

Depois de alguns quarteirões, quando desciam pela estrada ladeada de imensas tamareiras, Laura teve a impressão de ver um clarão estranho no pedaço de céu captado pelo retrovisor. Como seria um relâmpago num céu azul, brilhante e sem nuvens? Não tão dramático quanto num dia nublado e tempestuoso, pois estaria competindo com a luz do sol. Seria exatamente como aquilo que ela acabava de ver – uma *pulsação* estranha e breve de luz.

Laura apertou o freio, mas estavam no fim da descida e não via mais o céu pelo retrovisor, somente a colina atrás deles. Pensou ter ouvido o rugir do trovão também, distante, mas não tinha certeza, por causa do zumbido do ar-condicionado do Buick. Parou no acostamento e procurou controlar os botões de ventilação.

– O que aconteceu? – perguntou Chris quando Laura saiu do carro. Stefan saiu também.

– Laura?

Laura olhava para o pedaço de céu que podia ver do fundo do vale, a mão tampando a claridade sobre os seus olhos.

– Você ouviu, Stefan?

No dia quente e seco do deserto, um ribombar distante morria no ar.

– Pode ser um jato – ele disse.

– Não. A última vez que eu pensei ser um jato, eram *eles.*

O céu pulsou outra vez, a última. Laura não viu o relâmpago, não o raio em zigue-zague cortando o céu, mas só o reflexo na atmosfera, uma fraca onda de luz acendendo-se na abóboda azul.

– Eles estão aqui – ela disse.

– Tem razão – observou Stefan.

– Em alguma parte do nosso caminho na estrada 111, alguém vai nos deter, talvez um guarda rodoviário, ou talvez um acidente, alguma coisa que será registrada legalmente, e então eles *aparecerão*. Stefan, precisamos voltar para casa.

— Não adianta — disse ele.

Chris saiu do carro:

— Ele tem razão, mamãe. Não importa agora. Aqueles viajantes do tempo estão aqui porque já espiaram no futuro e sabem onde nos encontrar talvez daqui a uma hora, talvez daqui a dez minutos. Tanto faz voltarmos para casa ou continuarmos viagem; eles já nos viram em algum lugar... talvez até mesmo na casa. Por mais que a gente mude de planos, nossos caminhos vão se cruzar.

Destino.

— Merda! — disse Laura, dando um pontapé no carro, que não serviu sequer para sentir-se melhor. — *Detesto* isto. Como podemos esperar vencer esses malditos viajantes do tempo? É o mesmo que jogar cartas com Deus.

Os relâmpagos cessaram.

— Pensando bem — disse Laura —, a vida toda é um jogo de cartas onde Deus manda, certo? Portanto, isto não é o pior do que todo o resto. Entre no carro, Chris. Vamos em frente.

Atravessando a área oeste da cidade de veraneio, Laura estava com os nervos tensos como um arame de garrote, atenta para qualquer problema, mas sabia que ia acontecer quando menos esperava.

Sem incidentes, chegaram à extremidade norte de Palm Canyon Drive e entraram na rodovia 111. Tinham pela frente 20 quilômetros de deserto antes do cruzamento com a Interestadual 10.

XIII.

Esperando poder evitar a catástrofe, o tenente Klietmann abaixou o vidro do carro e sorriu para o policial de Palm Springs que se inclinava para ver seu rosto.

— Qual é o problema, patrulheiro?

— Não viu a faixa vermelha quando estacionou aqui?

— Faixa vermelha? — disse Klietmann sorrindo, imaginando que diabo era aquilo.

— Ora, senhor — disse o policial com voz estranhamente zombeteira —, não vai dizer que não viu a faixa vermelha?

— Sim, senhor, é claro que vi.

— É isso aí, sabia que não ia *mentir* — disse o policial, como se conhecesse Klietmann e confiasse na sua reputação de sinceridade, o que deixou o tenente confuso. — Então, se viu a faixa vermelha, senhor, por que parou aqui?

— Ah, compreendo — disse Klietmann —, só se pode parar onde o meio-fio não é pintado de vermelho. Certo, é claro.

O policial olhou intrigado para o tenente. Depois para Von Manstein, no banco da frente, para Bracher e Hubatsch no banco de trás, sorriu e cumprimentou com um movimento de cabeça.

Klietmann não precisava olhar para seus homens para saber que estavam nervosos. O ar dentro do carro estava pesado de tensão.

O policial olhou outra vez para Klietmann, sorriu um tanto hesitante e disse:

— Será que estou certo... vocês são quatro pregadores?

— Pregadores? — repetiu Klietmann, sem entender a pergunta.

— Eu tenho uma mente muito dedutiva — disse o policial, ainda sorrindo. — Não sou Sherlock Holmes. Mas os adesivos no seu carro dizem "Eu amo Jesus" e "Cristo Ressuscitou". E como está havendo uma convenção batista na cidade, e vocês estão com ternos escuros...

Por isso tinha certeza de que Klietmann não mentiria. Pensava que eram batistas.

— Isso mesmo — disse Klietmann imediatamente. — Estamos com a convenção batista. Desculpe o estacionamento ilegal. Não temos faixas vermelhas na nossa cidade. Agora, se...

— De onde vocês vêm? — perguntou o policial, apenas procurando ser amistoso.

Klietmann sabia muito sobre os Estados Unidos, mas não o suficiente para esse tipo de conversa. Acreditava que os batistas fossem do sul do país; não sabia se havia batistas no norte, leste ou oeste, portanto disse o nome de uma cidade do sul.

— Sou da Geórgia — disse ele, antes de perceber como a afirmação parecia absurda com seu sotaque alemão carregado.

O sorriso do policial ficou mais hesitante ainda. Olhando para Von Manstein, perguntou:

— E o senhor, de onde é?

Seguindo a ideia do tenente, mas falando com sotaque mais carregado, ele disse:

— Geórgia.

No banco traseiro, antes que o policial perguntasse, Hubatsch e Bracher disseram: "Geórgia, somos da Geórgia", como se estivessem pronunciando uma palavra mágica para enfeitiçar o patrulheiro.

O sorriso do policial desapareceu por completo. Com o cenho franzido, disse para Klietmann:

— Senhor, quer descer do carro por um momento?

— Certamente — disse Klietmann, notando, quando abriu a porta, que o policial recuou alguns passos e levou a mão à arma que tinha na cintura. — Mas estamos atrasados para uma prece pública...

No banco de trás, Hubatsch abriu sua pasta e tirou a Uzi com a rapidez de um guarda pessoal do presidente. Não abriu a janela, mas encostou o cano da arma no vidro e atirou no policial antes que ele pudesse sacar seu revólver. O vidro estourou. Atingido por umas vinte balas, quase à queima-roupa, o policial foi atirado para trás, no meio da rua. Freios rangeram quando um carro parou para não passar sobre o guarda, e do outro lado da rua vitrines se partiram quando as balas atingiram uma loja de roupas masculinas.

Com a frieza e a rapidez de ação que fazia Klietmann se orgulhar de pertencer à *Schutzstaffel,* Martin Bracher saiu do Toyota e despejou um extenso arco de balas para criar o caos e facilitar sua fuga. Vitrines implodiam nas butiques da rua, não apenas na rua transversal onde estavam, mas até o cruzamento no lado leste de Palm Canyon Drive. Os pedestres gritavam, atiravam-se no chão, abrigavam-se nos portais. Klietmann viu carros que passavam em Palm Canyon atingidos por balas e alguns motoristas, talvez feridos, talvez em pânico, saíam em zigue-zague, de uma pista para a outra; um Mercedes bege abalroou de lado um caminhão e um carro esporte vermelho subiu na calçada, raspou o tronco de uma palmeira e entrou numa loja de presentes.

Klietmann entrou no carro e soltou o freio de mão. Ouviu Bracher e Hubatsch entrando atrás, engrenou a marcha e saiu com o Toyota para Palm Canyon, sempre à esquerda, seguindo para o norte. Logo descobriu que estava na contramão. Praguejando, desviava desesperadamente dos carros que vinham na sua direção. O Toyota sacudia e estremecia com suas molas cansadas e o porta-luvas se abriu, esparramando tudo que continha no colo de Von Manstein. Klietmann entrou à direita no primeiro cruzamento. Logo adiante avançou um sinal vermelho, quase atropelando os pedestres na faixa e entrou à esquerda em outra avenida na pista que ia para o norte.

— Temos só 21 minutos — disse Von Manstein, apontando para o relógio do painel.

— Para onde vou agora? — disse Klietmann. — Estou perdido.

— Não, não está — respondeu Von Manstein, tirando o conteúdo do porta-luvas: lenços de papel, chaves soltas, um par de luvas brancas, pacotinhos individuais de catchup e mostarda, vários documentos de cima do mapa que estava no seu colo. —

Não está perdido. Esta rua vai dar em Palm Canyon onde ela tem duas mãos. De lá vamos em linha reta até a rodovia 111.

XIV.

Aproximadamente dez quilômetros ao norte de Palm Springs, onde a terra árida parecia deserta, Laura passou para o acostamento. Percorreu algumas centenas de metros em marcha lenta até chegar ao ponto em que o lado da estrada descia até quase o nível do deserto, permitindo que levasse o carro para a planície. A não ser por alguns tufos de capim e alguns arbustos de algarobeira ressequidos, a única vegetação era mato ralo e seco – uma parte com algum verde e as raízes presas ao solo, outra parte, arrancada e rolando com o deslocamento de ar provocado pelo carro.

O solo duro tinha uma base de xisto sobre a qual a areia alcalina espiralava em alguns lugares. Como fizera na noite em que haviam encontrado o lugar, Laura procurou ficar longe da areia, parando onde havia apenas o xisto rosa-acinzentado, a 300 metros da estrada, fora do alcance do Vexxon usado ao ar livre, ao lado de um regato seco com 6 metros de largura e 9 de profundidade, um canal natural de drenagem formado por breves enchentes na curta estação chuvosa do deserto; antes disso, à noite, cautelosamente, guiando-se só pelos faróis do carro, só por sorte não tinham caído na enorme vala.

Embora os relâmpagos não fossem seguidos pelo aparecimento de homens armados, sentiam a necessidade de urgência; Laura, Chris e Stefan moviam-se como se ouvissem um relógio marcando o tempo de uma explosão iminente. Enquanto Laura retirava um dos cilindros de Vexxon da mala do carro, Stefan passou os braços pelas correias da mochila de náilon verde cheia de livros, afivelando-a bem. Chris levou uma das Uzi até uns 6 metros do carro colocando-a no centro de um círculo de xisto descoberto onde não crescia nem mato, a área determinada para a partida de Stefan de 1989. Laura juntou-se ao filho e Stefan os acompanhou, segurando o Colt Commander com silenciador na mão direita.

AO NORTE DE Palm Springs, na rodovia 111, Klietmann estava exigindo o máximo do Toyota, o que não era muito. O carro tinha rodado 70 quilômetros marcados no hodômetro e, sem dúvida, a sua dona nunca andava a mais de 80 por hora, por isso não respondia ao comando de Klietmann. Quando tentou passar dos 90 quilômetros, o Toyota começou a vibrar e engasgar, obrigando-o a ir mais devagar.

Mesmo assim, a 3 quilômetros ao norte dos limites da cidade de Palm Springs, ficaram atrás de uma radiopatrulha da Polícia Rodoviária da Califórnia e Klietmann achou que devia ser o policial que ia encontrar e prender Laura Shane e seu filho. A radiopatrulha ia a menos de 85 quilômetros, numa zona onde a velocidade máxima era de 85.

— Mate o policial — disse Klietmann para o cabo Martin Bracher, que estava sentado do lado direito do carro.

Klietmann olhou pelo retrovisor e não viu nenhum carro atrás deles; havia movimento na pista em sentido contrário. Passou para a esquerda e se preparou para ultrapassar a radiopatrulha a 90 quilômetros.

Bracher, no banco direito traseiro, abaixou o vidro. O outro, do lado esquerdo, já estava aberto desde que Hubatsch matara o guarda em Palm Springs, e o vento vindo de trás agitava o mapa que estava ainda no colo de Manstein.

O policial da Polícia Rodoviária da Califórnia olhou para o lado surpreso, pois poucos motoristas se atreviam a ultrapassar o carro da polícia que estava a um ou dois quilômetros abaixo do limite permitido. Quando Klietmann pôs o Toyota a mais de 90, o carro estremeceu e engasgou, acelerando sob protesto. O policial notou o excesso de velocidade e deu um toque rápido da sirene, aparentemente indicando que Klietmann devia diminuir a marcha e parar no acostamento.

Porém, o tenente fez o Toyota acelerar acima de 100 quilômetros, e o carro parecia a ponto de se partir, mas o bastante para passar um pouco à frente do atônito policial, colocando a janela de Bracher na linha da janela da frente da radiopatrulha. O cabo abriu fogo com sua Uzi.

As janelas da radiopatrulha estouraram, e o policial morreu instantaneamente. Tinha de estar morto, pois o ataque fora inesperado e várias balas o atingiram na cabeça e na parte superior do corpo. A radiopatrulha virou na direção do Toyota, pegando-o de raspão, antes que Klietmann tivesse tempo de evitar, e depois virou para o acostamento.

Klietmann freou, ficando atrás da radiopatrulha descontrolada.

A estrada de quatro pistas ficava a uns 3 metros acima da planície deserta e a radiopatrulha desceu a rampa sem proteção. Ficou no ar por alguns segundos, depois caiu com tamanha violência que os pneus estouraram com o impacto. Duas portas se abriram, uma delas a do motorista.

Klietmann passou para a pista da direita lentamente e Von Manstein disse:

— Eu estou vendo o homem lá embaixo, deitado sobre a direção. Ele não é mais problema para nós.

Os motoristas que vinham na outra pista viram o voo espetacular da radiopatrulha. Pararam no acostamento. Pelo retrovisor Klietmann viu as pessoas saindo dos carros parados, bons samaritanos atravessando a rodovia para socorrer o policial. Se alguém sabia o motivo do acidente, resolveu não perseguir Klietmann. O que era bastante prudente.

Klietmann acelerou novamente, olhou para o hodômetro e disse:

— A 5 quilômetros daqui, aquele policial ia prender a mulher e o garoto. Portanto, vamos procurar um Buick preto. Cinco quilômetros.

DE PÉ AO sol brilhante do deserto, no pedaço de xisto nu, ao lado do Buick, Laura observava Stefan passar a correia a tiracolo da Uzi pelo ombro. A arma ficou solta, não interferindo na mochila cheia de livros.

— Agora estou pensando se preciso levar a arma — disse Stefan. — Se o gás funcionar como espero, provavelmente não vou precisar nem do revólver, muito menos da metralhadora.

— Leve assim mesmo — disse Laura sombria.

Stefan fez um gesto de assentimento.

— Tem razão. Nunca se sabe.

— É pena que não tenha também algumas granadas — disse Chris. — Granadas seriam ótimas.

— Vamos esperar que as coisas não fiquem tão feias por lá — observou Stefan.

Soltou a trava do revólver que levava na mão. Segurando o cilindro de Vexxon pela alça de metal, ele o sopesou com a mão esquerda para ver a resistência de seu ombro ferido.

— Dói um pouco — disse ele. — o ferimento. Mas não é demais e posso controlar.

Tinham cortado o arame do gatilho no cilindro, o que permitia o uso manual. Stefan passou o dedo pela alça de abertura.

Quando terminasse sua missão em 1944, faria sua última viagem no tempo, voltando para 1989, e segundo seus planos, a volta estava programada para alguns minutos depois da partida. Stefan disse:

— Vejo vocês daqui a pouco. Nem vão perceber que viajei.

De repente Laura teve medo que ele nunca mais voltasse. Pôs à mão no rosto de Stefan e o beijou:

— Boa sorte, Stefan.

Foi um beijo no rosto, não um beijo de amor, nem mesmo uma promessa; apenas o beijo afetuoso de uma amiga, o beijo de uma mulher que devia gratidão eterna, mas não seu coração. Laura viu tudo isso nos olhos dele. No íntimo, apesar dos momentos de humor, Stefan era um homem triste e ela gostaria de fazê-lo feliz. Tinha pena de não poder pelo menos fingir que sentia alguma coisa diferente, mas estava certa de que Stefan perceberia que estava fingindo.

– Quero que você volte – disse ela. – De verdade. Quero muito.

– Isso é suficiente. – Stefan olhou para Chris. – Tome conta da sua mãe enquanto eu estiver fora.

– Vou tentar – disse Chris. – Mas ela é muito boa nisso de se cuidar.

Laura puxou o filho para perto dela.

Stefan ergueu mais o cilindro de 15 quilos de Vexxon e apertou o gatilho.

Quando o gás começou a sair sob pressão, sibilando como uma dezena de serpentes em coro, Laura foi tomada por uma breve sensação de pânico, temendo que os comprimidos não os protegessem do tóxico, fazendo-os cair no chão em convulsões até a morte. O Vexxon era incolor mas não inodoro ou insípido; mesmo ali ao ar livre, onde se dispersava rapidamente, podia-se sentir um cheiro adocicado de abricó e um gosto acre nauseante de um misto de suco de limão e leite azedo. Porém, embora sentisse o cheiro e o gosto, não sentiu nenhum efeito adverso.

Segurando o revólver contra o corpo, Stefan enfiou a mão sob a camisa e com um dos dedos livres apertou três vezes o botão que o levaria de volta ao instituto.

Von Manstein foi o primeiro a avistar o carro negro na planície de areia branca e rochas claras, a uns 100 metros a leste da rodovia. Chamou a atenção dos outros.

O tenente Klietmann não podia ver a marca do carro daquela distância, mas tinha certeza de que era o que procuravam. Três pessoas estavam ao lado do carro, vultos indefinidos envoltos na névoa transparente e aquosa como miragens ao sol do deserto, mas Klietmann notou que eram dois adultos e uma criança.

De repente, um dos adultos desapareceu. Não era uma ilusão de ótica do deserto. O vulto não apareceu logo depois. Klietmann teve certeza de que se tratava de Krieger.

— Ele voltou! – disse Bracher, atônito.

— Por que vai voltar – disse Von Manstein – se todos no instituto querem sua pele?

— Pior – disse Hubatsch atrás do tenente. – Ele veio a 1989 alguns dias antes de nós. Assim, o cinto que usou o levará de volta ao mesmo lugar, ao dia em que Kokoschka atirou nele... a exatamente 11 minutos depois de ter sido atingido pelo tiro de Kokoschka. Mas sabemos com certeza que ele não voltou nesse dia. Que diabo está acontecendo aqui?

Klietmann também ficou preocupado, mas não tinha tempo para descobrir o que se passava. Sua tarefa era matar a mulher e o filho, mesmo que não matasse Krieger. Disse:

— Preparem-se. – E diminuiu a marcha do carro parando alguns metros no acostamento.

Hubatsch e Bracher já haviam retirado as Uzi das pastas em Palm Springs. Von Manstein retirou a sua também.

A planície ficava alguns metros abaixo da rodovia. Klietmann fez o carro descer a pequena encosta até o deserto e se dirigiram para a mulher e o garoto.

Quando Stefan ativou o cinto, o ar ficou pesado e Laura teve a impressão de estar sob um enorme peso invisível. Fez uma careta sentindo o cheiro de fios elétricos aquecidos e isolantes queimados, misturado ao cheiro de ozônio e ao cheiro de abricó do Vexxon. A pressão do ar aumentou, a mistura de odores ficou mais intensa e Stefan deixou o mundo dela com um estalido sonoro e repentino. Por um momento foi como se não houvesse ar para respirar, mas o breve vácuo foi acompanhado por uma lufada de vento quente trazendo o cheiro levemente alcalino do deserto.

Perto da mãe, abraçado a ela, Chris disse:

– Puxa! Não é um barato, mamãe? Não foi legal?

Laura não respondeu porque viu o carro branco saindo da rodovia 111 e descendo para a planície. Ia na direção deles, acelerado.

– Chris, entre na frente do Buick e fique abaixado!

O menino viu o carro que se aproximava e obedeceu rapidamente.

Laura abriu a outra porta do carro e apanhou uma das metralhadoras. Foi para trás do Buick e ficou perto da mala, de frente para o carro branco.

O Toyota estava a menos de 200 metros e aproximava-se rapidamente. A luz do sol iluminava e refletia-se nos cromados, cintilava no para-brisa.

Laura considerou a possibilidade de os ocupantes não serem agentes alemães de 1944 e sim pessoas inocentes. Porém, era uma probabilidade tão remota que não podia permitir que a inibisse naquele momento.

O destino luta para refazer o padrão do que estava determinado.

Não. Que droga, não.

Quando o carro branco estava a uns 100 metros, Laura atirou. As balas da Uzi, em duas rajadas cerradas, fizeram pelo menos dois orifícios no para-brisa. O resto do vidro imediatamente ficou estilhaçado.

O carro – Laura via agora que era um Toyota – rodou num círculo de 360º, depois outro de 90º, formando nuvens de poeira, entrando no meio do mato raso ainda verde. Parou a uns 600 metros, virado para o norte, o lado direito voltado para Laura.

As portas se abriram no outro lado e Laura percebeu que os ocupantes estavam saindo agachados, procurando se esconder. Abriu fogo outra vez, não para que as balas atravessassem o Toyota, mas procurando atingir o tanque de gasolina; assim talvez uma fagulha de fogo, provocada por alguma bala escorregando em metal, incendiasse a gasolina apanhando os homens nas chamas. Mas Laura esvaziou o pente da Uzi sem conseguir seu intento, embora tivesse certeza de ter atingido o tanque de combustível.

Laura jogou a arma no chão, abriu aporta traseira do Buick e apanhou a outra Uzi, carregada. Apanhou também o .38 especial do banco da frente, sem tirar os olhos do Toyota branco por mais de um ou dois segundos. Desejou que Stefan tivesse deixado a terceira Uzi, afinal.

Do outro carro, a 600 metros, um dos homens abriu fogo com uma metralhadora portátil, e Laura não teve mais dúvidas de quem eles eram. Ela agachou ao lado do Buick, enquanto as balas batiam com um ruído surdo na tampa aberta da mala, no para-brisa traseiro, raspavam os para-lamas, ricocheteavam no para-choque traseiro, atingindo o solo duro de xisto com estalos secos, levantando pequenas nuvens de areia branca.

Uma ou duas balas cortaram o ar perto da sua cabeça com um silvo mortal, estridente, murmurante – e Laura começou a recuar na direção da frente do carro, ficando perto dele, tentando oferecer o menor alvo possível aos atiradores. Logo estava ao lado de Chris, agachado contra a grade do carro.

O atirador do Toyota cessou fogo.

– Mamãe? – disse Chris assustado.

– Está tudo bem – respondeu Laura, tentando acreditar no que dizia. – Stefan estará de volta em menos de cinco minutos, meu bem. Ele está com a outra Uzi, o que vai equilibrar as forças. Tudo vai dar certo. Só precisamos deter esses homens por alguns minutos. Só alguns minutos.

XV.

O cinto de Kokoschka levou Stefan rapidamente de volta ao instituto, e ele entrou pelo portão com o cilindro de Vexxon todo aberto. Apertava a alça e o gatilho com tanta força que sua mão doía e começava a sentir o braço e o ombro ferido.

De dentro do barril via apenas uma pequena parte do laboratório. Dois homens com ternos escuros espiavam na outra extremidade do portão. Pareciam agentes da Gestapo – todos os filhos da mãe pareciam clones de um pequeno grupo de degenerados e fanáticos – e era bom saber que não podiam vê-lo tão bem quanto ele os via; por um momento pelo menos pensariam que era Kokoschka.

Stefan deu alguns passos para a frente, o cilindro sibilante de Vexxon na mão esquerda, o revólver na direita, e antes que os homens no laboratório percebessem que alguma coisa estava errada, o gás mortal os atingiu. Caíram no chão, abaixo do portão elevado e quando Stefan desceu para o laboratório contorciam-se em agonia. Tinham vomitado violentamente. O sangue escorria de suas narinas. Um deles estava deitado de lado, as pernas fazendo movimentos convulsivos, as mãos como garras no pescoço; o outro, em posição fetal, parecia querer arrancar os olhos com os dedos. Perto do painel de programação, três homens com aventais brancos – Stefan os conhecia: Hoepner, Eicke e Schmauser – estavam também caídos. Arranhavam o próprio corpo como se estivessem loucos ou atacados de raiva. Os cinco homens agonizantes tentavam gritar, mas suas gargantas tinham inchado instantaneamente, fechando a passagem do ar; faziam apenas sons fracos, patéticos, arrepiantes, como ganidos de dor de pequenos animais torturados. Stefan ficou no meio deles, fisicamente ileso, mas chocado, e em trinta segundos estavam todos mortos.

O uso do Vexxon contra aqueles homens era uma justiça cruel, pois os primeiros pesquisadores do gás asfixiante tinham sido patrocinados pelos nazistas, em 1936, então um éster organofosfórico chamado *tabun*. Praticamente todos os outros gases asfixiantes – que matavam, interferindo diretamente nos impulsos nervosos – estavam relacionados ao composto químico original. Inclusive o Vexxon. Aqueles homens foram mortos em 1944 por uma arma do futuro, mas com uma substância que havia se originado na sua própria sociedade deturpada e voltada para a morte.

Entretanto aquelas cinco mortes não davam nenhuma satisfação a Stefan. Havia tanta morte em sua vida que até a eliminação dos culpados para proteger os inocentes, até mesmo o assassinato a serviço da justiça, era repugnante para ele. Mas tinha de fazer o que devia fazer.

Pôs o revólver numa das mesas do laboratório, tirou a Uzi do ombro e a pôs de lado também.

Do bolso da calça jeans retirou um pedaço pequeno de arame e com ele travou o gatilho do cilindro de Vexxon na posição aberta. Entrou no corredor e colocou o cilindro no meio da passagem. Em poucos minutos o gás se espalharia por todo o prédio, seguindo as escadas, os poços dos elevadores e os condutores de ventilação.

Viu com surpresa que o corredor e os outros laboratórios do andar térreo pareciam desertos, iluminados apenas com as luzes noturnas de segurança. Deixando o cilindro de gás no corredor, voltou ao painel de programação no laboratório principal para verificar a data e a hora às quais o cinto de Kokoschka o levara de volta. Havia chegado às 9h11 da noite de 16 de março.

Era muita sorte. Stefan pensou que voltaria numa hora em que a maioria do pessoal – alguns começavam a trabalhar às 6 horas e alguns ficavam até as 20 horas – estivesse presente. Isso teria significado uma centena de corpos espalhados pelos quatro andares do prédio; e quando fossem descobertos, ficariam sabendo que somente Stefan Krieger, usando o cinto de Kokoschka para voltar do futuro e passar pelo portão, podia ter feito aquilo. Compreenderiam que ele não havia voltado apenas para matar o pessoal que estava no instituto naquele momento, mas que pretendia fazer mais e na certa iniciariam uma investigação maciça para descobrir seu plano e anular o que fosse possível dele. Mas agora... com o prédio quase vazio, podia dispor dos corpos de modo a não revelar sua presença e dirigir as suspeitas para os homens mortos.

O cilindro de Vexxon esvaziou em cinco minutos. O gás tinha se espalhado pelo prédio, com exceção das duas antessalas na frente e nos fundos que não eram servidas pelo sistema de ventilação. Stefan foi de andar em andar, de sala em sala, à procura de outras vítimas. Os únicos corpos que encontrou foram dos animais no porão, os primeiros viajantes do tempo, o que o perturbou tanto ou mais do que os corpos dos cinco homens.

Voltou ao laboratório principal, apanhou cinco cintos especiais de um armário branco e os afivelou nos homens mortos, por cima da roupa. Rapidamente reprogramou o portão para enviar os corpos para seis bilhões de anos no futuro. Tinha lido em algum lugar que o sol teria se transformado numa *nova* ou estaria morto em seis bilhões de anos e queria enviar os homens para um lugar onde não existisse ninguém para vê-los nem para fazer uso dos seus cintos.

Dispor os mortos no prédio deserto e silencioso, era um trabalho sinistro. A todo momento ele ficava imóvel certo de ter ouvido algum movimento furtivo. Duas ou três vezes chegou a interromper o trabalho e sair à procura do som imaginário. Em certo momento, olhou para um dos cadáveres atrás dele e teve a impressão exata de que aquela coisa sem vida estava se levantando, que o som leve que tinha ouvido era a mão gelada estendendo-se para a máquina, procurando apoio. Foi quando Stefan compreendeu que todas aquelas mortes, durante todos aqueles anos, haviam-no deixado profundamente perturbado.

Um a um arrastou os corpos malcheirosos para dentro do portão, empurrando-os até o ponto de transporte, para o centro do campo de energia. Escorregando na porta invisível do tempo, eles desapareceram. Num ponto distante, além da imaginação, reapareceriam – numa terra há muito fria e morta, onde não vivia nenhuma planta, nenhum inseto, ou no espaço vazio e sem ar onde o planeta existira até de ser consumido pela explosão do sol.

Stefan tomou o maior cuidado para não se aventurar além do ponto de transporte. Se fosse de repente levado para o vácuo do espaço, para seis bilhões de anos no futuro, estaria morto antes de poder apertar o botão do cinto e voltar ao instituto.

Depois de se livrar dos cinco cadáveres e de limpar os vestígios deixados por aquelas mortes terríveis, sentiu cansaço. Felizmente o gás não deixava resíduo aparente; não precisava limpar todas as superfícies do instituto. Seu ombro ferido latejava, como nos dias seguintes ao ferimento.

Mas pelo menos havia encoberto sua passagem. De manhã, iam pensar que Kokoschka, Hoepner, Eicke, Schmauser e os dois agentes da Gestapo acreditavam que o Terceiro Reich estava condenado e haviam desertado para um futuro de paz e prosperidade.

Lembrou-se dos animais no porão. Se os deixasse nas gaiolas, na certa fariam testes para verificar a causa da morte e os resultados poderiam lançar dúvida sobre a teoria da deserção dos homens. E mais uma vez o principal suspeito seria Stefan Krieger. Era melhor se livrar dos animais também. Seria um mistério, mas não apontaria diretamente para a verdade.

A dor latejante em seu ombro parecia cada vez mais quente, enquanto embrulhava os animais em aventais de laboratório, amarrando-os com um barbante. Sem cintos, ele os enviou para seis bilhões de anos no futuro. Tirou o cilindro vazio de gás do corredor e o mandou para aquela época distante também.

Agora estava pronto para as duas viagens cruciais que, ele esperava, teriam como resultado a destruição completa do instituto e a derrota dos nazistas. Indo até o painel de programação do portão outra vez, tirou um papel dobrado do bolso traseiro da calça que continha os cálculos feitos por Laura e ele no PC IBM na casa de Palm Springs.

Se fosse possível voltar de 1989 com explosivos suficientes para destruir o instituto, teria feito o trabalho sozinho. Entretanto, além do pesado cilindro com o gás, a mochila cheia de livros, o revólver e a Uzi, não poderia ter carregado mais de 20 ou 25 quilos de explosivo plástico, que seriam insuficientes. As cargas que havia colocado no sótão e no porão tinham sido removidas por Kokoschka há alguns dias, tempo local. Podia ter voltado de 1989 com algumas latas de gasolina para incendiar o instituto; mas havia muitos documentos de pesquisa em arquivos à prova de fogo aos quais nem Stefan tinha acesso, e somente uma explosão devastadora os faria em pedaços expondo o conteúdo às chamas.

Não podia mais destruir o instituto sozinho.

Mas sabia quem podia ajudá-lo.

Reprogramou o portão de acordo com os números conseguidos no PC, para transportá-lo a três dias e meio no futuro a partir daquela noite de 16 de março. Geograficamente, chegaria em solo britânico no centro dos imensos abrigos subterrâneos sob os escritórios do governo em St. James's Park, ao lado do Portão Storey, construídos durante a *Blitz* para escritórios à prova de bombas e acomodações para o primeiro-ministro, e onde ficava a Sala de Guerra. Especificamente, esperava chegar numa certa sala de conferências às 7h30, com uma exatidão tornada possível com os computadores de 1989, capazes de fazer os cálculos para determinar as coordenadas exatas de tempo e espaço.

Completamente desarmado, carregando somente a mochila com livros, entrou no portão, atravessou o ponto de transporte e se materializou num dos cantos de uma longa sala de conferências de teto baixo em cujo centro havia uma mesa com 12 cadeiras. Dez cadeiras estavam vazias. Havia só dois homens na sala. O primeiro, um secretário com uniforme do Exército britânico, com uma caneta na mão direita, um bloco de notas na esquerda. O segundo, ditando uma mensagem urgente, era Winston Churchill.

XVI.

AGACHADO AO LADO do Toyota, Klietmann chegou à conclusão de que as roupas que usavam eram completamente impróprias para a missão, era como se estivessem vestidos de palhaços num circo. O deserto que os rodeava era quase todo branco e bege, rosa-pálido e cor de pêssego, com pouca vegetação e poucas formações rochosas que poderiam servir de abrigo. Com seus ternos negros, se tentassem fazer um círculo, atacando a mulher por trás, seriam tão visíveis quanto insetos num bolo de aniversário.

Hubatsch, que estava perto da frente do Toyota, lançando rápidas rajadas de bala contra o Buick, abaixou-se.

— Ela foi para a frente do carro com o garoto, não podemos vê-los.

— Logo vão aparecer as autoridades locais — disse Bracher, olhando para o oeste, na direção da rodovia 111, depois para sudoeste, na direção da radiopatrulha que tinham lançado para fora da estrada a 6 quilômetros.

— Tirem os paletós — disse Klietmann, tirando o seu. — Camisas brancas se confundem melhor com a paisagem. Bracher, você fica aqui e não deixe que aquela cadela venha para este lado. Von Manstein e Hubatsch, procurem dar a volta pela direita. Fiquem bem separados e não se movam antes de ter certeza do ponto que querem atingir. Eu vou para nordeste dando a volta pela esquerda.

— Vamos matar a mulher sem procurar saber o que Krieger está fazendo? — perguntou Bracher.

— Sim, vamos — disse Klietmann imediatamente. — Ela está muito armada para ser capturada viva. De qualquer modo, aposto minha honra como Krieger voltará para eles, dentro de poucos minutos. Será mais fácil acabar com ele depois de termos eliminado a mulher. Agora vão.

Hubatsch, poucos segundos depois seguido por Von Manstein, deixou a proteção do Toyota, agachado, movimentando-se rapidamente, na direção sudeste.

O tenente Klietmann foi para o lado norte do Toyota, segurando a metralhadora com uma das mãos, agachado, procurando alcançar o precário abrigo de alguns pés de algarobeira nos quais estavam presos galhos secos de amaranto.

LAURA LEVANTOU-SE DEVAGAR e espiou pela frente do para-lama dianteiro do Buick, a tempo de ver dois homens de camisas brancas e calças negras que saíram correndo do abrigo do Toyota, dirigindo-se para leste, para onde ela estava, mas também desviando um pouco para o sul, evidentemente com intenção de cercá-la. Ficou de pé e atirou no primeiro homem que saltou para trás de algumas rochas, desaparecendo.

Ouvindo os tiros, o segundo homem atirou-se para dentro de uma pequena depressão do terreno que não o escondia completamente, mas o ângulo de tiro àquela distância fazia dele um alvo difícil. Laura não queria gastar mais munição.

Além disso, no momento em que o segundo homem se atirou no chão, um terceiro abriu fogo de trás do Toyota. As balas acertaram o Buick, muito perto dela, e Laura foi obrigada a se abaixar outra vez.

Stefan estaria de volta dentro de três ou quatro minutos. Não muito tempo. Mas uma eternidade.

Chris estava sentado, as costas contra o para-lama dianteiro do Buick, os joelhos dobrados contra o peito, seguros pelos braços cruzados, tremendo visivelmente.

– Aguente um pouco, garotão – disse Laura.

Chris olhou para a mãe mas não disse nada. No meio de todo o terror que haviam enfrentado nas últimas semanas, ela jamais o vira tão desanimado. O rosto do menino estava pálido e sem vida. Parecia compreender que aquela brincadeira de esconder nunca fora realmente um jogo a não ser para ele, que nada *era* na verdade tão fácil quanto nos filmes, e essa assustadora conclusão emprestava ao seu olhar parado uma expressão de sombrio desligamento que assustava Laura.

– Aguente firme – repetiu ela, passando por ele para o outro para-lama dianteiro, no lado do motorista, onde, agachada, examinou o deserto ao norte.

Laura se preocupava com a ideia de que mais homens a estivessem cercando pelo outro lado. Não podia deixar que fizessem isso porque então o Buick não mais serviria de proteção e não teriam para onde correr, a não ser o deserto aberto, onde eles os matariam antes que percorressem 50 metros. O Buick era a única barricada que tinham. Precisava mantê-lo entre eles e os assassinos.

Não viu ninguém no lado norte. A terra era menos plana naquela direção, com algumas formações rochosas baixas, pequenas áreas de areia branca e sem dúvida maior número de depressões que não eram visíveis de onde ela estava, lugares onde algum dos homens podia estar se escondendo. Mas as únicas coisas que se moviam eram três rolos de amaranto seco; rolavam lentamente, sem direção certa, na brisa inconstante e fraca.

Laura passou por Chris e voltou para o outro para-lama a tempo de ver que os dois homens ao sul estavam se movendo outra vez. Estavam 30 metros ao sul dela, mas a 20 metros da frente do Buick, aproximando-se com rapidez assustadora. Embora o que ia na frente estivesse abaixado e acenando enquanto corria, o segundo era mais ousado; talvez pensasse que a atenção de Laura estava concentrada no seu companheiro.

Mas ela o enganou. Ficou de pé, inclinou-se tanto quanto possível para longe do Buick, usando o carro como proteção, e atirou uma rajada de dois segundos. O homem perto do Toyota abriu fogo, dando cobertura aos companheiros, mas Laura atingiu o segundo homem que corria, fazendo-o voar para trás e cair no meio de uma moita rasa de uva-de-urso.

O homem não estava morto, mas fora de ação, pois seus gritos eram tão estridentes e agoniados que não deixavam dúvida quanto à gravidade do ferimento.

Laura se abaixou outra vez, saindo da linha de fogo, e se se surpreendeu com um largo sorriso nos lábios. Sentia um prazer imenso com a dor e o sofrimento indicados pelos gritos do homem. Aquela reação selvagem, aquela força primitiva de sua sede de sangue e vingança a assustavam, mas agarrou-se a ela porque sentia que ia lutar melhor e com mais astúcia sob o domínio daquela fúria quase animal.

Um fora de ação. Talvez só faltassem mais dois.

E logo Stefan estaria de volta. Não importava o tempo que precisasse para terminar sua tarefa em 1944. Ele programaria o portão para voltar em apenas alguns minutos. Estaria com ela – entraria na luta – dentro de dois ou três minutos.

XVII.

Por coincidência, o primeiro-ministro estava olhando diretamente para o local em que Stefan se materializou, mas o homem uniformizado – um sargento – só deu pela presença dele por causa da descarga elétrica que acompanhou sua chegada. Milhares de serpentes luminosas de um branco azulado emanavam do corpo de Stefan, como se geradas por sua carne. Talvez relâmpagos e trovões estivessem cortando o céu num mundo muito acima daquela sala, mas uma parte da energia deslocada pela viagem no tempo estava sendo gasta ali mesmo, num espetáculo fosforescente que fez o sargento se levantar de um salto, com surpresa e medo. As serpentes sibilantes de luz deslizaram pelo chão, subiram pelas paredes, aderiram brevemente ao teto e se dissiparam, sem ferir ninguém; apenas um grande mapa da Europa ficou chamuscado em vários pontos, mas não se incendiou.

– Guardas! – gritou o sargento.

Ele estava desarmado, mas evidentemente certo de que seu chamado seria ouvido e atendido com rapidez, porque repetiu a palavra apenas mais uma vez e não fez nenhum movimento na direção da porta.

– Guardas!

– Sr. Churchill, por favor – disse Stefan, ignorando o sargento. – Não estou aqui para fazer mal a ninguém.

A porta se abriu com violência e dois soldados britânicos entraram, um com um revólver, outro com uma metralhadora automática.

Falando rapidamente, certo de que iam atirar nele, Stefan disse:

– O futuro do mundo depende de o senhor ouvir o que tenho para dizer, por favor, senhor.

Durante toda a confusão, o primeiro-ministro continuara sentado na poltrona, na cabeceira da mesa. Stefan julgava ter visto um breve olhar de surpresa e talvez até o estremecimento de medo no rosto do grande homem, mas não apostaria nisso. Agora, o primeiro-ministro parecia intrigado e implacável como nas fotografias que Stefan vira dele. Ergueu a mão para os guardas:

– Esperem um momento. – O sargento começou a protestar, e o primeiro-ministro disse: – Se ele quisesse me matar já teria feito. – Voltou-se para Stefan. – Uma entrada *e tanto,* senhor. Tão dramática quanto qualquer uma que Sir Olivier já fez.

Stefan não pôde evitar um sorriso. Saiu do canto em que estava, mas quando deu alguns passos para a mesa, viu que os guardas ficaram rígidos, por isso parou.

— Senhor, minha chegada aqui é prova de que não sou um homem comum e que o que tenho para dizer é... muito estranho. É também extremamente sensível, e não vai querer que outra pessoa além do senhor fique a par dessa informação.

— Se espera que eu o deixe sozinho com o primeiro-ministro — disse o sargento —, você está... está louco!

— Talvez ele seja louco — disse o primeiro-ministro —, mas tem estilo. Tem de admitir isso, sargento. Se for revistado e os guardas não encontrarem nenhuma arma, concederei ao cavalheiro um pouco do meu tempo, como ele deseja.

— Mas, senhor, não sabe quem é ele. Não sabe o *que* ele é. Do jeito que ele explodiu aqui na...

Churchill o interrompeu.

— Eu sei como ele chegou, sargento. E por favor, lembre-se, só nós dois sabemos. Espero que fique de boca fechada a esse respeito como se se tratasse de uma informação secreta.

Depois dessa advertência, o sargento recuou para o lado, olhando carrancudo para Stefan, enquanto os guardas o revistavam.

Não encontraram armas, apenas os livros na mochila e alguns papéis nos bolsos de Stefan. Devolveram os papéis e empilharam os livros no meio da mesa longa. Stefan notou que nenhum deles percebeu que livros eram aqueles.

Com relutância, segurando a caneta e o bloco de notas, o sargento acompanhou os guardas para fora da sala, obedecendo às ordens do primeiro-ministro. Quando fecharam a porta, Churchill fez sinal para que Stefan sentasse na cadeira antes ocupada pelo sargento. Ficaram em silêncio por alguns momentos, observando-se mutuamente com interesse. Então o primeiro-ministro apontou para um bule que estava na bandeja sobre a mesa:

— Chá?

VINTE MINUTOS MAIS tarde, depois de Stefan ter contado metade da versão abreviada da sua história, o primeiro-ministro chamou o sargento que estava no corredor.

— Vamos ficar aqui por algum tempo, sargento. Tenho de adiar por mais uma hora a reunião do Ministério da Guerra. Por favor, informe a todos... com as minhas desculpas.

Vinte e cinco minutos depois *disso,* Stefan terminou.

O primeiro-ministro fez mais algumas perguntas — muito poucas, o que era de surpreender, mas relevantes e vitais. Finalmente disse com um suspiro:

— Acho que ainda é muito cedo para um charuto, mas vou fumar um. O senhor me acompanha?

— Não, obrigado, senhor.

Enquanto preparava o charuto para fumar, Churchill disse:

— Além da sua entrada espetacular, que na verdade prova apenas a existência de um meio revolucionário de viagem, que pode ou não ser uma viagem *no tempo,* que provas tem para convencer um homem razoável de que os detalhes da sua história são verdadeiros?

Stefan estava preparado para o teste.

— Senhor, como estive no futuro e li trechos da sua história da guerra, sabia que estaria nesta sala a esta hora, neste dia. Além disso, sabia o que estaria fazendo uma hora antes da reunião do Ministério da Guerra.

Tirando uma baforada do charuto, o primeiro-ministro ergueu as sobrancelhas.

— O senhor ditava uma mensagem para o general Alexander na Itália, expressando sua preocupação com o curso da batalha de Monte Cassino, que está custando muitas vidas.

Churchill permaneceu inescrutável. Certamente ficou surpreso, mas não pretendia encorajar o homem com um movimento de cabeça, nem com um entrecerrar dos olhos.

Stefan não precisava de encorajamento porque sabia que estava certo.

— Da sua descrição da guerra, que vai escrever ainda, decorei o começo dessa mensagem para o general Alexander que o senhor não havia terminado quando eu cheguei: "Gostaria que me explicasse por que esta passagem pelo Monte Cassino etc., numa frente de combate de 3 ou 5 quilômetros, é o único lugar que insiste em atacar."

O primeiro-ministro tirou outra baforada do charuto e observou Stefan intensamente. Estavam muito próximos um do outro, e ser objeto do atento exame de Churchill era mais enervante do que Stefan esperava.

Finalmente o primeiro-ministro disse:

— E conseguiu essa informação de algo que vou escrever no futuro?

Stefan levantou da cadeira, apanhou os seis livros grossos que os guardas haviam retirado da sua mochila – novas edições em brochura da Houghton Mifflin Company, a 9,95 dólares cada – e os espalhou na mesa, na frente de Churchill.

— Esta, senhor, é a sua história da Segunda Guerra Mundial em seis volumes, um relato definitivo do conflito e aclamado como uma grande obra histórica e literária. – Ia acrescentar que aqueles livros eram em grande parte responsáveis pelo prêmio Nobel de Literatura, concedido a Churchill em 1953, mas resolveu não fazer essa revelação. A vida seria menos interessante se privada de surpresas grandes e agradáveis.

O primeiro-ministro examinou as capas dos seis livros e permitiu-se um sorriso quando leu as três linhas tiradas de uma crítica publicada pelo *Times Literary Supplement*. Abriu um dos volumes e o folheou rapidamente, sem parar para ler.

— Não são falsificações benfeitas — garantiu Stefan. — Se ler qualquer página ao acaso, reconhecerá seu estilo único e inconfundível. O senhor verá...

— Não preciso ler. Acredito em você, Stefan Krieger. — Empurrou os livros sobre a mesa e recostou na poltrona. — E acho que compreendo porque me procurou. Quer que eu organize um bombardeio aéreo de Berlim, tendo como alvo principal o distrito em que se encontra seu instituto.

— Sim, primeiro-ministro, é exatamente isso. Deve ser feito antes que os cientistas do instituto terminem o estudo do material nuclear que conseguiram no futuro, antes de resolverem introduzir essa informação em toda a comunidade científica da Alemanha... o que deverão fazer a qualquer momento. O senhor precisa agir antes que eles voltem do futuro com algo mais que inverta o curso da guerra. Eu darei ao senhor a localização exata do instituto. Os bombardeiros americanos e a RAF têm realizado ataques diurnos e noturnos a Berlim desde o começo deste ano, afinal...

— Tem havido muito barulho no parlamento a respeito do bombardeio de cidades, mesmo cidades inimigas — observou Churchill.

— Eu sei, mas não é como se Berlim não pudesse ser atacada. Por causa do alvo limitado, é claro, essa missão deverá ser realizada à luz do dia. Mas se atingirem aquele distrito, se pulverizarem aquele quarteirão...

— Vários outros, nos quatro lados, serão reduzidos a pó — disse o primeiro-ministro. — Não podemos bombardear com precisão suficiente para não atingir os prédios vizinhos.

— Sim, eu compreendo. Mas deve dar a *ordem,* senhor. Maiores números de explosivos devem ser lançados naquela área, dentro dos próximos dias, mais do que já foi lançado no teatro europeu durante toda esta guerra. Nada deve restar do instituto, a não ser *pó.*

O primeiro-ministro ficou em silêncio por alguns minutos, olhando para a fumaça tênue e azulada do charuto, pensando, e finalmente disse:

— Preciso consultar meus conselheiros, é claro, mas acredito que a preparação e realização desse bombardeio vão precisar de uns dois dias, a contar de hoje, no dia 22, talvez, mas pode ser no dia 23.

— Acho que é o bastante – disse Stefan com grande alívio. – Mas não depois disso. Pelo amor de Deus, não depois disso.

XVIII.

Quando a mulher agachou ao lado do para-lama dianteiro esquerdo do Buick e examinou o deserto, ao norte de onde estava, Klietmann a observava de trás de um emaranhado de algarobeira e amaranto. Ela não o viu. Quando Laura foi até o outro para-lama dando as costas para ele, Klietmann ficou de pé imediatamente e correu agachado para outro abrigo, uma rocha amoldada pelo vento, mais estreita do que seu corpo.

O tenente amaldiçoou em silêncio os sapatos Bally que calçava, porque as solas eram muito escorregadias para aquele tipo de ação. Agora parecia idiota ter vindo para uma missão de assassinato vestido de jovem executivo – ou de ministros batistas. Pelo menos os Ray-Bans eram úteis. O sol cintilava em cada pedra e cada duna de areia; sem os óculos, não enxergaria o terreno à sua frente com tanta clareza e certamente já teria tropeçado ou caído mais de uma vez.

Abaixava-se para se proteger outra vez quando ouviu que a mulher atirava na outra direção. Aproveitando a distração, Klietmann continuou a avançar. Então ouviu gritos tão estridentes e ululantes que nem pareciam de um ser humano; era mais o grito de um animal selvagem ferido pelas garras de outra criatura, mas vivo ainda.

Abalado, abrigou-se numa longa e estreita bacia de rocha abaixo da linha de visão da mulher. Arrastou-se até o fim da vala e ficou ali parado, ofegante. Quando ergueu a cabeça, levando os olhos ao nível do solo, viu que estava a 15 metros ao norte da porta traseira do Buick. Se conseguisse se mover mais alguns metros a leste, ficaria atrás da mulher, na posição perfeita para eliminá-la.

Os gritos cessaram.

Imaginando que o outro homem ao sul ficaria parado por algum tempo, chocado com a morte do companheiro, Laura foi outra vez para o outro para-lama dianteiro. Quando passou por Chris, disse:

— Dois minutos, meu bem. Dois minutos no máximo.

Agachada ao lado do para-lama do carro, Laura examinou o flanco norte. O deserto parecia vazio. A brisa não soprava mais e nem os galhos secos de amaranto se moviam.

Se eram só três, sem dúvida não deixariam um homem sozinho no Toyota enquanto os outros dois tentavam cercá-la, na *mesma* direção. Se fossem só três, então os dois que estavam do lado sul teriam se separado, um deles seguindo direto para o norte. O que significava que devia haver quatro homens, talvez cinco, lá no xisto e na areia do deserto, a noroeste do Buick.

Mas onde?

XIX.

Quando Stefan agradeceu ao primeiro-ministro e se levantou para partir, Churchill apontou para os livros na mesa e disse:

— Não quero que esqueça isso. Se os deixar aqui... que tentação de plagiar a mim mesmo!

— É um traço do seu caráter – disse Stefan – não insistir para que eu os deixe justamente por isso.

— Bobagem. — Churchill pôs o charuto no cinzeiro e levantou da cadeira. — Se eu ficasse com esses livros agora, já escritos, não me satisfaria em publicá-los como estão. Sem dúvida encontraria muita coisa para melhorar, e ia passar os anos de paz trabalhando neles... só para verificar, afinal, quando fossem publicados, que havia destruído os elementos que, no futuro, farão deles clássicos da história e da literatura.

Stefan deu uma risada.

— Falo sério — disse Churchill. — Você disse que minha história vai ser definitiva. Para mim isso basta. Vou escrever exatamente como estão, por assim dizer, sem arriscar uma revisão.

— Talvez seja mais prudente — concordou Stefan.

Enquanto Stefan guardava os seis volumes na mochila, Churchill ficou de pé, com as mãos nas costas, balançando de leve o corpo.

— Gostaria de perguntar tantas coisas sobre o futuro que estou ajudando a fazer. Coisas mais interessantes para mim do que saber que vou escrever livros de grande sucesso.

— Preciso ir, senhor, mas...

— Sim, sim, eu sei — disse o primeiro-ministro. — Não vou detê-lo. Mas diga-me ao menos uma coisa. A curiosidade está me matando. Vejamos... bem, por exemplo, o que vai acontecer aos soviéticos depois da guerra?

Stefan hesitou, fechou a mochila e disse:

— Primeiro-ministro, sinto dizer que os soviéticos se tornarão mais poderosos que os britânicos, só rivalizados pelos Estados Unidos.

Pela primeira vez Churchill pareceu surpreso.

— Aquele abominável sistema deles vai finalmente produzir uma grande economia e abundância?

— Não, não. O sistema vai produzir a ruína econômica... mas um tremendo poder militar. Os soviéticos vão militarizar toda sua sociedade e eliminar as dissidentes. Alguns dizem que seus campos de concentração se equiparam aos do Reich.

A expressão do primeiro-ministro continuou inescrutável, mas não podia disfarçar a preocupação no olhar.

– Contudo, são nossos aliados agora.

– Sim, senhor. E sem eles talvez o Reich não fosse vencido.

– Ah, seria vencido – disse Churchill com confiança –, apenas ia demorar mais tempo – suspirou. – Dizem que a política cria estranhos companheiros de cama, mas as alianças necessárias durante a guerra fazem companheiros mais estranhos ainda.

Stefan estava pronto para partir.

Trocaram um aperto de mãos.

– Seu instituto será reduzido a pó, lascas, ruínas e cinzas – disse o primeiro-ministro. – Tem minha palavra.

– É só o que preciso – respondeu Stefan.

Apertou três vezes o botão do cinto sob a camisa, ativando o elo com o portão.

Num instante Stefan estava no instituto, em Berlim. Saiu do grande barril e voltou ao painel de programação. Onze minutos haviam passado desde sua partida do andar subterrâneo à prova de bombas, em Londres.

Seu ombro doía ainda, mas não mais do que antes. Porém, a constância da dor aos poucos o enfraquecia, e Stefan descansou por alguns momentos numa cadeira do laboratório.

Então, seguindo outra vez os cálculos do IBM de 1989, programou o portão para sua próxima viagem. Dessa vez iria a cinco dias no futuro, chegando às 23 horas, 21 de março, a outro abrigo antiaéreo subterrâneo – não em Londres, mas na sua cidade, Berlim.

Entrou no portão desarmado. Dessa vez não levava também os seis volumes de história de Churchill.

Quando cruzou o ponto de transporte dentro do portão, a sensação desagradável de sempre percorreu seu corpo, de fora para dentro, atravessando a carne, atingindo a medula dos ossos, voltando então da medula para a carne, da carne para a superfície da pele.

A sala subterrânea sem janelas na qual Stefan chegou era iluminada por uma única lâmpada num canto e, por um breve instante, pela luz emanada do seu corpo. Naquela luminosidade quase sinistra, Hitler apareceu claramente.

XX.

Um minuto.

Laura agachou ao lado de Chris protegidos pelo Buick. Sem mudar a posição, olhou primeiro para o sul, onde sabia que um dos homens estava escondido, depois para o norte, onde suspeitava que havia outros.

Uma calma sobrenatural pairava sobre o deserto. Sem vento, o dia não respirava, como um cadáver. O sol havia compartilhado tanto seu calor e sua luz com a planície árida que a terra parecia tão luminosa quanto o céu; nos distantes limites do mundo, o céu brilhante se confundia com a terra iluminada quase apagando a linha do horizonte. Embora a temperatura não chegasse aos 30 graus, tudo – cada arbusto, rocha, mato raso e monte de areia – parecia soldado pelo calor ao objeto mais próximo.

Um minuto.

Um minuto, ou talvez menos, e Stefan voltaria de 1944 e os ajudaria, não apenas por ter uma Uzi, mas porque era seu guardião. Seu *guardião*. Laura conhecia sua origem agora e sabia que não era um ser sobrenatural, mas para ela era ainda uma figura maior do que a vida, capaz de fazer maravilhas.

Nenhum movimento ao sul.

Nenhum movimento ao norte.

– Eles estão vindo – disse Chris.

— Vai dar tudo certo, meu bem — disse Laura em voz baixa.

Mas seu coração estava disparado, cheio de medo e apertado com uma sensação de perda, como se soubesse que, em algum plano primitivo, seu filho — o único que jamais teria, o que não estava destinado a viver — já estava morto, não tanto porque falhara com ele, mas porque o destino não podia ser vencido. Não. Não e não. Dessa vez ela derrotaria o destino. Não desistiria do filho. Não o perderia como perdera tantas pessoas amadas em todos aqueles anos. Ele pertencia a ela. Não ao destino. Não pertencia a um padrão predeterminado. Só a ela. A *ela*.

— Vai dar tudo certo, meu bem.

Meio minuto agora.

De repente, Laura viu um movimento ao sul.

XXI.

No escritório particular subterrâneo de Hitler, a energia deslocada da viagem no tempo emanou de Stefan, sibilando, dezenas de serpentes luminosas traçando caminhos sinuosos no chão e nas paredes de concreto, como na sala subterrânea de conferências em Londres. O fenômeno cintilante e barulhento não atraiu guardas de outras partes do abrigo antiaéreo, pois naquele momento Berlim estava sendo novamente bombardeada pelos aliados; o abrigo estremecia com o impacto das bombas, e mesmo àquela profundidade o estrondo do ataque abafou os sons da chegada de Stefan.

Hitler voltou-se na cadeira giratória e olhou para Stefan. Não demonstrou mais surpresa do que Churchill, porém, é claro, estava a par do trabalho do instituto e Churchill não, e compreendeu imediatamente como Stefan tinha se materializado no seu escritório particular. Além disso conhecia Stefan, filho de um leal seguidor e oficial da SS, que havia muito tempo trabalhava para a causa.

Stefan não esperava ver surpresa no rosto de Hitler, e sim medo nos traços de abutre. Afinal, se *der Führer* lera os relatórios da Gestapo sobre os últimos acontecimentos no instituto – o que era certo – sabia que Stefan era acusado da morte de Penlovski, Januskaya e Volkaw, seis dias atrás, em 15 de março, tendo depois fugido para o futuro. Provavelmente pensou que Stefan havia feito essa viagem ilicitamente há seis dias, um pouco antes de matar os cientistas, e que ia matá-lo também. Mas não parecia assustado. Controlou o medo. Continuou sentado, calmo, abriu uma gaveta da mesa e tirou uma Luger.

Quase simultaneamente com a última descarga de energia, Stefan estendeu o braço para a frente na saudação nazista e disse com todo o falso entusiasmo que conseguiu fingir: *"Heil* Hitler!" Para provar rapidamente que suas intenções não eram hostis, dobrou um joelho, como se estivesse na frente de um altar, e inclinou a cabeça, tornando-se assim um alvo fácil e indefeso.

— *Mein Führer,* estou aqui para limpar meu nome e avisá-lo da existência de traidores no instituto e no contingente da Gestapo responsável pela segurança.

O ditador não disse nada por um longo tempo.

As ondas de choque do bombardeio lá em cima atravessavam a terra, o aço de seis metros de espessura e as paredes de concreto, enchendo o abrigo com um som ameaçador, contínuo e abafado. Cada vez que uma bomba caía perto, os três quadros – retirados do Louvre depois da conquista da França – batiam contra a parede, e na mesa do *Führer* um pote de bronze cheio de lápis vibrava com um som cavernoso.

— Levante-se, Stefan – disse Hitler. – Sente-se aqui – Indicou uma poltrona de couro, uma das cinco peças de mobiliário no escritório abafado e sem janelas. Pôs a Luger sobre a mesa, mas ao alcance da mão. – Não só por sua honra, mas pela honra do seu pai e da SS, espero que seja tão inocente quanto afirma.

Stefan falou com voz decidida porque sabia que Hitler admirava atitudes decididas. Mas também com fingida reverência, como se realmente acreditasse estar na presença do homem que era o verdadeiro espírito do povo alemão, passado, presente e futuro. Mais do que uma atitude decidida, Hitler apreciava a temerosa reverência de alguns dos seus subordinados. Era uma linha tênue para ser percorrida, mas aquele não era o primeiro encontro de Stefan com o homem; tinha certa prática em agradar o megalomaníaco, aquela víbora disfarçada em ser humano.

— *Mein Führer,* não matei Vladimir Penlovski, Januskaya e Volkaw. Foi Kokoschka. Ele era um traidor do Reich e eu o surpreendi na sala de documentos, no instituto, logo depois que matou Januskaya e Volkaw. Ele me feriu também. — Stefan levou a mão ao peito, perto do ombro esquerdo. — Posso mostrar o ferimento, se quiser. Ferido, fugi dele para o laboratório principal. Eu estava atordoado, sem saber quantos estavam envolvidos na traição. Não sabia a quem recorrer, portanto só tinha um meio de salvação... fugi para o futuro, antes que Kokoschka pudesse me matar.

— O relatório do coronel Kokoschka conta uma história diferente. Diz que o feriu quando você fugia pelo portão, depois de ter assassinado Penlovski e os outros.

— Se isso fosse verdade, *Mein Führer,* eu teria voltado para limpar meu nome? Se eu fosse um traidor, acreditando mais no futuro do que no senhor, não teria ficado no futuro, onde estava a salvo, em vez de voltar para cá?

— Mas estaria mesmo a salvo no futuro, Stefan? — perguntou Hitler com um sorriso maldoso. — Fui informado de que duas equipes da Gestapo e mais tarde uma equipe da SS foram enviadas à sua procura no futuro.

Stefan se sobressaltou à menção da equipe da SS, pois tinha certeza de que se tratava do grupo que tinha chegado a Palm Springs menos de uma hora antes de sua partida, o grupo que havia provocado o relâmpago no céu claro do deserto. Sua preocupação com Laura e Chris cresceu, porque seu respeito pela dedicação e capacidade assassina da SS era muito maior do que a que sentia pela Gestapo.

Compreendeu também que as equipes da Gestapo haviam sido derrotadas por uma mulher; o ditador pensava que fora Stefan, que na verdade estava em coma naquela ocasião. Tudo isso combinava com as mentiras que pretendia contar.

— Meu *Führer*, enfrentei aqueles homens em boa consciência porque sabia que eram traidores, sabia que queriam me matar evitando assim que eu pudesse alertar o senhor contra esse ninho de subversivos que trabalhava... e ainda trabalha... no instituto. Kokoschka desapareceu, certo? Bem como cinco homens do instituto. Não acreditavam no futuro do Reich, e temendo que fosse descoberto o papel que desempenharam nos assassinatos do dia 15 de março, fugiram para o futuro, escondendo-se em outra era.

Stefan fez uma pausa para esperar o efeito das suas palavras.

As explosões lá em cima diminuíram e logo fez-se uma pausa no bombardeio. Hitler observou Stefan com atenção. Era um exame tão direto quanto o de Winston Churchill, mas não havia nele nada da avaliação honesta homem a homem que caracterizava a atitude do primeiro-ministro. Hitler observava Stefan com a perspectiva de um deus autodivinizado olhando uma criatura feita por ele para detectar sinais de mutação perigosa. Um deus maligno que não amava suas criaturas, que amava apenas a sua obediência.

Finalmente, *der Führer* disse:

— Se existem traidores no instituto, qual é o objetivo deles?

— Enganá-lo – disse Stefan. – Estão fornecendo falsas informações sobre o futuro para levá-lo a sérios erros militares. Disseram que no último ano e na metade da guerra, praticamente todas as suas decisões militares serão um fracasso, mas isso não é verdade. O futuro nos diz que perderá a guerra mas por uma pequena margem. Com poucas alterações na sua estratégia, o senhor pode *vencer.*

Hitler adotou uma expressão severa, com os olhos entrecerrados, não por duvidar de Stefan, mas porque de repente suspeitava de todos os homens do instituto, das suas afirmações de que todos os seus movimentos militares seriam malsucedidos. Stefan o encorajava a acreditar novamente na própria infalibilidade, e aquele louco estava ávido para confiar no próprio gênio.

— Com poucas e pequenas alterações nas minhas estratégias? — perguntou Hitler. — E quais são essas alterações?

Stefan descreveu rapidamente seis mudanças na estratégia militar afirmando que seriam de importância vital nas batalhas vindouras; na verdade, não fariam nenhuma diferença no resultado final, e as batalhas das quais falou não seriam as mais importantes do fim da guerra.

Mas *der Führer* queria acreditar que era quase um vencedor e não um perdedor já certo, e agora aceitava como verdadeiras as afirmações de Stefan, pois sugeriam estratégias ousadas, pouco diferentes das que o ditador teria usado. Levantou da cadeira e começou a andar pela sala nervosamente.

— Desde os primeiros relatórios do instituto, percebi que havia *alguma coisa errada* no futuro que eles descreviam. Senti que não podia ter conduzido esta guerra com tanto brilhantismo no começo... e então, de repente ser derrotado por uma série de erros. Ah, sim, atravessamos um período de trevas agora, mas não vai durar. Quando os aliados efetuarem a tão esperada invasão da Europa, falharão; nós os expulsaremos de volta até o mar. — Falava quase num murmúrio, mas com o arrebatamento que usava nos seus discursos públicos. — Nesse ataque eles vão usar a maior parte das suas reservas; terão de recuar para uma frente mais extensa, e não poderão recuperar as forças para nova ofensiva, durante muitos meses. E então fortaleceremos nosso domínio na Europa, derrotaremos os bárbaros russos e estaremos mais fortes do que nunca! – Parou de andar, piscou como se voltasse de um transe autoinduzido e disse: – Sim, e quanto à invasão da Europa? O dia D, como me disseram que será chamado. Relatórios do instituto informam que os aliados vão desembarcar na Normandia.

– Mentiras – disse Stefan.

Chegava agora ao ponto central, o principal motivo de sua viagem ao abrigo de Hitler naquela noite de março. Hitler fora informado pelo instituto que a invasão se daria nas praias da Normandia. No futuro que o destino reservara para ele, *der Führer* cometeria um erro de julgamento e ia se preparar para um desembarque em outro local, deixando a Normandia sem defesa adequada. Devia ser encorajado a levar adiante a estratégia que teria usado se o instituto não existisse. Precisava perder a guerra, como estava destinado, e a tarefa de Stefan consistia em anular a influência do instituto, garantindo o sucesso da invasão da Normandia.

XXII.

Klietmann conseguiu avançar mais alguns metros para leste, passando o Buick, enganando a mulher. Deitado de bruços atrás de uma pequena elevação rochosa, esperava que Hubatsch se aproximasse mais dela, ao sul. Quando a mulher estivesse distraída com o movimento de Hubatsch, Klietmann sairia correndo do esconderijo, atirando com a Uzi. Podia fazê-la em pedaços antes que ela pudesse se voltar e ver o rosto do seu assassino.

Vamos, sargento, não se esconda aí como um judeu covarde, pensou Klietmann selvagemente. Mostre-se. Procure atrair a atenção dela.

Um momento depois Hubatsch apareceu e a mulher o viu. Enquanto Laura observava Hubatsch, Klietmann saltou de trás da rocha com veios de quartzo.

XXIII.

Inclinando-se para a frente na cadeira de couro do abrigo, Stefan disse:

— Mentiras, tudo mentira, meu *Führer*. A tentativa de convencê-lo de que a invasão será na Normandia faz parte do plano dos traidores do instituto. Querem obrigá-lo a cometer um erro vital que o senhor não está destinado a cometer. Querem que se concentre na Normandia quando a verdadeira invasão será em...

— Calais? — disse Hitler.

— Sim.

— Sempre pensei que seria perto de Calais, mais ao norte do que a Normandia. Eles cruzarão o canal no lugar mais estreito.

— Está certo, meu *Führer* — disse Stefan. — Os homens chegarão à Normandia no dia 7 de junho...

Na verdade, seria no dia 6, mas o tempo estaria tão desfavorável no dia 6, que o Alto-comando alemão não ia acreditar que os aliados tentassem um desembarque naquele mar revolto.

— ...mas será uma força limitada, uma diversão, para atrair suas divisões de elite *Panzer* para a costa da Normandia enquanto a verdadeira frente invasora desembarca em Calais.

Essa informação jogava com todos os preconceitos do ditador e com sua crença na própria infalibilidade. Voltou para a cadeira e bateu com o punho fechado na mesa.

— *Isto* sim parece realidade, Stefan. Mas... eu vi documentos, páginas de histórias da guerra trazidas do futuro...

— Falsificações — disse Stefan, contando com a paranoia de Hitler para tornar plausível sua mentira. — Não mostraram os verdadeiros documentos do futuro, mas falsificações.

Se tivessem sorte, Churchill ordenaria o bombardeio do instituto no dia seguinte, destruindo o portão, todos que podiam reconstruí-lo, e todo o material trazido do futuro. Então *der Führer* jamais teria oportunidade de conduzir uma investigação completa para verificar o que Stefan estava dizendo.

Hitler ficou em silêncio durante quase um minuto, olhando para a Luger sobre a mesa, pensando.

Lá em cima o bombardeio recomeçou com maior intensidade, sacudindo os quadros nas paredes e os lápis no pote de bronze.

Stefan esperou ansiosamente a confirmação de que o ditador acreditava nele.

— Como chegou aqui? — perguntou Hitler. — Como conseguiu usar o portão, agora? Quero dizer, tem estado tão bem guardado desde a deserção de Kokoschka e dos outros cinco.

— Não vim através do portão — disse Stefan. — Vim diretamente do futuro, usando apenas o cinto da viagem no tempo.

Era a mentira mais deslavada de todas, pois o cinto não era uma máquina do tempo, apenas um aparelho de retorno, que conduzia o viajante diretamente ao instituto. Contava com a ignorância dos políticos. Em geral sabiam um pouco de cada coisa que se fazia no seu governo, mas não conheciam nada profundamente. Hitler sabia da existência do portão e da natureza da viagem no tempo, é claro, mas talvez só de um modo geral; provavelmente desconhecia os detalhes, como o funcionamento dos cintos.

Se Hitler soubesse que Stefan havia partido do instituto depois de voltar com o cinto de Kokoschka, ia saber que Kokoschka e os outros cinco tinham sido despachados por Stefan, e não desertado, e todo seu plano estaria perdido. E Stefan seria um homem morto.

Franzindo a testa, o ditador disse:

— Usou o cinto sem o portão? Isso é possível?

Com a boca seca de medo, mas procurando falar com convicção, Stefan disse:

– Ah, sim, meu *Führer*, é muito simples... ajustar o cinto para que em vez de ser atraído unicamente pela faixa que leva ao portão, possa viajar no tempo quantas vezes for necessário. E é uma sorte para nós, pois do contrário, se eu tivesse de voltar ao portão para chegar aqui, teria sido impedido pelos judeus que o controlam.

– Judeus? – disse Hitler sobressaltando-se.

– Sim, senhor. A conspiração dentro do instituto foi organizada por elementos com sangue judeu que conseguiram esconder esse fato.

O rosto do ditador louco se crispou numa fúria súbita.

– Judeus! Sempre o mesmo problema. Por toda a parte, o mesmo problema. Agora também no instituto.

Ouvindo isso, Stefan teve certeza de que conseguira empurrar o curso da história de volta para o caminho certo.

O destino luta para refazer o padrão do que está determinado.

XXIV.

Laura disse:

– Chris, acho melhor você se esconder embaixo do carro.

Nem bem acabou de falar, o homem que estava a sudoeste se levantou do esconderijo e correu, seguindo a margem do regato, na direção dela e de uma pequena duna de areia.

Laura ficou de pé num salto, certa de que o Buick a protegeria do homem ao lado do Toyota e abriu fogo. As primeiras 12 balas acertaram no chão, fazendo voar areia e pedaços de xisto nos calcanhares do homem que corria, mas então as outras o alcançaram, acertando suas pernas. Ele caiu gritando, e foi atingido no chão também. Rolou duas vezes e caiu pela beirada do regato até o fundo, a 10 metros da superfície.

Imediatamente Laura ouviu os disparos da automática, não vindos do Toyota, mas bem atrás dela. Antes que tivesse tempo de se voltar e enfrentar a nova ameaça, foi atingida nas costas por várias balas e caiu para a frente, com o rosto no xisto duro.

XXV.

– Judeus – repetiu Hitler furioso. E então: – E essa arma nuclear que, segundo eles, vai nos levar à vitória?

– Outra mentira, meu *Führer*. Embora várias tentativas para conseguir essa arma venham a ser feitas no futuro, nenhuma foi bem-sucedida. Não passa de uma fantasia criada pelos conspiradores para desviar as energias e os recursos do Reich.

Um estrondo surdo rolou pelas paredes como se não estivessem sob a terra mas suspensos no céu, no meio de uma tempestade.

As pesadas molduras dos quadros bateram contra o concreto.

Os lápis bateram contra o pote de cobre.

Fitando os olhos de Stefan, Hitler o estudou por um longo tempo.

– Suponho que, se não fosse leal a mim, teria vindo armado e me mataria logo que chegasse aqui.

Stefan tinha pensado nisso, pois só assassinando Adolf Hitler poderia limpar algumas nódoas da sua própria alma. Mas seria um ato egoísta, pois desse modo mudaria radicalmente o curso da história, pondo em risco o futuro que conhecia. Não podia esquecer que seu futuro era também o passado de Laura; se com sua intervenção alterasse a série de acontecimentos predeterminados, talvez mudasse o mundo para pior de um modo geral e para Laura, em particular. E se matasse Hitler naquele momento e depois voltando a 1989 e encontrasse um mundo tão drasticamente mudado que, por algum motivo, Laura jamais tivesse nascido?

Queria matar aquela serpente em pele de homem, mas não podia assumir a responsabilidade do mundo no futuro. O bom-senso dizia que só podia ser um mundo melhor, mas Stefan sabia que bom-senso e destino eram conceitos mutuamente exclusivos.

– Sim – respondeu –, se eu fosse um traidor, meu *Führer*, podia ter feito isso. E preocupa-me a ideia de que os *verdadeiros* traidores no instituto, mais cedo ou mais tarde, pensem nesse método de extermínio.

Hitler ficou pálido.

– Amanhã eu fecho o instituto. O portão ficará fechado até eu ter certeza de que todos os traidores foram eliminados.

Os bombardeios de Churchill talvez se antecipem nesse golpe, pensou Stefan.

– Nós venceremos, Stefan, e venceremos mantendo a crença no nosso grande destino, não fazendo o jogo de cartomantes. Venceremos porque nosso destino é vencer.

– É o nosso destino – concordou Stefan. – Estamos do lado da verdade.

Finalmente o ditador louco sorriu. Dominado por um sentimentalismo estranho por representar uma mudança tão extrema de atitude, Hitler falou sobre o pai de Stefan, Franz, e dos primeiros dias do seu movimento, em Munique: as reuniões secretas no apartamento de Anton Drexler, os comícios nas cervejarias – as *Hofbräuhaus* e *Eberlbräu*.

Stefan escutou por alguns momentos, fingindo-se encantado, mas quando Hitler expressou sua confiança contínua e inabalável no filho de Franz Krieger, Stefan aproveitou a oportunidade para partir.

– E eu, meu *Führer*, confio plenamente no senhor e serei para sempre seu discípulo leal. – Levantou-se, fez a saudação nazista, enfiou a mão sob a camisa para apertar o botão do cinto e disse: — Agora, preciso voltar ao futuro, pois tenho muito que fazer pelo senhor.

— Vai partir? — perguntou Hitler, levantando-se da cadeira.
— Mas pensei que agora ia ficar no seu tempo. Por que voltar agora que limpou seu nome comigo?

— Acho que sei onde está o traidor Kokoschka, o canto do futuro em que se escondeu. Preciso encontrá-lo e trazê-lo de volta, pois talvez ele saiba os nomes dos traidores do instituto e possa nos revelar.

Saudou rapidamente, apertou o botão do cinto e deixou o abrigo antes que Hitler pudesse dizer alguma coisa mais.

Voltou ao instituto na noite de 16 de março, a noite em que Kokoschka havia partido para San Bernardino para procurá-lo, de onde nunca mais voltou. Fazendo o melhor que podia, Stefan tinha providenciado a destruição do instituto e estava quase certo de que Hitler não acreditaria em nenhuma outra informação da equipe da viagem no tempo. Se não fosse sua preocupação com a equipe da SS que perseguia Laura em 1989, teria se sentido realizado.

No painel de programação, deu entrada nos números calculados pelo computador para sua última viagem no tempo: para o deserto, perto de Palm Springs, onde Laura e Chris esperavam por ele na manhã de 25 de janeiro de 1989.

XXVI.

Quando caiu ferida, Laura sabia que uma das balas tinha partido ou esmigalhado sua coluna, pois não sentia nenhuma dor — não sentia absolutamente nada do pescoço para baixo.

O destino luta para refazer o padrão do que estava determinado.

O tiroteio cessou.

Laura só podia mover a cabeça, e apenas o bastante para ver Chris de pé na frente do Buick, tão paralisado de terror quanto ela pelo ferimento na coluna. Mais adiante, correndo para eles, vindo do norte, a 50 metros viu um homem com óculos escuros, camisa branca e calça preta, empunhando uma metralhadora.

– Chris – disse Laura com dificuldade. – Corra! *Corra!*

O rosto do menino crispou-se numa expressão da mais pura dor, como se soubesse que a estava deixando ali para morrer. Depois correu com o máximo de velocidade que permitiam suas pequenas pernas, para o leste, para o deserto, lembrando-se de correr em zigue-zague, tornando-se um alvo mais difícil.

Laura viu o assassino erguer a metralhadora.

NO LABORATÓRIO PRINCIPAL, Stefan abriu o painel que cobria o gravador automático das viagens.

Um rolo de papel com 5 centímetros de espessura indicava que naquela noite o portão fora usado para uma viagem a 10 de janeiro de 1988, a viagem de Kokoschka a San Bernardino, quando matou Danny Packard. A fita tinha gravadas também oito viagens ao ano 6.000.000.000 d.C. – os cinco homens e os três embrulhos com os animais. Estavam anotadas também as viagens de Stefan: a 20 de março de 1944, com as latitudes e longitudes do abrigo antiaéreo perto do St. James's Park, em Londres; a 21 de março de 1944, com as latitudes e longitudes exatas do abrigo subterrâneo de Hitler e o destino da viagem programada mas ainda não realizada – a Palm Springs, 25 de janeiro de 1989. Tirou a fita, guardou no bolso e enrolou a bobina em papel branco. Já havia programado os relógios do painel para voltar a zero quando ele passasse pelo portão. Iam perceber que alguém retirara as fitas, mas pensariam que era obra de Kokoschka e dos outros desertores para que não descobrissem seu destino.

Fechou o painel e afivelou a mochila com os livros de Churchill. Passou a correia da Uzi pelo ombro e apanhou o revólver com silenciador que estava na mesa do laboratório.

Examinou a sala rapidamente certificando-se de que não havia esquecido de nada que traísse sua presença. Os cálculos do IBM estavam no bolso da sua calça. O cilindro de Vexxon há muito fora enviado para um futuro onde o sol estava morto, ou morrendo. Não viu nada que o denunciasse.

Entrou no portão e se aproximou do ponto de transporte com uma esperança muito maior do que ousava sentir nas viagens anteriores. Havia conseguido garantir a destruição do instituto e a derrota da Alemanha nazista através de uma série de manipulações maquiavélicas do tempo e das pessoas, portanto, sem dúvida Laura e ele seriam capazes de vencer aquela equipe de assassinos da SS que deviam estar em algum ponto de Palm Springs.

PARALISADA NO CHÃO de xisto do deserto, Laura gritou:
– Não!
Mas a palavra saiu num sussurro, pois não tinha forças para gritar.

A metralhadora abriu fogo na direção de Chris e por um momento Laura teve certeza de que o filho ia conseguir sair da linha de tiro, uma última e desesperada fantasia, sem dúvida, porque ele não passava de um garotinho, tão pequeno, com pernas curtas, e estava bem ao alcance dos tiros quando foi atingido, as balas desenhando uma linha horizontal nas costas frágeis, atirando-o no chão onde ele ficou imóvel sobre o sangue que fluía lentamente do seu corpo.

Toda a dor que não podia sentir no seu corpo ferido teria sido uma picada de alfinete comparada à angústia que a invadiu vendo o corpo sem vida do filho. Em nenhuma das tragédias de sua vida Laura experimentara dor igual. Era como se todas as perdas sofridas – a mãe que não conheceu, o doce pai, Nina Dockweiler, a suave Ruthie e Danny, por quem Laura teria dado a própria vida – se manifestassem através daquela nova brutalidade que o destino a obrigava a enfrentar; assim, sentia não só a dor dilacerante da morte de Chris, mas outra vez a terrível agonia de todas as outras, antes dela. Paralisada e insensível, mas vivendo um imenso tormento, espiritualmente dilacerada, finalmente derrotada na odiosa roda do destino, sem forças para ter coragem, sem esperança, sem nada para lutar. Seu menino estava morto. Sentia-se terrivelmente só num universo frio e hostil, e só desejava agora a morte, o vazio, o nada infinito, o fim de todo sofrimento.

Viu o homem aproximando-se dela.

Laura disse:

– Mate-me, por favor, mate-me, acabe com isto. – Mas sua voz estava tão fraca que ele provavelmente não ouviu.

De que adiantava viver? Para que havia suportado todas aquelas tragédias? Por que sofrer tanto e continuar com a vida se aquele tinha de ser seu fim? Que cruel consciência existia por trás do funcionamento do universo capaz de forçá-la a lutar durante toda uma vida que, afinal, não parecia ter nenhum significado nem objetivo?

Christopher Robin estava morto.

Lágrimas quentes desciam pelo seu rosto, mas era a única coisa que Laura sentia fisicamente – e a aspereza do xisto contra sua face direita.

Com mais alguns passos, o assassino a alcançou e chutou suas costelas violentamente. Laura sabia que o homem tinha feito isso porque estava olhando para o próprio corpo imóvel e viu o pé do assassino bater nas suas costelas, mas não sentiu coisa alguma.

-- Mate-me – murmurou ela.

De repente Laura ficou apavorada com a ideia de que o destino tentaria fielmente refazer o padrão determinado, permitindo que ela vivesse, mas na cadeira de rodas da qual Stefan a livrara, interferindo nas circunstâncias de seu nascimento. Chris era o filho que não fazia parte dos planos do destino e agora sua existência tinha sido apagada. Mas talvez ela não fosse apagada; pois *seu* destino era viver aleijada. Agora tinha uma visão do próprio futuro: viva, paraplégica ou tetraplégica, presa à cadeira de rodas, presa a algo muito pior – numa vida de tragédia, de amargas lembranças, de mágoa sem fim, uma saudade insuportável do filho, do marido, do pai e de todos que ela havia perdido.

– Ah, meu Deus, por favor, deixe-me morrer.

De pé ao lado dela, o homem sorriu e disse:

– Bem, talvez eu seja o mensageiro de Deus – deu uma risada áspera: – De qualquer modo, vou atender sua prece.

O relâmpago chamejou e o trovão rolou pelo céu do deserto.

GRAÇAS AOS CÁLCULOS do computador, Stefan voltou ao lugar exato no deserto de onde havia partido para 1944, exatamente cinco minutos depois de sua partida. A primeira coisa que viu à luz extremamente clara foi o corpo ensanguentado de Laura e o homem da SS de pé ao lado dele. Mais adiante viu Chris.

O homem da SS reagiu imediatamente ao relâmpago e ao trovão. Começou a se voltar, à procura de Stefan.

Stefan apertou o botão do cinto três vezes. A pressão do ar aumentou rapidamente; o cheiro de fios elétricos aquecidos e de ozônio encheu o ar.

O assassino da SS o viu, ergueu a metralhadora e abriu fogo, errando, mas depois fazendo pontaria exata.

Antes de ser atingido pelas balas, Stefan saiu de 1989 e voltou ao instituto na noite de 16 de março de 1944.

— Merda! — disse Klietmann, quando Krieger desapareceu ileso na corrente do tempo.

Bracher saiu correndo de perto do Toyota, gritando:

— Era ele! Era ele!

— Eu sei que era ele — disse Klietmann quando Bracher chegou perto. — Quem mais podia ser: Cristo na sua segunda vinda?

— O que ele está tramando? — perguntou Bracher. — Por que voltou de onde veio? O que está acontecendo?

— Não sei — disse Klietmann irritado. — Olhou para a mulher ferida e disse: — Só sei que ele viu você e seu filho morto e nem tentou me matar por isso. Ele fugiu para salvar a própria pele. O que pensa de seu herói agora?

Laura continuou a pedir para que a matassem.

Afastando-se dela, Klietmann disse:

— Bracher, saia da frente.

Bracher obedeceu e Klietmann atirou umas vinte balas, todas no corpo de Laura, matando-a instantaneamente.

— Podíamos ter interrogado a mulher — disse o cabo Bracher. — Sobre Krieger, sobre o que ele estava fazendo aqui...

— Ela estava paralisada — respondeu Klietmann com impaciência. — Não sentia nada. Dei um pontapé no seu corpo que deve ter partido metade das costelas e nem gemeu. Não se pode torturar uma mulher que não sente dor para obter informação.

Dezesseis de março de 1944. O instituto.

Com o coração batendo loucamente, Stefan saltou do portão e correu para o painel de programação. Tirou do bolso a lista de números obtida no computador e a abriu na pequena mesa programadora que ficava num nicho da maquinaria.

Sentou na cadeira, apanhou um lápis e um bloco de notas na gaveta. Suas mãos tremiam tanto que deixou cair o lápis duas vezes.

Tinha os números que o levariam para aquele deserto cinco minutos depois de ter partido. Com essa informação podia retroceder os cálculos para voltar quatro minutos e 55 segundos antes, cinco segundos depois de ter deixado Laura e Chris vivos à sua espera.

Se ficasse ausente apenas cinco segundos, os assassinos da SS não teriam matado Laura e o garoto quando Stefan voltasse. Poderia aumentar o poder de fogo na luta e talvez isso fosse suficiente para mudar o resultado final.

Quando foi designado para o instituto, no outono de 1943, Stefan aprendera os cálculos matemáticos necessários para o funcionamento do programa. Podia fazer a mudança agora. Não era um trabalho impossível, porque não teria de começar do nada; bastava redefinir os números do computador para um atraso de alguns minutos.

Mas olhou para o papel e não conseguia *pensar*, porque Laura estava morta e Chris estava morto.

Sem eles Stefan não tinha coisa alguma.

Você pode trazê-los de volta, disse para si mesmo. Que diabo, controle-se. Pode evitar que aconteça.

Inclinou-se sobre a mesa e trabalhou durante uma hora. Sabia que não ia aparecer ninguém àquela hora da noite, mas várias vezes imaginou ouvir passos no hall, o clique-clique das botas dos SS. Duas vezes olhou para o portão, quase certo de ter ouvido os cinco homens mortos voltando do ano 6.000.000.000 d.C., vivos e à procura dele.

Quando terminou os cálculos e fez uma revisão nos números, deu entrada no painel de programa. Levando a Uzi em uma das mãos e o revólver na outra, entrou no portão e passou pelo ponto de transporte...

...e voltou ao instituto.

Parou por um momento no portão, confuso. Então, atravessou novamente o campo de energia...

...e voltou para o instituto.

A explicação o atingiu com tamanho impacto que Stefan inclinou o corpo para a frente como se tivesse levado um soco no estômago. Não podia voltar mais cedo agora, pois já havia estado naquele lugar cinco minutos antes de sair de lá; se voltasse estaria criando uma situação na qual sem dúvida ia ver a si mesmo chegando da primeira vez. Paradoxo! O mecanismo do cosmo não permitia que o viajante do tempo encontrasse a si mesmo em nenhum ponto da corrente do tempo; quando isso era tentado, invariavelmente falhava. A natureza desprezava o paradoxo.

Quase podia ouvir a voz de Chris no quarto do motel onde pela primeira vez haviam falado sobre a viagem no tempo. "Paradoxo! Não é um barato, mamãe? Não é um barato?" E a risada encantadora e cheia de entusiasmo do garoto.

Mas tinha de haver um jeito.

Voltou ao painel de programação, deixou as armas na mesa e sentou-se.

O suor escorria na sua testa. Enxugou com a manga da camisa.

Pense.

Olhou para a Uzi e imaginou se não poderia pelo menos mandar a arma para ela. Provavelmente não. Estava com a Uzi e o revólver quando voltou para ela na primeira vez, portanto, se mandasse uma das armas para quatro minutos e cinquenta segundos antes, ela só existiria no mesmo lugar quando ele aparecesse exatamente quatro minutos e cinquenta segundos depois. Paradoxo.

Empurrou as armas para o lado, apanhou o lápis e escreveu uma breve mensagem numa das folhas do bloco: OS SS MATARÃO VOCÊ E CHRIS SE FICAREM PERTO DO CARRO. SAIAM DE ONDE ESTÃO; ESCONDAM-SE. Parou por um momento, pensando. Onde eles poderiam se esconder na planície deserta? Escreveu: TALVEZ

NO CÓRREGO SECO. Arrancou a folha do bloco. Então, acrescentou: O SEGUNDO CILINDRO DE VEXXON É TAMBÉM UMA ARMA.

Procurou nas gavetas do laboratório um vidro com gargalo fino, mas não encontrou, porque ali toda a pesquisa era relacionada com eletromagnetismo e não química. Saiu para o corredor e procurou nos outros laboratórios até encontrar o que queria.

De volta ao laboratório principal, entrou no portão e aproximou-se do ponto de transporte. Atirou o objeto no campo de energia como se fosse um homem isolado numa ilha, jogando a garrafa e o bilhete no mar.

O vidro não voltou.

...MAS O BREVE vácuo foi seguido por uma lufada de vento com o cheiro fracamente alcalino do deserto.

Perto da mãe, abraçado a ela, maravilhado com a partida mágica de Stefan, Chris exclamou:

— Puxa! Não foi um barato, mamãe, não foi legal?

Laura não respondeu porque acabava de ver um carro branco saindo da rodovia 111 e entrando no deserto.

O relâmpago cintilou, o trovão sacudiu o dia, sobressaltando-a, e uma garrafa apareceu no ar, caiu aos seus pés, espatifando-se no chão de xisto, e Laura viu que tinha um papel dentro.

Chris apanhou o papel entre os cacos de vidro. Com a calma costumeira quando se tratava desses assuntos, disse:

— Deve ser de Stefan.

Laura tirou o papel das mãos dele, leu o que estava escrito, percebeu que o carro branco se dirigia para eles. Não compreendia como e por que a mensagem fora enviada, mas acreditou nela imediatamente. Quando terminou de ler, com o relâmpago e o trovão ainda passando no céu, ouviu o motor do carro branco muito perto.

Ergueu os olhos e viu o veículo ser acelerado. Estava a quase 300 metros, mas se aproximava com toda a velocidade que permitia o solo desigual do deserto.

– Chris, apanhe as duas Uzi do carro e me encontre na margem do córrego. Depressa!

O menino correu para a porta do Buick e Laura para a mala que estava aberta. Agarrou o cilindro de Vexxon e alcançou Chris antes que ele chegasse à margem do canal natural de água, que era um rio caudaloso na época das chuvas, mas estava seco agora.

O carro branco estava a menos de 150 metros.

– Venha – disse Laura, levando-o para o leste, acompanhando a margem –, precisamos encontrar um lugar para descer.

As paredes do canal seco desciam levemente até o fundo a 10 metros. Eram desgastadas pela erosão, repleta de pequenos canais verticais que iam dar no principal, alguns com cinco centímetros de largura, outros chegando a 1,5 metro; durante a estação das chuvas, a água que caía na superfície do deserto corria por aqueles canais até o fundo do regato onde era levada em grandes torrentes. Em alguns desses drenos verticais o solo tinha desaparecido, revelando rochas aqui e ali que podiam dificultar a descida, enquanto que outros estavam completamente bloqueados por arbustos nascidos nas paredes do regato.

A pouco mais de 100 metros, o carro saiu do solo de xisto, entrou na areia que prendia os pneus, obrigando-o a diminuir a marcha.

Tinham percorrido 20 metros na margem quando Laura descobriu um largo canal que levava diretamente ao fundo seco do rio, sem rochas nem arbustos. O que via à frente era um escorregador com um metro de largura, 10 metros de comprimento, alisado pela água e coberto de terra.

Pôs o cilindro de Vexxon naquela descida natural e ele desceu até a metade, depois parou.

Laura apanhou uma das Uzi que Chris segurava, voltou-se para o carro, que estava agora a uns 75 metros, e abriu fogo. Viu pelo menos dois orifícios de bala no para-brisa. O resto do vidro imediatamente ficou estilhaçado.

O carro – podia ver agora que – era um Toyota – deu uma volta de 360°, depois outra de 90°, levantando nuvens de pó, entrando no meio de alguns arbustos ainda verdes e presos ao solo. Parou mais ou menos a 40 metros do Buick, 60 de Laura e Chris, com a frente para o norte. As portas se abriram no outro lado. Laura sabia que os ocupantes estavam saindo do carro por onde não podia vê-los, agachados.

Apanhou a outra Uzi das mãos de Chris e disse:

– No escorrega, garoto. Quando chegar ao cilindro de gás, vá empurrando até o fundo junto com você.

Chris desceu a parede do regato seco, levado pela força da gravidade mas às vezes dando impulso quando a fricção o fazia parar. Era exatamente o tipo de brincadeira que provocaria a fúria de qualquer mãe em outras circunstâncias, mas agora Laura o aplaudiu.

Laura deu uns cem tiros no Toyota, esperando acertar o tanque de gasolina para depois atear fogo com uma bala, fritando os miseráveis encostados no outro lado do carro. Mas esvaziou o pente da arma sem conseguir seu intento.

Quando parou de atirar, eles abriram fogo. Mas Laura não ficou parada tempo suficiente para servir de alvo. Com a segunda Uzi na frente do corpo, segura com as duas mãos, sentou na borda do regato e deslizou pela descida usada por Chris. Chegou ao fundo em segundos.

Rolos de amaranto seco enchiam o fundo do regato. Madeira nodosa deixada pela água, tábuas acinzentadas pelo tempo, levadas das ruínas distantes de alguma velha cabana no deserto e algumas pedras enchiam o solo poroso que formava o fundo do regato. Nada disso oferecia um lugar para se esconder nem proteção contra os tiros que logo começariam.

– Mamãe? – disse Chris, querendo dizer "e agora?".

O regato devia ter dezenas de afluentes espalhados pelo deserto. A rede de irrigação era um labirinto. Não podiam se esconder ali para sempre, mas talvez, se pusessem alguns braços daquele sistema entre eles e seus perseguidores, tivessem tempo para planejar uma tocaia.

– Corra, meu bem. Siga o regato principal, entre no primeiro braço à direita e espere lá por mim.

– O que você vai fazer?

– Vou esperar que eles olhem lá de cima – disse Laura, apontando para o alto – e então apanhar todos, se puder. Agora vá, vá.

Chris correu.

Deixando o cilindro de Vexxon bem à vista, Laura voltou à parede do regato pela qual tinha descido. Foi por outro canal vertical, mais profundo, menos inclinado, e bloqueado no meio por uma moita de algaroeira. Ficou no fundo do canal secundário, certa de que a moita os impedia de vê-la lá de cima.

Chris desapareceu para leste, num afluente do canal principal.

Logo depois Laura ouviu vozes. Esperou, esperou, dando tempo para que ficassem seguros de que ela e Chris tinham fugido. Então saiu de dentro do canal feito pela erosão para a parede do regato, voltou-se e varreu com balas a parte superior da margem.

Quatro homens estavam ali, olhando para baixo, e Laura matou dois, mas os outros saltaram para trás, para fora da sua vista antes de serem atingidos pelo arco de fogo. Um dos corpos ficou no topo da margem do regato, com um braço e uma perna dependurados para baixo. O outro caiu no fundo do canal, perdendo os óculos escuros no caminho.

Dezesseis de março de 1944. O instituto.

Quando viu que a garrafa com a mensagem não ia voltar para ele, Stefan ficou certo de que havia alcançado Laura antes de ela ser morta, segundos depois da sua partida para 1944.

Voltou à mesa de programação e continuou a trabalhar nos cálculos que o levariam de volta ao deserto alguns minutos *depois* da sua chegada anterior. Essa viagem ele podia fazer porque estaria chegando logo depois da sua partida apressada e não havia possibilidade de encontrar a si mesmo, não haveria paradoxo.

Também dessa vez os cálculos não eram muito complexos porque bastava partir dos números fornecidos pelo IBM PC. Stefan sabia que o tempo que estava passando no laboratório não correspondia à medida do tempo no deserto, em 1989, mas mesmo assim estava ansioso para voltar para Laura. Mesmo que ela tivesse seguido seu conselho, mesmo que o futuro que ele havia visto fosse mudado e ela ainda estivesse viva, teria de enfrentar os assassinos da SS e ia precisar de ajuda.

Depois de trabalhar quarenta minutos, conseguiu os números necessários e reprogramou o portão.

Abriu o painel no registro das viagens e retirou a fita gravada.

Carregando a Uzi e o revólver, trincando os dentes com a dor do ferimento que ficava cada vez pior, Stefan entrou no portão.

Arrastando o cilindro e a Uzi, Laura se encontrou com Chris no afluente mais estreito, a uns 20 metros do ponto em que haviam descido. Agachada no canto formado pelas duas paredes de terra, olhou para o lugar de onde tinha vindo.

No deserto, um dos assassinos sobreviventes jogou o corpo do primeiro homem para o fundo do canal, aparentemente para ver se ela estava ali embaixo e se se deixaria enganar, abrindo fogo. Ninguém atirou e os dois sobreviventes ficaram mais confiantes. Um deles deitou de bruços na margem com a arma na mão enquanto o outro escorregava para baixo. Depois, o primeiro cobriu a descida do outro.

Quando os dois estavam no fundo do canal, Laura avançou, saindo de trás da parede de terra e atirou uma rajada de dois segundos. Os seus perseguidores ficaram tão surpresos com tanta agressividade que não responderam ao fogo, mas se atiraram rapidamente na direção dos canais profundos de erosão na parede do regato, procurando abrigo, da mesma forma que Laura quando esperava para atirar neles lá em cima na margem. Só um conseguiu. Laura explodiu o outro.

Voltou para o abrigo da parede de terra, apanhou o cilindro de gás e disse para Chris:

— Venha. Vamos correr.

Quando corriam pelo afluente, procurando outro braço no labirinto, relâmpagos e trovões iluminaram e soaram no céu.

— O Sr. Krieger! – disse Chris.

STEFAN VOLTOU AO deserto sete minutos depois de sua partida para os encontros com Churchill e Hitler em 1944, *dois* minutos depois da sua volta inicial quando vira Laura e Chris mortos pelos SS. Dessa vez não havia corpos, apenas o Buick – e o Toyota todo furado de balas numa posição diferente.

Esperando que seu plano tivesse dado resultado, Stefan correu para o regato seco procurando alguém, amigo ou inimigo. Logo viu os três homens mortos no fundo do canal, a dez metros da superfície.

Devia haver mais um. Nenhuma equipe de ataque da SS tinha menos de quatro homens. Em algum lugar naquela rede de regatos que cruzava o deserto como uma cadeia de relâmpagos em zigue-zague, Laura fugia ainda do último homem.

Stefan encontrou o canal vertical aparentemente usado, tirou das costas a mochila com os livros e escorregou até o fundo.

No caminho, raspou as costas na terra e sentiu uma dor aguda no ferimento ainda não cicatrizado. No fim da descida, quando ficou de pé, uma onda de tontura o assaltou e a bile subiu até sua garganta.

Em algum lugar do labirinto, a leste, uma arma automática abriu fogo.

LAURA PAROU NA entrada de outro tributário e fez sinal para Chris ficar em silêncio.

Respirando pela boca, esperou que o último assassino virasse o canto do canal que ela acabava de deixar. Mesmo no solo macio, os passos do homem que corria podiam ser ouvidos.

Laura se inclinou para fora da parede de terra para abrir fogo. Mas ele agora estava muito cauteloso; entrou no pequeno canal agachado e correndo. Quando os tiros o alertaram para a posição de Laura, ele atravessou o canal e se escondeu atrás da mesma parede de terra na qual se abria o tributário em que ela estava; desse modo, Laura só podia atirar nele se o homem saísse para o meio do canal.

Na verdade, ela tentou, arriscando a resposta dele, mas depois da rajada de dois segundos a sua arma se calou. A Uzi lançou suas últimas dez ou 12 balas e nada mais.

KLIETMANN OUVIU A Uzi se esvaziando. Espiou pelo canto da parede de terra e viu a mulher jogar fora a arma. Ela desapareceu na entrada do afluente onde tinha ficado à espera dele.

Ele se lembrou do que tinha visto no Buick, lá em cima no deserto: um .38 especial no banco do carro. Imaginou que ela não teve tempo de pegar a arma, ou então, na pressa de apanhar aquele cilindro estranho da mala, tinha esquecido o revólver.

A mulher tinha duas Uzi, ambas vazias agora. Será que tinha dois revólveres – tendo deixado só um no carro?

Provavelmente não. Duas Uzi fazia sentido, porque eram úteis a distância e em circunstâncias diversas. Mas, a não ser que ela fosse uma atiradora de primeira classe, o revólver só seria valioso de perto, quando seis balas seriam suficientes para matar seu agressor ou morrer. Um segundo revólver seria supérfluo.

O que significava que agora o que a mulher tinha para se defender – era o quê? Aquele cilindro? Parecia não passar de um extintor de incêndio.

Klietmann foi atrás dela.

O NOVO AFLUENTE era mais estreito do que o anterior, assim como este era mais estreito do que o canal principal. Tinha 8,5 metros de profundidade e 3 metros de largura na entrada, ficando mais raso e com a metade daquela largura na passagem pelo deserto. Depois de 100 metros, formava um funil e terminava.

No fim do pequeno canal, Laura procurou uma saída. As margens, nos dois lados, eram muito íngremes, de terra macia e solta, de escalada muito difícil, mas a parede atrás dela tinha uma inclinação mais suave e muitos arbustos de algarobeira, que serviam como ponto de apoio. Porém, Laura sabia que estariam apenas no meio da escalada quando o homem os encontrasse; suspensos ali seriam alvos fáceis.

Ali teria de fazer seu último posto de resistência.

Encurralada no fundo daquele canal natural, olhou para cima para o pedaço de céu que podia ver e teve a impressão de estar no fundo de um enorme túmulo num cemitério de gigantes.

O destino luta para refazer o padrão do que estava destinado.

Empurrou Chris para que ficasse atrás dela, no fundo do regato sem saída. À frente ela via uns 12 metros do caminho que tinha percorrido dentro do canal de 1,5 metro de largura até o ponto que ele virava para a esquerda. O homem ia aparecer ali dentro de um ou dois minutos.

Laura ajoelhou com o cilindro de Vexxon nas mãos, tentando tirar o fecho de segurança do gatilho manual. Mas o arame não estava apenas enrolado e enfiado no gatilho; dava várias voltas nele e a ponta era soldada. Não podia ser desenrolado; precisava ser cortado, e Laura não tinha nenhum instrumento cortante.

Talvez uma pedra. Uma pedra afiada podia cortar o arame com bastante fricção.

– Procure uma pedra – ela disse com urgência para o menino atrás dela. – Uma pedra com ponta cortante.

Enquanto ele procurava no solo macio levado pela água que corria do deserto, Laura examinou o marcador automático de tempo do cilindro, outro meio de soltar o gás. Era simples: um botão giratório era calibrado em minutos; para ajustar o cilindro em vinte minutos bastava girar o botão até que o número 20 ficasse na direção da marca vermelha do pequeno painel; empurrando-se o centro do botão, começava a contagem regressiva.

O problema era que não podia ser regulado para menos de cinco minutos. O homem os alcançaria muito antes disso.

Mesmo assim, Laura girou o botão para a marca dos cinco minutos e apertou o centro.

– Tome, mamãe – disse Chris, estendendo para ela uma lâmina de pedra que talvez servisse.

Com o marcador de tempo tiquetaqueando, Laura começou a trabalhar, passando a ponta da pedra no arame que prendia o controle manual. A cada segundo erguia os olhos para ver se o assassino os havia encontrado, mas o estreito canal à sua frente continuava deserto.

STEFAN SEGUIU AS pegadas no solo macio que formava o fundo do regato. Não fazia ideia de que distância estava deles. Apenas alguns minutos de diferença, mas provavelmente Laura e Chris se moviam com maior rapidez, porque a dor no ombro, a exaustão e a tontura retardavam seus passos.

Stefan tirou o silenciador do revólver e jogou fora, enfiando a arma no cinto. Empunhava a Uzi com as duas mãos, pronto para abrir fogo.

Klietmann jogou fora os óculos escuros porque o solo da rede de regatos era coberto de sombras em vários lugares, especialmente nos canais mais estreitos, onde as paredes se fechavam, deixando menor espaço para a entrada do sol.

Seus sapatos Bally estavam cheios de areia e não tinham firmeza suficiente no solo macio como no deserto lá em cima. Finalmente ele parou, jogou para longe os sapatos, tirou as meias e prosseguiu descalço, o que era muito melhor.

Não estava seguindo a mulher e o garoto com a rapidez que desejava, em parte por causa dos sapatos que acabava de tirar, mas sobretudo porque estava atento à sua retaguarda também. Ouvira os trovões e vira os relâmpagos havia poucos minutos; sabia que Krieger tinha voltado. Era quase certo que, como Klietmann perseguia a mulher e o garoto, Krieger o perseguia também. Não pretendia ser carne para *aquele* tigre.

Dois minutos tinham passado no marcador de tempo do cilindro.

Laura conseguira serrar parte do fecho de segurança, primeiro com a lâmina de pedra que Chris havia encontrado, depois com outra quando aquela se desfez em sua mão. O governo não era capaz de fazer um selo postal que ficasse grudado no envelope, não era capaz de construir um tanque de guerra que cruzasse um rio infalivelmente, não era capaz de proteger o meio ambiente, nem eliminar a pobreza, mas certamente sabia como fazer um fio indestrutível; devia ser algum material especial descoberto e fabricado para o ônibus espacial e para o qual, depois, descobriram usos menos importantes; era o arame que Deus devia usar para firmar os pilares precários que sustentam o mundo.

Os dedos de Laura estavam em carne viva, a segunda lâmina de pedra manchada com seu sangue e só metade dos fios de arame estavam cortados quando o homem descalço com calça preta e camisa branca entrou no canal onde eles estavam, a uns 12 metros de distância.

KLIETMANN AVANÇOU COM cuidado, imaginando por que diabo ela estava lutando freneticamente com o extintor de incêndio. Será que pensava que uma rajada de fumaça química poderia desorientá-lo e protegê-la da metralhadora?

Ou o extintor não era o que parecia? Desde sua chegada a Palm Springs, menos de duas horas atrás, tinha encontrado muita coisa que não era o que parecia. Uma faixa vermelha no meio-fio, por exemplo, não queria dizer ESTACIONAMENTO DE EMERGÊNCIA, como tinha pensado, mas PROIBIDO ESTACIONAR A QUALQUER HORA. Quem podia saber? E quem podia ter certeza sobre aquele cilindro com o qual ela estava lutando?

Laura ergueu os olhos e depois continuou seu trabalho no extintor.

Klietmann avançou pelo canal estreito, que não dava para mais de um homem de cada vez. Não teria chegado tão perto dela se pudesse ver o garoto. Talvez ele estivesse escondido em alguma reentrância na parede do regato e nesse caso teria de obrigá-la a dizer onde ele estava, pois suas ordens eram para matar os três – Krieger, a mulher e o garoto. Não achava que o garoto fosse um perigo para o Reich, mas não era homem de questionar as ordens recebidas.

STEFAN ENCONTROU UM par de sapatos e um par de meias negras cheias de areia. Antes tinha encontrado os óculos Ray-Ban.

Nunca antes perseguira um homem que ia se despindo enquanto fugia, e a princípio achou engraçado. Mas então pensou no mundo descrito nos livros de Laura Shane, um mundo onde comédia e terror se misturavam, um mundo no qual a tragédia frequentemente atacava no meio de uma gargalhada e de repente os sapatos e as meias jogadas fora o assustaram exatamente *porque* eram engraçados; teve a ideia absurda de que, se risse, seu riso seria o catalisador da morte de Laura e Chris.

E se eles morressem desta vez, não poderia mais salvá-los voltando no tempo e enviando outra mensagem anterior à primeira, pois a abertura que restava para isso era somente de cinco segundos. Mesmo com um IBM PC não era possível dividir um fio de cabelo com tanta precisão.

No solo sedimentar, as marcas dos pés descalços do homem levavam à entrada de um afluente. Embora suando de dor e um tanto atordoado, Stefan seguiu aquelas marcas como Robinson Crusoé havia seguido as pegadas de Sexta-feira, mas com muito mais medo.

COM CRESCENTE DESESPERO, Laura viu o assassino nazista aproximando-se nas sombras do corredor de terra. A Uzi estava apontada para ela, mas por algum motivo ele não atirou imediatamente. Laura usou esse inexplicável período de graça para continuar a serrar os fios do arame de segurança no gatilho do cilindro de Vexxon.

Mesmo naquelas circunstâncias ela não perdeu a esperança, especialmente por causa de um trecho de um dos seus livros do qual havia se lembrado há pouco: *Na tragédia e no desespero, quando uma noite sem fim parece nos envolver, a esperança pode ser encontrada na lembrança de que o companheiro da noite não é outra noite, que o companheiro da noite é o dia, que as trevas sempre dão lugar à luz, e que a morte domina apenas metade da criação, a vida domina a outra metade.*

A três metros dela agora, o assassino disse:

– Onde está o garoto? O garoto. Onde está o garoto?

Laura sentiu Chris atrás dela, abaixado nas sombras entre a mãe e o fim do regato. Imaginou se seu corpo o protegeria das balas e se, depois de matá-la, aquele homem iria embora sem perceber que Chris estava vivo no pequeno nicho, ali atrás.

O marcador de tempo do cilindro estalou. O gás saiu sob forte pressão, com o cheiro de abricó e o gosto desagradável de suco de limão misturado com leite azedo.

KLIETMANN NÃO VIA nada sair do cilindro, mas ouvia: como o silvo de vinte serpentes.

Imediatamente sentiu como se alguém tivesse enfiado a mão no meio do seu corpo, agarrando seu estômago com dedos de aço e arrancando-o. Dobrou o corpo, vomitando explosivamente no chão e nos pés descalços. Com um clarão doloroso que pareceu queimar o *fundo* dos seus olhos, alguma coisa explodiu em sua cavidade, e o sangue jorrou do nariz. Quando caiu no chão do regato, num gesto reflexo, apertou o gatilho da Uzi; sentindo que estava morrendo e perdendo todo o controle do corpo, tentou, num último esforço de vontade, cair de lado, de frente para a mulher, para que a rajada final da arma a levasse com ele para a morte.

LOGO DEPOIS QUE Stefan entrou no afluente mais estreito, onde as paredes pareciam se inclinar acima da sua cabeça e não se erguer para o céu como nos outros, ele ouviu uma longa rajada de metralhadora, muito próxima, e correu para a frente. Tropeçando e batendo nas paredes de terra, seguiu o corredor sinuoso até o fim, e viu o oficial da SS morto, envenenado pelo Vexxon.

Mais adiante, Laura estava sentada com as pernas esticadas para a frente, o cilindro de gás entre as coxas, as mãos ensanguentadas em volta dele. Sua cabeça estava inclinada para a frente, o queixo tocando o peito; parecia uma boneca de trapos, flácida e sem vida.

– Laura, não – disse Stefan com uma voz que nem ele reconheceu. – Não, não.

Ela ergueu a cabeça e piscou os olhos, estremeceu e finalmente sorriu de leve. Viva.

– Chris – disse ele, passando por cima do homem morto. – Onde está Chris?

Laura empurrou o cilindro de gás para longe e se afastou para o lado.

Chris espiou do nicho escuro atrás dela e disse:

– Sr. Krieger, o senhor está bem? Parece uma merda. Desculpe mamãe, mas ele parece mesmo.

Pela primeira vez em mais de vinte anos – ou pela primeira vez em mais de 65 anos, se contarmos os anos que ele pulou quando foi viver com Laura, no seu tempo – Stefan Krieger chorou. Aquelas lágrimas eram uma surpresa, pois estava certo de que sua vida no Terceiro Reich o deixara incapaz de chorar por alguém ou por alguma coisa. Mais estranho ainda – aquelas primeiras lágrimas em muitas décadas eram lágrimas de alegria.

7
Para todo o sempre

I.

Mais de uma hora mais tarde, quando a polícia seguiu para o norte, depois do ataque a metralhadora ao patrulheiro rodoviário, na rodovia 111, quando encontraram o Toyota crivado de balas e sangue na areia e no xisto, perto da margem do regato seco, quando viram a Uzi abandonada e quando notaram Laura e Chris saindo do canal, perto do Buick com placas do Nissan, esperavam encontrar toda a área coalhada de cadáveres, e não ficaram desapontados. Os três primeiros estavam no fundo do regato principal, e o quarto num canal distante para onde a mulher exausta os conduziu.

Nos dias seguintes ela aparentemente cooperou com as autoridades federais, locais e estaduais – mas ninguém ficou convencido de que estava contando toda a verdade. Os traficantes de drogas que mataram seu marido um ano atrás haviam finalmente enviado seus assassinos atrás dela, pois temiam que pudesse identificá-los. O ataque à sua casa foi tão violento que ela teve de fugir, e não procurou a polícia porque achava que não poderiam proteger adequadamente sua vida e a do seu filho. Durante 15 dias fugiu deles, desde o ataque com metralhadoras na noite de 10 de janeiro, primeiro aniversário da morte do marido; apesar de todas as precauções, os assassinos a encontraram em Palm Springs, a perseguiram pela rodovia 111, foi obrigada por eles a sair da estrada para o deserto, perseguida a pé, nos canais secos, onde finalmente conseguiu levar a melhor.

Essa história – uma mulher eliminando quatro atiradores experientes, mais um pelo menos, cuja cabeça fora encontrada atrás da casa do Dr. Brenkshaw – seria incrível se Laura não tivesse provado que era ótima atiradora, bem treinada em artes marciais e dona de um arsenal ilegal que faria inveja a alguns países do Terceiro Mundo. Durante o interrogatório para determinar como havia obtido as Uzi adaptadas ilegalmente e um gás mortal mantido a sete chaves pelo Exército, ela disse:

— Eu escrevo romances. Faz parte da minha profissão a pesquisa extensa e variada. Aprendi a encontrar qualquer coisa que precise saber, qualquer coisa que queira adquirir.

Então ela delatou Fat Jack e a polícia encontrou no Pizza Palace tudo que ela garantiu que encontrariam.

– Não a culpo – disse Fat Jack para a imprensa quando foi detido. – Ela não me deve nada. Nenhum de nós deve coisa alguma a qualquer pessoa e não *queremos* dever. Sou um anarquista, adoro mulheres desse tipo. Além disso, não vou para a prisão. Sou gordo demais, eu morreria, e isso seria uma punição cruel e incomum.

Laura não quis revelar o nome do homem que havia levado à casa de Carter Brenkshaw às primeiras horas da manhã do dia 11 de janeiro, o homem cujo ferimento a bala o médico tratou. Disse apenas que era um bom amigo que estava hospedado em sua casa, em Big Bear, quando foram atacados. Era apenas testemunha inocente, insistiu ela, cuja vida seria perturbada se o envolvesse nessa história sórdida, e insinuou que era um homem casado com qual estava tendo um caso. Ele estava se recobrando muito bem do ferimento e já tinha sofrido bastante.

As autoridades insistiram para que revelasse o nome do amante, mas ela não cedeu, e a pressão que podiam exercer era muito limitada porque Laura podia pagar os melhores advogados do país. Jamais acreditaram que o misterioso homem ferido fosse seu amante. Não precisaram investigar muito para saber que ela e o marido, morto havia um ano, viviam muito bem e que Laura não se refizera suficientemente dessa perda para convencer alguém de que estava tendo um caso amoroso à sombra da lembrança de Danny Packard.

Não, ela não podia explicar por que nenhum dos assassinos tinha documentos de identificação, nem por que estavam todos vestidos do mesmo modo, nem por que não tinham um carro e tiveram de roubar o Toyota das duas mulheres ao lado da igreja, nem por que tinham entrado em pânico no centro comercial de Palm Springs e matado um policial. Todos tinham marcas do que parecia cintos apertados em volta da cintura, mas nenhum cinto ou faixa foi encontrado, e ela também não sabia nada a respeito. Quem podia saber, perguntou ela, os motivos desses homens para suas ações antissociais? Era um mistério que nem os melhores sociólogos e criminologistas podiam explicar. E se esses estudiosos não podiam lançar alguma luz sobre as verdadeiras e mais profundas razões para tal comportamento, como esperavam que ela tivesse resposta para o mistério menos abstrato mas também mais bizarro do desaparecimento das faixas? No confronto com a dona do Toyota roubado, a qual afirmava que os assassinos eram anjos, Laura Shane ouviu com evidente interesse, fascinada com a história, mas depois perguntou aos policiais se iam sujeitá-la às fantasias birutas de todos os doidos que se interessassem por seu caso.

Ela era granito.
Ela era ferro.
Ela era aço.

Ela não podia ser vencida. As autoridades martelaram impiedosamente, com a mesma força com que o deus Tor brandia seu martelo Mjollnir, mas sem êxito. Depois de alguns dias ficaram zangados com ela. Depois de algumas semanas, estavam furiosos. Depois de três meses eles a odiavam e queriam puni-la por não tremer de medo e de respeito ante seu poder. Depois de seis meses estavam cansados. Em dez meses, entediados. Depois de um ano, obrigaram-se a esquecer Laura Shane.

Durante esse tempo, é claro, tinham considerado o filho, Chris, como o elo fraco. Não o pressionaram tanto, preferindo o uso da falsa afeição, astúcia, trapaça e mentira para conseguir as revelações que a mãe recusava. Mas quando o interrogaram sobre o homem ferido e desaparecido, Chris contou a eles toda a história de Indiana Jones e a história de Luke Skywalker e Hans Solo. Quando tentaram extrair dele detalhes sobre o que aconteceu nos córregos secos do deserto, Chris falou sobre Sir Tommy Sapo, servidor da rainha, que alugava um quarto em sua casa. Quando procuraram descobrir pelo menos uma pista do lugar em que ele e a mãe tinham se escondido – e o que tinham feito – nos 14 dias entre 10 e 25 de janeiro, o menino disse: "Eu dormi o tempo todo, estava em coma, acho que tive malária, ou a febre de Marte, e agora estou com amnésia, como Wily Coyote, naquela vez que o Papa-léguas o fez derrubar uma rocha na própria cabeça." Finalmente, frustrados por ver que eles não conseguiam entender do que se tratava, ele disse: "Isto é negócio *de família*. Sabem o que é um negócio de família? Só posso falar com minha mãe sobre este negócio, e não é da conta de mais ninguém. Se a gente começa a falar de negócios de família com estranhos, então, para onde a gente vai quando quer ir para casa?"

Para complicar as coisas, Laura Shane publicamente pediu desculpas a todos aqueles que tiveram sua propriedade danificada no curso da sua fuga dos assassinos. Deu um novo Cadillac para os donos do Buick. Para o dono das placas do Nissan, deu um novo *Nissan*. Em todos os casos, as compensações foram excessivas e Laura ganhou muitos amigos.

Seus livros antigos foram reeditados repetidamente e alguns apareceram novamente nas listas de best-sellers, anos depois do sucesso original. Grandes estúdios de cinema competiam pelos direitos de filmagem dos livros ainda não comprados para esse fim. Corriam rumores, talvez encorajados por seu agente, mas ainda assim verdadeiros, de que os editores se digladiavam pela oportunidade de pagar um adiantamento por seu próximo livro.

II.

Durante aquele ano Stefan sentiu uma falta terrível de Laura e Chris, mas a vida na mansão dos Gaines em Beverly Hills era muito agradável. As acomodações eram magníficas; a comida, deliciosa; Jason tinha prazer em mostrar como os filmes podiam ser manipulados do seu estúdio particular; e Thelma era sempre divertida.

— Escute, Krieger — disse ela num dia de verão, ao lado da piscina. — Talvez prefira ficar com eles, talvez esteja cansado de se esconder aqui, mas pense na alternativa. Podia estar preso em sua própria era, quando não existiam sacos de plástico para o lixo, essas guloseimas todas, roupa de baixo transparente, filmes de Thelma Ackerson, nem reprises de *A ilha de Gilligan's*. Conte suas bênçãos por estar nesta era tão esclarecida.

— É só que... — ele olhou por algum tempo para o reflexo do sol na água clorada da piscina. — Bem, tenho medo de estar perdendo as poucas chances de ganhar Laura, com esta longa separação.

— Você não pode ganhar Laura, *Herr* Krieger. Ela não é um conjunto de vasilhas para cereais rifadas numa festa de Tupperware. Não se pode ganhar uma mulher como Laura. Ela resolve quando quer se *entregar*, é isso aí.

— Você não está sendo muito encorajadora.

— Ser encorajadora não é o meu trabalho...

— Eu sei...

— ...meu trabalho...

— Sim, eu sei...

— ...é a comédia. Embora com minha aparência devastadora eu pudesse ter o mesmo sucesso como prostituta viajante... pelo menos em acampamentos muito remotos.

LAURA E CHRIS passaram o Natal na casa dos Gaines e ela deu de presente a Stefan uma nova identidade. Embora monitorada de perto por várias autoridades durante boa parte daquele ano, Laura tinha arranjado procuradores para conseguir a licença de motorista, o cartão de seguro social, cartões de crédito e um passaporte em nome de Steven Krieger.

Ela os entregou na manhã de Natal numa caixa de presentes de Neiman-Marcus.

— Todos os documentos são válidos. No meu livro *Rio infinito,* dois personagens estão em fuga e precisam de novas identidades...

— Eu sei — disse Stefan. — Li o livro. Três vezes.

— O mesmo livro três vezes? — perguntou Jason. Estavam sentados em volta da árvore de Natal comendo sanduíches e tomando chocolate, e Jason extremamente bem-humorado. — Laura, cuidado com esse homem. Para mim parece um obsessivo-compulsivo.

— Ora, é claro — disse Thelma —, para vocês de Hollywood, qualquer pessoa que leia *qualquer* livro, nem que seja uma vez, é um gigante intelectual ou um psicopata. Agora, Laura, como foi que *conseguiu* todos esses documentos tão convincentes e falsos?

— Não são falsos — disse Chris. — São *de verdade.*

— Isso mesmo — disse Laura. — A carteira de motorista e tudo o mais está registrado nos arquivos do governo. Quando estava pesquisando para *Rio infinito,* tive de descobrir como se obtém nova identidade da mais alta qualidade e conheci um homem muito interessante em São Francisco que dirige uma verdadeira indústria de documentos no porão de um clube de topless...

Laura despenteou o cabelo do garoto e disse:

— De qualquer modo, Stefan, no fundo dessa caixa vai encontrar também uns dois talões de cheque. Abri contas em seu nome no Security Pacific Bank e no Great Western Savings.

Stefan se sobressaltou:

— Não posso aceitar seu dinheiro. Não posso...

— Você me livra da cadeira de rodas, salva minha vida várias vezes e não posso lhe dar dinheiro se quiser? Thelma, o que há com ele?

— Ele é homem — disse Thelma.

— Acho que isso explica.

— Cabeludo, neandertal — disse Thelma —, perpetuamente semienlouquecido pelos níveis excessivos de testosterona, atormentado por lembranças raciais da glória perdida das expedições de caça ao mamute... são todos iguais.

— Homens — disse Laura.

— Homens — disse Thelma.

Surpreso e quase contra a vontade, Stefan Krieger sentiu que uma parte das sombras deixava sua mente e que a luz começava a encontrar uma entrada para seu coração.

NO FIM DE fevereiro de 1990, 13 meses depois dos acontecimentos no deserto perto de Palm Springs, Laura sugeriu que Stefan fosse passar algum tempo com ela e Chris na casa perto de Big Bear. Ele foi no dia seguinte, no carro esporte de fabricação russa comprado com parte do dinheiro dado por Laura.

Nos sete meses seguintes ele dormiu no quarto de hóspedes. Todas as noites. Stefan não precisava mais do que isso. Estar com eles, dia após dia, ser aceito por eles, fazer parte da família, era tudo que desejava por algum tempo.

Em meados de setembro, vinte meses depois de aparecer na porta de Laura com uma bala no peito, ela o convidou para sua cama. Três noites depois ele conseguiu coragem para aceitar o convite.

III.

Quando Chris fez 12 anos, Jason e Thelma compraram uma casa de veraneio em Monterey, que dava para a costa mais linda do mundo, e insistiram para que Laura, Stefan e Chris os visitassem no mês de agosto, quando os dois estavam entre projetos de filmes. As manhãs na península de Monterey eram frias e enevoadas, os dias quentes e claros, as noites bem frias, apesar da estação, e esse padrão diário do tempo era revigorante.

Na segunda sexta-feira do mês, Stefan e Chris saíram com Jason para andar na praia. Nas rochas, não muito longe, leões-marinhos tomavam sol fazendo barulho. Os carros dos turistas estacionavam no acostamento, para-choque contra para-choque; desceram para a areia a fim de fotografar as "focas" adoradoras do sol, como as chamavam.

— Cada ano aumenta o número de turistas estrangeiros – disse Jason. – É uma verdadeira invasão. E veja... a maioria é de japoneses, alemães e russos. Há menos de cinquenta anos, lutamos na maior guerra da história contra esses três povos, e agora estão mais prósperos do que nós. Os japoneses com a eletrônica e automóveis, os russos com automóveis e computadores, os alemães com automóveis e todo tipo de máquinas... Juro por Deus, Stefan, acho que os americanos muitas vezes tratam melhor os inimigos do que os amigos.

Stefan parou para observar os leões-marinhos que atraíam os turistas, e pensou no erro que havia cometido em seu encontro com Winston Churchill.

Mas diga-me uma coisa pelo menos. A curiosidade está me matando. Vejamos... bem, por exemplo, o que vai acontecer aos soviéticos depois da guerra?

A velha raposa tinha falado tão casualmente, como se fosse uma pergunta sem importância, como se pudesse, em vez disso, ter perguntado qual seria a mudança nas roupas masculinas no futuro, quando na verdade era uma pergunta calculada e a resposta, de imenso interesse para ele. Agindo baseado no que Stefan tinha dito, Churchill reuniu os aliados ocidentais para continuar a luta na Europa depois da derrota da Alemanha. Usando como pretexto a invasão da Europa Oriental pelos russos, os outros aliados lutaram contra os soviéticos, fazendo-os recuar para suas próprias terras e derrotando-os finalmente; na verdade, durante a guerra com a Alemanha, os russos receberam armamentos e suprimentos dos Estados Unidos, e quando esse apoio foi retirado, entraram em colapso em poucos meses. Afinal, a guerra contra seu antigo aliado, Hitler, os deixara esgotados. Agora a guerra mundial moderna era muito diferente do que o destino havia determinado, tudo porque Stefan tinha respondido à pergunta de Churchill.

Ao contrário de Jason ou Thelma, de Laura ou Chris, Stefan era um homem fora do tempo, um homem não destinado a essa era; os anos após a guerra eram seu futuro e o passado das pessoas com quem convivia; sendo assim, lembrava-se tanto do futuro passado quanto do futuro que vivia em lugar do outro. Mas eles não podiam lembrar de outro mundo a não ser este, onde as grandes potências não se tratavam com hostilidade, onde arsenais nucleares não estavam sempre prontos para o lançamento, onde a democracia florescia, até na Rússia, onde havia fartura e paz.

O destino luta para refazer o padrão que estava determinado. Mas às vezes, felizmente, ele falha.

LAURA E THELMA, nas cadeiras de balanço na varanda, viram seus homens caminhando para o mar, depois para o norte, pela praia, até desaparecerem de vista.

— Está feliz com ele, Shane?
— É um homem melancólico.
— Mas adorável.
— Nunca será como Danny.
— Mas Danny se foi.
Laura assentiu com a cabeça. As cadeiras balançaram.
— Ele diz que eu o redimi – observou Laura.
— Assim como cupons dos supermercados, quer dizer?
Finalmente Laura disse:
— Eu o amo.
— Eu sei – disse Thelma.
— Não pensei que pudesse... outra vez. Quero dizer, amar assim outro homem.

— Assim como, Shane? Está falando de alguma nova posição esquisita? Você está quase na meia-idade, Shane; em pouco tempo vai fazer 40, não acha que está na hora de mudar sua libidinosidade?

— Você é incorrigível.

— Eu tento ser.

— E você, Thelma? Está feliz?

Thelma bateu com a mão na barriga. Estava grávida de sete meses.

— Muito feliz, Shane. Já contei... talvez sejam gêmeos?

— Você me disse.

— Gêmeos — disse Thelma, como se essa possibilidade a encantasse. — Imagine como Ruthie ia ficar contente.

Gêmeos.

O destino luta para refazer o padrão que estava determinado, pensou Laura. E algumas vezes, felizmente, consegue.

Ficaram por algum tempo em silêncio, respirando o ar saudável do mar, ouvindo o vento suave nos pinheiros e ciprestes de Monterey.

Então Thelma disse:

— Lembra o dia em que fui à sua casa nas montanhas e você estava treinando tiro ao alvo nos fundos da casa?

— Lembro.

— Estraçalhando aquelas silhuetas humanas. Feroz, desafiando o mundo a enfrentar você, suas armas escondidas por toda a parte. Naquele dia você disse que tinha passado a vida suportando o que o destino reservava, mas que não ia mais aguentar... ia lutar para proteger seu filho. Você estava muito zangada naquele dia, Shane, e muito amargurada.

— Sim, estava.

— Pois eu acho que você continua suportando. E sei que ainda é uma lutadora. O mundo está cheio de morte e tragédia. Mas apesar disso, sua amargura desapareceu.

— Sim, desapareceu.

— Conte-me o segredo.

— Aprendi a terceira grande lição, só isso. Quando pequena, aprendi a suportar. Depois da morte de Danny, aprendi a lutar. Agora, ainda aguento e ainda luto, mas aprendi também a aceitar. O destino *é*.

— Parece muito uma grande bobagem-transcendental-mística-oriental, Shane. Nossa! O destino *é*. Daqui a pouco vai querer que eu cante um mantra e medite olhando para o umbigo.

— Recheada com gêmeos desse jeito – disse Laura – nem pode ver seu umbigo.

— Posso sim... com uma combinação de espelhos.

Laura riu.

— Eu te amo, Thelma.

— Eu te amo, irmã.

As cadeiras balançavam e balançavam.

Lá na praia a maré começava a subir.

fim

Posfácio*

Muitos editores se mostram ainda mais satisfeitos com um escritor bem-sucedido quando ele, ou ela, escreve sempre o mesmo livro. Eles não estão preocupados se o romancista toma banho somente no auge do verão, se tem o hábito de beber todos os dias até às duas da tarde, se vive em pecado com uma lhama, ou acredita que o Bob Esponja seja o melhor ator de sua geração, contanto que, quando estiver na frente do teclado, ele obedientemente repita o mesmo livro. A cada história escrita, se o romancista sempre utilizar um advogado como protagonista, por exemplo, o editor irá sorrir e lhe dar um tapinha nas costas. Se cada um desses advogados (ou policial, caso o escritor prefira o gênero policial, ou um reparador de caldeira, caso o escritor produza narrativas sobre o tema) for semelhante aos protagonistas de seus livros anteriores no que se refere às suas visões de mundo, características psicológicas e perfil narrativo, então, o editor irá irradiar satisfação à simples menção do nome do autor. Se o advogado, (policial ou reparador de caldeira) for o mesmo advogado (policial ou reparador de caldeira), ou seja, caso se trate de uma série, o editor não irá simplesmente *desfalecer* frente à simples menção do nome do autor, mas irá fingir, com uma sinceridade convincente, que aprecia o autor tanto como artista quanto como ser humano, independente do quanto possa repudiá-lo e sentir, de fato, um imenso ódio.

---

*Texto incluído pelo autor na edição de 2003. (*N. do E.*)

(Para ser justo com os editores, é uma verdade indiscutível que muitos escritores bem-sucedidos são egocêntricos, temperamentais, consumidos pela inveja de outros autores que recebem até mesmo 2 dólares a mais por livro, teimosos, sem uma visão crítica a respeito deles mesmos e mal-humorados. Caso fossem elefantes, seus colegas paquidermes os entregariam a caçadores ilegais e dariam instruções para estes transformarem suas presas em quinquilharias e os pés em um porta guarda-chuva). A maioria dos editores, embora não sejam todos, acredita que um autor bem-sucedido deve se manter fiel ao mesmo gênero literário, concebendo personagens, tramas e temas que são familiares aos leitores e adotando uma narrativa que reflete essencialmente o mesmo tom, livro após livro. O desejo pela reprodução do mesmo estilo é suscitado pela necessidade do editor desenvolver e manter o mesmo nicho de mercado para o autor, "rotulando-o", assim como a sopa Campbell ou o chocolate Nestlé. No entanto, a verdade é que esse desejo também é estimulado pela convicção da maioria dos editores de que o público é composto por um rebanho de carneiros e cada um pode, e deve, ser conduzido para o mesmo pasto em que esteve anteriormente.

(Para ser justo com os editores, existem evidências que demonstram que uma parcela do público de fato aprecia ser conduzida para o mesmo pasto dia após dia, a fim de experimentar apenas um tipo de grama. Consequentemente, o quadragésimo nono fascículo da série do Autor X sobre um detetive de homicídios vegetariano com dois dedões em sua mão direita é um sucesso de vendas garantido. Na indústria cinematográfica, em especial no que se refere à TV, existe um desdém generalizado pelos espectadores, o que poderia explicar porque a maioria dos filmes é chata e obtusa. Eu sempre fico perplexo diante de semelhante desdém pelos leitores que parece assolar alguns membros da comunidade editorial, mesmo que a situação ainda seja melhor do que na indústria cinematográfica. Sim, alguns leitores desejam a simplicidade e o conforto das mesmas escolhas, mas, em minha experiência, a maior parte busca e se mostra revigorada com novas narrativas e que demonstrem qualidades inusitadas).

Com exceção dos últimos anos, a minha relação com os editores tem sido bastante conflituosa ao longo da minha carreira, pois eu acho extremamente monótono produzir o mesmo livro continuamente (como facilmente me sinto entediado, em primeiro lugar preciso fazer com que *eu* me sinta interessado). Além do mais, os meus romances, em geral, não se enquadram inteiramente em um único gênero literário. Eu escrevo livro intergêneros, suspense misturado com romance e humor, às vezes, insiro algumas colheradas de ficção científica ou terror, e às vezes, um leve toque de páprica... Até escrever meu livro *Intrusos*, meu editor estava muito frustrado comigo e incessantemente me dava sermões sobre como a minha incapacidade de adotar um único gênero e escrever dentro de seus estreitos limites acabaria – e logo – por destruir a minha carreira (Não há qualquer exagero no uso do termo "incessantemente", já que com seus sermões eu mal tinha tempo de comer). *Intrusos* foi um romance intergêneros que quebrou muitas das regras preconcebidas do editor, mas ele gostou tanto que colocou de lado as suas objeções habituais.

Depois de *Instrusos,* eu escrevi *O guardião* e foi como se tivesse jogado estrume no ventilador. *O guardião* não só quebrou com muitas regras do editor, mas as pulverizou. Foi dito que o livro *era impublicável* porque, (1) era um suspense que se desenrolava ao longo de trinta anos da vida do protagonista, e de acordo com o Senso Comum Editorial (daqui em diante chamado de SCE) um bom suspense não pode se estender por um período tão longo; (2) mais da metade da história se passa durante a infância do personagem principal, e o SCE afirma que isso transforma o livro em um romance juvenil e sendo assim, sem qualquer interesse para o público adulto; (3) o livro continha uma boa dose de humor, e o SCE insiste que os leitores não toleram a combinação de suspense com humor e (4) os temas, de acordo com o meu editor, eram "muito complexos e profundos para a ficção popular e a maioria dos leitores não poderá compreendê-los". Disseram-me que *O guardião* não poderia ser publicado depois de *Instrusos*, pois iria afugentar o número crescente de leitores que eu tinha adquirido com *Fantasmas*, *Whispers*, e *Strangers* (nenhum deles foi publicado com o seu título original, mas isso é uma outra história), entre outros. Para o meu próprio bem, sugeriram que eu o colocasse na estante e escrevesse outro romance. "Em sete anos, quando você conseguir um público maior e mais fiel nós poderemos nos arriscar e publicar *O guardião* sem maiores consequências", disse o meu editor.

Sete anos. Eu não compreendi porque sete em vez de seis ou oito – ou quatrocentos. Tudo o que eu sabia é que tinha trabalhado duro em *O guardião* (não é o seu título original, nem o meu preferido, mas isso é outra história), e mesmo que fosse diferente dos que escrevera até então, eu acreditava que iria agradar aos leitores de *Instrusos*. Minha insistência pela publicação de *O guardião* me conduziu a uma querela exaustiva e deprimente que durou quatro meses até que por fim, a minha opinião prevaleceu.

Paralelo a todos os aspectos supramencionados que não agradaram ao meu editor, e sendo assim, desanimava profudamente o meu agente, havia uma outra "falha", que às vezes parecia constituir a principal preocupação de ambos: *O guardião* não incluía um cachorro como um dos personagens principais. Você, caro leitor, que busca pacientemente uma nova história com qualidades inusitadas, não irá compreender porque o SCE insistia que sem um cachorro como protagonista o romance estava fadado ao fracasso. Você pode me perguntar, por exemplo, se *...E o vento levou* apresenta entre os seus personagens centrais um cão e, eu só poderia dizer que Scarlett O'Hara, embora não fosse um cachorro, era de certa forma uma cadela. Você pode observar que Dostoiévski, Dickens, Hemignway e Jack Collins escreveram inúmeros livros bem-sucedidos sem, contudo, incluir um cachorro como protagonista. E eu não teria como discordar. O meu livro *Instrusos*, que obteve algum sucesso, apresentava um cachorro entre os três personagens centrais, e dessa forma, o meu editor acreditava que deveria dali em diante incorporar esse componente em minhas histórias. Eu não escrevia romances policiais sobre médicos ou advogados, mas sugeriram que escrevesse romances sobre cachorros se quisesse ter qualquer esperança em continuar a minha carreira como um autor de best-sellers.

O guardião foi publicado sem grande entusiasmo, e imediatamente se transformou em meu maior sucesso de vendas até hoje. Frequentemente, durante a menção de *O guardião* entre a lista dos mais vendidos, as livrarias não tinham estoque suficiente para suprir a demanda dos leitores até que houvesse uma nova edição. Depois de *O guardião*, escrevi *Meia-noite* (não é o seu título original, nem o meu preferido, mas isso é outra história), no qual um cachorro desempenha um papel secundário. O SCE afirmou que esse livro era muito diferente de *O guardião* para ser um sucesso, mas como incluía um cachorro como personagem secundário, era o suficiente para agradar ao meu editor e se transformou em meu primeiro sucesso de vendas em capa dura. No meu livro seguinte, *The Bad Place* (não é o seu título original, nem o meu preferido, mas isso é outra história), novamente eu incorporei um cachorro à história, mas somente na última página. Essa pequena piada foi notada pelo meu editor, embora não tenha sido apreciada.

Embora eu goste muito de escrever sobre cachorros, e de acordo com a opinião de alguns críticos tenho talento para isso, e mesmo que tivesse apreciado incorporá-los aos meus livros subsequentes, eu deleguei aos seres de quatro patas papéis secundários, e somente em dois romances entre os sete publicados. Quando me convém posso ser tão teimoso e temperamental quanto qualquer outra pessoa, e se você teimar em insistir, estará comprando uma senhora briga.

Até hoje, os quatro livros que publiquei que geraram mais opiniões dos leitores são os mesmos que continuam a estimular o maior número de comentários ano após ano: *Instrusos*, *Fear Nothing* (e a sequência, *Seize the Night*), *Do fundo dos seus olhos* e *O guardião*. Se eu tivesse aceitado o senso comum entre os editores de que os leitores são carneiros que preferem o mesmo pasto, eu teria escrito romances bem diferentes. Se eu tivesse publicado aquelas histórias em vez das que de fato escolhi, poderia não ter vendido milhares de exemplares em todo o mundo, e sem dúvida, não teria me sentido tão feliz diante do teclado como tenho me sentido nos últimos anos.

Os leitores não são cordeiros. São lobos, repletos de curiosidade, aventureiros, sempre dispostos a novas experiências. Os leitores que conheço e amo, e o tipo de leitor a quem eu devo a minha carreira, estão mais propensos a uivar do que balir, e não somente porque eventualmente escrevo livros em que aparecem cachorros.

Graças a Deus vocês existem. Se a minha carreira como escritor tivesse fracassado, eu seria um péssimo encanador. Se eu tivesse optado pela marcenaria, eu teria agora seis dedos em vez de dez e todos me chamariam de "Cotocos".

Dean Koontz

EDIÇÕES BESTBOLSO
Alguns títulos publicados

1. *O diário de Anne Frank*, Otto H. Frank e Mirjam Pressler
2. *O estrangeiro*, Albert Camus
3. *O mito de Sísifo*, Albert Camus
4. *Ardil-22*, Joseph Heller
5. *O negociador*, Frederick Forsyth
6. *O poderoso chefão*, Mario Puzo
7. *A casa das sete mulheres*, Leticia Wierchowski
8. *O primo Basílio*, Eça de Queirós
9. *Mensagem*, Fernando Pessoa
10. *O grande Gatsby*, F. Scott Fitzgerald
11. *Suave é a noite*, F. Scott Fitzgerald
12. *O silêncio dos inocentes*, Thomas Harris
13. *Pedro Páramo*, Juan Rulfo
14. *Toda mulher é meio Leila Diniz*, Mirian Goldenberg
15. *Pavilhão de mulheres*, Pearl S. Buck
16. *Uma mente brilhante*, Sylvia Nasar
17. *O príncipe das marés*, Pat Conroy
18. *O homem de São Petersburgo*, Ken Follett
19. *Robinson Crusoé*, Daniel Defoe
20. *Acima de qualquer suspeita*, Scott Turow
21. *Fim de caso*, Graham Greene
22. *O poder e a glória*, Graham Greene
23. *As vinhas da ira*, John Steinbeck
24. *A pérola*, John Steinbeck
25. *O cão de terracota*, Andrea Camilleri
26. *Ayla, a filha das cavernas*, Jean M. Auel
27. *A valsa inacabada*, Catherine Clément
28. *O príncipe e o mendigo*, Mark Twain
29. *O pianista*, Wladyslaw Szpilman
30. *Doutor Jivago*, Boris Pasternak

EDIÇÕES
BestBolso

Este livro foi composto na tipologia Minion, em
corpo 10,5/13, e impresso em papel off-set 63g/m² no Sistema
Cameron da Divisão Gráfica da Distribuidora Record.